Blue-Eyed Devil
by Lisa Kleypas

幸せの宿る場所

リサ・クレイパス
斉藤かずみ［訳］

ライムブックス

幸せの宿る場所

主要登場人物

ヘイヴン・トラヴィス……………………………トラヴィス家の末娘
ハーディ・ケイツ……………………………ゲイジの商売敵。リバティの幼なじみ
ニック・タナー……………………………ヘイヴンのボーイフレンド
ゲイジ・トラヴィス……………………………トラヴィス家長男。ヘイヴンの兄
チャーチル・トラヴィス……………………………市場の魔術師と称される大富豪。ヘイヴンの父
ジャック・トラヴィス……………………………トラヴィス家次男。不動産管理会社経営
ジョー・トラヴィス……………………………トラヴィス家三男。商業写真家
リバティ・トラヴィス……………………………ゲイジの妻
トッド・フェラン……………………………ヘイヴンの親友。インテリア・デコレーター
キャリントン……………………………リバティの幼い妹
グレッチェン……………………………ヘイヴンのおば。チャーチルの姉
スーザン・バーンズ……………………………心理セラピスト
ヴァネッサ・フリント……………………………ヘイヴンの上司

1

初めてその男を見かけたのは、兄の結婚披露宴のテント裏だった。どちらかと言えばプール・バーにでもたむろしているほうが似合いそうな、尊大で無礼なたたずまいの男。きちんと盛装してはいても、オフィスで優雅に働く身分の人でないことは誰の目にも明らかだった。いくらアルマーニのオーダー・スーツを着たところで、油井労働か荒牛を乗りこなす仕事にでも就いていそうな、大柄でがっしりした体格は隠しようがない。シャンパン用のフルートグラスを持つ長い指は、今にもクリスタルの華奢《きゃしゃ》な脚をへし折ってしまいそうに見えた。

ひと目で、典型的な南部人だとわかる。狩りを好み、フットボールやポーカーも大好きで、浴びるように酒を飲む、いかにも男くさい男だ。わたしのタイプではない。わたしが好きなのは、もっと違うタイプの男性だ。

にもかかわらず、どこか惹《ひ》かれるものがあった。過去に骨を折ったことがあるのか、鼻筋がわずかにゆがんでいることにさえ目をつぶれば、かなりのハンサムと言ってもいい。ダークブラウンの豊かな髪はミンクの毛皮みたいにつややかで、短めのレイヤーカットが施されている。なかでももっとも目を引くのは、遠くからでもはっきりわかる青い瞳だ。一度見たら忘れられない、気まぐれな色。彼がくるりとこちらを振り向いてまっすぐ視線を合わせてきたとき、わたしは少しどぎまぎした。

こっそり様子をうかがっていたことを見とがめられたようで、ばつが悪くなり、ぱっと目をそらす。それでも、彼がまだわたしを見つめているのはわかっていた。熱い視線にあぶられるような感覚が肌に広がっていったからだ。わたしはシャンパンをごくごく飲み、ほとんど味のわからない炭酸の泡が高ぶった神経を静めてくれるのを待った。それから、もう一度だけちらりと彼のほうを盗み見る。

青い瞳が、ぶしつけな思いをほのめかすように光った。大きな口の端にはかすかな笑みが浮かんでいる。あんな男と部屋でふたりきりになるのだけはごめんだわ、とわたしは思った。彼の視線は物憂げに下へとおりていったかと思うと、またわたしの顔に戻り、テキサスの男たちが芸術の域にまで高めた恭しい会釈がそれに続いた。

わたしはわざとらしく顔をそむけ、ボーイフレンドのニックに注意を向けた。彼は、ぴったりと顔を寄せあって踊る新郎新婦を眺めていた。わたしは爪先立ちになって、ニックの耳もとにささやきかけた。「次はわたしたちの番ね」

彼の腕がさりげなく体に巻きついてくる。「まあ、きみのお父さんがなんて言うか聞いてからだけどね」

ニックは父から結婚の許しを乞《こ》うつもりでいる。そういうのは今どき時代遅れだし、必要もないと、わたしは思うけれど。でも、わたしのボーイフレンドは頑固者だ。

「もしも許してもらえなかったら？」わたしは尋ねた。家族の歴史を振りかえってみれば、わたしの選択は親の意向にそむくことの連続だったから、今回も反対される可能性は高い。「どっちみち結婚はするけどさ」ニックは少し体を離して、にっこり笑いかけてきた。「でも、ぼくだってそんなに悪い男じゃありませんよって、お父さんを説得したいんだよ」

「わたしに言わせれば、最高の男性よ」わたしはニックの腕のなかにもぐりこんだ。彼みたいにわたしを愛してくれる人がいたなんて、まるで奇跡のようだ。これまでに出会った男たちのなかには、どんなに見てくれがよかろうと、こんなふうにわたしを夢中にさせてくれる人はひとりもいなかった。

微笑《ほほえ》みながら、もう一度ちらりと、青い瞳の男がまだいるかどうか確かめてみる。姿が見えなくなっているのがわかると、なぜかほっとした気分になった。

兄のゲイジは、結婚式はなるべくささやかに挙げたいと主張した。一八世紀にテキサスに入植してきたスペイン人の建てたヒューストンの小さな教会には、身内だけが集まった。式は短めだが美しく、厳粛な雰囲気のなかで執り行われた。

しかし披露宴は、一転して、まるでサーカスだった。

宴《うたげ》はトラヴィス家がリバーオークスに所有する屋敷で開かれた。リバーオークスというのは、聖職者より会計士のほうを信頼して秘密を打ち明けるような人々ばかりが暮らす、ヒューストンのなかでも特殊な地域だ。ゲイジはトラヴィス家の四人の子供たちのなかでいちばん最初に結婚することになったため、父はこの機会を利用して、全世界をあっと言わせたいと考えたようだ。少なくとも、テキサスじゅうを。父に言わせれば、テキサスこそが世界でもっとも重要な地区なのだから。多くのテキサス人と同じく父もまた、この州が一八四五年にアメリカに併合されてさえいなかったら今ごろわれわれが北米全土を支配していたはずだ、と信じている。

そんなこんなでテキサスじゅうの注目が集まるなか、父は有名なウエディング・プランナーを雇うと、高らかにこう宣言した。「金に糸目はつけんからな」

誰もが知っているとおり、父の小切手に限度額は存在しなかった。

わたしの父、チャーチル・トラヴィスは〝市場の魔術師〟と呼ばれていて、最初の一〇年でほぼ倍増した国際エネルギー関連の株式インデックス・ファンドを創設した人物だ。インデックスには、石油、ガス、パイプライン、代替エネルギー資源、石炭など、世界一五カ国の代表的企業が含まれている。わたしが幼いころはめったに顔を合わせる機会もなかったくらい、父は忙しくしていた――シンガポール、ニュージーランド、あるいは日本と、いつも遠くの国々を飛びまわっていたからだ。ワシントンDCで連邦準備制度理事会の議長と昼食をともにしていたかと思えば、ニューヨークへ飛んで金融関連の番組にコメンテーターとして出演したり。父と朝食をとるというのは、こんがり焼けたワッフルを食べながら、CNNで市場を分析している父を眺めることでしかなかった。

張りのある豊かな声と人並み外れた個性のせいか、わたしにとって父はいつだって大きな人だった。体格的にはむしろ小柄で、お山の大将みたいなものだと気づいたのは、わたしが一〇代になってからのことだ。父は軟弱さというものを軽蔑《けいべつ》していて、四人の子供たち――ゲイジ、ジャック、ジョー、そしてわたし――が甘やかされた人間に育ってしまうことを心配していた。そこで、自分がそばにいられるときは、良薬は口に苦しとばかりに口うるさく現実の厳しさを教えこもうとした。

母のエイヴァは生前、テキサス・ブック・フェスティバルの共同議長を務めていて、カントリー・ミュージシャンにして作家でもあるキンキー・フリードマンを囲む会を開いたことがある。母は色っぽく、リバーオークスに住む女性たちのなかでは誰よりも美しい脚の持ち主であり、最高のディナー・パーティーを開くことでも知られていた。母を見かけた男性たちは父に向かって、あなたは本当に運のいいお方だ、と声をそろえてはやしたてた。父はそのことにとても気をよくして、わたしのような男にはもったいない妻ですよ、などと謙遜《けんそん》してみせることも一度きりではなかった。そんなとき、父はよく後ろめたそうに笑った。自分がいかに恵まれているかを自覚していたからだろう。

ゲイジとリバティの結婚披露宴に招待されたのは七〇〇名だったが、少なく見積もっても一〇〇〇名以上の客が押しかけていた。屋敷のなかだけでなく、数百万個の白い電飾や白とピンクの蘭《らん》で飾り立てられた屋外の巨大な白いテントにも、人々があふれていた。湿ったあたたかい春の夜風が、花の香りをふんわりと運んでくる。

エアコンの効いた屋敷内にしつらえられたメインのビュッフェルームの中央には、一〇メートルほどの巨大な氷の台が置かれ、さまざまな魚介類が並べられていた。氷の彫像も一二体あって、そのうちのひとつはシャンパンが流れ落ちる卓上噴水《ファウンテン》になっており、また別のひとつはキャビアの皿も添えられたウォッカのファウンテンになっていた。白い手袋をはめたウエイターたちが、きんきんに冷やしてあるクリスタルのシリンダーグラスに唇も凍りつくほど冷たいウォッカを注《つ》ぎ、ブリニというそば粉のパンケーキにサワークリームを塗ってからキャビアをたっぷり盛って、ウズラ卵のみじん切りを振りかけてくれる。

あたたかい料理のテーブルには、ロブスター・ビスクの鍋《なべ》、ペカンでスモークしたテンダーロイン、キハダマグロのグリルのほか、少なくとも三〇種類の主菜が並んでいた。わたしもヒューストンで開かれるパーティーやイベントには数多く出席しているけれど、これだけたくさんのごちそうを一度に目にするのは生まれて初めてだった。

『ヒューストン・クロニクル』紙や『テキサス・マンスリー』誌の記者たちも披露宴を取材に来ていて、主賓のなかには、前州知事、テレビで有名なスター・シェフ、ハリウッドの業界人、さらには石油業界のお歴々などもいた。教会に残って写真撮影をすませてから来るゲイジとリバティの到着を、誰もが首を長くして待っていた。

ニックはいささか気後れしているようだった。堅気の中流階級の家庭に育った彼には刺激が強すぎるのだろう。わたし自身も社会的良心がとがめ、これはさすがにやりすぎだと恥じ入りたくなった。〝奉仕される人ではなく、奉仕する人になれ〟をモットーとする東部の私立名門女子大、ウェルズリー大学での生活が、わたしを変えてくれたおかげかもしれない。それはまさに、わたしのような人間が身につけるべき、すばらしいモットーだ。

家族はよく冗談まじりに、あいつは今そういうことを言いたい年ごろだからな、とわたしをからかう。みんなは――とくに父は――大金持ちの家に生まれた女の子にありがちな、リベラリスト的罪悪感に駆られているだけだと思いこんでいるようだ。わたしは長いテーブルの上の料理に目を戻した。手つかずで余った料理はあとで、ヒューストンにいくつかあるシェルターハウスに届けようとわたしが提案したとき、みんなもそれはいい考えだと賛成してくれた。それでもまだ、この胸にある罪悪感は消えやしない。キャビアをとり分けてもらうと列に並んでいる、えせリベラリスト。

「ねえ、知ってた？」ウォッカ・ファウンテンに近づいていきながら、わたしはニックに問いかけた。「たった一カラットのダイヤモンドの原石を見つけるために、一トン近くの砂利をふるいにかけなきゃいけないんですって。つまり、この部屋にあるダイヤモンドすべてを採掘するには、オーストラリア大陸の大半を掘りかえすしかないわけ」

ニックはちょっと困ったような顔をしてみせた。「この前ぼくが確認したときは、大陸はまだあそこにあったけどな」むきだしになっているわたしの肩に指を走らせる。「あんまりかりかりするなよ、ヘイヴン。きみはなにも証明してみせる必要なんかないんだから。ぼくはきみのこと、よくわかってるからさ」

わたしたちはふたりともテキサス生まれなのだが、出会ったのはマサチューセッツ州だった。わたしはウェルズリー大学、ニックはタフツ大学の学生として。ケンブリッジにある蔦《つた》の絡まる大きな建物で毎年開かれている、世界各国の留学生が催す交歓会でだ。その会場では、いくつものブースにそれぞれの国を代表するお酒が用意されることになっている。ロシアならウォッカ、スコットランドならウイスキーというように。

そのときわたしは、南米と日本のブースのあいだのどこかで悠然と笑いながら立っていた、黒っぽい髪に澄んだハシバミ色の目の男子学生に出会った。ランナーのようにすらりと引きしまった体格で、知的な風貌《ふうぼう》の持ち主だった。

うれしいことに、彼にはテキサス訛《なま》りがあった。「ねえ、きみ、世界旅行はちょっと休憩したほうがいいんじゃないか？　せめて自分の足でしっかり立てるようになるまではさ」

「あら、もしかしてあなた、ヒューストンの人じゃない？」わたしは訊《き》いた。

わたしのアクセントを聞き分けて、彼のほうも満面に笑みを浮かべた。「いや、違うよ」

「なら、サンアントニオ？」

「いや」

「オースティン？　アマリロ？　エルパソ？」

「違う違う、勘弁してくれ」

「じゃあ、ダラスね」わたしはさも惜しそうに言った。「残念だわ。ってことは、実質的には北軍側の人だもの」

ニックはわたしを外へと誘い、わたしたちは玄関前の石段に座って、凍えるような寒さのなか二時間もおしゃべりした。

恋に落ちるのはあっというまだった。ニックのためならなんでもしてあげたかったし、どこへでも一緒に行くつもりだった。わたしは彼と結婚する。ミセス・ニコラス・タナーになるんだから。ヘイヴン・トラヴィス・タナーに。誰にも邪魔させはしない。


やっと父と踊るチャンスがめぐってきたとき、フロアにはアル・ジャロウが明るくつややかな声で歌う〈アクセンチュエイト・ザ・ポジティヴ〉が流れていた。ニックはわたしの兄のジャックやジョーとともにバーへくりだしていて、あとでまた家で落ちあう約束になっていた。


ニックはわたしが初めて家に連れてきたボーイフレンドで、初めて本気で愛した男性でもあった。もちろん、体を許したのも彼だけだ。それまでわたしはほとんど誰ともデートなどしたことがなかった。一五歳のときに母をがんで亡くし、それからの数年は悲しみに沈んだままだったから、恋愛する気も起こらなかった。その後も女子大に進学したため、勉学の面では申し分なかったけれど、恋愛に関してはあまり恵まれた環境とは言えなかった。

まわりが女の子ばかりだからと言って、出会いの場がまったくないわけではない。女子大生の多くはキャンパス外で開かれるパーティーに出席したり、ハーヴァード大学やマサチューセッツ工科大学で特別講義を受けたりして、男子学生と知りあう機会はいくらでもある。

つまりこれはひとえにわたし自身の問題だ。わたしには、男の人の心を惹きつけ、気軽な感じで愛し愛される関係になるという、基本的なスキルが欠けていた。わたしにとって愛とはもっと重い意味を持つものだからだ。そのせいで、そばにいてほしいと感じる相手に限って、わざと自分から遠ざけてしまうようなところがある。そうこうするうちにわたしは、誰かと恋愛関係を築くのは小鳥を指にとまらせることに似ていると気づいた……こちらが必死になだめすかして呼び寄せるのをやめるまで、相手は決して近づいてきてはくれない。

だから案の定、恋なんかとっくにあきらめたころ、そのときが訪れた。わたしはニックと出会い、ふたりは恋に落ちた。彼はわたしの選んだ男性だ。たったそれだけの理由で、家族は納得してくれるべきだと思う。けれど、みんなは彼を認めてくれなかった。それどころか、わたしは訊かれてもいないことを自分からあれこれ説明するはめになった。「わたし、ほんとに幸せなのよ」とか「ニックは経済学を専攻してるの」とか「彼とは大学のパーティーで知りあったんだけどね」とか。ふたりの関係の過去や未来の話に家族がまるっきり興味を示さないせいで、わたしはどんどん意固地になっていった。完全無視という態度こそが、家族みんなの意見を表していた。

「わかるわ、スイーティー」わたしが電話で愚痴をこぼすと、親友のトッドはそう言って慰めてくれた。トッドとは、お互い一二歳のときに、彼の一家がリバーオークスへ引っ越してきて以来、ずっと仲よくしている。トッドの父親のティム・フェランは、ニューヨークの近代美術館やフォートワースのキンベル美術館といった大きな美術館にも作品が飾られるほどの芸術家だ。

フェラン一家は昔から、リバーオークスの住人のなかでは少し異色の存在だった。彼らはわたしが初めて出会ったベジタリアンで、いつもしわしわの麻の服を着て、ビルケンシュトックのサンダルを履いていた。イングリッシュ・カントリーかスパニッシュ・コロニアルというおもに二種類の様式の家々が立ち並ぶ地区にあって、フェラン家の屋敷の壁には大胆なストライプや渦巻き模様が描かれ、それぞれの部屋が別の色に塗り分けられていた。

それよりなにより変わっていたのは、フェラン家の人々が〝仏教徒〟だったことだ。それは〝ベジタリアン〟よりも耳慣れない言葉だった。仏教徒ってどんなことをするの、とトッドに尋ねてみると、真理の本質について深く瞑想《めいそう》したりするのよ、と教えてくれた。あるとき、よかったら仏教のお寺へ一緒に行ってみないかと、トッドとご両親がわざわざ誘ってくれたことがある。でもあいにく、うちの両親が許してくれなかった。母が言うには、うちはバプテスト派だから真理についてお寺で深く瞑想したりはしない、ということだった。

トッドとわたしはいつも仲よくしていたので、みんなはわたしたちがつきあっていると思っていたようだ。ふたりのあいだに恋愛感情があったわけではないのだけれど、完全にプラトニックな関係というのとも違っていた。お互いにとっての相手の存在を言葉でうまく説明することなんて、どちらもできない気がする。

トッドはわたしが出会ってきた人のなかで、おそらく誰よりも美しい人物だ。アスリートのようにすらりとした体形、くっきりした顔立ち、ブロンドの髪、カリブ旅行のパンフレットに載っていそうなブルーグリーンの海を思わせる、みずみずしい瞳。そして彼には、これ見よがしにふんぞりかえって歩くほかのテキサス男どもとは違う、すばらしい資質が備わっていた。いつだったかトッドに、あなたはゲイなの、と訊いたことがある。すると彼は、相手が男でも女でも気にしないの、そんなことよりその人の内面に興味があるから、と答えた。「つまりバイセクシャルってこと？」とわたしが訊きかえすと、そんなふうに人を分類するなんて、と彼は笑い飛ばした。

「たぶん、相手がどっちでも、恋愛は可能だと思うけど」それからトッドはそうつけ加え、わたしの唇にあたたかいキスをした。

トッドくらいわたしのことをわかってくれる人はほかにいない。なんでも秘密を打ち明けられる親友で、必ずしも意見が同じでなくても、いつだってわたしの味方でいてくれる。

「みんなきっとそういう反応を示すだろうって、あなた、言ってたじゃない」家族がニックを無視するのよと愚痴ると、トッドはそう言った。「今さら驚くことじゃないでしょ」

「驚くことじゃなくても、しゃくにさわるのはたしかね」

「ねえ、これだけは忘れちゃだめよ。この週末はあなたとニックのためじゃなくて、新郎新婦のためにあるんですからね」

「結婚式が新郎新婦のためのものだなんて、嘘《うそ》もいいところよ」わたしは言った。「機能不全に陥っている家族が世間体をとり繕うための舞台にすぎないんだから」

「だとしても、新郎新婦のためだっていうふりだけはしなくちゃ。あなたもちゃんとお祝いしてあげなさいよ。ニックのことをお父さんに話すのは、式や披露宴が終わってからでいいんだから」

「トッド」わたしは哀れっぽい口調で言った。「あなた、ニックには会ってくれたわよね。彼のこと、どう思った？」

「その質問には答えられないわね」

「どうして？」

「あなた自身に見えていないなら、わたしがなにを言おうと見えるはずがないもの」

「見えるって、なにが？　どういう意味？」

彼はやはり答えてくれず、わたしはとまどいつつ、少しむっとした気分で電話を切った。不幸なことに、トッドのそんな忠告も、父とフォックストロットを踊りはじめるやいなやどこかに消えてしまった。

父はシャンパンと歓喜に酔いしれ、顔を真っ赤に上気させていた。ぜひともこの結婚が実現してほしいと公言してはばからなかった父は、わたしの新しい義理の姉がすでに妊娠していると聞いて、心から喜んでいた。すべては父の望みどおりに進んでいる。父の頭のなかでは早くも、自分によく似た孫たちが楽しそうに遊びまわっているのだろう。

父は小太りで脚が短く、瞳は黒く、髪は豊かで、地肌がまったく見えないほどふさふさしている。そうした特徴にドイツ系らしい顎が相まって、ハンサムとまではいかなくとも、かなり印象的な面立ちだ。母方からはコマンチ族の血をいくらか受け継いでおり、ドイツやスコットランド出身の祖先も大勢いる。母国での将来に見切りをつけ、冬のないテキサスの安い土地を求めて移り住んできた人々だ。懸命に働きさえすればひと花咲かすことができると信じて。だがその代わりに彼らを待ち受けていたのは、干魃《かんばつ》に、伝染病、インディアンによる襲撃、サソリ、そして、親指ほどもある巨大な害虫だった。

そうした時代を生き抜いてきたトラヴィス家の人々は、地球上でもっとも頑固な部類に属し、夢破れてもなお、根性でのしあがってきた。その頑固さは父に受け継がれ……わたしのなかにもある。あなたたちはとてもよく似ているわ、と母がよく言っていた。どちらも自分の意見を通すためならなんでもするし、他人の敷いたレールから外れることもいとわない。

「ねえ、パパ」

「なんだね?」父の声はしわがれていて、誰かのご機嫌とりなどする必要のない人生を歩んできた人間特有の気の短さが若干にじんでいた。「今夜のおまえはとてもきれいだ。母さんを思いだすよ」

「ありがとう」父に褒められるなんて、めったにあることではない。わたしはとてもうれしくなった。母とはあまり似ていないことは、自分でもわかっていたけれど。

わたしは、肩紐《かたひも》をクリスタルの飾りボタンふたつでとめるようになっている、明るいグリーンのサテンのワンピースを着ていた。足もとは繊細なシルバーのサンダルで、ヒールは八センチ。髪は、ぜひわたしにやらせてと言って、リバティがセットしてくれた。たった一五分ほどで、漆黒の髪をねじり、ピンを刺して、わたしの技術ではとうてい再現不可能な自然なアップにまとめてしまう。彼女はわたしよりほんの少し年上なだけなのに、実の母親でさえめったに見せてくれなかったやさしい態度で接してくれる。

「できたわ」リバティは最後にブラシでわたしの鼻にいたずらっぽくパウダーをはたきながら言った。「完璧《かんぺき》よ」

こんな彼女を好きにならずにいられる人なんて、いるだろうか。

父とわたしが踊っていると、カメラマンがひとり近づいてきた。わたしたちはぴったり寄り添って笑顔を見せ、まばゆいフラッシュを浴びてから、また元の距離に戻った。

「明日、ニックと一緒にマサチューセッツに帰るから」わたしは父に告げた。チャーター便ではなく通常の定期便に乗る予定で、ファーストクラスのチケットを二枚、わたし名義のクレジットカードで買ってある。ＶＩＳＡの請求書はすべて父が払ってくれているので、わたしがニックの分のチケット代も出したことは当然ばれているはずだ。でも、父はその話にふれようとはしなかった。今のところは。

「帰る前に、ニックのほうからパパにちょっと話があるって」わたしは言った。

「そうか、楽しみにしているよ」

「ちゃんと愛想よく接してあげてよ」

「わたしが無愛想にするのには理由があるんだ。相手の本性を探りだすには、そうするのがいちばん手っとり早いからな」

「ニックを試すようなことはしないで。わたしの選択を尊重してほしいわ」

「やつはおまえと結婚したがっているんだろ」父が言った。

「ええ」

「そうすれば、これから一生ファーストクラスに乗れるからだ。やつにとっておまえはそれだけの価値しかないんだぞ、ヘイヴン」

「ねえ、こんなふうに考えてみたことはない？」わたしは訊いた。「世の中には、わたしのお金目あてじゃなくて、わたし自身を愛してくれる人もいるんだって」

「あの男は違う」

「それを決めるのはわたしよ」わたしは言いかえした。「パパじゃなくて」

「おまえの心はすでに決まっているんだな」それは質問の形ではなかったけれど、わたしは、ええ、そうよ、と答えた。「だったら、わたしの許しなど乞う必要はない。自分の選んだ道を突き進み、結果を甘んじて受け入れればいいだろう。おまえの兄さんだって、リバティとの結婚を決めるとき、わたしに意見など訊きに来たりはしなかったぞ」

「そりゃそうよ。ふたりをくっつけるためにあらゆる手をつくしたのは、むしろパパのほうじゃないの。彼女がパパの大のお気に入りだってことは、誰の目にも明らかだもの」自分の声にかすかな嫉妬《しっと》が含まれていることに驚き、急いで先を続けた。「もっと普通の親らしく振る舞うことはできないの、パパ？　わたしがボーイフレンドを家に連れてくる、パパは彼を気に入ったふりをする、そのあとわたしは自分の人生を歩んでいき、大事な祝日や記念日にはお互いに連絡をとりあう、そんな感じでいいじゃない」わたしは口角をあげてにっこりと笑ってみせた。「お願いだから邪魔しないで、パパ。わたし、幸せになりたいの」

「やつと一緒になったら幸せにはなれんぞ。あれに出世の見こみはない」

「なんでそんなことがわかるのよ。ニックとは一時間も一緒に過ごしたことないくせに」

「こっちもだてに年をとってはいないからな。見こみのある人物かどうかくらい、ひと目でわかる」

大声でやりあっていたわけではないのだけれど、わたしたちは周囲の注目を集めはじめていた。会話の内容までは聞こえなくとも、ふたりが互いを非難しあっていることは、まわりの人々にも伝わってしまうのだろう。わたしは落ち着きをとり戻そうとしながら、必死に足を動かしつづけ、〝リズムには合っていないが、いちおうダンスと呼べなくもないダンス〟を踊った。「わたしが好きになる人は、パパに言わせればどうせみんな役立たずなんでしょ。パパの選んだ人以外はね」

その言い方に、父の怒りをかきたてるなにがしかの真実が含まれていたようだ。「結婚式の費用は出してやる」父が言った。「だが、バージンロードを一緒に歩いてくれる父親役は自分で見つけてこい。それから、あとになって離婚のために金が必要だと泣きついても知らんぞ。おまえがやつと結婚したら、わたしは縁を切らせてもらう。おまえたちにはびた一文やらないから、そのつもりでな。それでもまだ話をしに来るだけの度胸がやつにあるなら、明日わたしからはっきりとそう言ってやる」

「ありがとう、パパ」わたしが父から離れると同時に、音楽がやんだ。「すてきなフォックストロットだったわ」

ダンスフロアを立ち去りかけたとき、両腕を広げて父のほうへ駆けていくキャリントンとすれ違った。リバティの幼い妹だ。「今度はあたしの番よ！」チャーチル・トラヴィスと踊ることがこの世でなによりも楽しいというように、キャリントンが歓声をあげる。

それを見ていて、ほろ苦い思いがこみあげた。わたしも九歳だったころは、父に対してあんなふうに感じていたはずなのだけれど。


わたしは人込みをかき分けるようにして、部屋の外へと進んでいった。目に映るのはみんなの口、口、口ばかり……おしゃべりしたり、笑ったり、食べたり、飲んだり、投げキッスをしたり。わいわいがやがや反響する雑音のせいで、頭がぼうっとしてしまう。

廊下の壁掛け時計をちらりと見た。かつてテキサス最古の鉄道会社が所有していた、アンティークの時計だ。午後九時。あと三〇分ほどしたら二階の一室でリバティと落ちあい、彼女がハネムーン用の服に着替えるのを手伝う約束になっている。その儀式が今から待ち遠しくてたまらなかった。思わず目が潤んでしまうような幸せのお相伴にあずかるのは、今夜はこれくらいでもう充分だ。

シャンパンのせいで喉が渇いてきた。ケータリングのスタッフでごったがえすキッチンへ入っていき、キャビネットからきれいなタンブラーをひとつとりだす。シンクでそれに水をくみ、ごくごく音を立てて飲み干した。

「すみません、どいてください」ウエイターが気の立った様子で声をかけてくる。熱々の料理が盛られた保温容器を抱え、横をすり抜けようとしているらしい。わたしはさっとよけて彼を通してやってから、楕円《だえん》形のダイニングルームへぶらぶらと入っていった。

うれしいことに、見慣れたニックの頭と肩の影が、ワインセラーへと続くアーチ型の戸口付近をよぎるのが見えた。錬鉄製の小さな扉を開けっぱなしにしたまま、影はその奥へと消えていく。整然と並んだオーク製の樽《たる》が甘い芳香を放っている貯蔵室へ向かうつもりのようだ。たぶんニックは人いきれに疲れてしまい、わたしに会いたくて早めに戻ってきたのだろう。わたしも彼に抱きしめてほしかった。耳ざわりな喧噪《けんそう》からしばし離れ、静穏なひとときを過ごしたい。

ダイニングテーブルをまわりこんで、わたしもワインセラーへ向かうことにした。なかに入って後ろ手に扉を静かに閉め、壁のスイッチを探って、わざと明かりを消す。

彼の舌打ちが聞こえた。「ちょっ、おい――」

「わたしよ」暗がりのなかでも、すぐに彼を見つけることができた。低い笑い声をあげながら、てのひらを彼の肩にすっと滑らせる。「ああ。タキシードを着てるあなたもすてき」

なにか言いかけた彼の頭を引き寄せ、その顎をついばむように唇を押しつけながら、ささやいた。「会いたかったわ。わたしと踊ってほしかったのに」

彼がはっと息をのむ。ハイヒールを履いているわたしが少しよろめくと、両手をヒップに添えて支えてくれた。鼻をくすぐるワインのかぐわしい香りのほかに……さんさんと陽光を浴びたナツメグかジンジャーのような、スパイシーであたたかい……男性の肌の匂《にお》いがする。

わたしは彼の首の後ろにまわした手にそっと力をこめて顔を引き寄せ、やわらかくて熱い唇を探りあてた。ぴりっとしたシャンパンの味が、情熱的な彼の味と溶けあう。

彼の片手がわたしの背筋を這《は》いのぼってきて、素肌にあたたかいてのひらがふれると、甘い衝撃が走り抜けた。力強く、そしてやさしい手がわたしのうなじを包みこみ、頭をそっと傾けさせる。唇がわたしの口もとをかすめていった。本物のキスというより、キスの約束といった感じだ。上を向かされ、唇で顔をさっと撫《な》でられると、もっと欲しくて思わず小さな声がもれた。彼の口で唇を押し開けられたとたん、またしても官能の波に洗われる。さらになかまで彼の舌が入ってきて敏感な場所をくすぐられると、喉の奥から鈴の転がるような笑い声がこみあげてきた。

わたしは背筋を反らしつつ、ニックの体に腕を巻きつけようとした。彼はゆっくりと探るように口を動かし、熱いキスを植えつけてきたかと思うと、その熱を解き放つようにふっと力を抜いた。体の奥から歓《よろこ》びが一気にわきあがってきて、欲望が最高潮に達する。いつのまにかわたしは後ずさりしていたらしく、テイスティング用ワゴンテーブルの鋭い角がお尻にぶつかった。

ニックは驚くほど手慣れた様子でわたしを抱えあげ、ひんやりと冷えたテーブルに座らせた。そしてまたわたしの唇を奪い、今度はもっと長く深くキスをしてくる。わたしは彼の舌をつかまえ、できるだけ奥深くへ吸いこもうとした。このまま大理石の天板の上に仰向けになって、熱くうずくこの体のすべてを彼に捧《ささ》げたいと思う。わたしのなかで、なにかがするするとほどけていく気がした。普段は至極冷静なニックが懸命に自分を抑えようとしていることが、さらにわたしの興奮をかきたてる。彼は息を弾ませて、わたしの体をぎゅっとつかんでいた。

そして喉もとに吸いついてきて、繊細で敏感な肌を味わい、とくとくと脈打つ血管を唇でなぞっていく。わたしはあえぎながら、両手を彼の髪に差し入れた。やわらかくて、豊かで、しっとりしたシルクのような手ざわり。

ニックの髪質とはまるで違う。

冷たい恐怖がみぞおちへと駆けおりた。「そんな……」まともな言葉が出てこない。暗闇《くらやみ》のなかで彼の顔をまさぐると、硬く引きしまったなじみのない造作と、ひげ剃《そ》りあとのざらついた肌が手にふれた。たちまち目の端から涙があふれそうになる。でもそれが狼狽《ろうばい》から来るものなのか、怒りや恐怖、あるいは失望から来るものなのか、はたまたそれらすべてがまじりあったものなのか、わたしにはよくわからなかった。「ニック？」

手首をがっちりつかまれて彼の口もとへ引き寄せられ、てのひらの真ん中に焼けるように熱いキスをされる。そのとき、悪魔のものとしか思えない、かすれた低い声が聞こえた。

「ニックって誰なんだ？」

2

火花が散りそうなほど熱い暗闇のなか、見知らぬ男はつかんだ手首を放そうとせず、固まってしまったわたしの背筋をほぐすかのように背中を撫でつづけていた。

「ご、ごめんなさい」わたしは歯をがちがち鳴らしながら言った。「て、てっきりあなたのこと、わたしのボーイフレンドだと思ってしまって」

悲しげな声が返ってきた。「一瞬、本当にそうならよかったのにと思ったよ」彼の手がうなじのあたりまで這いあがってきて、首筋の凝った筋肉をやさしくもみしだく。「明かりをつけようか？」

「やめて！」わたしは必死にとめた。

律儀にも彼はじっと動かなかった。その声は微笑みに彩られている。「きみの名前を訊いてもいいか？」

「だめよ、だめだめ。名乗るなんてとんでもない」

「わかったよ、ボス」彼はわたしをテーブルからおろし、両手で支えてしっかり立たせてくれた。

心臓はまだどきどきと早鐘を打っている。「こ、こ、こんなことしたの初めてなのよ。わたし――気でも失うか、叫びだしたい気分だわ」

「それは勘弁してほしいな」

「このこと、絶対誰にも知られたくないの。わたし自身も知らずにいたかったくらい。できれば――」

「動揺すると早口になるんだな」彼が客観的に言う。

「早口はいつものことよ。それに動揺してるわけじゃないわ。ショックを受けてるの。できるものなら、きれいさっぱり今の出来事をとり消したい。コンピューターでエラーページを削除するみたいに……」

「404、ページが見つかりません、か？」

「それそれ。これほど重大なエラーって、そうそうないもの」

彼は愉快そうにくっくっと笑った。「大丈夫だって」わたしをそっと引き寄せながら言う。間近に彼の存在を感じるとなぜかとても安心できたので、押しのけることはしなかった。彼の声も、なにかに驚いて逃げだそうとした家畜をどうどうとなだめて群れに戻すときのように、落ち着いている。「そんなに慌てることはないさ。なにも起こってはいないんだから」

「誰にも言わないでいてくれるの？」

「もちろんだ。万が一ニックにばれたら、おれが尻を蹴《け》られるだけの話だしな」

わたしはうなずいた。ニックがこの人のお尻を蹴るだなんて、想像するだけで笑えるけれど。タキシードの服地越しにでも、彼の肉体が引きしまっていて力強く、おいそれと敵にやられるほどやわではないことはわかる。その瞬間、先ほどテント裏で見かけた男性のことを思いだし、わたしは闇のなかで目を見開いた。「あっ」

「なんだ？」彼が顔を近づけてくると、あたたかい吐息がこめかみにかかった。

「あなたのこと、さっき見かけたわ、テントの裏で。青い目の人でしょ？」

彼のほうも凍りつく。「するときみは、グリーンのドレスを着ていた花嫁の付添人か」自分を嘲《あざけ》るような低い笑い声が彼の口からもれると、ぞくぞくするほど甘いその響きに、わたしの全身の毛が立った。「くそっ。つまりきみもトラヴィス家の人間なんだな？」

「その質問に答えるわけにはいかないの」体じゅうの血管のなかを駆けめぐる屈辱感と興奮を、どう言い表せばいいのだろう。彼の唇はごく近くにある。できればもう一度、とろけそうに熱いあのキスを味わいたい。そんなことを思ってしまう自分に嫌悪感を覚えた。けれど……あたたかい日差しのような彼の香りに包まれると……この人って、わたしがこれまでに出会ったどの人よりもいい匂いがするみたい。「わかったわ」声を震わせながら言う。「名乗るつもりはないと言ったことは忘れて。あなたは誰なの？」

「きみにとっては、ハニー……トラブルの種かな」

禁じられた時が刻一刻と刻まれるにつれて見えない鎖がふたりに巻きついてくるかのように、わたしたちは抱擁を解くこともできないまま、じっと押し黙っていた。かろうじてまだ機能しているわたしの脳の一部は、今すぐ彼から離れなさい、と命じていた。なのにわたしは、なんだかとてつもないことが起こりそうな予感がして、身動きできなかった。ワインセラーの外からは何百人もの人々がひしめきあう騒がしい声や物音が聞こえてくるのに、わたしだけどこか遠くにいるような気がしていた。

彼が片手をそっとあげ、指先でわたしの頬を撫でていく。闇のなかでわたしは彼の手をまさぐり、薬指に指輪がはまっていないかどうかを確かめた。

「ああ……いや、結婚はしてないよ」

小指の先でわたしの耳の輪郭をなぞりながら、彼がつぶやく。いつしかわたしは奇妙な心地よさに押し流されそうになっていた。こんなこと許しちゃだめよ、といくら自分をたしなめても、そばへ抱き寄せられて腰を押しつけられるとあらがうことすらできない。重くなった頭を少し後ろへ傾けたとたん、顎の下のやわらかい喉もとに彼が鼻をすり寄せてきた。誘惑に抵抗するのはかなり得意なほうだと自負していたのに。でも、今回ばかりは強い欲望に負けてしまいそうだ。こんなことは初めてだから、どう対処していいかわからない。

「あなたは新郎側の友人なの？」どうにかそれだけ尋ねた。「それとも新婦側？」

わたしの肌に唇を押しつけたまま彼が微笑むのがわかる。「いや、どっちにもあまり好かれてはいないかもな」

「それじゃあ、披露宴に勝手に押しかけてきたわけ？」

「ここにいる人々の半分くらいは、どうせ飛び入りの客だろう？」彼の指がドレスの肩紐を伝いはじめると、わたしの胃は縮みあがった。

「あなたは石油業界の人？　それとも牧畜関係？」

「石油だ」彼が言った。「どうしてそんなことを訊く？」

「いかにも肉体労働者っぽい体つきだから」

笑い声が彼の胸のなかで響く。「ドリルパイプで油田を掘る仕事をちょっとね」彼は認めた。そのやわらかい吐息がわたしの髪にかかる。「それできみは……ブルーカラーの男とつきあったことはあるのかい？　たぶんないだろうな。きみみたいな金持ちの女の子は……自分と同じ種族の人間としかつきあわないんだろう？」

「ブルーカラーの男性にしては、ずいぶん上等なタキシードを着てるじゃない」わたしは反撃した。「アルマーニでしょ？」

「肉体労働者だって、たまには晴れ着のひとつも着ないとな」彼はわたしの体越しに両手をのばし、ワゴンテーブルの縁をつかんだ。「これって、なんのためにあるんだい？」

わずかでも彼との距離を保っておくのが大事だと思い、わたしは後ろへのけぞった。「テイスティングテーブルのこと？」

「ああ」

「コルクを抜いたり、デキャンタしたりするときに使うのよ。引き出しにワイン用の道具をしまってあるの。上にかける白いテーブルクロスもね、ワインの色を見るのに便利だから」

「ワインのテイスティングなんてやったことないな。どんなふうにやるんだ？」

暗闇のなかでようやくぼんやり浮かびあがってきた彼の頭の輪郭を見つめる。「グラスを脚のところで持って、その上に鼻を近づけて、香りを吸いこむのよ」

「おれの場合、鼻がちょっとでかすぎるからな」

わたしはどうしても我慢できなくなって、彼の鼻にそっとふれてみた。鼻柱が少しゆがんでいるようだ。「あらこれ、どうして折ったの?」わたしは声をひそめて訊いた。

彼のあたたかい唇がわたしの手の甲へと滑ってくる。「その話は、ワインよりもっと強い酒を飲んだときしかしないことにしてるんだ」

「そう」わたしは手を引き抜いた。「ごめんなさい」

「謝らなくていいよ。きみにならいつか話してやってもいい」

それかけた話題を無理やり元に戻す。「ワインをテイスティングするときは、いったん口のなかにためて香りを嗅《か》ぐの。口の奥から鼻腔《びくう》に通じてる部分があって、そこに嗅覚《きゅうかく》のレセプターがあるから。それを含み香って呼ぶんだけど」

「へえ、おもしろいね」彼は少し間を置いてから続けた。「で、そうやって香りと味を確かめたあと、ワインはバケツに吐きだすんだろう?」

「わたしは吐きだすより飲むほうが好きだけど」

その言葉に二重の意味があると気づいたとたん、わたしは真っ赤になった。おそらく、暗闇のなかでもはっきり見てとれるくらい。慈悲深くも彼はそのことにふれようとしなかったが、声にはやや、笑いが含まれていた。「いろいろ教えてくれてありがとう」

「どういたしまして。さあ、そろそろ会場のほうに戻らないとね。あなたが先に行って」

「わかった」

だが、ふたりとも動かなかった。

それどころか、彼は両手でわたしのヒップを探りあて、そこから上へと手を這わせてくる。薄く繊細なドレスの布地に、指先のたこを引っかからせて。彼がほんの少し体重を移し替えるだけで、骨や重そうな筋肉が動くのがわかる。吐息の音さえ、やけに大きく聞こえた。

労働で荒れて節くれ立った手で顔をやさしく包まれると、喉がきゅっとつまりそうになる。熱いシルクのようになめらかで甘い唇が、わたしの口をとらえた。そのキスはあくまでもやさしいものだったが、そこにはとても生々しい感情が表れていて、彼がようやく顔をあげるころには、わたしはむきだしの神経をじかに刺激されたかのように、歓びに打ち震えていた。哀れっぽく訴えるような声が知らず知らず喉の奥からもれ、われながら恥ずかしかったけれど、自分ではどうすることもできなかった。なにもかも。

手をのばして、彼のたくましい手首をつかむ。そうでもしなければ崩れ落ちてしまいそうだった。膝に力が入らない。これほど激しく魅惑的で危険な体験は初めてだ。全世界が、ワインの香りで満たされたこの小さな部屋に収斂《しゅうれん》してしまったみたい。暗闇のなかでふたりきり、どうやっても手に入らない相手への欲望はつのるばかり。彼の口が耳もとへと動いてきて、あたたかく湿った吐息がかかると、わたしはうっとりと彼に身を預けた。

「なあ、ハニー」彼がささやく。「あとはどうなってもかまわないと思えるほど気持ちがよかったことなんて、人生でもたった一度か二度しかない」唇がわたしのおでこへ、鼻へ、そしてまぶたへと滑ってくる。「ニックには気分が悪くなったとでも言って、おれと一緒に来ないか？　今すぐ。今夜はきれいな苺満月《ストロベリー・ムーン》だ。どこか草のやわらかいところを探して、シャンパンのボトルを開けよう。そのあとガルヴェストンへ連れていってやるよ、港へ行くと、海から朝日がのぼってくるのが見えるんだ」

わたしはうろたえた。こんなふうに誘いをかけてくる男性は初めてだ。そして自分が、誘いに乗りたくて内心うずうずしてしまうのも意外だった。「無理よ。頭がどうかしたかと思われるわ」

彼はわたしの口もとにキスをし、唇をやさしくついばんだ。「そうしないほうがどうかしてる、っていう場合もあるぞ」

わたしは身じろぎして彼を押しやり、距離を置いた。「わたし、おつきあいしてる人がいるのよ」声を震わせながら言う。「どうして……なんでこんなことを許してしまったのか、自分でもよくわからないけど。ごめんなさい」

「そんなことで謝るなよ。少なくとも、おれには」彼が一、二歩近づいてくると、わたしは身をこわばらせた。「謝ってもらうことがあるとすれば、これから一生、ワインセラーには近づけなくなってしまったことに対してかな。どうしてもきみを思いだしてしまいそうだからね」

「なぜ？」情けなさと恥ずかしさでいたたまれなくなりながら尋ねる。「わたしとのキスって、そんなにひどかった？」

悪魔のようにやさしいささやき。「違うよ、スイートハート。それくらいよかったってことさ」

そう言い置いて彼が先に出ていくと、わたしはくずおれるようにテイスティングテーブルにもたれかかった。


ふたたび喧噪のなかへ戻り、そのままこっそり大階段をあがって、二階へ向かった。ゲイジが子供のころ使っていた部屋へ行くと、すでにリバティが待っていた。昔はよく、わたしもこの部屋へ押しかけたものだ。わたしのためならいつだって時間を割いてくれる兄の注意を引きたくて。宿題をやっているところを邪魔したり、壊れたおもちゃを直してもらいに来たり、きっとものすごく迷惑だったに違いない。それでもゲイジは、今にして思えば信じがたいほどの辛抱強さで、わたしの相手をしてくれた。

わたしが今のキャリントンの年か、それよりもうちょっと小さかったころ、お気に入りの人形をジャックとジョーに窓から投げ捨てられて、ゲイジに拾ってもらったことがあった。あるときわたしが、おもちゃや本や脱ぎ捨てられた服でひどく散らかっているジャックの部屋へ入っていくと、彼とジョーがふたり並んで、開いた窓から身を乗りだしていた。

「なにしてるの?」わたしは兄たちのそばへ近づきながら訊いた。すると、ふたつの黒い頭がいっせいにこちらを向いた。

「勝手に入ってくんなよ、へイヴン」ジャックが怒鳴った。

「だってパパが、お兄ちゃんたちと一緒に遊んできなさいって」

「あとでな。いいから出てけよ」

「ねえってば、なにしてるの？」さらに窓辺に近づいていって、ふたりがなにかを紐に吊《つる》して外にぶらさげているのが見えた瞬間、心臓がとまりそうになった。「それって……それって……あたしのブーツィーちゃん？」

「ちょっと借りてるだけだってば」ジョーは紐とビニールでできたなにかを必死に操りながら言った。

「だめ！」わたしはどうしようもないパニックに襲われ、絶望的な怒りを爆発させた。「貸してなんて言わなかったじゃない。返してよ！　その子を返して――」わたしは割れんばかりの声で叫んだ。窓の外のブーツィーは裸にされ、ピンクのボディーが紐やテープやクリップでがんじがらめにされていた。わたしのお人形はどうやら、パラシュート部隊のジャンパーに任命されたようだった。「やめてったらあああ！」

「いいだろ、別に」ジャックがうんざりした口調で言った。「こんなの、ただのプラスチックのかたまりなんだからさ」そしてさらにひどいことに、意地悪そうな顔でわたしを見たあと、ぽいっと人形を放《ほう》り投げてしまった。

ブーツィーは石ころのように落ちていった。わたしは、たとえふたりが本物の赤ちゃんを投げ捨てたとしてもここまで激しいショックは受けないだろうというくらいのショックを受けた。声を限りにぎゃーぎゃー泣きわめきながら部屋を飛びだし、大きな階段を駆けおりた。

両親やハウスキーパーや庭師たちがなにごとかと驚くなか、さらに泣き叫びながら家の脇《わき》へまわりこんだ。

ブーツィーは巨大なイボタノキの茂みのど真ん中に落ちていた。外からかろうじて見えるのは、くしゃくしゃになって枝に引っかかっているパラシュートだけ。わたしのお人形は緑と白の茂みの奥に完全に突き刺さっていた。わたしはまだ背が低くて、枝のなかに手をのばしても届かず、その場に立ちつくしてわんわん泣くことしかできなかった。そのあいだもテキサスの太陽が容赦なく照りつけ、ウールの毛布のように暑くまつわりついていた。

騒ぎを聞きつけて飛んできたゲイジが茂みのなかに手を突っこんで、ブーツィーを救いだしてくれた。そして、イボタノキの木の葉まみれになっていた人形の埃《ほこり》を払ってからわたしを抱きしめ、Tシャツで涙をぬぐってくれた。

「お兄ちゃんがいちばん好き」わたしはゲイジに向かってささやいた。

「ぼくもだよ」ゲイジも笑いながら、わたしの髪に顔をうずめてささやいた。「ほかの誰よりもおまえが大好きだ」

そして今、ゲイジの部屋に入っていくと、光沢のあるオーガンザ・ドレスのたっぷりした生地にふんわりと包まれたリバティが待っていた。靴は床に放りだされ、流れるように長いベールもマットレスの上に脱ぎ捨てられている。教会で彼女の花嫁姿を見たとき、さすがのリバティもこれ以上は美しくなれないだろうと思ったけれど、こんなふうに多少身だしなみが乱れている今のほうが、はるかに輝いて見える。彼女はメキシコ人の血を引くハーフで、バターのようになめらかでつややかな肌と大きな茶色の瞳を持ち、ちょっと古めかしい言い方をすれば〝グラマー美女〟という言葉がぴったりの体つきをしていた。それにしては恥ずかしがり屋で、用心深い一面もある。いろいろとつらい目にも遭いながら、それらを乗り越えて人生を歩んできたんだろうな、と察せられた。

わたしを見たとたん、リバティはおどけた顔をしてみせた。「ああ、やっと救い主が来てくれたわ。さあ、早くこのドレスを脱ぐのを手伝って——ボタンが何千個もあるのに、全部背中についてるのよ」

「お安いご用よ」わたしが横に腰をおろすと、リバティはすぐさま背中をこちらに向けた。ボタンが外しやすいように気をつかってくれたのだろう。けれどもわたしは、彼女がいくら愛想よく接してくれても決して晴れないもやもやを心に抱えたままだった。

でもせっかくの晴れの日なのだから、なにかお祝いの言葉をかけてあげなければ。「今日はゲイジにとって、人生最良の一日になったと思うわ。あなたのおかげで、兄さん、ほんとに幸せそうだもの」

「わたしのほうこそ、彼のおかげで幸せになれたのよ」リバティが言う。「あんなにすばらしい男性はいないわ。信じられないほどすてきで……」そこで口をつぐみ、小さく肩をすくめてみせた。これだけの思いを言葉にするなんて無理だわ、とでもいうように。

「結婚してうちの家族の一員になるのって、けっこう大変でしょ。みんな個性が強いから」

「あらわたし、トラヴィス家の人たちはみんな大好きよ」リバティは少しもためらわずに答えた。「大家族には前々から憧《あこが》れていたし。母が亡くなってから、ずっとキャリントンとふたりきりだったから」

わたしたちはお互い一〇代のころに母親を亡くしているという事実に、そのとき初めて気づかされた。そうは言っても、リバティのほうがはるかに心細かったはずだ。大金持ちの父親もいなければ、頼れる身内もない。すてきなお屋敷に住めたわけでもなく、贅沢《ぜいたく》なんてもってのほか。おまけに、たったひとりで小さな妹を育ててきたなんて、本当に頭がさがる。

「お母さんって、ご病気だったの？」わたしは訊いた。

リバティが首を振る。「交通事故よ」

わたしはクローゼットへ行って、ドアの裏側にかけてあった白いパンツ・スーツをとりだした。肩を揺するようにしてやっとウエディングドレスを脱ぎ終えたリバティのもとへ、そのスーツを持っていく。真っ白なレースに囲まれた彼女はどこもかしこも豊かな丸みを帯びていて、思った以上にはっきりと妊娠の徴候が表れていた。

リバティは白いパンツとおそろいのブレザーに着替え、ヒールの低いベージュ色のパンプスを履いた。ドレッサーの前へ行って鏡をのぞきこみ、にじんではみだしたアイライナーをティッシュで丁寧に拭《ふ》きとる。「まあ、このくらいで我慢しとくほかないわね」

「すごくきれいよ」わたしは言った。

「もうくたくたで、ぼろぼろよ」

「それでもきれいだから」

彼女は肩越しにちらりとわたしを見て、まばゆいばかりの笑みを浮かべた。「口紅がすっかりとれてるわよ、ヘイヴン」鏡のほうへわたしを手招きする。「ニックにつかまって、どこかの物陰にでも連れこまれた?」そして、チューブタイプのきらきら光る淡い色の口紅を差しだした。わたしがなにも言えずにいると、ありがたいことにちょうどそのとき、ドアをノックする音がした。

リバティがドアを開けたとたん、キャリントンが部屋に駆けこんできて、あとからわたしのおばのグレッチェンも続いた。

父の姉で、血を分けた唯一のきょうだいであるグレッチェンは、父方母方の親戚《しんせき》を合わせたなかで、文句なくわたしのいちばんのお気に入りだ。母のようにエレガントな人では決してない。田舎育ちのグレッチェンは、チェロキーの土地を流れる〝赤い河《レッド・リバー》〟を渡った西部開拓時代のどの女性にも負けないくらいタフな人だ。当時のテキサス女性は、なにもかも自分の手でこなさなければならなかった。男どもはいつだって、必要なときにそばにいたためしがないからだ。現代においてもそれは似たようなもので、女性たちはメアリー・ケイの化粧品の下に、鉄の意志を秘めている。

グレッチェンには悲劇のヒロインと呼ばれてもおかしくない過去があった。三回も婚約していながら、ことごとくフィアンセに死なれているのだ。最初の人は朝鮮戦争で、二番めの人は車の事故で、そして三番めの人は突然の心臓病で。そのたびにグレッチェンは深い悲しみに沈み、どうにかそれを乗り越えてきた。もう二度と結婚は考えないと思うわ、きっとわたしは夫に恵まれない運命なのよ――あるときおばはそんなふうに言っていた。

それでもグレッチェンは、人生にあらゆる楽しみを見いだすことを忘れなかった。コーラルピンクや赤といった派手で明るい色合いの服を好み、同じ色の口紅を塗って、ジュエリーもじゃらじゃらつけている。銀白の髪はいつもわざと遊びを入れて軽く乱してあり、まるでふわふわのボールのようだ。わたしが子供のころはしょっちゅう旅をしていて、たいていみんなにおみやげを持って帰ってきてくれた。

ただし、グレッチェンがふらりとやってきて一週間ほど家に滞在していくときは、母にとってはかなりのストレスだったらしい。強い意志を持つ女性ふたりを同じ屋根の下に置いておくのは、一本の線路に二台の列車を走らせて衝突するのを待つようなものだ。母としては、グレッチェンにはあまり頻繁に家に来てほしくなかったはずだけれど、普段は決してそれを態度に出さなかった。いつだったか一度だけ、あの人はお節介がすぎるのよと文句を言った母に向かって、父がおばを弁護していたことがある。

「どんなに家のなかを引っかきまわされようと、わたしはかまわない」父は言った。「姉さんは命の恩人なんだから」

父がまだ小学生だったころ、その父、つまりわたしの祖父は、家族を置き去りにして家を出ていったそうだ。妻はこの世に生きとし生ける女性のなかで誰よりも底意地が悪く、頭のねじも飛んでいる。頭のねじが飛んでいるだけなら我慢もできるが、底意地の悪い女とは一緒に暮らしていけない、と言い捨てて。そして祖父は一家が住んでいたコンローを去り、それっきり音信不通になった。

夫に出ていかれたことで、祖母も少しは反省して改心しただろう。そんなふうに想像する人もいるかもしれない。だがその代わり、祖母は逆の反応を示した。なにかちょっとでも腹の立つことがあると、子供たち、すなわちグレッチェンとチャーチルに手をあげるようになったのだ。そしてどうやら、祖母にはほぼすべてのことが気に入らなかったらしい。キッチンの調理用具でも、ガーデニングの道具でも、とにかく手近にあるものをつかんで、子供たちを死ぬほど叩《たた》きまくった。

当時の社会はまだその手の虐待にも寛容だったので、家庭内の出来事として片づけられてしまい、公的介入を受けることもなかった。グレッチェンは、なんとかしてここから逃げださなければ弟はいつか本当に殺されてしまう、と思ったという。

彼女は洗濯や縫い物などの小間仕事で稼いだ駄賃をためておき、一六歳の誕生日が過ぎたある晩、真夜中を過ぎるのを待ってチャーチルを起こすと、古いスーツケースにふたり分の服をつめて家を抜けだし、待ちあわせをしておいたボーイフレンドの車まで弟を連れて通りを走った。ボーイフレンドはふたりをコンローから六五キロほど離れたヒューストンまで送り届け、またすぐに会いに来るよ、と約束して帰っていった。だがもちろん、その約束は果たされなかった。グレッチェンは気にしなかった——最初から彼には期待していなかったからだ。その後、彼女は電話会社に働き口を見つけ、ひとりでチャーチルを養ってきた。以来、母親に居場所を突きとめられることはなく、母親が子供たちの行方を本気で捜していたかどうかも怪しいという。

それから長い年月が流れ、母親もすっかり年老いて暴力など振るえなくなったと思われるころ、グレッチェンは人をやって様子を見に行かせた。すると母親は、虫のわいたごみための ような家にみすぼらしく住んでいた。グレッチェンとチャーチルが母親を老人ホームに入れてやると、母親はそこでもスタッフやほかの入居者にさんざん迷惑をかけたあげく、一〇年ほどしてやっと息を引きとった。その間、チャーチルは一度も面会に行かなかったが、グレッチェンはときおり顔を見に行ってやっていた。近所のファミリーレストランでごちそうしてあげたり、ショッピングモールで新しいワンピースを買ってあげたりしてから、老人ホームまでまた送っていくのだそうだ。

「そういうときのおばあちゃんは機嫌よく振る舞ってたの？」わたしは一度、おばにそう訊いたことがある。

その問いかけに、グレッチェンは微笑んだ。「いいえ、ハニー。彼女は他人に愛想よくする方法を知らない人だったから。誰になにをしてもらっても、これくらい当然だ、もっとしてもらってもばちはあたらない、なんて思っている節があったわ」

「ならどうして、おばさまはおばあちゃんに会いに行ってあげてたの？　そんなひどい目に遭わされてきたのに。わたしならとっくに見捨ててると思うな」

「そうねえ……」グレッチェンは唇をとがらせて考えこんだ。「ああいうふうにしか生きられないかわいそうな人なんだ、と気づいたからかしらね。再会したときは、本当に貧乏していて気の毒だったし」

ここ何年かで、おばはだいぶ老けこんだ。忘れっぽくなり、たらたらと愚痴をこぼすことが多くなった。関節がまともにつながっていないみたいに動きは鈍いし、色白の皮膚もかなり薄くなって、青い血管がうっすら透けて見えるほどだ。母が亡くなったあと、グレッチェンがうちへ越してきて一緒に暮らすことになったとき、父はたいそう喜んだ。これでちゃんと見張っておけるからな、と言って。

キャリントンがわが家に来てくれたのは、グレッチェンにとってなによりうれしい活力源となったようだ。このふたりが大の仲よしなのは、誰の目にも明らかだった。

ピンクと紫のドレスを着て、ポニーテールにした淡い金色の髪に大きなきらきらのリボンをつけているキャリントンは、九歳児のモデルそのものだ。手には、あとで花嫁がトスするための小型のブーケを持っている。「これ、あたしが投げてあげるからね」キャリントンが宣言した。「リバティはあたしほど上手に投げられないでしょ」

グレッチェンは笑顔でリバティに歩み寄った。「あんなにきれいな花嫁さんは見たことがなかったわ」そう言って、ぎゅっと抱きしめる。「それで、新婚旅行にはなにを着ていくつもりなの?」

「この格好で行こうと思ってるんですけど」リバティが答えた。

「まあ、パンツ姿で?」

「エスカーダのスーツなのよ、グレッチェンおばさま」わたしは口を挟んだ。「とってもおしゃれでしょ」

「もうちょっと宝石かなにかつけたらどうかしら?」グレッチェンがリバティにアドバイスする。「そのままじゃ地味すぎるわ」

「宝石類はあまり持っていなくて」リバティはにっこり笑って答えた。

「でもほら、ドアノブくらい大きなダイヤモンドの指輪があるじゃないの」わたしは指摘した。「あれなら充分よ」リバティが困ったように顔をしかめるのを見ると、思わず笑みがこぼれてしまう。彼女は今も、あの婚約指輪の石は大きすぎると感じているようだ。次兄のジャックはすかさずそのダイヤモンドに〝ペット・ロック〟というふざけたあだ名をつけ、リバティをさらに困らせていた。ペット・ロックというのは、七〇年代にアメリカで突如ブームになった、ただの小石をペットに見立てた商品だ。

「ブレスレットがいるわね」グレッチェンが決めつけるように言って、小さなベルベットの袋を差しだす。「これをつけてお行きなさい、リバティ。ちゃらちゃらと音がするから、あなたがそばに来たらみんな気づいてくれるわ」

リバティが慎重な手つきでポーチから中身をとりだした瞬間、わたしは心臓をぎゅっとつかまれたような気がした。グレッチェンが昔からずっと身につけていた、金のチャームつきのブレスレットだ。

わたしが五歳のとき、大きくなったらあなたにあげるわね、と約束してくれたのに。

その日のことはありありと覚えている——おばがおみやげに、子供用の工具一式とポケットつきの革製ベルトのセットを持ってきてくれたのだ。ちゃんと使える工具ばかりで、万力、錐《きり》、鋸《のこぎり》、ペンチ、水準器、金槌《かなづち》、八角レンチ、それに軸交換式のドライバーセットが入っていた。

　工具ベルトを腰に巻いてはしゃぐわたしを見て、母は目の玉が飛びだすくらい驚いていた。口をあんぐりと開け、しばらく言葉が出なかったほどだ。きっと母はグレッチェンに向かって〝このプレゼントは持ってかえってちょうだい〟と言いだすに違いないと思ったわたしは、両手いっぱいに工具を抱えて、ちょうどファミリールームに入ってきた父のもとへ駆けていった。「ねえ見て、グレッチェンおばさまにもらったの！」

「ほう、そうか、よかったな」父はそう言って、最初にグレッチェンに微笑みかけ、それから母のほうを向いた。母の表情を目にした瞬間、父の笑顔は消えた。

「グレッチェン」母がぴしゃりと言った。「今度、娘にプレゼントを買ってくれるときは、事前に相談してちょうだい。わたし、娘を大工に育てるつもりはないんですからね」

　わたしはぴょんぴょん飛び跳ねるのをやめた。「いやよ、返さないから」

「母さんに口答えするんじゃないよ」父が言った。

「堅いこと言わないで」グレッチェンは大声で言いかえした。「ただのおもちゃじゃないの、エイヴァ。ヘイヴンはものをつくるのが好きなんだから。悪いことじゃないでしょ」

　母はとうとう金切り声をあげはじめた。「娘にとってなにがいちばん大切かを決めるのはこのわたしよ、グレッチェン。そんなに子供が好きなら、あなたもひとりくらい自分で産めばよかったじゃない」言うだけ言うと、母は憤然とわたしと父の前を通り過ぎ、寒い沈黙を残して部屋を出ていった。

グレッチェンはため息をつき、首を振りながら父を見た。

「この工具、もらっといていいでしょ?」わたしは訊いた。

父は怒ったような目でわたしをにらんでから、母のあとを追っていった。

わたしはゆっくりグレッチェンに近づいていき、祈るように両手を胸の前でぎゅっと握りあわせた。おばはなにも言わなかったが、わたしには自分がどうすればいいのかわかっていた。工具ベルトを外して、箱のなかにそっと戻した。「ティー・セットだったらよかったのかもしれないね」わたしは元気のない声で言った。「これ、持ってかえって、グレッチェンおばさま。どうせママが遊ばせてくれないから」

グレッチェンが自分の膝をぽんぽんと叩いたので、わたしはおばの腿の上に座り、白粉《おしろい》とヘアスプレーとリヴ・ゴーシュの香水の香りを吸いこんだ。そのとき、チャームつきのブレスレットが目にとまった。あまり熱心に見つめていたので、おばはそれを外して見せてくれた。新しい土地を訪れるたびに、チャームをひとつずつ買い足しているのだという。小さなエッフェル塔や、ハワイのパイナップル、メンフィスの綿俵に、小さなケープを翻す闘牛士、ニューハンプシャーのクロスカントリースキー、などなどほかにもたくさん。

「いつの日か、あなたにこのブレスレットをあげるわ」グレッチェンは言った。「そしたら今度はあなたが好きなチャームをつけていけばいいでしょ」

「あたしもおばさまみたいに、いろんなところへ出かけるようになるってこと？」
「そうしたいとは思わないかもしれないけれどね。わたしみたいな人間が旅をするのは、ひとつのところにじっととどまってはいられない理由があるからにすぎないんだもの」
「大きくなったら」わたしは言った。「あたしは絶対、じっとしてなんかいないから」

グレッチェンはあのときの約束を忘れてしまったのだろう。だとしても責める気にはなれない。ただでさえ、このところ物忘れがひどくなっているのだから。仕方ないわよ、とわたしは自分に言い聞かせた。あきらめなさい。でもわたしは、あのチャームひとつひとつの物語を知っているのに。そういう大切な記憶までグレッチェンがとりあげてリバティにやってしまうような気がして、なんだか悲しかった。わたしは無理やり笑顔をつくった。

おばが恭しいしぐさでリバティの手首にブレスレットをつけてやる。キャリントンはふたりのまわりをぴょんぴょん飛び跳ねながら、見せて見せて、とせがんでいた。わたしは自分の顔に張りついている微笑みが自分のものではないような気がしていた。まるで、ワイヤーとピンで壁に固定された絵のような感じだ。

「そう言えばわたし、これをちゃんとたたんでおかなきゃいけないんだったわね」わたしはベッドの上からベールを拾いあげ、腕にかけた。「花嫁の付添人失格だわ。首にしてくれていいわよ、リバティ」

リバティがさっと視線を投げてよこす。わたしは精いっぱい明るい表情を見せていたつもりなのに、心のなかのもやもやを見抜かれてしまったようだ。

みんな一緒に部屋を出たあと、キャリントンとグレッチェンが先に歩いていってしまうと、リバティがそっとわたしの腕にふれて引きとめた。「ねえ、ヘイヴン」とささやきながらブレスレットをちゃらちゃらいわせる。「これって、いつかあなたがもらうはずのものだったんじゃない?」

「えっ、ううん、違うわよ」わたしはすぐに否定した。「チャームつきのブレスレットはそんなに好きじゃないし。しょっちゅうものに引っかかるでしょ」

グレッチェンとキャリントンはエレベーターを待っていたが、わたしたちは歩いて階段をおりた。

下の階におりたところへ、誰かがゆったりした足どりで近づいてきた。顔をあげると、びっくりするほど青い瞳と目が合う。階段の親柱の脇で立ちどまってそこにもたれかかる彼を見た瞬間、驚きと不安が全身を駆け抜けた。顔から血の気が引いていく。あの人だ。ワインセラーで出会ったあの人。〝タキシードに身を包んだミスター・ブルーカラー〟だ。大柄で、セクシーで、しっぽをぴんと立ててがらくた置き場をうろつく犬みたいに気どっている。彼はそっけなくわたしを流し見てから、リバティの目を射抜くように見つめた。

意外なことに、リバティは怯《おび》えたそぶりを見せるでもなければ、うさんくさげに彼を見るでもなく、たちまち控えめな笑顔になった。立ちどまって、胸の前で腕を組む。「結婚のお祝いにポニーって、どういうこと?」

彼の大きな口にもかすかな笑みが浮かんだ。「キャリントンが気に入ってただろ、乗馬に連れていってやったとき」ワインセラーで話したときよりも強い訛りが感じられる。小さな田舎町や移動住宅用駐車場《トレーラーパーク》に住んでいる人々がしゃべる、焼けたタールのようにとろけそうな口調だ。「どうせきみ自身は必要なものはなんでも与えられてるだろうから、せめて妹が喜んでくれそうなささやかなプレゼントをと思ってね」

「その〝ささやかなプレゼント〟を飼うために、どれだけお金がかかるかわかってる？」リバティは穏やかに尋ねた。

「そうしたほうがよければ連れて帰るよ」

「そんなことしたら、わたしたちがキャリントンに恨まれてしまうじゃないの。あなたのおかげで、わたしの夫は難しい立場に立たされてしまったわ、ハーディ」

　彼の笑みがふっと冷ややかなものに変わる。「そういう話は聞きたくなかったな」

〝ハーディ〟

　わたしはぱっと顔をそむけ、情けなさに一瞬目を閉じた。悔しい。ただ……悔しい。単にボーイフレンド以外の男性とキスしてしまっただけでも許しがたいのに、まさかそれが一族の敵だったなんて。公私ともにバイオ燃料という新事業に賭《か》けていた兄ゲイジにとって、土壇場で横やりを入れてきて大きな取引をつぶしてくれたハーディは、まさに宿敵だった。

　小耳に挟んだ話によると、ハーディ・ケイツはかつてリバティと恋仲だったが、あるとき彼女を一方的に捨てて去っていき、今になって戻ってきてトラブルの種を蒔《ま》き散らそうとしているらしい。

ああいう人間はいつだってそうだ。

ワインセラーで彼がキスをしてきたのは、わたしに惹かれたからではなく、トラヴィス家に対する攻撃のひとつにすぎなかったのだろう。それが悔しくてたまらない。わたしたち家族をおとしめようとするハーディ・ケイツに、まんまと利用されてしまったなんて。

「ヘイヴン」リバティが口を開いた。「この人、わたしの古い友人で、ハーディ・ケイツっていうの。そしてこちらが、わたしの義理の妹、ヘイヴン・トラヴィスよ」

「ミス・トラヴィス」ハーディがやわらかい口調で言う。

わたしは勇気を振りしぼって彼を見た。青に青を重ねたように真っ青な瞳が、日にさらされた肌に映えている。今は無表情だが、目もとにはうっすらと笑いじわが刻まれているようだ。握手を求められたけれど、わたしはその手を握りかえせなかった。ふたたび彼にふれたらどうなってしまうか、そのとき自分がなにを感じるのか、自信が持てない。

ためらうわたしににっこりと笑いかけ、目をじっと見つめたまま、ハーディはリバティとしゃべりはじめた。「どうやらきみの義妹《いもうと》さんはものすごく内気な女性みたいだな」

「騒ぎを起こすためにここへ来たのなら――」リバティが抑えた口調でたしなめる。

彼は視線をリバティに移した。「とんでもない。お祝いを言いに来ただけだ」

リバティは表情をやわらげ、彼の手に軽くふれた。「ありがとう」

そこへ、新たな声が会話に加わった。「やあ、ここにいたのか」次兄のジャックだ。一見リラックスした様子だが、黒い目だけはトラブルを警戒するように険しく光っている。「ミスター・ケイツ、あなたの名前は招待客のリストに載っていないと聞きました。申し訳ないが、お帰り願えませんか?」

ハーディはジャックを値踏みするような目で見かえした。

沈黙が続き、わたしは全身の筋肉を緊張させながら、心のなかで祈っていた。せっかくのゲイジの結婚披露宴で、殴りあいのけんかだけはどうか起こさないで。ひそかにリバティの様子をうかがうと、真っ青な顔をしていた。こんなふうに披露宴に押しかけてくるなんて、ハーディ・ケイツという男はなんと自分本位で卑劣なのだろう。

「かまいませんよ」ハーディは慇懃《いんぎん》無礼に答えた。「用はもうすみましたし」

「玄関まで送りますよ」ジャックが言う。

ふたりが離れていくと、リバティとわたしはふうっと息を吐きだした。「ゲイジに見つかる前に出ていってくれるといいけど」リバティが言った。

「大丈夫よ、ジャックならその辺ぬかりなくやってくれるから」どうして彼女があんなならず者より兄を選んだのか、よくわかった。「ケイツって、明らかにお金もうけが好きそうよね。あの人なら牛にでもバターを売りつけそう」

「ハーディはたしかに野心家よ」リバティは認めた。「でも、本当に無一文からのしあがってきた人だから。彼が乗り越えてきた過去を思えば……」そこでため息をつく。「たぶんあの人、一年以内にリバーオークスの良家のご令嬢と結婚して、本当のトップにのぼりつめるんじゃないかしら」

「それには大金が必要よ。わたしたちみたいなリバーオークスの若い娘と結婚するとなったら、それなりにお金もかかるから」

「彼が欲しいもののなかでは、お金がいちばん簡単に手に入るものなのよ」

やっと一階におりてきたエレベーターからキャリントンが飛びだし、わたしたちのほうへ駆けてきた。「早く行こう」と興奮した声で訴える。「みんなもう外に出てるよ。花火が始まっちゃう！」

花火か、とわたしは思った。火花が散るところなんて、これ以上見たくないのだけれど。


翌朝わたしがスーツケースに荷物をつめていると、部屋にニックがやってきた。リバーオークスの屋敷に泊まっているあいだ、わたしたちは別々の部屋を与えられていた。ニックは、「別にかまわないよ、きみのお父さんが同じ屋根の下にいるのにいちゃつくわけにもいかないもんな」と言っていた。

わたしは笑いながら言いかえした。「父はもう年だし、背だってあなたの半分くらいしかないのよ。いったいなにを恐れてるわけ？　叩きのめされるとでも？」

「叩かれるだけですめばいいけどさ」

そして今、ニックが部屋に入ってきたとたん、父と話をしてきたのだろうとわかった。ストレスが顔に表れている。チャーチル・トラヴィスと腹を割って話をしたあとこういう表情になってしまう人は、彼が初めてではない。

「だから言ったでしょ」わたしは言った。「父はほんとに厄介な人なんだから。あなたがどんなにすばらしい男性だったとしても、絶対に認めてはくれないのよ」

「だった？」ニックがおどけた顔をしてみせる。

「男性であっても、よ」わたしは彼の体に腕を巻きつけ、その胸に顔をすり寄せた。「で、なんだって？」ささやくように訊く。

「向こうはいろいろ言ってたけど、まあ要するに〝ばかばかしすぎて考えるまでもない〟って話さ」ニックはわたしの頭を少し離し、顔を見おろした。「きみのことはいつだって最優先にするって、ちゃんと約束したんだけどね。きみを養うくらいの金は稼ぎますって。お父さんに結婚を認めてほしいのは、きみと家族のあいだで妙なもめごとになってほしくないからであって、それ以上の意味はないとも言ったんだが」

「トラヴィス家はもめごとが大好きだから」わたしは言った。

　緑と金と茶がまざったようなハシバミ色のニックの目に笑みが宿る。高い頬骨のあたりがまだ少し紅潮しているのは、手ごわい父相手に奮闘してきた名残なのだろう。いつしかその目からは笑みが消え、彼はわたしの髪を頭の形に沿ってやさしく撫でつけた。ニックはハンサムで、まじめで、思慮深い人だ。「これで本当によかったのかい、ヘイヴン？　ぼくのせいできみの心を傷つけてしまったのだとしたら、ぼくは生きていけないよ」

　感情がこみあげて、声が震えた。「わたしが傷つくのは、あなたが愛してくれなくなったときだけよ」

「そんなこと、あるはずないだろ。きみだけだよ、ヘイヴン。ぼくが愛するのはいつまでもきみだけさ」ニックは頭を傾けてわたしの唇をとらえ、ゆったりと長く続く夢のようなキスをしてくれた。わたしは爪先立ちになって、そのキスに熱く応《こた》えた。

「それじゃあ」彼がやさしく言った。「そろそろここを抜けだして、結婚しに行くってのはどうだい？」

3

駆け落ちしたら、エルヴィスのそっくりさんに見守られてラスヴェガスでこっそり式を挙げるしかないのかと思っていたら、今やフロリダやハワイやアリゾナのホテルでも、結婚式、ホテル宿泊、マッサージ券、ディナー券などがセットになった〝駆け落ちカップル向けウエディング・プラン〟があるのだという。わたしたちの場合、ゲイジとリバティがお金を出して、フロリダ・キーズのホテルにそのプランを申しこんでくれた――ふたりからわたしたちへの結婚祝いというわけだ。

わたしとニックの結婚にはあくまでも反対の立場を貫いていた父は、駆け落ちなどしたら一生勘当だ、と脅しをかけてきた。金もやらんし、連絡もとらないぞ、と。「父さんもいずれ折れてくれるさ」と兄は言っていたが、わたしは別に折れてほしくなどなかった。父にあれこれ指図されるばかりの人生には、もううんざりしていたからだ。

その件では、リバティと初めて口論にもなった。彼女はわたしに、チャーチルは今もあなたを愛しているし、それはこれからも変わらないはずよ、と言い含めようとした。

「でしょうね」わたしはぶっきらぼうに言いかえした。「思いどおりに動かせる駒《こま》として。

子供としては。でも、自分の意思を持つひとりの大人としては……どうかしら。父は、父を喜ばせることに命を捧げてくれるような人が好きなだけよ」

「彼にはあなたが必要なのよ」リバティは食いさがった。「いつか――」

「必要ないわよ」わたしは言った。「あなたがいるもの」彼女にやつあたりするのはフェアではないとわかっていたけれど、とめられなかった。「あなたならきっといい娘になれるでしょ。わたしはもうたくさん」

それからしばらく、リバティとは口を利かなかった。

ニックとわたしはダラスの北にあるプラノに引っ越し、彼は建設会社で費用見積士として働きはじめた。一生続ける仕事ではないものの、お給料がよくて、とくに残業代は弾んでもらえる。わたしはダーリントン・ホテルに就職し、マーケティング・コーディネーター見習いとなった。広報とマーケティングのプロジェクトを仕切る部長の補佐役だ。

ダーリントンはおしゃれでモダンなホテルで、外壁はピンクの大理石で覆われているのだが、楕円形で細長い高層構造の建物が見ようによっては陰茎のように見えると評判になっていた。ダーリントンがダラスでもっともロマンティックなホテルとして人気を集めているのは、もしかしたらそういうサブリミナル効果のおかげなのかもしれない。

「あなたたちダラスっ子やこの街の建築家って、いったいなにを考えてるんだか」わたしはニックに向かって言った。「ここの建物って、どれもこれもペニスの形かシリアルの箱みたいな形をしてるじゃない」

「そっちこそ、なにかと言えば赤いペガサスのくせに」ニックが指摘する。

たしかに彼の言うとおりだ。わたしは昔から赤いペガサスのネオンサインが大好きだった。一九三四年以降マグノリア・ビルのてっぺんに掲げられている、石油会社のロゴマーク。ともすれば味気なくなりがちな大都市の街並みに、個性を与えてくれている。

でも、ダラスという街については、まだよくわからずにいた。ヒューストンに比べれば整然としていて、都会的で、すべてがきちんとしている感じだ。カウボーイハットをかぶっている人も少なく、おしなべて行儀がいい。そしてダラスはヒューストンよりも政治色が濃く、選挙のたびに施政方針ががらりと変わって雰囲気が一変する印象があった。

上品で気どったダラスの街は、見くびられることを極端に恐れて、二度めのデートになにを着ていこうかと頭を悩ます女性のようだ。もしかするとそれは、世界じゅうのたいていの大都市と違って、港がないせいかもしれない。ダラスは一八七〇年代にヒューストン・アンド・テキサス・セントラル鉄道とテキサス・アンド・パシフィック鉄道というふたつの鉄道会社が路線を開通させてから栄えた町で、二本の線路は直角にまじわり、その周囲がやがて一大商業地として発展した。

ニックの家族はみな、ダラスかその近辺に住んでいる。両親は彼が幼いころに離婚し、それぞれが再婚した。だから実の兄弟姉妹のほかに、それぞれの親の再婚相手の連れ子や、半分だけ血のつながった弟妹などが大勢いるらしく、いったい誰がどの親の子供なのか、何度話を聞いてもわたしは混乱するばかりだ。といっても、親戚づきあいはあまり密ではないので、さほど困ることはない。

わたしたちは小さな分譲マンションを買った。公共プールにほど近く、二台分の駐車スペースがある物件だ。わたしはそこに、価格が手ごろで明るい色味のモダンな家具を買いそろえ、バスケットやメキシコ製の素焼きの壺《つぼ》などの小物を置いた。リビングルームには、昔の旅行ポスターの巨大な複製を額に入れて飾ってある。〝魅惑の大地、メキシコへようこそ〟という大きな宣伝文句の下で、黒髪の少女が果物のかごを抱えているポスターだ。

家具は安っぽいし、いかにも南西部風のインテリアが気に入らないと文句を言うニックに向かって、わたしは説明した。「わたしたちらしくていいでしょ。〝イケア大好き〟スタイルって名づけたの。たぶんこういうの、これから流行《はや》るはずよ。すぐにみんながまねしはじめるから。それにわたしたち、あんまり贅沢を言える身分じゃないんだし」

「本当なら今ごろ宮殿にだって住めてたかもしれないんだぜ」ニックがやけにどすの利いた声で言った。「きみの親父《おやじ》があんなクソ野郎でさえなかったらな」

突然光った稲妻のごとく敵意がきらめき、わたしは仰天した。わたしがこのマンションをできるだけ快適な空間にしようと工夫すればするほど、ニックは腹が立つらしい。まるでままごとをしてるみたいじゃないか、と彼は言った。中流階級の人々のような暮らしも悪くはないとわたしは思っているのに、彼のほうはそれでわたしが本当に幸せになれるのかどうか心配なようだ。

「もちろんなれるわよ」と、わたしは言った。「あなたがいるんだもの。幸せになるために大きなお屋敷はいらないわ」

わたしの生活環境が変わったことにより大きな影響を受けているのは、わたし自身よりもニックのほうではないかと思うことがたびたびあった。きみに贅沢をさせてやれないのがつらい、と彼は言う。二台めの車さえ買えないことが悔しい、と。

「わたし、ほんとに気にしてないから」わたしがそう言うと、彼はますます怒りをつのらせる。ぼくがこんなに気にしてるんだから、きみもそうすべきだ、ということらしい。

けれども嵐《あらし》が過ぎ去ったあとは、いっそう甘い静けさが訪れる。

ニックはわたしの職場に少なくとも日に二度は電話をかけてきて、様子はどうかと聞いてくる。わたしたちはしょっちゅうおしゃべりしていた。「なんでも話しあえる夫婦になりたいんだ」ある晩、ワインのボトルが半分ほど空いたところで、彼がそう言いだした。「うちの両親はいつもお互い秘密を抱えてたからね。きみとぼくは、なんでも正直に打ち明けあうオープンな関係を築いていきたいんだ」

原則的にはわたしもその案に賛成だ。でも実際にやってみると、それは自尊心を傷つけられることでもあった。まったく嘘偽りのない正直さというのは、必ずしもやさしいことばかりではない。

「きみはほんとにきれいだよ」ある夜、ベッドで愛しあったあと、ニックがそう言った。わたしの体を撫でまわす彼の片手は、あまり豊かでない胸のふくらみを楽々乗り越えていく。わたしは胸が小さくて、せいぜいBカップほどしかない。結婚する前からニックはよく、わたしの肉体的欠陥について冗談まじりに文句を言っていた。シリコンを入れる豊胸手術を受けさせてやってもいいんだけど、背が低くてやせっぽちなきみのような体形で胸だけが大きいなんて、かえっておかしいからな。彼はわたしの顔を撫で、頰の線を指でなぞった。「大きなブラウンの目……かわいらしい鼻……美しい口。これだけそろってれば、体なんかどうだっていいさ」

「わたしにだって体はあるのよ」

「胸のことを言ったんだよ」

「胸だっていちおうあるわ。そんなに大きくはないってだけで」

「まあいいじゃないか、そんなきみでも大好きなんだから」

あなたの体だって完璧なわけではないと言いかえしてやりたかったけれど、けんかになるのは目に見えていた。ニックはちょっとでも批判めいたことを言われると、極端な反応を示す。どんなにやさしい言い方でも、いくら彼のためを思ってのことでも。他人に欠点を指摘されることに慣れていないのだろう。一方わたしは、常日ごろから手厳しい批評にさらされる家庭で育ってきた。

母はいつも自分の友人の娘たちの話を引きあいに出し、誰それはとてもお行儀がいいだの、誰それはピアノのお稽古《けいこ》のときおとなしくじっと座っているだの、誰それはお母さんのために薄紙でお花をつくってあげただの、誰それはバレエのステップを上手にやってみせてくれただのと、わたしに語って聞かせた。わたしだって、できればそういう女の子たちみたいに親の期待に応えたかったけれど、エイヴァ・トラヴィスをそのまま小さくしたような娘像を押しつけられるのがどうしてもいやで、つい反抗してしまうのだった。そうこうするうちに母が亡くなったため、わたしは穴埋めするチャンスを失って、山のような後悔を抱えるはめになった。

結婚後初めて迎えた一連の祝祭日――初めての感謝祭、初めてのクリスマス、そして初めての新年――は、いずれも静かなものだった。ふたりとも地元の教会にはまだ属しておらず、ニックが家族同然の仲だと言っていたはずの友人たちはみな、それぞれの家庭で忙しいようだった。わたしは科学の授業のプロジェクトにとり組むかのように、クリスマスのディナーの準備にかかった。料理本を読み比べ、表を作成し、タイマーをセットし、材料を量り、肉や野菜を適切な寸法に切り刻む。そうしてできあがったのは、合格点は与えられるものの創造性には欠ける料理だったが、それでもニックは、こんなにおいしいターキーやマッシュポテトやペカンパイは初めて食べたよ、と褒めてくれた。

アニメに出てくるキャラクターのように大げさに音を立てて、腕にチュチュチュチュチュとキスをしてくる。「きみって人は、キッチンの女神さまだな」

ホリデー・シーズンのダーリントン・ホテルは非常に忙しく、わたしは超過勤務せざるをえない状況だったが、ニックの仕事はクリスマスから年明けまで暇だった。スケジュールのすれ違いのせいで彼はしょっちゅう車で行ったり来たりしなければならず、時間も無駄になるうえに、大変ストレスのたまる事態だった。するべきことがなにもできない……部屋はいつも散らかりっぱなし、冷蔵庫はたいてい空っぽ、洗濯物はうずたかくたまるばかり。「ぼくのシャツを全部クリーニングに出してたら、いくら金があっても足りないぞ」クリスマスの翌日、ニックが言った。「きみが暇を見つけて洗濯してくれなきゃ」

「わたしが？」生まれてこの方、わたしは自分の服にアイロンひとつかけたことなどなかった。シャツをきちんとプレスする方法なんて、わたしにとってはブラックホールやダークマターと同じくらい、宇宙の謎《なぞ》だ。「自分のシャツなんだから、あなたがやってくれればいいじゃない」

「きみにも手伝ってもらいたいんだよ。それともなにか、きみには洗濯物さえ頼めないってことなのか？」

「ううん、そういうことじゃないのよ。ごめんなさい。ただ、やり方がわからないから。シャツをだめにしてしまいそうな気がして」

「ぼくが教えてやるよ。そのうち上手にできるようになるさ」ニックは微笑み、わたしの背中をやさしく叩いた。「きみの内なるマーサ・スチュワートを呼び覚ませばいいだけだ」

内なるマーサ・スチュアートはこれまでずっと鎖につないで心の地下室に閉じこめてきたのだけれど、あなたのためなら鎖を外してあげてもいいわ、とわたしは言った。

ニックはひとつひとつ手本を示しながら、シャツをどのように糊《のり》づけしてアイロンをかけるのが自分の好みか、懇切丁寧に教えてくれた。どうやら彼は細かい部分が気になるたちのようだ。初めのうちこそ楽しかったが、それは初めてタイルの目地塗りに挑戦するのが楽しいのと同じで……バスルーム全体を覆うタイルをまのあたりにするまでのことだ。あるいは、洗濯かごいっぱいたまってしまった汚れたシャツを見せられるまで。どれだけ頑張ってみても、わたしはニックの好みどおりにシャツを仕上げることはできなかった。

わたしのテクニックの上達ぶりは、ほぼ毎日、チェックを受けることとなった。わたしがアイロンがけしてクローゼットに吊しておいた服を一枚ずつニックが点検し、どこが間違っているかを教えてくれる。「縁《へり》の部分はもっとゆっくりアイロンを動かさないと、こんなふうに細かなしわが寄ってしまうんだよ」とか「袖《そで》ぐりのところはやりなおしだな」とか「これじゃ糊をつけすぎだ」とか「後ろ身ごろはもっとぱりっと仕上げないと」とか。

わたしはとうとう根負けして、自分のお金のなかから――ふたりがそれぞれ自由に使えるお金は毎週同じ額のお小遣い制にしてある――ニックのシャツのクリーニング代を出すことにした。いい解決策だと思ったからだ。だが、ビニールのかかったシャツがクローゼットに並んでいるのを見て、ニックは激怒した。

「約束したはずだろ」と、ぶっきらぼうな声で言う。「ちゃんとやり方を覚えるって」

「お金はこっちが出してるんだから」わたしは彼の気を静めようとして笑いかけた。「わたし、アイロンがけには向いてないのよ。マルチビタミンが不足してるのかもしれないわ」

彼のほうはにこりともしない。「きみの努力が足りないんだよ」

シャツをどうすべきかといった些細《ささい》なことで口論しているのが信じられなかった。問題の本質はたかがシャツのことではなさそうだ。もしかすると彼は、夫婦関係を築くうえでわたしの貢献が足りないと感じているのかもしれない。もっと愛情深く夫を支えてほしいと願っているのかもしれない。彼はストレスにさらされている。休暇のストレス、仕事のストレス、新婚のストレス。

「もっと頑張るようにするから」わたしは言った。「でもね、あなた……ほかにもなにか言いたいことがあるんじゃない？　アイロンがけのこと以外に。あなたのためなら、わたしはなんだってするつもりよ」

ニックが冷ややかな目で見かえしてくる。「だったらせめて一度くらい、なにかをきちんとやってみせろよ」

それからほぼ一〇分間、わたしはむかむかと腹を立てていた。それが過ぎると、なんだか怖くなってきた。この結婚は長続きしないかもしれない、わたしにとってなによりも大切なことだったはずなのに。

そのあとトッドに電話をかけてみると、彼は同情してくれて、誰だってパートナーとくだらないことでけんかするものよ、と慰めてくれた。普通の夫婦にはそういうこともつきものなんだから、と。家族の誰かに相談する気はなかった。ニックとの関係があまりうまくいっていないのではないかと父に勘ぐられるくらいなら、死んだほうがましだ。

わたしは恥を忍んでニックに謝った。

「いや、ぼくのほうが悪かったんだよ」彼はそう言ってあたたかい腕のなかへわたしを引き寄せ、しっかりと抱きしめてくれた。許してもらえたことにほっとして、わたしはぽろぽろと涙をこぼした。「一度にあれこれ要求しすぎたと反省してる。そういうふうに育てられてきたのは、きみのせいじゃないもんな。誰かのためになにかをしてやることなんて、きみは期待されていなかったんだろう。でも一般的な社会では、ちょっとした思いやりや心づかいが男を喜ばせるものなんだよ。これからきみがもっと努力してくれるというなら、ぼくはそれでかまわないから」ディナーのあと彼はわたしの足をさすりながら、もうそんなに謝らなくていいよ、と言った。

翌日クローゼットを開けてみると、新品の缶入りスプレー糊が一本置いてあって、折りたたみ式のアイロン台もセットされていた。ニックが食事の支度をしているあいだ、これで練習しておくように、ということらしかった。

ある晩、わたしたちはニックが働いている会社の同僚夫妻四人と一緒に、ディナーに出かけることになった。久しぶりの社交の機会に、わたしはわくわくしていた。ニックはダラス育ちのくせに、いっこうに昔の友人などに引きあわせてくれないからだ。仲のよかった友達はみんな引っ越してしまって、残っているのはわざわざ会う価値もない連中ばかりなんだ、と言って。でもわたしは、そろそろダラスでも友達をつくりたいと願っていたので、せめて第一印象だけでもよくしておこうと考えた。

昼休みの時間にホテル内の美容サロンへ行って、長い髪を数センチ切ってもらった。スタイリストがカットを終えたとき、床にはかなりの量のウェイビーな黒髪が散乱しており、わたしの頭はミディアムの長さにすっきり整えられていた。「これより長くのばさないほうがいいですよ」とスタイリストは言った。「お客さまくらい小柄な方の場合、これまでの長さだと重たすぎて、お顔の印象が薄れてしまいますからね」

髪を切りに行くことを、事前にニックには相談しなかった。彼は長い髪が好きだから、やめておけと説得されるに決まっている。それに、すてきな髪型に生まれ変わったわたしを見れば彼も意見を変えてくれるはずだ、と思っていた。手入れが楽なのは言うまでもない。

車で迎えに来てくれたニックは、わたしを見るなり眉をひそめた。「今日はずいぶん忙しくしてたようだな」ハンドルを握りしめる指に力がこもる。

「この髪、どう？　すごく軽くていい感じなのよ」わたしはヘア・モデルのように、頭をさっと振ってみせた。「そろそろ毛先を切ってもらわなきゃいけない時期だったから」

「毛先だけじゃないだろ。髪がほとんどなくなってるじゃないか」言葉の端々に、不満と失望が表れていた。

「学生時代からの髪型にはちょっと飽きてきてたのよね。このほうが大人っぽくてスマートに見えるでしょう？」

「あの長い髪が特別でよかったのに。そんな髪型じゃ平凡すぎるよ」

その瞬間、わたしは、不安という名の液体を何者かに注射されたような感覚にとらわれた。

「気に入ってもらえなかったのならごめんなさい。でも、長いままじゃ手入れも大変だし。どっちみち、わたしの髪なんだから」

「毎日きみの顔を拝まされるのは、ぼくのほうなんだぞ」

全身をビニール袋にくるまれて圧縮されたかのように、皮膚がしゅるしゅると縮んでいく気がする。「スタイリストさんは、前の髪型だと顔の印象が薄くなるって言ってたのよ」

「そんなに世間に顔を見せびらかしたいなら、そいつの言うとおりにしとけばいいさ」彼は吐き捨てるように言った。

それから一五分、わたしは息づまるような重い沈黙に耐えた。午後六時の渋滞を少しでも早く抜けようと、ニックは必死に車を操っている。同僚夫妻とはレストランで直接落ちあう約束になっていた。

「驚かないように先に言っておくけど」ニックが唐突に口を開いた。「彼らにはきみの名前はマリーだと伝えてあるから」

なんのことかまったく理解できず、わたしは彼の横顔をまじまじと見つめた。マリーはわたしのミドルネームで、わたしがなんらかのトラブルに巻きこまれたとき以外、誰もそんなふうには呼ばない。〝ヘイヴン・マリー〟という音にはつねに、大騒動が起こる予感がつきものだった。

「どうしてファーストネームを教えなかったの？」やっとのことでそれだけ訊いた。

ニックはこちらを見ようともしない。「なんとなくダサい響きだからさ」

「わたしは気に入ってるのに。マリーなんて呼ばれたくないわ。ちゃんと――」

「うるさいな。ぼくには、まともな名前のまともな妻を持つことすらできないってのか？」

彼は顔を真っ赤にして、荒い息をついている。車内には敵意が充満していた。

あらゆる状況が非現実的な気がした。わたしの名前を好きでもない男と結婚しているなんて。そんなこと、これまでいっさい口にしなかったのに。きっとこれはニックじゃないのよ、とわたしは自分に言い聞かせた。わたしが結婚したのは本物のニックのほう。彼の様子をこっそりうかがってみた。どこからどう見ても、世間によくいるひどく立腹している夫にしか見えない。まともまともと彼は言うけれど、いったいなにがまともなのか、わたしにはもうわからなかった。

とりあえず、どうにか呼吸を整える。レストランはもうすぐそこだ――今の今まで夫婦げんかしてましたという雰囲気のまま入っていくわけにはいかない。ガラスでコーティングされたような顔で、わたしは言った。「仕方ないわね。今夜のところは、ニックとマリーってことにしておきましょうか」

「それでいい」ニックは少しだけリラックスしたようだった。

その晩をうまく乗りきってからというもの、ニックはほとんどわたしのことをヘイヴンとは呼ばなくなった。ふたりきりのときでもだ。普段からわたしがマリーと呼ばれ慣れていないと、ほかの人たちと一緒になったときに混乱しやすい、というのがその理由だった。わたしは、これを機に名前を変えてみるのも悪くないかもしれない、と自分にこう言い聞かせた。過去の荷物をおろして、自分のなりたい人間、よりよい人間になれる、いいチャンスだ。おまけにニックが喜んでくれるのであれば、これ以上望むことはない。

わたしはマリー。結婚して、ダラスに住み、ダーリントン・ホテルで働き、シャツのアイロンがけも得意なマリー。そんなマリーを、夫は愛してくれている。

わたしたちの結婚生活は、内蔵メカの仕組みはわからなくても動かし方だけはわかっている機械のようなものだった。わたしは日常生活を円滑に営む方法を身につけていき、大事なことから些細なことまでニックの要求に応え、彼が穏やかに過ごせるよう心を配った。ニックが幸せなら、わたしも愛情を注いでもらえる。でもなにかニックの意に染まないことがあると、彼はむっつり黙りこむか、癇癪《かんしゃく》を起こす。いったんそうなったら、機嫌が直るまでに何日もかかることもあった。変わりやすい彼の気分は、わが家の雰囲気を左右するサーモスタットのようなものだ。

最初の結婚記念日が近づくにつれて、ニックの機嫌が悪い日のほうがいい日よりはるかに多くなってきたことに気づいた。どうすればこの状態を改善できるのかはわからない。でも、たぶんこれはわたしのせいなのだろう。ほかの夫婦の結婚生活はこんなものではないはずだ。普通の妻なら、夫が次はなにを要求してくるかとつねに先まわりして気をもむこともなければ、いつもびくびくして用心深く行動することもない。わたしの実家だって、家庭はおもに母を中心としてまわっていた。普段は母が自分の好きなように家庭を切り盛りしていて、父がたまに口を出すのは、母をなだめて落ち着かせる必要があるときだけだった。

ニックはいまだにわたしの家族に深い恨みを抱いているようで、家を買うお金すら出してくれなかった父のことをしょっちゅうなじる。父や兄たちに連絡をとって少しくらい融通してもらえというニックの要求をわたしが突っぱねると、決まって怒りだす。

「話なんかしたってどうせ無駄だもの」わたしは言った。そんなことはないだろうとわかってはいたけれど。父はさておき、兄たちはわたしが泣きついていけば、なんでも与えてくれたはずだ。とくにゲイジは。ごくたまに電話で話す機会があると、兄はいつも、おまえとニックのためにぼくがなにかしてやれることはないのか、と訊いてくれる。でもわたしはいつだって、ううん、大丈夫よ、すべてうまくいっているから、と答える。余計なヒントを匂わせてゲイジに真実を見透かされるのが怖かった。ほんの一本でも糸がほつれたら、そこから一気に崩壊して、洗いざらいぶちまけてしまいそうな気がしていたからだ。

「ぼくらに子供ができたら、親父さんもさすがに少しは援助してくれるようになるんじゃないか？」ニックが言った。「せっかくできた孫にいつまでもちんけなアパート暮らしをさせておくなんて、外聞が悪いからな。そうなったらいくらあのけちな親父さんでも、なにがしかの金をくれるはずだ」

ニックはわたしたちの未来の子供を、トラヴィス家の金庫から金をせしめる道具としか考えていないのではないかと、心配になった。心の準備が整い次第、わたしはいつでも子供を産むつもりでいたが、今の状況で手のかかる赤ん坊を家庭に迎え入れるなんて、とうてい無理だ。手のかかる夫の面倒を見るので精いっぱいの今は。

これまでは眠るのに苦労したことなどなかったのに、近ごろは変な夢を見て夜中に目を覚まし、翌日も疲れが残ることが多くなった。わたしが寝返りを打ちつづけるとニックのことも起こしてしまうので、真夜中にこっそりソファーへ移動し、毛布をかぶって震えながら寝るはめになる。すると、歯が全部抜けたり、高いビルから落ちたりする夢を見る。

「すっごく妙だったのよ」ある朝、コーヒーを飲んでいるニックに向かって、わたしは話しはじめた。「ゆうべ見た夢なんだけどね。公園かどこかにいて、わたしがひとりでお散歩してたら、突然右脚がもげてしまうの。血もなにも出ないのよ。バービー人形の脚みたいに、ぽろっととれてしまうだけ。それでものすごく悲しくなって、脚がなくてどうやって生きていけばいいんだろうと考えてるうちに、今度は腕が肘からぽっきり折れるの。慌ててそれを拾って元の場所にくっつけようとするんだけど、つかないのよ。それでわたし、この腕はどうしても必要だから誰かにちゃんとくっつけてもらわなきゃ、って思うんだけど――」

「今朝の薬はもうのんだのか？」ニックがさえぎった。

彼とベッドをともにするようになって以来、わたしはピルをのみつづけている。「まだよ、いつも朝ご飯を食べてからのむんだもの。でもどうして？　悪い夢を見るのはホルモンのせいだってこと？」

「いや、悪い夢を見るのはきみ自身のせいだよ。ぼくが訊いたのは、そろそろ薬をのむのはやめたらどうかと思ったからだ。子供をつくるなら若いうちのほうがいいんだからさ」

わたしは目を見開いてニックを見かえした。そんなのいや、という強い思いが大きな波となって襲いかかり、体じゅうのあらゆる細胞が拒否反応を示す。それでも、ノーとは言いだせなかった。ここでニックをすねさせてしまったら、今度はいつ機嫌を直してくれるかわからない。わたしは慎重に言葉を選び、ニックの意見を変えさせようとした。「でもわたしたち、子供をつくる準備ができてると言える？　もう少しお金をためてからにしたほうがいいんじゃない？」

「その必要はないよ。孫を産んでくれるのはゲイジとリバティの夫婦だけじゃないとわかったら、きみの親父さんだってもっと態度をやわらげてくれるだろう」

ニックは赤ん坊自身によりも、赤ん坊がチャーチル・トラヴィスを操るためにどれだけ役に立ってくれるかのほうに興味があるようだ。実際に子供が生まれたら、その考えも変わるだろうか？　この世に生まれてきてくれた自分の分身を見るたびにとろけそうな顔を見せる、普通の父親になってくれるのだろうか？

どれだけ想像してみても、泣き叫ぶ赤ん坊や、よちよち歩きの幼子、だだをこねる子供の世話を焼く辛抱強いニックの姿は見えてこなかった。ひとたび子供が生まれてしまったら、わたしはもうニックから離れられず、彼に頼りっきりにならざるをえないと考えると、恐ろしくてたまらなかった。

仕事に出かける準備をするためにバスルームへ行って、まつげにマスカラを、唇にリップグロスを塗った。ニックもあとからついてきて、カウンターに並べてあったわたしの化粧品やヘアケア用品をざっと眺め、プラスチックの丸い容器に目をとめた。わたしがのんでいる避妊ピルだ。ふたを開けて容器を逆さにすると、パステルカラーのタブレットが出てきた。「これはもういらないよな」彼はピルをごみ箱に捨ててしまった。

「サイクルが終わるまではのみつづけないとだめなのよ」わたしは文句を言った。「それに、妊娠したいならしたいで、ちゃんとお医者さんに診てもらってから――」

「きみは健康なんだから、大丈夫だよ」わたしがごみ箱からピルを拾おうとすると、彼は肩に手を置いて押しとどめた。「いいから捨てておけ」

わたしはあきれはて、笑ってしまった。円満な夫婦生活のためと思って、何カ月ものあいだニックの気まぐれに耐えてきたけれど、もう限界だ。ふたりともまだ準備のできていない状態で、望んでもいない子供を無理やり産まされるなんて、まっぴらだった。

「ニック、わたしはまだ早いと思うわ」そう言ってヘアブラシをつかみ、絡まった髪をとかしはじめる。「それに今は、子供をつくることを話しあうのにふさわしいときでもないし。ふたりとも、仕事に行く支度をしなきゃならないんだから――」

「なにをいつ話しあうかは、ぼくが決める！」その声の爆発するような激しさに度肝を抜かれ、わたしはブラシをとり落とした。「ふたりの私生活について話しあうためにあらかじめきみにアポイントをとっておかなきゃいけないなんて、聞いてないぞ！」

あまりの驚きに血の気が引き、心臓が乱れた脈を打ちはじめる。「ニック――」

「自分以外の人間のこと、ちょっとでも考えたことはあるのか？」怒りのせいで彼の喉は震え、顔の筋肉も引きつっていた。「いつだって自分のことばっかり……なんでそうわがままなんだよ。ぼくの気持ちなんかどうだっていいってのか？」

怒り狂った彼が目の前に立ちはだかり、わたしは鏡を背に身を縮こまらせた。「ニック、違うわ……」口のなかがからからに渇き、言葉がうまく出てこない。「いやだと言ってるわけじゃないのよ。ただ、その……できれば……この件はあとでゆっくり話しあったほうがいいと思って」

魂までずたずたに切り裂かれそうな、鋭い軽蔑のまなざしが返ってきた。「それはどうかな。話しあう価値すらないかもしれないね。そもそもこの結婚自体に、クソほどの価値もなかったのかもしれない。結婚することで、ぼくに大きな恩を売ったつもりでいたんじゃないのか？　もらってやったのはこっちなんだよ。おまえみたいにどうしようもない女、ほかにもらい手があるとでも思ってるのか？」

「ニック――」わたしは混乱してパニックに陥り、ベッドルームへ戻っていく彼を呆然《ぼうぜん》と見送った。すぐに追いかけようとしたものの、余計に彼を怒らせてしまうのが怖くて、足がすくんだ。わたしの父や兄たちはたいてい怒りに火がつくのが遅く、おまけに一度爆発してしまったら、あとはたいして尾を引かない。ニックの場合、いったん火がつくとそれがさらに炎をあおり、原因をはるかにしのぐほどの大きな怒りにまで燃え広がってしまう。ここはどうするのがいちばん得策なのか、わたしにはわからなかった。あとを追っていって謝れば、火に油を注ぐことにもなりかねない。かといってこのままバスルームに閉じこもっていたら、彼は無視されたと思って、新たな怒りをかきたてるかもしれない。

苦肉の策として、わたしはふたつの部屋にまたがる戸口のあたりにたたずみ、ニックがなにを求めているのか様子を探ることにした。彼はクローゼットへ行って、ずらりと並んだ服をざっと脇へ押しのけ、乱暴な手つきでシャツを選んでいる。わたしはバスルームに引っこむことにした。

頬は青白く、こわばっていた。ピンクの頬紅をブラシで軽く乗せてみたが、どうしても肌になじんでくれず、ほのかな色合いのパウダーだけが浮きあがって見えた。じっとりにじむいやな汗のせいでブラシが湿り、まだら模様になってしまう。いっそのこと拭きとってしまおうと洗面タオルに手をのばした瞬間、世界が爆発したかと思った。

ニックがバスルームに戻ってきて、わたしを隅へと追いつめる。手になにかを握りしめ、怒鳴り声をあげながら。こんなふうに面と向かって怒鳴られたのは、ましてや男の人に本気の怒号を浴びせられたのは生まれて初めてなので、死ぬほど恐ろしかった。突然何物かに襲われた小動物のようにとてつもない恐怖にとらわれ、理解不能の状況に声を失う。

彼が握りしめているのはストライプのシャツだった……わたしのアイロンのかけ方がどこかまずかったのかもしれない……ちょっとしたミス……だがニックはそれを、おまえが手抜きしようとするからだ、と責め立てた。わざとやったんじゃないのか。今朝の大事な会議にこれを着ていく予定だったのに。わたしは、そんなつもりはなかったの、ごめんなさい、と必死に謝ったが、ひとこと言うたびに彼の顔は真っ赤になっていった。そして彼が腕を振りあげた瞬間、全世界が炎に包まれた。

わたしは頬を張り飛ばされ、頭がぐらりと横に揺れて、涙と汗が飛び散った。焼けるように熱い静寂が訪れる。顔じゅうの血管が膨張して、どくどく脈打っている気がした。ニックに殴られたのだと理解するのに、しばらく時間がかかった。ぐらつきながらもどうにかまっすぐ立ち、叩かれたところにそっと指をふれてみると、熱い痛みはすでに消えていて、感覚が麻痺《まひ》していた。

視界は完全にぼやけてしまってよく見えなかったけれど、嫌悪に満ちたニックの声は聞こえた。「ほら見ろ、おまえが怒らせるからだ」

そしてまた彼はベッドルームへ戻っていった。

身動きできない状況だった。このマンションから逃げだすことはできない。車は一台しかないし、どこへ行けばいいのかもわからない。冷たい水でタオルを濡《ぬ》らし、トイレのふたの上に座って、ぽたぽたと滴の垂れるかたまりを頬に押しつけた。

誰にも相談はできない。これは、いくらトッドやほかの友達でも慰めようのないことだからだ。普通の夫婦にはよくあるなどとは、とうてい言えない出来事だった。自分が情けなくて恥ずかしいという思いが骨の髄からもれだし、全身に広がっていく。そういう感覚にとらわれるのも仕方がない……こうなって当然のことをわたしはしたんだもの。もちろん、そんなふうに思いこむのは間違いだと、頭ではわかっていた。でも、わたしのなかのなにかがどうしてもそう思わせる。恥の感覚が広がっていくのを、どうやってもとめられない。それはおそらくずっと前からわたしのなかにあって、いつか表に出る機会をうかがっていたのだろう。ニックを、あるいは彼に似た誰かが現れるのを、待っていたのだろう。わたしは前から見えないインクで染められていたのだ……ブルーライトをあてられたとたん、はっきり光って見えるように。

じっと身をひそめたまま、ニックが出かける支度を終えるのを待った。彼がダーリントンに電話をかけて、妻は今日気分が悪いので休ませてもらいます、と申し訳なさそうに話すのが聞こえてきても、わたしはぴくりとも動かなかった。悪い風邪かなにかをもらってきたのかもしれません、と言い訳する彼の口調は、同情と心配に満ちていた。電話の相手が言ったことに応えて笑い、最後に彼はこう言った。「ええ、しっかり看病しますから」

やがてニックが鍵束《かぎたば》をつかみ、玄関から出ていく音がした。

わたしは老婆のようにのろのろした動きで、ごみ箱からピルを拾いあげた。それをひと粒口に放りこみ、手で水をすくって口に含むと、ごくりとのみくだした。

ベッドルームの床に投げ捨ててあったストライプのシャツを拾い、マットレスの上に広げてみる。どこがまずいのかわからない。ニックをあれほど怒り狂わせた欠陥など、どこにも見あたらなかった。「わたしがなにをしたっていうの？」声に出して言いながら、アイロンをかけるように指をシャツに滑らせていく。いったいなにを間違ってしまったんだろう？

わたしは相手を喜ばせたいという思いが病的なまでに強すぎる。そう自覚していても、やらずにはいられなかった。ストライプのシャツを洗いなおし、糊づけして、アイロンをかける。糸一本よれないよう完璧にプレスされたシャツは、ボタンまでぴかぴかで、非の打ちどころなく仕上がった。それをクローゼットに吊してから、ほかのシャツをすべて点検し、靴やネクタイも先端がすべて同じ位置になるよう、きちんとそろえなおした。

ニックが帰宅したときには、室内は掃除が行き届き、テーブルもきれいにセットされ、オーブンではチキン・キャセロールが焼かれていた。彼の大好きなメニューだ。それでも、わたしはなかなか目を合わせられなかった。

ニックのほうも反省したのか、色とりどりの花束を買って帰り、向こうから微笑みかけてきた。クレープ紙とセロファンでラッピングされた香りのよい花々を差しだして言う。「きみにだよ、スイートハート」それから少し頭を傾け、頬にそっとキスをしてきた。今朝、彼に殴られたほうの頬だ。顔のそちら側半分はまだ赤く腫《は》れあがっている。彼の口が肌を伝っていくあいだ、わたしはじっとしていた。本当は彼をはねのけたかった。殴りかえしてやりたかった。そしてなにより、泣きだしたかった。

そうする代わりに花束をシンクへ持っていき、機械的に手を動かしてラッピングを解きはじめた。

「今朝はあんなまねをしてすまなかった」ニックが後ろから話しかけてくる。「一日じゅう、きみのことを考えてたよ」

「わたしもあなたのこと考えてたわ」花をそのまま花瓶に移し替え、水を注ぐ。丁寧に水切りしたり、美しく活《い》けたりする気にはなれなかった。

「あのシャツを見たとたん、ぶちっと切れてしまってさ」

ペーパータオルをゆっくり丸く動かしながら、カウンターを拭いた。「あのシャツのどこがいけなかったのか、わたしにはまだよくわからないんだけど」

「あれじゃ糊のつけすぎなんだよ。袖の上でパンも切れそうなくらい、バリバリだったじゃないか」長い間を置いてから、彼はため息をついた。「やりすぎたよな。わかってる。だけど今言ったとおり、あれでとうとう堪忍袋の緒が切れてしまってさ。いろんなことでかりかりしてたうえに、きみがぼくのシャツをあんなふうにしたのを見せられたら」

わたしはやっと彼のほうを向くと、長い袖の縁をつかんで指を隠し、猫の手みたいに小さく丸めた。「いろんなことって？」

「なにもかもだよ。この生活が。部屋はいつも汚れてて散らかってるし。食事だって、まともな家庭料理なんか出たことない。あっちこっちにいろんな山ができてて」わたしが口を開こうとすると、ニックは自分を守るかのように両手を突きだした。「いや、わかってる、今日はぴっかぴかだ。オーブンにはきみお手製のディナーも入ってるようだしな。それはうれしいよ。でも、本当はいつだってこうあってほしいんだ。けどそれは、ぼくらがふたりとも働いてるんじゃ無理な話だろ」

ニックがなにを求めているかはすぐにわかった。ただし、どうしてなのかはわからない。

「わたしが仕事を辞めるわけにはいかないわよ」口がしびれてしまったような声しか出なかった。「わたしのお給料がなかったら生活していけないじゃない」

「ぼくはそろそろ昇進できそうなんだ。だから大丈夫だよ」

「でもわたし……一日じゅうなにをすればいいの？」

「妻の役目を果たしてくれよ。家事をちゃんとやって。ぼくの面倒を見て。きみ自身のこともだ」ニックが歩み寄ってくる。「そうしたら、ぼくがちゃんと養ってやるから。もうじき子供ができたら、どうせ仕事は辞めなきゃならないんだ。だったら、今辞めたってかまわないじゃないか」

「ニック、わたしは――」

「ふたりともストレスがたまってるんだよ、スイートハート。でもこうすれば、お互いプレッシャーから解放されて、きみがこれまで中途半端に放りだしてたことだって片づけられるだろう？」ニックはやさしくわたしの両手をとり、自分の顔のほうへ引き寄せた。「今朝のことは謝るよ」てのひらに鼻をすり寄せながら言う。「二度とあんなまねはしないから。なにがあろうと」

「ほんとに怖かったのよ、ニック」わたしはささやいた。「あなたがあなたじゃなくなったみたいで」

「そうだよな。あれはぼくじゃなかった」彼は壊れ物でも扱うようにそっと、わたしを胸に抱き寄せた。「ぼく以上にきみを愛してやれる男はいない。ぼくにとってきみはすべてなんだ。お互いいたわってやっていこう、いいね？」

「だけど……」声がかすれてつまる。とどまりたい気持ちと出ていきたい気持ち、彼を愛する気持ちと恐れる気持ちに、こんなにも心を引き裂かれそうになったことはなかった。

「きみがまた働きたくなったら、仕事なんかきっとすぐに見つかるよ」ニックが分別くさげに言う。「だからとりあえず、今はこのやり方でやってみよう。気分を変えるためにも、きみにはしばらくのんびりしてほしいんだ」

わたしはささやいた。「お願いだから、もうあんなことはしないでね、ニック」

「二度としない」彼は即座に言い切り、わたしの頭や耳や首筋にキスをした。赤くなっている頬にそっと指をふれながら、小声で言う。「かわいそうに、ベイビー。平手打ちで我慢しておいたからまだよかったけど、そうじゃなければ今ごろひどい青あざになってただろうな」

4

結婚生活はわたしにとって、少しずつ息苦しいものになっていった。仕事を辞めた直後は、まるで天国だった。時間はたっぷりあったので、部屋のなかをいつでも完璧にきれいにしておくことができた。ポリエステルのカーペットの毛足がきれいなストライプになるように掃除機をかけ、キッチンは染みひとつないほどぴかぴかに磨きあげる。料理本と首っ引きでレシピを研究し、料理の腕もあげていった。ニックのソックスは色別に分けて、引き出しに整然としまっておく。

ニックがオフィスから戻ってくる直前に、わざわざ化粧をして、服も着替えた。ある晩、彼から、夫をつかまえたあとは身だしなみすらかまわないような妻にだけはなってほしくないと言われて以来、ずっとそうしている。

もしもニックが四六時中不機嫌でいやな男だったら、わたしだってここまで素直に言うことを聞きはしなかっただろう。やっぱりこの人のそばを離れられないという気にさせられるのは、たとえば夕食のあと、並んでテレビを見ているときにさりげなく抱き寄せてくれたり、好きな音楽が流れてきたときに即興でスロー・ダンスをしてくれたりする瞬間があるからだ。

そういうときの彼はやさしく、おもしろい。とても愛情深い。それにニックは、これまで生きてきたなかで、初めてわたしを必要としてくれた人でもあった。わたしは彼の聞き役であり、鏡であり、慰め役でもあって、わたしなしでは彼も完全な人間にはなれないという、かけがえのない存在だった。要するに彼は、わたしの最大の弱点を見つけたわけだ。わたしはとにかく誰かに必要とされていないと生きていけない。相手は誰でもかまわない。

ふたりの関係がうまくいっている部分もたくさんあった。わたしにとって対処が難しいのは、心のバランスがとれない状況につねにさらされているような感覚があることだ。わたしの人生に影響を与えた男たち、すなわち父や兄たちは、ある程度反応の読める人ばかりだった。でもニックは同じ行動に対しても、時と場合によって違う反応を示す。だからわたしはなにをしても、はたして彼に褒められるのかけなされるのか、自信が持てなかった。そのせいでいつも不安を抱え、自分はどう行動すべきなのかと彼の顔色をうかがっていた。

ニックはこれまでにわたしが聞かせた家族の話や子供のころの話を全部覚えているのだが、彼のなかで勝手に脚色してしまうところがあった。きみはぼく以外の人に本当の意味で愛されたことのない人間だ、とか、きみの考えは本当のところこうだ、とか、きみはこれこれこういう人間なんだ、などと決めつけるような物言いをする。あまりにもきっぱり断言されると、わたし自身、自分の認識は間違っているのかもと疑いはじめてしまう。子供時代によく聞かされたせりふを、くりかえし聞かされるときなどはとくに……。「くよくよ悩んでいても仕方がない」とか「過剰に反応しているだけだ」とか「なんでもかんでも自分へのあてつけだと思いすぎだ」とか。昔はよく母からそんなふうに言われていたけれど、今ではニックが同じことを言う。

彼はなんの前ぶれもなく、いきなり癇癪を爆発させる。お昼のサンドイッチの具が思ったものと違ったときとか、わたしが用事をうっかり忘れたときとか。わたしには車がないので、四〇〇メートルほど先のスーパーまで買い物に行くにも徒歩か自転車で行くしかなく、いつもすべての用事を完璧にこなすだけの暇があるわけでもない。初めて殴られたあの日以降、ニックは一度も手をあげようとはしなかったが、その代わり、わたしの大切にしているものを壊すようになった。わたしが首にかけている繊細な金のネックレスを引きちぎったり、クリスタルの花瓶を投げ捨てて割ったり。ときにはわたしを壁際に追いつめ、面と向かって激しくなじることも。わたしには、それがなにより恐ろしかった。ニックに怒鳴られると、頭のなかの回線がすべてショートし、粉々に砕け散ってしまう気がするからだ。

やがてわたしは、ニックの気に入らなそうなことをしでかしたときなど、それがばれて怒られるのが怖くて、小さな嘘を重ねるようになった。次第におべっかまで使いはじめ、あなたは誰よりも頭がいい、上司よりも、銀行勤めのエリートよりも、あなたやわたしの家族の誰よりも、などと彼をおだてたりした。明らかに彼が間違っているときでさえ、あなたが正しいと言いつづけた。そこまでやっても、ニックは決して満足してくれなかった。

性生活は下降線をたどっていった。少なくともわたしから見ればそうだったけれど、ニックがそのことに気づいているかどうかは怪しかった。わたしたちはもともと、ベッドルームで愛しあうことがあまり得意ではない——わたしはニック以外の男性を知らないので、どのように振る舞うべきなのかもわからなかった。

つきあいはじめたばかりのころは、一緒にいられるだけで楽しかった。でも、そのうちにニックはわたしが望むことをしてくれなくなり、セックスは彼が一方的に満足するためのものでしかなくなっていった。こんなふうにしてほしいとわたしがいくら頼んだところで、なにも変わらなかった。ニックはセックスというものに、単なる肉体の結びつき以上の可能性を認めようとしなかった。

わたしはあらゆる手をつくして要望に応え、セックスをできるだけ早く終わらせることに努力した。ニックの好きな体位はバックで、わたしの気持ちなどおかまいなしに、身勝手に腰を動かすばかりだった。きみはしつこく前戯を要求する女じゃないからいいよ、と褒められたことがある。正直言って、わたしは前戯などなくてもかまわなかった——ロマンティックでもなければ、さして気持ちもよくない行為が長引くだけだ。

たぶんわたしは、あまりセックスが好きではないタイプなのだろう。昼休みをジムで過ごすことの多いニックの鍛えあげられた肉体を見ても、それほど胸がときめかない。ふたりで外へ出かけると、わたしのハンサムな夫を見てうらやましげな顔をする女性も多いのに。

ある晩リバティから電話があって、声を聞いたとたんに悪い知らせだとわかった。「ヘイヴン、あまりいい話じゃないんだけど。グレッチェンが……」わたしはショックと絶望感に襲われ、まるでリバティが外国語をしゃべっているかのように、なかなか話がのみこめなかった。それでもなんとか理解できたことによれば、ここ二日間ほど頭痛を訴えていたグレッチェンが、自分の部屋で突然意識を失って倒れたのだという——ちょうど廊下の先にいた父がその音を聞きつけた。救急車が駆けつけたときには、グレッチェンはすでに息を引きとっていた。その後、病院に運ばれて、脳動脈瘤《りゅう》の破裂と診断されたらしい。

「なんとお悔やみを言ったらいいか……」リバティの声は涙でくぐもっていた。鼻をかむ音も聞こえてくる。「あんなにすばらしい人はいなかったのに。あなたたち、とても仲がよかったから……」

ソファーにへたりこんで天井を仰ぐと、あふれる涙が頬を伝い落ちていった。「お葬式はいつなの？」かろうじてそれだけ尋ねる。

「明後日よ。来られそう？　それで……パパとわたしの家に泊まればいいわ」

「ええ。ありがとう。それで……ゲイジとわたしの様子は？」わたしたちの今の親子関係がどうであれ、父の心中を思うと胸が痛んだ。グレッチェンがこの世からいなくなってしまうなんて、父にとってはなによりもつらいことに違いない。

「必死に頑張って耐えてはいるけれど……」リバティがまた鼻をかみ、喉をしめつけられたようなささやき声でつけ加えた。「あんなふうに泣く彼は初めて見たわ」

「泣いてるパパは、わたしも見たことないわ」玄関のドアの錠に鍵が差しこまれる音が聞こえた。ニックが帰ってきたようだ。わたしはほっとした。早く彼の腕のなかで慰めてもらいたい。「キャリントンはどう?」リバティの妹はグレッチェンにとてもなついていたはずだ。

「気にかけてくれてありがとう……あの子も今はものすごく悲しんでるけど、そのうちきっと落ち着いてくれると思うわ。こんなふうに突然すべてが変わってしまうことが、まだよく理解できないみたいだけど」

「大人だって理解するのは難しいんだから」わたしは袖口で涙をぬぐった。「車で行くか飛行機で行くか、まだわからないから。ニックと相談してどうするか決まったら、こっちからまたかけるわね」

「そうして、ヘイヴン。それじゃまたね」

ニックが部屋のなかに入ってきて、ブリーフケースを置いた。「なにかあったのかい?」眉をひそめながら、ソファーへ近づいてくる。

「おばのグレッチェンが亡くなったの」そう告げるなり、わたしは泣きだしてしまった。

ニックが横に腰をおろして、腕をまわしてくる。わたしは彼の肩に顔をうずめた。

何分かそうやって泣かせてくれたあと、ニックは立ちあがってキッチンへ行った。冷蔵庫からビールを持ってくる。「残念だったな。きみもすごくつらいだろう。でも、お葬式に行けないのは、きみにとってはかえってよかったんじゃないか?」

わたしは驚いて目をしばたたいた。「行けなくないわよ。飛行機代が出せないとしたって、車で――」

「車は一台しかないんだぞ」ニックの声音が急に変わった。「きみがヒューストンへ行ってるあいだ、ぼくはこの部屋でじっとしてろってことか？」

「一緒に来てくれないの？」

「ほんとに忘れっぽいんだな。今週末は予定が入ってるだろ、マリー」彼ににらまれ、わたしはまごついた目で見かえした。「会社のオーナーの家で年に一度のザリガニ・パーティーがあるって、前から言ってあるじゃないか。ぼくは入社一年めなんだから、どうしても欠席するわけにはいかない」

　わたしは目を見開いた。「それって……つまり……わたしもおばのお葬式に出るより、ザリガニ・パーティーに出ろってこと？」

「ほかにどうしようもないだろ。それともなにか、マリー、出世のチャンスをふいにしたほうがいいってのか？　ぼくはザリガニ・パーティーに出る、夫婦そろってだ。きみも妻として、できるだけいい印象を与えるようにしてほしい」

「無理よ」腹が立つというより、信じられない思いのほうが強かった。グレッチェンに対するわたしの気持ちが、彼にとってはなんの意味もないものだったなんて。「わたし、家族のもとへ行ってあげないと。ちゃんとわけを話せば、会社の人だって——」

「おれだって家族だぞ！」ニックの投げつけた缶ビールがシンクの縁にあたって、泡が盛大に噴きだす。「誰が生活費を払ってると思ってるんだ、マリー？　おまえがまともな屋根の下に住めるのは、いったい誰のおかげだ？　おれじゃないか。おまえの家族が少しでも援助してくれたか？　おまえを養ってやってるのは、このおれさまなんだ。おまえはおとなしくおれの言うことを聞いてればいいんだよ」

「わたし、あなたの奴隷じゃないのよ」思わずそう言いかえした。「グレッチェンのお葬式に出る権利くらいあるはず——」

「そうか、なら、やってみろよ」ニックはせせら笑いながら、たったの三歩でわたしの前に立ちはだかった。「行けるもんなら行ってみればいいさ、マリー。おまえには金もないし、移動手段だってないんだぞ」そしてわたしの腕をむんずとつかむや、力任せに壁へ投げ飛ばした。「おまえみたいな大ばかで、よく大学なんか卒業できたな。誰もおまえのことなんか気にしちゃいないぜ、マリー。その鈍い頭でよく考えてみろ」


わたしはリバティに、お葬式には行けなくなりました、とだけ書いたメールを送った。理由は書き添えなかったが、向こうからの返信はなかった。ほかの家族からは電話一本かかってこなかった。わたしの態度をみんながどう思っているかは、推して知るべしだ。みんなにどう思われていようとも、わたし自身が自分に対して思っている以上にひどいことはないだろう。


結局、わたしはニックとともに、ザリガニ・パーティーに出かけた。腕の青あざを隠すために五分袖の服を着ていき、パーティーのあいだじゅう笑みを絶やさず、みんなにマリーと呼ばれつづけた。グレッチェンの葬儀が行われた当日、涙はひと粒もこぼさなかった。

でも、月曜日に小さな荷物が届くと、涙がとまらなくなった。箱のなかから出てきたのは、小さなチャームがたくさんついた、グレッチェンのブレスレットだった。〝これはあなたが持っているべきものだと思います〟

〝ヘイヴンへ〟と記されたリバティの手紙が添えられていた。

結婚生活も二年めを半ば過ぎたころ、ニックはわたしを妊娠させることになにより執念を燃やすようになっていた。内緒でピルをのみつづけているのがばれたら、殺されてしまうかもしれない。そう思ってわたしはピルを小さなバッグにしまい、クローゼットの奥のほうに隠すようにしていた。

妊娠しない原因はわたしのほうにある――自分に原因があるわけがない――と思いこんでいるニックは、わたしを病院へ送りこんだ。わたしは医者の前で一時間ほど泣きながら、どうしてだかわからないけれど気分が落ちこんで不安でたまらないんですと訴え、抗鬱《こううつ》剤を処方されて帰ってきた。

「こんなもの、のまないほうがいい」ニックは処方箋《せん》をくしゃくしゃに丸めて、ごみ箱に投げ捨てた。「赤ん坊に悪い影響がありそうだ」

存在すらしない、わたしたちの赤ちゃん。毎朝こっそりピルをのんでいることに、罪の意識を覚えた。でも今やその行為は、わたしにとって最後の頼みの綱、わたしが自主性を失わずに意思を通すことのできる唯一の行動だった。週末はニックが鷹《たか》のような目で見張っているので、薬をのむのもひと苦労だ。彼がシャワーを浴びている隙《すき》を見てクローゼットに飛びこみ、ひと月分がまとめて包装されているシートからひと粒だけとりだし、水なしでのみくだす。万が一、彼に見つかったら……なにをされるかわかったものじゃない。

「医者はなんて言ってたんだ？」ニックがわたしをじろじろ見ながら訊いてくる。

「一年くらいかかることもざらなんですって」

わたしは医者に妊娠の希望はいっさい告げず、避妊用のピルの再処方だけを頼んだ。

「いつがいちばんいいのか教えてくれなかったのか？　もっとも妊娠しやすい時期とか」

「排卵の直前がいいそうよ」

「カレンダーを見ながら確認してみよう。月経周期が始まって何日後に排卵するんだ？」

「だいたい一〇日くらいかしら」

生理が始まった日には必ず×印をつけてあるカレンダーのところへ、ふたりで移動する。こちらが気の進まないそぶりを見せても、ニックはおかまいなしだった。わたしは無理やり犯されて、妊娠させられてしまう、ただ単に彼がそれを望んでいるというだけで。

「わたし、子供は欲しくないのよ」気がつくとわたしは暗い声でそう言っていた。

「できてしまえば、きっと幸せな気分になれるさ」

「でもまだ早すぎるわ。心の準備ができてないのに」

ニックがカレンダーをカウンターにばしっと叩きつける。まるで、銃声がとどろいたみたいだった。「いつになったら準備ができるんだ？　おれがこうしてせっつかない限り、いつまで経《た》っても準備なんかできやしないじゃないか。いいかげんにしろよ、マリー、もうそろそろ大人の女になってくれ」

わたしはぶるぶると震えはじめた。血がのぼって顔がかっと熱くなり、アドレナリンが噴出して、すでに早鐘を打っている心臓をいっそうどきどきさせる。「わたしは一人前の女よ。そのことを証明するために子供を産む必要はないわ」

「甘やかされて育ったわがまま女のくせに。おまえなんかただの厄介者だ。だからこそ、家族の誰にも見向きされないんだよ」

ついに怒りが爆発した。「あなたのほうこそ、自分勝手なことばっかり言って！」

次の瞬間、顔を強く引っぱたかれて、みるみる目が潤んだ。耳の奥では高い雑音がキーンと鳴り響いている。わたしはごくりとつばをのみこみ、頰を押さえた。「二度と手はあげないって約束したのに」かすれた声で言う。

ニックは激しく息を弾ませ、目をかっと見開いていた。「おまえがおれを怒らせるからだ。おまえにはお仕置きしてやらないといけないようだな」わたしの片腕をとり、もう一方の手で髪をつかんで、リビングルームへ引きずっていく。そして汚い言葉をわめきちらしながら、オットマンにわたしの顔をぐいぐい押しつけた。

「やめて」わたしは窒息しそうになりながら叫んだ。「やめてったら」

だがニックはわたしのジーンズと下着を乱暴におろし、いきなり襲いかかってきた。次の瞬間、鋭い痛みに貫かれ、体の奥でなにかが裂けた気がした。彼は強く激しく腰を動かしつづけ、わたしが抵抗をあきらめて静かになるまでやめてくれなかった。熱くしょっぱい涙がとめどなくクッションに流れ落ちる。痛みをこらえつつ、わたしは自分に言い聞かせていた。耐えるのよ。もうじき終わるから。我慢していれば、すぐに終わるはずだから。

最後にぐっと腰を突き入れると同時に、ニックが身を震わせながら倒れこんできた。体のなかにどくどくと液体が放出されたことを考えると、わたしも震えずにいられなかった。彼の子供なんか欲しくない。セックスなんてもうこりごり。

ようやく彼が体を離してくれたとき、なにやら熱いものが腿をつーっと伝っていくのがわかった。ニックがズボンをはき、ジッパーをあげる音が聞こえる。

「生理が始まったみたいだぞ」彼が不機嫌そうに言った。

生理が始まるにはまだ早すぎることは、ふたりともわかっていた。正常な出血ではない。わたしはオットマンから体を起こし、着衣の乱れを直した。

ふたたび口を開いたとき、ニックの声は普段どおりに戻っていた。「夕食の支度はぼくがするから、シャワーでも浴びてこいよ。なにをすればいいんだっけ？」

「パスタをゆでて」

「何分ぐらい？」

「一二分よ」

腰から膝までがずきずき痛んでいた。こんなに乱暴なセックスを体験したのは初めてだった。〝まるでレイプじゃないの〟と心のなかで小さな声がささやいたが、わたしはすぐに否定した。わたしがもう少し力を抜いて彼を受け入れていたら、あそこまで痛みを感じることはなかったはずだ、と。〝でも、わたしは望んでいなかったのに〟心のなかの声はなおも言い張っていた。

あちこち痛む体を引きずるようにして、バスルームへ向かう。

「悲劇のヒロインを気どるのはやめてくれないか」ニックの声が聞こえた。

わたしは黙りこくったままバスルームに入り、ドアを閉めて鍵をかけた。シャワーのお湯をできるだけ熱くして、服を脱いでから、お湯の下に入る。永遠とも思えるくらい長くしぶきに打たれ、全身がしびれて肌がひりひりしはじめるまで、じっと立ちつくしていた。困惑のもやに包まれながら、ぼんやりと考える。わたしの人生はどうしてこんなことになってしまったのだろう。ニックはわたしが身ごもるまで怒りを静めてはくれないだろうし、ひとり産んだら、またすぐ次を欲しがるだろう。彼を喜ばせるという勝ち目のないゲームはどこまでも続く。

これは、じっくり話しあって気持ちを正直に打ち明けさえすればわかってもらえるたぐいのことではない。そういうやり方がうまくいくのは、相手がわたしの気持ちを気にかけてくれる場合だけだ。ニックはたとえわたしの話を聞いているそぶりをしているときでも、あとで言いかえすために突っこみどころを探しているだけだった。他人の痛みなんて、精神的なものであれ、肉体的なものであれ、気にもならないのだろう。でも、昔は彼に心から愛されている気がしていたのに。結婚してから彼は変わってしまったの？　それとも、結婚したのが間違いだったの？

シャワーをとめ、痛む体にそっとバスタオルを巻いて、鏡の前に立った。手でくるくると円を描くようにして鏡の曇りをとる。わたしの顔はひどいありさまだった。片方の目の横がぷっくり腫れあがっている。

バスルームのドアががたがた揺れた。「なにをぐずぐずしてるんだ？　早くこっちへ来て食べようぜ」

「おなか、すいてないの」

「さっさとドアを開けろよ、すねてないで」

鍵を外してドアを開けると、怒ったニックが立っていた。わたしを八つ裂きにしかねない顔つきをしている。そんな彼が怖くもあったが、それよりも完全に打ちのめされたような敗北感のほうが強かった。彼のルールに従おうとこちらは必死に努力しているのに、彼が次々とルールを変えてしまう。

「この件に関しては謝らないからな」ニックが言った。「こうなったのはおまえのせいだ。おれにあんな口を利きやがって」

「子供ができたら、あなたはその子のことも叩くようになるわ」

新たな怒りが彼の顔を彩りはじめる。「黙れ」

「きっとそうよ」わたしは言いつのった。「子供たちがなにか気にさわることをしたら、あなたは叩くに決まってる。だからわたし、あなたの子を産みたくないのよ」

ニックが無反応なことが、かえって恐ろしかった。シャワーヘッドから、ぽたん、と垂れ落ちる水滴の音にも、思わずびくっとしてしまうほどだ。彼はまばたきひとつせずにわたしを見つめている。ハシバミ色の目は、顔にぺたっと張りついた光るボタンのようだ。ぽたん。ぽたん。ぽたん。体に巻いている湿ったタオルが冷たくなり、鳥肌が立ってきた。

「どこにあるんだ？」彼は唐突にそう言うと、わたしを押しのけて洗面台に近づいた。引き出しを次から次へと開けて、コンパクトやヘアピンやブラシを濡れた床にぽんぽん放り捨てていく。

「どこって、なにが？」心臓がどきどきしすぎて胸に痛みを覚えながらも、わたしは訊いた。とてつもない恐怖に心をむしばまれているにしては、冷静な声が出た。「なにを言ってるんだかさっぱりわからないわ」

ニックは空っぽの水のグラスを床に投げつけて叩き割った。それからまた狂ったように、引き出しの中身をごっそり床に空けはじめる。「わかってるくせに」

もしも例のピルが見つかったら、わたしは本当に殺されるだろう。恐怖の下からあきらめにも似た悟りのようなものがわいてきて、鼓動が徐々に静まっていく。頭がくらくらして、体は凍えそうだった。「服を着てくるわね」わたしの声はまだ落ち着いていた。彼が手荒にものを引っかきまわし、破り、投げ捨て、めちゃくちゃに壊していても。液体やパウダーがあたりに飛び散り、床にはパステルカラーの水たまりができていた。

わたしはドレッサーへ行って、ジーンズと下着とTシャツをとりだした。これくらい遅い時間なら、自然とパジャマに手がのびても不思議はないのに。おそらく無意識のうちに、今わたしがここで寝ることはないと計算していたのだろう。服を着終えたところへニックがずかずかと入ってきて、わたしを脇へ突き飛ばした。それから引き出しを荒っぽく引き抜き、わたしの衣類をすべて床にぶちまけていった。

「ニック、やめて」

「どこにあるか言え！」

「またわたしを殴る口実を探してるんなら、さっさと殴ればいいじゃない」決して挑むような口調ではなかった。かといって怖《お》じけてもいなかった。わたしはもう疲れきっていた。考えも気持ちも涸《か》れはてて、あとになにも残っていないときのように。

しかしニックは、わたしが彼を裏切っている証拠をなんとしても見つけだそうと、むきになっていた。わたしが一生彼に恐れを抱きつづけるくらい、懲らしめるつもりなのだろう。引き出しを全部空けてしまうと、今度はクローゼットへ行って、靴やバッグをかきまわしはじめる。この期に及んで駆け寄ったり、慌てて隠そうとしたりしても無駄だ。わたしは死刑執行を待つかのごとく、麻痺したようにじっとその場にたたずんでいた。

ニックがピルのシートをつかみ、地獄のような形相でクローゼットから出てきた。彼はもはや、自分の行動を制御できなくなっているようだ。ニックのなかにはモンスターが巣食っていて、そいつが満足するまでは、どうにもとまらないのだろう。

腕をつかまれて壁に叩きつけられ、後頭部が硬い表面に激突した瞬間、頭のなかがホワイトノイズで満たされた。ニックがこれまで以上に強くこぶしを握りしめて殴りかかってきたので、顎がぐしゃっと割れた気がした。言葉はほとんど理解できなかったが、そんなにのみたきゃ好きなだけのみやがれ、というようなことを言われたかと思うと、シートからいくつもとりだしたピルをまとめて口に突っこまれ、顎を押さえつけられた。必死に抵抗してなんとかピルを吐きだすと、今度はみぞおちを殴られて、体がふたつ折りになった。床に倒れこんだわたしをニックはずるずると引きずっていき、建物の正面玄関から外へ放りだした。投げだされたわたしは、硬い石段の角に体をしたたか打ちつけた。さらに、あばらのあたりをぐっと踏みつけられて、激しい痛みに貫かれた。「朝まで家には入れないからな！」ニックが怒鳴る。「自分のしたことを反省しろ！」

ドアは、ばったーん、と大きな音を立てて閉まった。

あたりはすでに暗くなっているものの、昼間の太陽にあたためられた歩道からは、焼けたアスファルトの匂いが立ちのぼってくる。一〇月のテキサスはまだ真夏のように暑い。セミの音もうるさいほどに、まわりの空気を震わせていた。しばらく地面にへたりこんでいたわたしは、口のなかにたまったしょっぱい液体を吐きだし、どの程度の怪我《けが》を負ったのか確かめてみた。みぞおちとあばらと両脚のあいだ、そして頭の後ろがひどく痛む。口内からは出血していて、顎にも焼けつくような痛みがあった。

最大の恐怖は、ニックがあのドアを開けてふたたび出てきて、わたしをなかへと引きずりこむことだった。

頭のなかで渦巻く暴力的なイメージを脇へ追いやり、自分に残された選択肢を考えてみる。

財布もない。お金もない。運転免許証もない。携帯電話もない。車のキーもない。靴すらない。むきだしの足を見おろすと、笑うほかなかった。腫れあがった口もとは痛かったけれど。これじゃどうしようもなさそうね。家から放りだされた猫のように、このままじっと待つしかないのだろうか。朝が来たらニックがドアを開けてくれて、わたしは這うようにしてしょんぼりと家のなかへ戻ることになるのだろうか。

膝を抱えて泣きだしたい気分だった。でも気がつくとわたしは、ふらつく足で立ちあがっていた。

あなたなんかどうとでもなれ、よ。閉じたドアをちらりと見て、心のなかでそうつぶやく。どうにか歩くことはできそうだった。

こんなとき親友のトッドに会いに行けたら、どんなによかっただろう。彼の理解と慰めが欲しかった。でも今の状況を考えると、本当に頼りにできる人物はただひとり。ゲイジだ。マッカレンからエルパソまでの住人の大半は、彼に恩を受けたことがあるか、逆に恩を売りたいと願っている。その兄なら、この件を表沙汰《ざた》にはせず、てきぱきと素早く処理してくれるだろう。だいいち、わたしがこの世で兄以上に信頼できる人はひとりもいない。

四〇〇メートル先のスーパーまで、裸足《はだし》のまま、とぼとぼと歩きはじめた。夜の闇が濃くなり、空にはオレンジ色の満月がかかっていた。視界がぶれているせいで、その月も高校時代の演劇のセットみたいに、糸で吊《つ》られてゆらゆら揺れているように見える。狩人満月《ハンターズ・ムーン》だ。でもやヘッドライトをつけた車が横を通り過ぎるたびに、わたしはびくっと身を震わせた。

がて、体じゅうの痛みのほうが増してきて、そんなことは気にしていられなくなった。とにかく左右の足を交互に前へ出すことに集中しなければ。気を失ってしまうのが怖かった。道行く人に正体がばれないよう、顔を伏せて歩いた。誰かに呼びとめられたり、警官に職務質問されたりしてはいけない。そんなことになったら、夫のもとへ連れ戻されてしまうかもしれないのだから。頭のなかではニックがとんでもない力を持った凶悪な存在にふくれあがっていたので、彼が嘘八百を並べ立てて相手をごまかし、わたしをマンションに引きずって帰って殺す場面しか想像できなくなっていた。

顎の痛みは最悪だった。本当に骨が折れているのか、それとも顎がずれてしまっただけなのか。歯の根を合わせて確かめようとしたが、ほんのわずかに動かすだけで激痛が走る。スーパーにたどり着くころには、結婚指輪と交換に鎮痛剤を分けてもらえないか真剣に頼んでみようと思うほどだった。とはいえ、買い物客も多く、明かりのこうこうとついた店内に足を踏み入れるわけにはいかない。こんななりで入っていってわざわざ人目を引くなんて、もっとも避けたい事態だった。

店の外に公衆電話を見つけ、コレクトコールをかけることにした。神経を集中して、ひとつひとつボタンを押していく。ゲイジの携帯電話の番号はしっかりと記憶していた。お願い、出てよ。もしもつながらなかったらどうしようと思いながら、心のなかで祈った。お願いだから、電話に出て。どうか……。

すぐに兄の声が聞こえ、電話を受けるかどうか尋ねるオペレーターの声も聞こえた。

「ゲイジ？」わたしは命綱にすがるように、受話器を両手で握りしめた。

「ああ、ぼくだよ。どうしたんだ？」

その問いに答えることは今のわたしにとってあまりにも荷が重すぎたので、一瞬、黙りこんでしまった。「迎えに来てほしいの」どうにかそれだけささやいた。

兄の声は子供に話しかけるときのように、穏やかでやさしくなった。「なにがあったんだい？　おまえ、大丈夫なのか？」

「ううん」

ほんのつかのま、電気が走ったような沈黙があり、すぐさまゲイジが緊迫した口調で訊いてきた。「今どこにいるんだ、ヘイヴン？」

すぐには答えられなかった。聞き慣れた声で名前を呼ばれた瞬間、ほっとした気持ちになって、緊張が解けてしまったせいだ。熱い涙がひりつく顔を流れ落ちていくのを感じながら、わたしは喉の奥から声をしぼりだした。「スーパーの前」

「ダラスのか？」

「そう」

「ヘイヴン、おまえひとりなのか？」兄の声がぼんやりと聞こえてくる。

「ええ」

「空港までタクシーに乗ればいいじゃないか」

「だめなの」わたしはしゃくりあげた。「お財布を持ってないから」

「今どこにいるって？」ゲイジは辛抱強くくりかえした。

わたしはスーパーと通りの名前を告げた。

「わかった。店の入口のそばで待っててくれ……どこか座れそうなところはあるか？」

「ベンチがあるわ」

「そうか。じゃあ、そのベンチに座って、絶対にそこから動くんじゃないぞ。できるだけ早く、誰かに迎えに行ってもらうよう手配するから。どこへも行くなよ。わかったな？　おとなしくそこに座って待つんだ」

「ゲイジ」わたしはささやいた。「ニックにだけは連絡しないで」

兄がいらだたしげに息を吸いこむ音が聞こえたが、口を開いたときには、冷静な声に戻っていた。「心配するな、ヘイヴン。二度とおまえには近づかせないから」

ベンチに座って待っているあいだ、自分が人々の好奇の目を集めていることはわかっていた。顔には青あざができ、片方の目のまわりは腫れあがっていて、顎も大きくふくらんでいる。子供が母親に、あの人どうしちゃったの、と訊いていた。母親は、しーっ、と言って子供を黙らせ、じろじろ見ちゃだめよ、とたしなめていた。誰も近寄ってこないのはありがたかった。人は本能的に、トラブルの巻き添えを食うことを避けたがるものだ。

どれほどの時間が経ったのかはわからない。ほんの数分だったようにも、一時間以上にも思える。やがて、ひとりの男性がベンチのほうへ歩いてきた。カーキ色のズボンにボタンダウンのシャツを着た、若い黒人の男性だ。わたしの前まで来てひざまずき、ブラウンの目で心配そうに顔をのぞきこんでくる。わたしがぼんやり見つめかえすと、彼は安心させるように微笑んだ。「ミス・トラヴィスですね?」シロップのように甘くなめらかな声だ。「ぼくはオリヴァー・マリンズといいます。お兄さんの友達の。さっき彼から電話があって、あなたを迎えに行ってほしいと頼まれて来たんですが」わたしをまじまじと見て、彼はこうつけ加えた。「お見受けしたところ、このまま救急病院へ向かったほうがいいように——」

わたしは激しく首を振った。「だめ、だめ。病院は絶対にいや。病院へ連れていかれるくらいなら——」

「わかりました」オリヴァーがなだめにかかる。「いいですよ。でしたら、空港まで送りますから。さあ、車まで手を貸しましょう」

わたしは動かなかった。「救急病院へは連れていかないって、約束してくれる?」

「約束します。絶対にそんなことはしません」

それでもわたしは動かなかった。「わたし、飛行機には乗れないわ」つぶやくように言う。しゃべるのがつらくなりはじめていた。「身分証明書を持ってきていないの」

「乗るのは自家用機ですから、ミス・トラヴィス」オリヴァーのやさしいまなざしには哀れみが感じられた。「身分証明書もチケットもいりませんよ。さあ、行きま——」血のにじむわたしの素足を見て、彼は一瞬、絶句した。「なんてことだ」と声を殺して言う。

「病院には絶対行かないから」わたしは低い声でくりかえした。

許しを得る前に、オリヴァーはさっとわたしの横に座った。そして見るまに靴とソックスを脱ぎ、素足をふたたびローファーに突っこんでから、わたしの足にソックスをはかせてくれる。「靴を貸して差しあげたいところですが、ぼくのじゃ大きすぎますからね。車までぼくが抱きかかえていってもいいですか？」

わたしは首を振った。相手が誰であれ、いかなる理由があれ、また、どれほど短時間であれ、この体に手をふれられることには耐えられそうにない。

「それじゃ、仕方がないですね」オリヴァーが小声で言った。「ゆっくり時間をかけて歩きましょう」そしてすっと立ちあがり、わたしがそろそろとベンチから立ちあがるのを我慢強く待ってくれた。「車はあそこにとめてあります。あの白いキャデラックですよ」

わたしたちはゆっくりと車まで歩いた。パールホワイトのぴかぴかのセダンだ。オリヴァーがドアを開けてくれ、わたしは這うようにして乗りこんだ。「シートを少しさげたほうが座りやすいですか？」彼が訊いた。

ぐったりしてしまって答えることもできず、わたしは目を閉じた。オリヴァーが身を乗りだしてきてボタンを押し、シートを半分ほど傾けてくれる。

それから運転席にまわって車に乗りこみ、エンジンをかけた。ほどなく、折りたたみの携帯電話を開いて番号を押す音が聞こえてきた。「ゲイジか」オリヴァーが話しはじめる。「たった今、乗せたところだ。これからダラス・フォートワース空港へ向かうよ。でも実は……かなりひどく痛めつけられたようで、彼女、少し朦朧《もうろう》としてる感じなんだ」長い間があって、オリヴァーの静かな声がした。「わかってるさ、もちろん」さらに向こうがなにかしゃべっている。「ああ、飛行機にはなんとか乗れると思う。けど、そっちに着いたら……。そうそう。そういうことだ。それじゃ、離陸したらまた連絡するよ。お安いご用さ」キャデラックは滑るように駐車場を出て、幹線道路を走りはじめた。

キャデラックほど乗り心地のいい車はない――ふかふかのマットレスに直接タイヤをつけたのかと思うほどだ――が、ほんのわずかでも車体が上下に揺れるたびに、新たな痛みが全身に走った。歯を食いしばって痛みをこらえようとすると、今度は顎のほうに火のついたような激痛が走って、息ができなくなる。

耳もとの血管が激しく脈を打つなか、オリヴァーの声が聞こえた。「吐き気はありませんか、ミス・トラヴィス？」

わたしは小さく、ううん、と答えた。吐くなんてとんでもない――吐いたりしたら余計に苦しくなるだけだ。

プラスチックの小さな容器がそっと膝の上に置かれた。「念のために」

黙って目を閉じていると、オリヴァーが器用にすいすい車を走らせていく。対向車のヘッドライトが、まぶたの裏に赤い点を浮かびあがらせては去っていった。考えが少しもまとまらないことに、そこはかとない不安を覚える。これからどうなってしまうんだろう……。頭をさっとよぎる考えをつかまえようとするのは、大きな雲の下に立ってティースプーンで雨粒をすくうのにも似た行為だった。自分がなにかをコントロールすることなんて、もう二度とできない気がする。

「ぼくの妹も、昔はよく夫に殴られていましてね」オリヴァーが話しかけてきた。「しょっちゅう。なんの理由もなく。なにかにつけて。当時のぼくはそんなことちっとも知らなかったんですが、知っていたらただじゃおかなかったでしょう。妹はついにそいつと別れて、子供たちを連れて母の家に戻ってきました。人生を新しくやりなおせるようになるまで、しばらく実家で暮らしていたんです。精神療法医なんかの助けも借りてね。妹は、こうなったのはあなたのせいじゃないと言ってもらって気持ちがすごく楽になった、と言ってました。何度も何度もそういう言葉を聞かせてもらうことが必要だったって。だからあなたにも、ぼくが最初にこう言ってあげたいんです……あなたのせいじゃありませんよ」

わたしは身じろぎもせず、口を開くこともなかった。けれども、閉じたまぶたの下から涙がこぼれていくのがわかった。

「あなたのせいじゃない」オリヴァーはきっぱりとそう言ってから、あとは無言で運転しつづけた。

いつのまにか眠ってしまったらしく、車がとまってオリヴァーがドアを開けてくれて初めてはっと目が覚めた。離陸するジェット機の爆音が、静かなキャデラックの車内に響き渡る。燃料や機械類のいやなにおいとテキサスの蒸し暑い空気が、すぐにわたしをとり巻いた。まばたきしてゆっくり体を起こし、あたりを見まわすと、どうやら滑走路にいるようだった。

「さあ、お手をどうぞ」オリヴァーが片手を差しのべてくる。わたしはその手を避けるように身を引き、首を振った。ニックに蹴られた肋骨《ろっこつ》のあたりを片腕で押さえつつ、どうにか自力で車から降りる。両足で立った瞬間、頭がくらっとして、視界は灰色のもやに覆われた。よろめいたわたしの空いているほうの腕をさっとつかんで、オリヴァーが支えてくれる。「ミス・トラヴィス」腕を振りほどこうとしたが、彼は手を離そうとしなかった。「ミス・トラヴィス、いいですか。ぼくはあなたを飛行機に乗せてあげたいだけです。そこまで手を貸させてください。タラップすらひとりでのぼれないようでは、本当に病院送りになってしまいますよ。そうなったらぼくも一緒についていきますけどね、さもないとあなたのお兄さんに両脚を折られかねない」

わたしはうなずいて、オリヴァーの助けの手を受け入れた。あらゆる本能がその手をはねのけたいと叫んでいたけれど。相手がどんなに親切で信用できそうな人であっても、男性にちょっとでもふれられると思うだけで虫酸が走る。でもそれより、飛行機に乗りたいという思いのほうが強かった。とにかくダラスから逃げだしたい。ニックから離れたい。

「さあ、行きましょう」オリヴァーが飛行機のほうへとわたしを促す。六人乗りの小型ジェット、リアジェット31A型機。高さ一メートルの小翼と、お尻の部分に小さな三角形の尾翼がついたその姿は、今にも飛び立とうとする小鳥のようだ。「あとちょっとですよ。乗りこんだらすぐに座って休めます。あっちの空港にはゲイジが迎えに来てるはずですから」拷問かと思うくらいのろのろした足どりでタラップをのぼるあいだも、オリヴァーはずっとひとりでしゃべりつづけていた。顎やあばらに走る激痛から気をそらそうとしてくれているらしい。「すばらしい飛行機ですよ。ダラスに本社のあるソフトウェア会社が所有しているものでしてね。パイロットのことはぼくもよく知ってるんです。とても腕のいい人ですから、必ずやあなたを無事に送り届けてくれるでしょう」

「会社のオーナーはどなたなの?」どこかで会ったことのある人かしらと思って、わたしは尋ねた。

「実は、ぼくなんです」オリヴァーは微笑み、細心の注意を払ってわたしを最前席まで連れていくと、シートに座らせてベルトまではめてくれた。それからミニバーへ行ってクロスに氷のキューブをいくつか包み、手渡してくれる。「これで顔を冷やすといい。あとは楽にしててください。ぼくはひとこと機長に挨拶《あいさつ》してきます。そうしたらすぐ出発ですからね」

「ありがとう」氷の包みを顎にそっとあてがいながら、わたしはささやいた。椅子により深く座って、腫れている顔半分に氷の包みがぴったりつくよう、角度を調整する。

フライトは快適にはほど遠かったが、ありがたいことに短く、あっというまにヒューストン南部のホビー空港に着陸した。飛行機が滑走路のどこかでとまっても、わたしはすぐには反応できず、指が震えてなかなかシートベルトが外せなかった。タラップが機体に接続されると、副操縦士がコックピットから現れて、ハッチを開けた。それからものの数秒で、兄が機内に乗りこんできた。

ゲイジの瞳の色はなんとも不思議な淡いグレーだ。霧や氷のような灰色ではなく、稲妻のような。黒い眉とまつげは、心配のあまり青白くやつれた顔のなかでひときわ目立っていた。わたしを見て一〇〇〇分の一秒ほど凍りつき、ごくりとつばをのみこんでから、こちらへ駆け寄ってくる。

「ヘイヴン」声がかすれていた。シートの肘掛けに手を突いて目の前にひざまずき、わたしの全身を眺めまわす。やっとのことでベルトを外し終えたわたしは、兄のほうへ身を乗りだして、懐かしい香りを吸いこんだ。ゲイジがおそるおそる腕をまわしてくる。いつもの力強い抱擁とは違い、わたしに痛みを感じさせないように気づかってくれているのだ。じっと動かない兄の体の芯《しん》が小刻みに震えているのが感じられた。

大きな安堵《あんど》感に包まれて、わたしは痛くないほうの頬を兄の肩にすり寄せた。「ゲイジ」とささやく。「やっぱりお兄ちゃんがいちばん好き」

ゲイジは軽く咳《せき》払いしてから、やっと声を発した。「ぼくもだよ、ベイビー・ガール」

「リバーオークスへは連れていかないで」

すぐにその意図は伝わったようだ。「もちろんだよ。うちへおいで。おまえが帰ってきてることは、父さんにはまだ話してないから」

兄が手を貸して飛行機から降ろしてくれ、シルバーのマイバッハに乗せてくれた。「眠っちゃだめだぞ」ヘッドレストに頭をもたせかけて目を閉じたとたん、兄の鋭い声が飛んできた。

「疲れてるのよ」

「頭の後ろにこぶができてる。もしかしたら脳震盪《のうしんとう》を起こしてるかもしれないからな、眠っちゃだめだ」

「飛行機のなかでは寝てきたのよ」わたしは言った。「それでも大丈夫だったでしょ。お願いだから――」

「ちっとも大丈夫じゃない」兄の口調があまりに厳しかったので、思わずびくっと首をすくめる。「おまえは――」わたしの様子に気づいてゲイジがはっと息をのみ、声のトーンをやわらげた。「悪かった、ごめん。そんなに怖がらなくていいから。もう怒鳴ったりしないよ。ただ……おまえがあいつにこんな目に遭わされたかと思うと……つい腹が立って、冷静ではいられなくなるんだ」大きく深呼吸して、乱れた息を整える。「病院にたどり着くまでは起きててくれ。ほんの数分で着くからな」

「病院はいや」わたしは気力を振りしぼって訴えた。「どうしてこんな怪我をしたのかって、原因を詮索《せんさく》されるでしょ」そうしたら警察にも連絡がいって、暴行罪でニックが逮捕されてしまうかもしれない。そこまでする覚悟は、まだできていなかった。

「その辺はぼくがなんとかするから」ゲイジが言った。

この兄ならたしかにやれるだろう。通常の手続きをすっ飛ばすだけの権力と金を持っているのだから。袖の下でもなんでも使って、お返しにこちらの望みを聞いてもらう。人々は見て見ぬふりをしてくれるはずだ。ヒューストンでトラヴィスの名を出せば、どんなドアでも開けてもらえる――あるいは、ドアをぴたりと閉ざしてもらうこともできる、そのほうが望ましければ。

「とにかくどこかで休ませて」はっきりしゃべっているつもりだったが、弱々しいかすれた声しか出なかった。頭もひどくずきずきしてきて、会話するのも億劫《おっくう》だ。

「顎の骨が折れているかもしれないんだぞ」ゲイジが物静かに言った。「ほかにもどんな怪我を負わされているか、わかったものじゃない」そこでふうっと息を吐きだす。「いったいなにがあったのか、話してくれるかい？」

わたしは首を振った。ときにはそういう単純な質問こそが、もっとも複雑で答えにくいものだ。いつのまに、どうしてあんなことになったのか、わたし自身にもよくわからなかった。ニックとわたしのどちらに、あるいはふたりともに、どんな原因があって、こんなひどい結果になったのか。わたしが逃げだしたことを、彼はすでに知っているのだろうか？　玄関まで様子を見に来て、わたしの姿が消えていることに気づいただろうか？　それとも今ごろ、ベッドで安らかに眠っているのだろうか？

ゲイジは無言のままハンドルを操り、ヒューストン・メディカル・センターへと向かった。さまざまな病院や各種研究所が立ち並ぶ、世界一の規模を誇る医療センターだ。うちの家族も、少なくともふたつ以上の病院に、新しい病棟や医療設備を寄付しているはずだった。

「こういうのは今回が初めてなのか？」救急病棟の駐車場に車をとめ、ゲイジが訊いてくる。

「いいえ」

兄はののしりの言葉を小声で吐き捨ててから言った。「おまえに手をあげるような男だとわかっていたら、絶対に駆け落ちなんかさせやしなかったのに」

「わたしをとめることはできなかったはずよ」わたしはくぐもった声で言った。「なにがなんでも一緒になるって決めてたから。ばかだったわ」

「そんなこと言うな」ゲイジはその目に激しい怒りをたたえ、わたしを見た。「おまえがばかだったわけじゃない。おまえはひとりの男に賭けただけで、たまたまそいつが……くそっ、なんと言えばいいのかうまい言葉が見つからないが……とんでもないけだものだったというだけだ」ぞっとするくらいきつい口調だった。「あいつはもう、生ける屍《しかばね》だ。今度会ったら、ぼくがただじゃおかな――」

「やめてよ」今夜はもう怒鳴り声は聞きたくないし、暴力に怯えたくもない。「わたしがここまでの怪我をしてるって、ニックは知らないかもしれないんだし」

「たったひとつ青あざをつくっただけでも、やつを殺してやるには充分だ」ゲイジはわたしを車から降ろすと、子供を抱きかかえるように足もとからすくって抱きあげた。

「歩けるってば」わたしは文句を言った。

「ソックスで駐車場を歩かせるわけにはいかないね。いいから、おとなしくしてろ、ヘイヴン」兄はわたしを救急の待合室まで運び、受付デスクの横にそっとおろした。ほかにも患者が一〇人以上は待っている。

「ゲイジ・トラヴィスです」兄は、ガラスの仕切りの向こうに座っている女性に名刺を差しだした。「妹をすぐに診てほしいんですが」

女性は目を丸くして、受付デスクの左横のドアに向かって会釈した。「今、ドアをお開けしますわ、ミスター・トラヴィス。どうぞお入りください」

かしたくない」

「だめよ」わたしは兄に耳打ちした。「ほかのみんなだって待ってるんだから。横入りなんかしたくない」

「四の五の言うな」すぐにドアが開かれ、わたしは薄いベージュ色の廊下の先へと無理やり引っ立てられていった。わきあがる怒りを抑えきれない。実の兄にこんな手荒なまねをされるなんて。たとえ善意に裏打ちされたものであっても、許せない行為だ。

「こんなの不公平でしょ」近づいてくる看護師にもかまわず、わたしは声を荒らげた。「診察は受けないから。わたしだけが特別扱いされるなんて――」

「ぼくにとっては特別なんだ」

待合室でじっと順番待ちをしている人々を差し置いて優先的に診てもらうなんて、どうしても我慢できない。大金持ちの家の娘に生まれたことが、悔しくてたまらなかった。「小さな子供だって何人かいたでしょ」わたしはゲイジの手を振り払おうとした。「あの子たちのほうこそ、早くお医者さまに診てもらわないと」

「ヘイヴン」ゲイジが断固たる口調で言う。「待合室にいた人はみんな、おまえよりは症状が軽そうだった。いいから黙って、看護師さんのあとをついていくんだ」

アドレナリンのおかげで力がわき、気がつくと兄を突き飛ばしていた。その反動で壁にどすんとぶつかると、痛みが、激しすぎる痛みが、体のあちこちから襲ってくる。口のなかに苦い味が広がり、目から涙があふれた。「吐きそう」わたしは力なく言った。

奇跡のようなスピードで、腎臓《じんぞう》形をしたプラスチックの容器がどこからともなく目の前に差しだされ、わたしはうめきながらその上にかがみこんだ。夕食をとっていなかったので、さほど吐くものはなかった。苦しみながら胃のなかのものを戻し、最後に何度かふうっと息をついた。

「脳震盪を起こしてるかもしれないんです」ゲイジが看護師に告げる。「頭にこぶができてまして、口もよくまわらないんです。それにこうして嘔吐《おうと》まで」

「先生にきちんと診ていただきますから、ミスター・トラヴィス」看護師はわたしを車椅子に乗せた。そこから先は、もはや抵抗のしようもなかった。X線をかけられ、MRIの機械に通され、骨折や血腫《けっしゅ》の箇所を調べあげられて、抗生物質の注射をされたあげく、全身に薬を塗られて包帯を巻かれた。それぞれの処置のあいだの待ち時間も長く、すべて終わったときには夜中になっていた。

あばらの真ん中の骨が一本折れていたが、顎は腫れているだけで、骨折まではしていないと判明した。軽い脳震盪の症状はあるものの、入院して経過を観察するほどではないらしい。鎮痛剤をたっぷり投与されたわたしは、すでに夢うつつの状態だった。

会計をすませて病院を出るころには、ゲイジに文句を言うのにも疲れはて、わたしはもうぐったりしていた。そこから一五分ほど、うつらうつら眠りながら車に揺られていく。ゲイジたちの住んでいるコンドミニアムは、トラヴィス家がメイン通り一八〇〇番地に所有しているトラヴィス・ビルのなかにあった。ガラスとスチールでできたその建物は、高層階には数百万ドルは下らないコンドミニアム、そして低層階にはオフィスや商店やレストランなども入っている複合ビルだ。そのてっぺんにそびえ立つガラス板でできたピラミッドは、今では街のシンボルとなっていた。

このビルに来たことは前にもあって、そのときはレストランで食事をしたのだが、ゲイジの住まいに入れてもらうのは初めてだった。兄はめったに私生活を明かさない。

高速エレベーターに乗って一八階へあがる。廊下の突きあたりまでたどり着く前に、コンドミニアムのドアが開いた。ピーチ色のふかふかのローブを着て、髪をポニーテールにしたリバティが、その奥に立っていた。

できればここにいてほしくなかった。どこにも非の打ちどころがない、すばらしい義理の姉。いつでも正しい選択をし、家族のみんなにも愛されている女性。こんなみじめな状況ではもっとも顔を合わせたくない人物だ。自分の愚かさを恥じ入りつつ、わたしはよろよろと廊下を歩いていった。

スタイリッシュな家具が置かれた超モダンなコンドミニアムにわたしたちを招き入れたリバティは、ドアを閉め、爪先立ちになって、ゲイジにキスをした。それからわたしのほうを振り向く。

「急に押しかけたりしてごめんなさ……」わたしの言葉は消え入った。リバティの腕がそっと体に巻きついてきたからだ。彼女はやわらかく、パウダーと歯磨きのいい香りがして、首筋もしっとりとあたたかい。身を引こうとしたけれど、リバティが放してくれなかった。母が亡くなって以来、大人の女性にこんなふうに長々と抱きしめられるのは、ずいぶん久しぶりのことだ。この感触をわたしは必要としていた。

「あなたなら大歓迎よ」リバティが小さな声で言う。この人は決してわたしを妙な色眼鏡で見たりしない、どこまでもやさしく迎えてくれる。そう思うと、心がふっと軽くなった。

リバティが客用のベッドルームへと案内し、ナイトシャツに着替えさせてくれたあと、キャリントンくらいの子供を寝かしつけるようにベッドに寝かせて上掛けをかけてくれた。そこは落ち着いた淡い水色とグレーで統一された、飾り気のない部屋だった。「ぐっすり眠ってね」リバティはそうささやいて出ていき、ドアを閉めた。

わたしはぼうっとして軽いめまいを感じながら横たわっていた。張りつめていた筋肉からも緊張が解けていく。きつく結ばれていたロープがするするとほどけるように。それからどれほどの時間が流れたのだろう。あたしの紫のスニーカーはどこ、と訊くキャリントンの声が聞こえてくると、すぐにやんだ。コンドミニアムのどこかで赤ん坊の泣き声がしたかと思うる。学校へ行く支度をしているらしい。お皿やフライパンのがちゃがちゃいう音……朝ご飯の準備だ。そういう生活音が心を癒《いや》してくれた。懐かしい音。

いつしかわたしはまた深い眠りに落ちていった。このまま二度と目覚めなければいいのに、と心のどこかで祈りながら。

虐待を受けることが日常的になると、判断力が著しく低下して、自分ではほとんどなにも決められなくなってしまうものだ。小さなことも、大きな決断と同じくらい難しくなる。朝食のシリアルをどれにするかといったたわいもない選択にさえ、命にかかわる危険が伴う気がするほどに。自分が間違った選択をした結果、責められたり懲らしめられたりすることをひどく恐れ、いっそ誰かに決めてもらったほうがいいと思ってしまう。

わたしの場合、ニックのそばを離れたからといって、少しも安心できなかった。物理的な距離はともかく、自分は無価値な人間だという精神的呪縛《じゅばく》から逃れられない。このおれに暴力を振るわせるおまえがいけないんだとさんざんののしられてきたせいで、今では彼の思いこみがウイルスのごとくわたしをむしばんでいた。もしかしたらわたしに原因があるのかも。もしかしたらわたしは殴られても仕方のないことをしたのかも。

ニックとの生活がもたらしたもうひとつの副作用は、現実がまるでクラゲのようにふわふわとしたあやふやなものになってしまったことだ。あらゆることに対して、わたしは自分の反応に疑いを抱くようになった。なにが真実なのかわからなくなった。自分の感覚や感情すらも、はたして本当にそうなのかどうか自信が持てなくなった。

二四時間ほどこんこんと眠りつづけたのち、ようやくわたしはベッドから抜けだした。ときどきリバティが様子を見に来てくれていたようだ。バスルームへ行って、鏡に顔を映してみた。目もとはどす黒いあざになっていたものの、腫れはだいぶ引いている。でも顎はまだ片側がぷっくりふくらんでいて、交通事故にでも遭ったかのようなありさまだった。でも、おなかはすいている。いい兆候だ。車に轢《ひ》かれて死んだ動物に比べれば、少しは人間らしい感覚が戻ってきたということだろう。

まだ痛む体を引きずってよろよろとリビングルームのほうへ行くと、ガラスのテーブルを前にゲイジが座っていた。

普段は一分の隙もない服装なのだが、今日の彼は着古したTシャツにスウェットパンツ姿で、目の下にはくまができている。

「わあ」わたしは横に座りながら言った。「ひどい顔ね」

冗談めかしたその言葉にも笑わず、兄は心配そうな顔つきでわたしを見つめかえす。

そこへ、リバティが赤ん坊を抱きかかえてやってきた。「ほーら、いたでしょ」と明るい声で言う。一歳になる甥《おい》のマシューはまるまると太っていて、まだ歯の生えそろっていない口を大きく開けて笑うさまがなんとも愛らしい赤ちゃんだ。ぱっちりとしたグレーの目も。頭のてっぺんだけ黒々としている髪も。

「赤ちゃんにモヒカン刈りなんかさせてるの?」隣に腰をおろしてマシューを膝に抱きあげたリバティに向かって、わたしは訊いた。

リバティがくすくす笑いながら首を振る。「違うわよ。横のほうだけ自然に抜けちゃったの。いずれまたちゃんと生えてくるから大丈夫なんですって」

「わたしは好きよ。この子にもコマンチ族の血が受け継がれている証《あかし》よね」できれば赤ちゃんを抱きたかったけれど、肋骨が折れているこの体では抱けそうにない。たとえ胴体にコルセットを巻いてはいても。仕方なく、足をちょんちょんとつつくだけで我慢すると、マシューはきゃっきゃと声を立てて笑った。

リバティがわたしをまじまじと見つめる。「そろそろお薬の時間よね。その前にトーストと卵くらいだったら食べられそう?」

「ええ、お願い」彼女がマシューをベビー用の高い椅子に座らせ、テーブルの表面にじかにチェリオスをぱらぱらと撒《ま》く様子を、わたしはじっと眺めていた。赤ん坊はシリアルの粒を小さなこぶしでつかみ、自分で口へと運んでいる。

「コーヒーにする?」リバティが訊いた。「それとも、あったかい紅茶?」

普段はコーヒーのほうが好きだけれど、今は胃への負担が大きすぎるかもしれない。「紅茶がいいわ」

コーヒーを飲んでいたゲイジがカップを置き、片手をすっとのばしてきてわたしの手に重ねた。「気分はどうだい?」

兄にふれられたとたん、おぞましい嫌悪感に襲われた。どうしても手を引っこめずにはいられなかった。女性に暴力などただの一度も振るったことのない兄は、びっくりしたように口を開けてわたしを見かえした。

「ごめんなさい」兄の反応にうろたえながら謝る。

ゲイジは目をそらした。心のなかでなにかと格闘しているらしく、みるみる頬が紅潮していく。「謝るべきなのはおまえじゃないさ」と、ぶつぶつ言った。

リバティが紅茶と処方薬を持ってきてくれたあと、ゲイジが咳払いしてからあらためて訊いてきた。「ヘイヴン、ゆうべはどうやってニックのもとから逃げだしたんだ? 財布も持たず、靴も履かずに?」

「その……逃げだしたというか……放りだされたのよ。たぶんあの人、わたしがずっと外で待ってるものだと思ってたんじゃないかしら、また家に入れてもらえるまで」

コーヒーのお代わりを注ぎに来たリバティの足が一瞬とまった。彼女がこんなにもショックを受けていることに、わたしは驚いた。

ゲイジは水のグラスをつかもうとして、危うく引っくりかえしかけたほどだ。がぶがぶと水を飲んでから、兄は続けた。「おまえを殴りつけたあげく、家から放りだしたわけか」問いかけるというより、自分に信じこませようとして言っているような口ぶりだった。わたしはうなずき、ばらけてしまったマシューのチェリオスを手もとに寄せてやった。

「わたしがいないことに気づいたとき、ニックがなにをするかわからないわ」気がつくとわたしはそう言っていた。「捜索願を出すかもしれない。だから、電話だけはかけておいたほうがいいかも。どこにいるかまでは教える気はないけど」

「何分かしたら、うちの弁護士に電話してみるつもりでいるんだ」ゲイジが言った。「次にどういう手を打つべきか、よく相談しようと思って」その後も慎重に言葉を選びつつ、話しつづける。わたしの怪我の具合を写真に撮っておく必要があるかもしれないこと、できるだけ早く離婚の手続きをすませるにはどうすべきかということ、わたしが直接ニックと顔を合わせたり話しあったりせずにすむよう手続きはなるべく弁護士に任せたほうがいいこと、などなど。

「離婚？」すっとんきょうな声をあげたわたしの前に、リバティが皿を置いた。「ちょっと待ってよ、別れる決心もまだついてないのに」

「ここまでされてるのにか？　鏡で自分の姿を見ただろう、ヘイヴン？　決心がつくまでに、あとどれだけ殴られれば気がすむんだ？」

わたしは兄を見かえした。大柄で、堂々としていて、意志も強固だ。そんな兄を前にすると、どうしても逆らいたくなってしまう。

「ゲイジ、わたしはまだここに着いたばかりなのよ。もう少しゆっくり休ませてもらってからでもいいでしょ。ほんのちょっとでいいから。ね、お願い」

「あのどうしようもない――」ゲイジは、会話に耳を傾けている息子をちらりと見て、声を落とした。「――ろくでなしと離婚しない限り、おまえの気が休まることはないぞ」

兄がわたしを守ろうとしてくれているのはわかる。わたしにとって最善の道を選ぼうとしてくれているだけなのだと。でもその過保護ぶりが、かえってわずらわしく感じられた。こういうところは父そっくりだ。「わかってるってば、それくらい」わたしは言った。「ただ、弁護士さんと話をする前に、じっくり考えてみたいだけなの」

「冗談じゃないぞ、ヘイヴン、もしもあいつのところへ戻ろうなんて考えてるんなら――」

「それはないわ。ただ、あれをやれ、これをやれ、いついつまでに、と一方的に命令されるのは、もううんざりなの。きりがないんだもの！　暴走列車に乗せられてるみたいで、ちっとも終わりが見えないわ。わたしが次にどうすべきかは、わたし自身に決めさせて」

「いいだろう。それならおまえが決めていい。ただし、早くな。ぐずぐずしてたらぼくが決めるぞ」

わたしが言いかえす前に、リバティが割って入った。「ゲイジ」控えめにたしなめながら、力こぶのできている兄の二の腕に細い指をそっと這わせる。それだけでゲイジははっとして妻のほうを振り向き、表情をやわらげて深々と息をついた。いつも偉そうにしているあの兄にここまでの影響を及ぼす力を持ったリバティに、わたしは感銘を受けた。「これもプロセスの一部なんだから」彼女がおっとりと言う。「わたしたちはついヘイヴンに、途中の部分をすっ飛ばして一気に片をつけてほしいと思ってしまうけれど……彼女が本当の意味でこの件を乗り越えるためには、ちゃんと手順を踏むことが大切なのよ。ひとつひとつ」

兄は眉根を寄せたが、反論はしなかった。ふたりだけで目を見交わしている。この件についてはあとでまた、わたしのいないところでゆっくり話しあおう、というサインなのだろう。

兄はふたたびわたしのほうを向き、静かな声で言った。「なあ、ヘイヴン、もしもおまえの友達が夫に家から叩きだされて、ひと晩外で過ごせと言われたとしたら？　おまえならその友達にどんなアドバイスをする？」

「それなら……すぐに別れなさいって言うでしょうね」わたしは認めた。「でも、わたしの場合は違うのよ」

「どうして？」純粋な驚きの声が返ってくる。

「わからないけど」わたしは困ったように答えた。

ゲイジが両手で顔をこすった。そしておもむろに立ちあがる。「着替えて、仕事に行ってくるよ。電話はかけないでおくから」少し間を置いてから、つけ加えた。「まだ、な」兄はマシューを椅子から抱きあげて、高い高いをしてあやした。身をくねらせてきゃっきゃと喜ぶ赤ん坊をおろし、ぎゅっと抱きしめて首筋にキスをする。「いいか、相棒。ぼくがいないあいだ、ママの言うことをよく聞いていい子にしてるんだぞ。帰ってきたらまた男同士の遊びにつきあってやるからな」

赤ん坊を椅子に戻してから、ゲイジは身をかがめて妻にキスをした。片手を彼女のうなじに添えて。最初は軽かったキスがだんだん本格的になっていき、彼女が手をあげてそっと顔を撫でるまで続いた。ようやく唇を離したあともふたりはしばらく見つめあい、言葉のいらない会話を弾ませていた。

リバティはゲイジがシャワーを浴びに行くのを待って、わたしにやさしく話しかけてきた。「あの人ね、あなたをここへ連れてきてからも、ずっと落ちこんでいたのよ。あなたのこと、心配でたまらないんでしょうね。あなたが誰かに傷つけられるなんて、考えるだけで頭がどうにかなりそうなんだと思う。本当ならすぐにでもダラスへ怒鳴りこんでいきたいのを、必死にこらえているみたいよ……それがあなたのためだと思って」

わたしは真っ青になった。「兄さんがニックのところへ怒鳴りこんだりしたら――」

「ううん、大丈夫、それはないわ。ゲイジはとても自制の利く人だもの、望みどおりの結果を得るためならね。だから信じて、あなたを助けるためならば、彼はどんなに困難なことでもやりとげてくれるから」

「ふたりを巻きこんでしまって申し訳ないわ」とわたしは言った。「あなたにもゲイジにも関係のないことなのに」

「だってわたしたち、家族じゃないの」リバティがふたたび身を寄せてきて、腕のなかに包みこんでくれる。「一緒に考えましょう。それと、ゲイジのことは心配しないで――あなたにあんまりあれこれうるさく言わないよう、わたしがしっかり見張っておくから。彼はあなたの身の安全を確保してやりたい一心なんでしょうけど……どういうふうにものごとを運ぶかは、あなた自身が決めるべきことだものね」

義姉《あね》に対する情愛と感謝の気持ちがわきあがってきた。心のどこかにあったかもしれないかすかなねたみやそねみは、その瞬間、すべて消え失《う》せた。

いったんしゃべりはじめたら、とまらなくなった。わたしはリバティに、ニックがいかに家庭を支配していたかを、こと細かに話した。シャツのアイロンがけの件しかり、わたしが〝マリー〟と呼ばれていた件しかり。ついにリバティは目を大きく見開き、声をひそめてこう言った。「ああ、ヘイヴン、それじゃまるで、彼はあなたという存在を消そうとしてるみたいじゃない」

わたしたちは牧場をモチーフにした大きなキルトを広げて敷き、その上で赤ん坊を遊ばせてやった。動物のアップリケのあいだをはいはいしていたマシューはいつしか、ふかふかの羊の上で眠りはじめた。リバティが冷えた白ワインのボトルを開けてくれた。「投薬指示書には、アルコールをともに摂取すると重大な副作用が出ることもあります、と書いてあったんだけどね」と、いちおう釘《くぎ》を刺す。

「あらそう？」わたしは自分のグラスを差しだした。「お願い、けちなこと言わないで」

眠っている赤ん坊の横にわたしも寝そべり、リバティが持ってきてくれたクッションをあちこちにあてがって、心地のいい体勢を探す。「困るのはむしろ……」わたしはなおも、ニックとの関係を説明しようとしていた。「彼の機嫌がいいときのほうなのよ。こうしておけばうまくいくんだ、って思いがちだから。どのボタンを押しちゃいけないかわかったつもりでいると、新しいボタンをうっかり押してしまうはめになるの。そうなったらいくら謝っても、どれだけ頑張って直そうとしても、言うことなすことが裏目に出て、ついに爆発するところまでいっちゃうのよ」

「しかもその爆発が、回を重ねるごとにひどくなるんでしょ」リバティの静かな断言に、わたしは注意を引かれた。

「ええ、そのとおりよ。あなたもそういう人とつきあってたことがあるの？」

「母がね」茶色の瞳が遠くを見つめる。「相手はルイスっていう人。ジキルとハイドみたいなタイプだったわ。最初のうちは愛想がよくて、母もだんだん惹かれていったみたいなんだけど、相手の本性が見えたころにはもう手遅れだった。母は自尊心をずたずたに傷つけられてて、別れるに別れられなかったみたい。当時はわたしもまだ若かったから、どうして母があんな仕打ちに耐えているのか少しも理解できなかったんだけど」

リバティの視線は、手足をだらんと投げだして眠っているマシューのほうへと漂っていった。「わたしが思うに、まずはニックの行動がカウンセリングで改善できる種類のものなのかどうか、突きとめるのが大事なんじゃないかしら。もしかしたらあなたがこうして逃げだしたことで、彼の態度も変わるかもしれないし」

わたしはワインをちびちび飲みながら考えた。ニックのあの横暴さは、オレンジの皮をむくみたいにひと皮むけば直るものなの？　それとも、芯まで染みついているものなの？

「ニックって、つねに自分が主導権を握っていないとだめな人なのよね」わたしはようやく口を開いた。「自分の欠点や過ちを認めることなんてまずないし、彼のほうが変わらなければいけないこともないの。悪いのはいつもわたしのほうで」空になったグラスを脇に置いて、額をこする。「よく思うんだけど……あの人が本気でわたしを愛してくれたことはあったのかしら。彼にとってわたしは、自分の好きなように操れる存在にすぎなかったんじゃないかしら、って。だとしたら、彼を本気で愛していたわたしは、救いようのないばかってことになっちゃうけど」

「たぶん彼も、彼なりにあなたを好きだったんだとは思うわ」リバティが言った。

わたしは冷めた笑みを浮かべた。「ならうれしいけど」そのときふと、ニックとの関係をすでに過去のものとして語りあっているのに気づいた。「もっと前から彼を知っていて、もっと長くつきあっていたら、うわべだけじゃなくて中身もちゃんと見えたんでしょうけどね。

結婚を急ぎすぎたわたしがいけないのよ」

「そんなことないわ」リバティが言いかえす。「ときには、偽りの愛が本物以上に輝いて見えることだってあるもの」

その言い方が、彼女の結婚式の夜にあったたひと幕を思いださせた。あれは遠い昔のことのように思える。「あなたとハーディ・ケイツの偽りの愛みたいに？」

リバティはうなずき、考えこむような表情を見せた。「ええ。といっても、ハーディとニックを一緒くたに語りたくはないけれど。ハーディは絶対に女性に手をあげたりしない人だから。彼にはむしろその逆の問題があるのよ……困っている女性を見ると助けたくてたまらないという……そういうの、なんて言うんだっけ？」

「白い騎士《ホワイト・ナイト》コンプレックス？」

「そうそう。なのに、相手を救ったところで、ハーディはさっと身を引いてしまうの」

「ゲイジの新事業をつぶしに来たときは、そんなご立派なナイトでもなかったと思うけど」

リバティが憂いを含んだ笑みを浮かべる。「そうよね。だけどあれはゲイジを狙《ねら》い撃ちしただけであって、わたしを狙ってのことじゃないし」彼女は首を振って話を戻した。「あなたとニックのことだけど……彼があなたに目をつけたのは、別にあなたのせいじゃないわ。どこかで読んだんだけど、虐待をする人って、簡単に操れる女性を見つけだすのがうまいんですって——そういうアンテナが発達してるんでしょうね。だからたとえばアストロドームいっぱいに人をつめこんで、虐待する男の人と弱い女の人をひとりずつ紛れこませておいたとしても、彼らはお互いを見つけてしまうそうよ」

「まあ、すてき」わたしは憤ってみせた。「わたしは歩く標的ってわけ?」

「そうじゃなくって、あなたは……人を信用しすぎるだけ。愛情深いだけよ。普通の男の人なら、そういうところを評価してありがたいと思ってくれるんでしょうけど。ニックみたいな人にとっては、そういう愛情深さって、つけこむ隙としか映らないんだと思うの」

聞きたい言葉ではなかったけれど、そう言われてはっとした。それこそが、わたしの前に立ちはだかる真実だ……ニックのもとへ戻るあらゆる道をふさぐ真実だった。

どんなに彼を愛していても、彼のためになにをしてあげても、ニックが変わることはない。彼を喜ばせようとこちらが努力すればするほど、彼の蔑《さげす》みは増すばかり。

「彼のもとへはもう戻れないってことね」わたしはゆっくりと言った。「でしょ?」

リバティはうなずくのみだ。

「離婚なんかしたら、パパになにを言われるか。野太い声で〝だから言ったじゃないか〟から始まるお説教を食らうに決まってるわ」

「いいえ」リバティが真剣な面持ちで言う。「そんなことないわ。わたしね、あなたたちに対するチャーチルの態度について、彼に何度か意見したことがあるのよ。子供たちに厳しくしすぎたことは、彼も反省しているみたいだった」

そんな話はうのみにできない。「パパって人は、そういうふうに生まれついているのよ」

リバティが肩をすくめた。「チャーチルがなにを言おうと、どう思おうと、今はたいして関係ないわ。大事なのは、あなた自身がどうしたいかってこと」

その答えを出すには長い時間がかかりそうだ。でも、隣で寝ている赤ん坊のあたたかい体にぴったり寄り添ったとたん、いくつかのことがはっきりした。わたしはもう二度と、怒鳴られたり殴られたりしたくない。ちゃんと自分の名前で呼ばれたい。この体は自分のものだと思いたい。人が人であるだけで与えられて当然のものがすべて欲しい。愛も含めて。

一方が力にものを言わせ、もう一方が服従するだけの関係など、愛と呼べるはずがないことはわかっていた。本物の愛は上下関係のなかには存在しない。

マシューの頭に鼻をすり寄せる。清潔な赤ちゃんほどいい香りのするものなんて、この世にはほかにない。これほど純真無垢《むく》で、こんなにも他人を信用しきって、すやすやと眠っている。もしもニックなら、こんないたいけな子供をどう扱うのだろう?

「弁護士さんと話してみる」わたしは眠たげに言った。「だってわたし、アストロドームでつかまってしまう女にはなりたくないもの」

リバティがわたしたちふたりの上にそっと肌掛けをかけてくれた。「わかったわ」彼女はささやいた。「決めるのはあなたよ、ヘイヴン」

5

テキサス州では離婚の申請後、六〇日間の猶予を置くことが義務づけられている。いつのころか州の役人の誰かが、いわゆるクーリングオフの期間を設けておいたほうが離婚を希望する人々にとってもいいはずだ、などとお節介な考えを抱いたのだろう。そういう期間が必要かどうかは、どうせなら当事者に決めさせてほしいものだ。わたしなら、いったん決意したあとは、できるだけすみやかに終わらせてしまいたい。

でも一方で、その二カ月はわたしにとってかなり有意義なものでもあった。外見的には傷が癒《い》え、あざも消えて、週に二回ほど心理セラピストのところへ通うようにもなった。セラピストにかかるのは生まれて初めてだったので、味気ないソファーに寝かされて、白衣を着た冷徹な専門家に話を聞かれ、メモをとられたりするのではないかと想像していた。

でも実際に通されたのは、黄色い花柄の綾《あや》織りのソファーが置かれた狭いけれど居心地のいいオフィスで、迎えてくれたセラピストもわたしとさほど年齢の変わらない人だった。スーザン・バーンズといって、黒っぽい髪に明るい瞳の、人好きのする女性だ。そんな彼女にものの悩みを打ち明けることができて、言葉では言い表せないくらいほっとした。スーザンはものわかりがよく、賢くて、わたしが感じたことや体験したことをつたない言葉で話すだけで、宇宙の謎を解き明かすかのように見事に解説してくれる。

スーザンによれば、ニックの行動は虐待夫によく見られる自己愛性人格障害《ナルシシスティック・パーソナリティー・ディスオーダー》のパターンにぴったりあてはまるという。その障害についていろいろと話してくれる彼女は、まるで過去一年のわたしの生活をそのまま描写しているかのようだった。NPDを持つ人はおおむね支配欲が強く、傲慢《ごうまん》で、自分にしか興味がなく、他人の欲求に非寛容的で……相手をコントロールするための戦略として、激しい怒りを利用する。自分と他人との境界が曖昧《あいまい》で、相手を自分の思いどおりに動かそうとしたり激しくなじったりして、ついには相手をぼろぼろに傷つけるところまでいってしまう。

人格障害があることと精神に異常を来していることとは大きく違うのよ、とスーザンは説明した。なぜなら、自己愛性人格障害者、すなわちナルシシストは、感情を抑えこんでおける時と場合には、きちんと自分をコントロールできるからだ。たとえば彼らは、職場で上司に暴力を振るったりはしない。それは自分にとって不利益な行為だと、ちゃんと理解している。その代わりに彼らは自宅に戻って、妻を殴ったり飼い犬を蹴ったりするわけだ。それでも彼らは罪の意識を感じない。自分に都合のいい言い訳をし、自己を正当化する。他者の痛みなど、彼らにとってはなんの意味もない。

「つまりニックは頭がおかしいわけじゃなくて、社会病質者《ソシオパス》だってこと？」わたしはスーザンに尋ねた。

「まあ……基本的にはそういうことね。ただし、ソシオパスのほとんどは殺人を犯すような異常者ではないということだけは忘れないで。彼らはただ、他者への共感に欠け、他人を思いどおりに操ろうとする傾向が強いだけよ」

「そういう性格って治るものなの？」

即座にスーザンが首を振る。「いったい彼がどんな虐待や養育怠慢《ネグレクト》を受けてきたせいでそんなふうに育ってしまったのかを考えると、悲しいけれど。でも、結果としてニックは今の彼になってしまった。自己愛性人格障害者って、断固としてセラピーを拒むものなのよ。自分は絶対的に正しいという思いこみがあるから、変わる必要を認めないんでしょうね」いやな記憶を思いだしたかのように、スーザンは暗い笑みを浮かべた。「正直言って、自己愛性人格障害者を治療したいと願っているセラピストなんて、ひとりもいないと思うわ。フラストレーションがたまるばかりで、時間の無駄に終わることが多いんですもの」

「わたしの場合は？」わたしはあえて訊いてみた。「わたしはよくなるのかしら？」みるみる目に涙がたまってしまい、鼻をかまずにいられなくなったので、スーザンはそれを待ってくりかえした。

「もちろんよ、ヘイヴン。一緒に治していきましょう。大丈夫、きっとよくなるから」

初めのうちわたしは、自分がニックを許せるようにならなければいけないのだと思いこんでいた。だからスーザンに、そうじゃないわ、虐待と許しのサイクルにとらわれつづける必要はないのよ、と言ってもらえて、言葉にできないくらいほっとした。虐待を受けていた被害者はよく、加害者を許して立ちなおらせてやる責任が自分にはあると思ってしまうらしい。それはあなたの仕事じゃないの、とスーザンは言った。ニックとの関係という毒がわたしの人生のほかの分野にまで及ばないように解毒をしていく作業は、もう少しあとでやればいい。今は別のことに集中しなければならないという。

わたしは境界線がはっきりしないタイプの人間であることが判明した。両親から、とくに母親から、いい娘は口答えなどしないものだと教えこまれて育ったせいだ。その結果、母親にしょっちゅう小言を言われることを甘んじて受け入れ、本来は母親の出る幕ではないことまでなんでも母親に決めてもらうようになってしまった。

「でも、兄たちと母の関係はそういうものじゃないのに」わたしはスーザンに訴えた。「兄たちにはちゃんと自分というものがあって、決して母の言うなりにはならなかったわ」

「往々にして、親が息子と娘に期待するものは違うからよ」スーザンが表情をゆがめながら言った。「うちの両親も、わたしたちが年をとったらおまえが面倒を見てくれよ、と娘のわたしには言うくせに、兄には決してそんなことを要求しないもの」

スーザンとわたしはロール・プレイをたくさんやった。最初は屈辱的なくらいばかばかしく思えたけれど、彼女が次々と、ニック、父、友人、兄、はるか昔に亡くなった母の役などを演じてくれるうちに、わたしは少しずつ自己主張の方法を学び、いやなときにははっきりノーと言えるようになっていった。それはまさに筋肉がよじれて汗まみれになるような、苦しい作業だった。

「ノーは心のビタミン」という言葉が、わたしの呪文《マントラ》となった。何度もくりかえし自分に言い聞かせているうちに、いつか本当に信じられるようになるかもしれない。

離婚の手続きはほとんどゲイジが代わりにやってくれた。おそらくリバティが忠告してくれたおかげだろう、わたしに対する兄の態度も変わった。これはこれこうなるから、と一方的に告げるのではなく、いくつかある選択肢を目の前に提示し、ひとつずつ丁寧に説明してくれるようになった。しかも、わたしの出した結論に異論を唱えたりもしない。ニックがコンドミニアムに電話をかけてきて、直接話がしたいから替わってくれと言ってきたときも、わたしが電話に出てもいいと言うと、ゲイジは黙って受話器を渡してくれた。

初めのうちは静かな会話だった。ほぼ一方的にニックがしゃべり、わたしは耳を傾けるだけ。でも次第にニックの感情は高ぶっていき、申し訳ないと謝ったかと思うと、突然激怒したり、泣いてすがったり、こうなったのは自分と同じくらいわたしにも責任があるとなじったりした。

ちょっとつらいことがあったくらいで簡単に結婚を解消するなんて、と彼は言った。

ちょっとつらい程度のことじゃなかったわ、とわたしは言いかえした。

愛しあっているふたりなら、これからどうすればいいか一緒に考えるのが普通じゃないか。あなたはわたしを愛してはいないでしょう？

もちろん愛してるさ、と彼は言った。もしかしたら最高の夫ではなかったかもしれないけど、それを言うならきみだって最高の妻ではなかった。

たしかにそのとおりなんでしょうね。だけど、肋骨を折られても文句は言えないほどひどい妻だったとは思わないわ。

ぼくが折るはずないじゃないか。きみが倒れたとき、弾みで折れたに違いないよ。

だってあなた、わたしを叩いたでしょ、殴りかかってきたじゃない。

驚いたことにニックは、きみを殴った覚えはない、と断言した。もしかしたらうっかり手がぶつかるようなことはあったかもしれないが、と。

彼が本当に覚えていないのか、現実を都合よくねじ曲げて記憶しているだけなのか、それとも覚えていて嘘をついているのか、わたしにはわからなかった。でもそのとき、そんなことはどうでもいいのだと気がついた。

戻る気はないから、とわたしは告げた。あとは彼になにを言われても、同じせりふをくりかえした。戻る気はない。戻る気はない。

そしてようやく電話を切り、リビングルームの革椅子に座っているゲイジのもとへ行った。肘掛けを握る兄の手に力がこもりすぎていたせいで、なめらかな革の表面に深い爪あとができている。それでも兄は最後までわたしに任せてくれた。ひとりで闘い抜くことが、わたしには必要だった。

ゲイジのことは昔から大好きだったけれど、そのときほど好きになった瞬間はなかった。

離婚申請の理由は、性格の不一致によりこれ以上結婚生活を存続させるのは困難なため、とした。それがいちばん手っとり早いでしょう、と弁護士は言っていた。向こうがおとなしく受け入れてくれれば。ニックが不服を申し立てた場合は裁判になって、双方ともあらゆる不快な思いをし、屈辱を味わうはめになる。

「ヘイヴン」ゲイジがグレーの瞳にやさしさをたたえ、口もとを引きつらせながら、わたしだけに聞こえるように言った。「おまえのやり方を通させてやろうと、ぼくは必死に我慢したつもりだ……でも、ひとつだけ言わせてくれ」

「なに？」

「ニックがこのまま黙って離婚を受け入れるとは、ぼくもおまえも思ってないよな。なにがしかのものを渡さない限り」

「手切れ金を渡すってこと？」わたしをあんな目に遭わせたニックが金銭的に得をするなんて、考えただけで血が煮えくりかえりそうだ。「ニックには、わたしは勘当されて相続権もなくなったって言っておけばいいじゃない」

「おまえは今もトラヴィス家の一員だ。それにニックは大芝居を打つこともできる……まじめな勤労青年だった彼が金持ちのわがまま娘と結婚し、ぼろ切れのように捨てられた、って。やつがその気になれば、裁判を長引かせるだけ長引かせて、世間の注目を集めることだってできるんだぞ」

「マンションのわたしの分の名義を彼に渡すわ。夫婦の共有財産はそれしかないんだし」

「あいつがマンションのマンションだけで満足すると思うか？」

ゲイジがなにを言わんとしているか、すぐにわかった。おとなしく離婚に応じさせ、その後もずっと黙らせておくだけの口どめ料を、ニックに払うべきだと言いたいのだろう。わたしにあれだけの仕打ちをしておきながら、ニックがさらに大金をせしめるなんて。考えるだけで腹が立って、体がわなわなと震えはじめた。わたしは真剣な口調で言った。「彼と無事別れられたら、二度と結婚なんかしないわ」

「そんなこと言うなよ」ゲイジがなにげなく手をのばしてきたとたん、わたしはさっと身を引いた。まだ誰にもふれられたくない、とくに男の人には。スーザンが言うには、防御メカニズムが働いているだけだから、時間が経てばそのうち治るらしいけれど。ゲイジは声に出さずにののしりの言葉を吐き、腕をおろした。「すまなかった」そう言って、ふうっとため息をつく。「やつの脳天に銃弾を一発見舞ってやることさえできれば、離婚なんかよりよっぽど安あがりなんだがな」

わたしはおそるおそる兄を見た。「それって、冗談よね?」

「あたりまえだ」表情はやわらかいが、目つきがどうも穏やかではない。

「とりあえず、離婚という選択肢のみを考えましょう」わたしは言った。「マシューやキャリントンが刑務所へ面会に行かなきゃいけなくなったら、かわいそうだもの。それで、具体的にはどれくらいの金額を考えてるの？　それと、ニックにお金を渡すとなったら、わたしはパパにすがりついて頼まなきゃならないわけ？　だってわたし……まとまったお金なんか持ってないわよ」

「その件については任せてくれないか。ぼくのほうでどうにかするから」

ゲイジは離婚手続きにかかる諸費用だけでなく、慰謝料まで全額かぶってくれるつもりのようだ。そのことに気づいて、わたしは申し訳ない思いで兄を見た。「ゲイジ――」

「いいんだって」兄が静かに言う。「おまえがぼくの立場なら、おまえだってきっとそうしてくれるはずだ。誰にも迷惑なんかかけてないから、スイートハート」

「過ちを犯したのはわたしなのに、兄さんがお金を払うなんておかしいわよ」

「なあ、ヘイヴン……助けが必要なときにはちゃんとそう認められるってことも、強い人間の条件のひとつだぞ。おまえはひとりで結婚を決めて、これまでひとりで苦労してきた。最後くらい誰かに頼ったっていいじゃないか。ぼくにも少しくらい兄貴面させてくれよ」

静かだが迷いのない口調でそう言ってもらえると、足もとの地面がまたしっかりと固まっていく気がする。いつの日か、すべてが丸くおさまるかもしれないと思えた。

「お金はいつか必ず返すから」

「わかった」

「これほど兄さんに感謝したくなったのって」と、わたしは言った。「ブーツィーをイボタノキの茂みから救いだしてもらったとき以来ね」

二月に離婚が正式に成立した翌日、わたしはプライドをぐっと抑えこんで、父に電話をかけた。なんともありがたかったのは、判事が離婚調停書にサインしてくれた当日、ニックが法廷に姿を現さなかったことだ。結婚するときはふたりそろって手続きしなければならないけれど、別れるときはひとりでもいいらしい。ニックは今日、裁判所から遠く離れた場所にいることになっているから、とゲイジはわたしに保証した。「なにを言ったの？　脚をへし折ってやるとか言って脅したわけ？」わたしは訊いた。

「もしも姿を見かけたら、五分以内におまえのはらわたを引きずりだして、裁判所の門にかけてやるぞ、って」てっきり冗談だと思って笑ったが、ゲイジはまじめに言っていた。

ゲイジとリバティはわたしがヒューストンに戻っていることを家族にだけは知らせたようだが、わたしはまだ誰とも会う気になれず、電話で話すこともしなかった。つねに自分がものごとの中心でいたい父は、そうやってわたしが避けていることに、当然ながら気分を害していた。父はゲイジを通じて、そういう不遜《ふそん》な態度を改める気になったら会いに来るように、と伝えてきた。

「離婚の話はしたの？」わたしはゲイジに訊いた。

「ああ。そんなに驚いてはいないようだったぞ」

「理由も話した？　ニックとのあいだに実際どんなことがあったのかは、ほんとなら誰にも知られたくないの。時間が経ったら、ジャックかジョーには話す気になるかもしれないけど、今はまだ秘密にしておきたい。こいつは弱くてどうしようもない人間だとか、かわいそうな被害者だとかいう目で見られたくないのよ、もう二度とね。同情されるのがいちばんいやだから」

「そういうことは話してない」ゲイジが安心させるように言った。「父さんにはただ、ふたりはうまくいかなかった、とだけ言ってある——それと、もしも父さんがおまえとの父娘《おやこ》の絆《きずな》をとり戻したいと願っているなら余計なことは言わないように、と釘を刺してあるから」

そんなわけでわたしはじっとりと汗ばんだ手で受話器を握りしめて、ようやく父に電話をかけた。「もしもし、パパ?」なるべく普段どおりの口調を心がける。「こうやって話すの、久しぶりよね。どうしてるかなと思って」

「ヘイヴン」低いしわがれ声が聞こえてくると、懐かしくてほっとした。「ずいぶんとご無沙汰だったじゃないか。おまえこそ、どうしてたんだ?」

「離婚したわ」

「らしいな」

「まあ、その……ニックとは終わったってこと」どうせ顔は見えないのだからと、わたしは苦虫を噛みつぶしたような表情で白状した。「やっぱりわたし、間違ってたみたい」

「正しいことばかりが人生の楽しみではないからな」

「まったくよ」わたしがそう言うと、父はざらついた声で笑った。

「おまえがあの男と正式に別れたというんで、今日の午後にでも弁護士に連絡しようと思っていたところなんだ。おまえの相続権を戻すために、遺言状をまた書き換えておかなくてはいけないからな」

「ちょうどよかった。その件もあって電話したのよ」

わたしの口調が皮肉まじりになっていると父が気づくまでに、少し間があった。

「ねえ、パパ」わたしは言った。「そうやってなにかと言えば遺言をちらつかせるのは、もうやめてちょうだい。すばらしい教育を受けさせてもらったことはありがたいと思ってるわ。そのおかげで職探しにも苦労せずにすむんだしね。だけど、弁護士さんには連絡しなくていいわよ――わたし、遺産なんかいらないから」

「遺言状におまえの名を含めるかどうかは、わたしの決めることだ」父がぴしゃりと言いかえす。わたしは笑うしかなかった。

「まあ、なんでもいいわ。電話をかけた本当の理由はね、パパに会いたいなと思ったからなの。誰かと熱のこもった議論を戦わすなんてこと、もうずいぶんやってないから」

「なるほど」父が言った。「それなら訪ねてきなさい」

それをもって、わたしたちの親子関係は元に戻った。相変わらず欠陥だらけで不満のたまる関係ではあるけれど。でも、今のわたしは、どこまでが自分の領域なのかをはっきり認識している。誰にもその境界線を越えさせはしない。この要塞《ようさい》はわたしが守る。

今のわたしはいわば、同じ世界に新しく生まれ変わった別の人間で、それは同じ人間が新しい世界へ飛びだしていくよりも、はるかに難しいことだった。まわりの人々はわたしをよく知っていると思いこんでいるけれど、実はそうではないからだ。トッドという例外を除けば、昔からの友人たちは生まれ変わったわたしにとって、たいして接点のない人ばかりだった。そこでわたしはこれまでより兄たちを頼るようになって、一人前の大人になった彼らがすばらしい人間に成長していたことを、あらためて発見した。

商業写真家になったジョーは、ぼくの家は大きくて部屋も余っているから、おまえがそうしたいのなら一緒に暮らしてもいいぞ、と言ってくれた。どうせぼくは留守にしていることが多いから、お互いのプライバシーもそれほど侵害せずにすむしな、と。わたしはその申し出に感謝しつつも、やっぱりひとり暮らしのほうが気が楽だから、と答えた。それでも内心、ジョーと暮らしてみるのも悪くないかもしれない、と思っていた。ジョーはおおらかでのんびりした人間だ。彼がなにかに文句をつけたりするのを、聞いた覚えがないくらい。来る者拒まずで、あるがままに人生を受け入れる。トラヴィス家においては貴重な存在だ。

だがそれより驚いたのは、ジャックの変わりようだった。幼いころはあまりそりが合わなかった――わたしが三歳のころ、無理やり髪を変なふうに切られたり、虫や蛇を使って死ぬほど怖がらされたりしたせいだ。そんなジャックが大人になってみたら、意外にもとても気の合う仲間か友人のようになった。一緒にいると心からリラックスできて、つきまとう不安や悩みもぱっと消えてしまう。熱々の鉄板に水滴を落としたときみたいに。

もしかするとそれは、ジャックが率直でまっすぐな性格だからなのかもしれない。ぼくはトラヴィス家のなかでは誰よりもコンプレックスがない人間だからな、と自慢していたけれど、それはおそらく本当だろう。ジャックは狩りが好きで、動物を殺して食べることをいとわない。その一方で環境保護論者でもあって、そこにはなんら矛盾などないのだという。ハンターなら自然をできるだけ保護したいと思うのが当然だ、自然のなかで過ごす時間がそれだけ多いのだから、というのが彼の持論だった。

ジャックといると、いつでも自分の立ち位置がはっきり見えてくる。彼はなにか好きなものがあれば、なんのためらいもなくそう言うし、嫌いなものがあれば、どうして嫌いなのかを遠慮なく口にする。彼自身は法律を遵守しようと努めているけれど、違法なもののほうが楽しいこともあると公言してはばからない。気軽につきあえる女性が好きで、速い車、夜遊び、強い酒も大好き、それらが全部そろっていたら文句はないらしい。ジャックに言わせれば、日曜の朝に懺悔《ざんげ》するためにも、土曜の夜は大いに罪深いことをすべきなのだそうだ。さもないと、牧師がみんな失業してしまうから。

テキサス大学を卒業したのち、ジャックは地元の小さな不動産管理会社に勤めた。のちに彼は融資を受けてその会社を買いとり、元の規模の四倍にまで成長させた。ものをいじくりまわして直したり、問題を解決したりするのが好きなジャックにとっては、まさに天職だったようだ。わたしと同じく彼は、ゲイジや父が好んで振りかざす投資の専門用語や複雑な金融戦略などにはなんの興味も示さない。それより、もっと実務的な会社経営のほうが向いている。法規制の裏をかいた抜け目ない取引や、一対一の話しあいが得意なのだ。ジャックにとって、がっちりと握手をして交わした約束ほど強固なものはない。万が一、自分の言葉を破るようなことがあれば、彼は——文字どおりの意味で——死を選ぶだろう。

ジャックはわたしに、せっかくダーリントン・ホテルでの勤務経験があるんだからうちの会社の住宅部門で働かないか、と言ってくれた。その部門はメイン通り一八〇〇番地のトラヴィス・ビル内にオフィスがあるのだが、そこのマネージャーがちょうど産休に入るところで、最初の何年かは家庭で子育てに専念したいと希望しているらしい。

「ありがたい話だけど、それは無理よ」ジャックが初めてその話を持ちかけてきたとき、わたしはそう言って断った。

「どうして？　おまえならきっとうまくやれるはずだ」

「コネ入社ってことになるもの」

「だから？」

「その役職にふさわしい資格を持った人がほかにいるでしょ」

「それで？」

兄の粘り強さに根負けして、わたしは笑った。「妹なんか雇ったら、そういう人たちが文句を言うに決まってるじゃない」

「そこだよ」ジャックがにやにやしながら言う。「なんのために自分で会社なんか経営してると思う？　ぼくがピエロを雇いたいと思ったら、好きに雇えるからじゃないか」

「わたしはピエロと同じなのね、ありがとう」

彼はにんまりした。「なあ、いいだろ。やってみろよ。きっと楽しいぞ」

「そばでずっと見張っておきたいから雇ってくれるんじゃないでしょうね」

「実際のところ、ほとんど顔を合わせる機会はないと思う。ふたりともめちゃくちゃ忙しいだろうからね」

四六時中忙しくしていられるのはよさそうだ。わたしは働きたかった。自力でなにかをなしとげたかった。二年間もニックの私的な奴隷として仕えてきたあとだけに。

「学べることもたくさんあるはずだよ」ジャックがそそのかすように言う。「おまえには金の管理にかかわる業務全般を任せたいと考えてるんだ――保険とか、給与とか、維持費の支払いとか。あと、サービス契約の交渉や、備品の購入、実際の不動産仲介業務にも携わってもらうつもりだ。それと、現地管理事務所の責任者として、ビル内のワンルームに住んでほしい。といっても、オフィスに閉じこもりっぱなしってわけじゃないぞ……外で人と会う仕事もたくさんある。しばらくしてもっと余裕ができてきたら、いずれは営業面でも力を貸してほしい。ちょうど今、建設管理の支部を立ちあげようと計画してるところで――」

「わたしにお給料を払ってくれるのは誰なの？」わたしは疑《うたぐ》るように訊いた。「ジャック？それともパパ？」

ジャックは侮辱されたような顔をした。「ぼくだよ、もちろん。ぼくの不動産管理会社に、父さんはいっさい関係ないんだから」

「でも、ビルの所有者はパパでしょ」わたしは指摘した。

「おまえはぼくとぼくの会社に雇われるんだ。だいいち、トラヴィス・ビルだけがうちの管理物件じゃないんだからな」ジャックが忍耐強い目つきでわたしを見る。「なあ、考えてみてくれよ、ヘイヴン。お互いにとっていい話だろ」

「たしかにそうよね」わたしは言った。「本当にありがたいお話だと思うわ。だけど、いきなり責任者として勤めるわけにはいかないわよ。まだまだ経験不足だもの。なんの実績も積んでいないわたしにぽんと役職を与えたりしたら、きっとお互い困ったことになるでしょ。だから、とりあえずマネージャーのアシスタントとして始めるのはどう？　そこから少しずつ仕事を覚えていけば」

「実績なんか積む必要はないさ」ジャックが言いかえす。「トラヴィス家の一員というだけで、おまえにはそれだけの資質があるんだから」

「トラヴィス家の一員だからこそ、なおさら実績を積まないと」

彼はやれやれと首を振り、東部リベラルはこれだから、とかなんとかつぶやいた。

わたしはにっこり微笑んだ。「そうするのがいちばん理にかなってるって、わかってるくせに。それなら、マネージャーの職に本当にふさわしい人にとっても公平だしね」

「これはビジネスなんだぞ」ジャックが言った。「公平さなんて、どうだっていいんだ」

それでも最後には、おまえがどうしてもって言うんなら仕方がない、働いてくれないよりはましだからな、と折れてくれた。

「ばっさりやっちゃってよ」わたしはビニールのクロスを巻かれてバスルームに座り、リバティに向かって言った。「この髪型には飽き飽きしてたの。暑いし、絡まりやすいし、どうやっても格好がつかないし」

新しい仕事を始めるにあたって、外見も変えたかった。以前はヘアスタイリストをしていたリバティになら安心して任せられる。彼女がどういう髪型を選ぼうと、今よりよくなるに決まっているからだ。

「試しに少しずつ切っていったほうがいいんじゃない?」リバティが言った。「一度にばっさり落としてしまったら、ショックが大きすぎるかもしれないわよ」

「それじゃだめよ。少なくとも二五センチ以上の長さがなかったら、髪を寄付できないじゃない。いいから、思いきってやっちゃって」わたしたちは、病気や事故で髪を失った子供たちに人毛でかつらをつくってプレゼントする〝愛のひと房《ロックス・オブ・ラブ》〟という慈善団体に、髪をひと束寄付することにしていた。

リバティが慣れた手つきで髪をとかしはじめる。「短くしたらカールが目立つようになりそうね。今はこれだけの量があるから、重みでのびているけれど」

髪をいったん三つ編みにしたのち、うなじのあたりで鋏《はさみ》を入れて、じゃきっと切り落とした。わたしはその髪をジップロックの袋に入れて口を閉め、キスで封印する。「この髪でつくったかつらをかぶってくれる子に幸運を!」

リバティはわたしの頭をスプレーの水で湿らせてから、剃刀《かみそり》で髪をそぎはじめた。しゃっしゃっと小気味よい音とともに切られた髪が、ビニールのクロスから床へと滑り落ち、どんどん山になっていく。「心配しないで。きっとすてきになるから」

「心配なんかしてないわ」それはわたしの本心だった。どんな髪型にされようとかまわない。

とにかく前と雰囲気さえ変わってくれれば。

ロールブラシを使ってブローしながら髪を乾かし、最後にさっと指ですいて整えてから、リバティは満足げに微笑んだ。「これでどうかしら?」

わたしは立ちあがり、鏡をのぞきこんで、軽いショックを覚えた――うれしい驚きだ。前髪はちょっと長めで、おでこの前でさらさら揺れる感じ。残りは短いレイヤードボブで、ふんわりと丸くまとまっている。とてもスタイリッシュだ。気のせいか、顔まで自信に満ちあふれた表情をしている。「すごく軽いわ」わたしはレイヤーの髪にふれながら言った。

「毛先は内側に丸めてもいいし、外に跳ねさせてもいいのよ」リバティがにっこりしながら言う。「気に入ってくれた?」

「とっても」

リバティも一緒に鏡を見つめ、カットの具合を確かめた。「セクシーに仕上がったわね」

「ほんとに? それじゃ困るんだけど」

彼女が不思議そうに笑いかけてくる。「ええ、わたしはそう思うわよ。セクシーに見えたらいやなの?」

「だってそれじゃ、看板に偽りあり、になっちゃうもの」わたしは言った。

ジャックがどこかのオフィスから引き抜いてきた、わたしの上司となるマネージャーは、ヴァネッサ・フリントという女性だった。身だしなみにはかなり気をつかっていて、いかにも洗練された大人の女の雰囲気を漂わせている。こういう人なら、二五歳だったときも三五歳ぐらいに見えただろうし、五五歳になってもまだ三五歳にしか見えないだろう。背丈は中くらいだが、スリムで姿勢がいいおかげで、実際よりはずっと高く見える。すっきりと撫でつけられたアッシュブロンドの髪の下の顔は、骨格が繊細で、高貴な表情をたたえていた。ブラウスのボタンをきっちりと上までとめているかのような、一分の隙もない冷静沈着さは、見事としか言いようがない。

その割に声のほうは、やや頼りない感じだった。透明感のあるやわらかい声で、たとえて言うなら、ベルベットにくるまれたアイスクリームのよう。でも、それがかえって聞く者の注意を引きつける。ヴァネッサの言葉を理解するために、こちらがちゃんと聞きとってやらなければ、という気にさせられるからだ。

初めのうち、わたしはヴァネッサのことが好きだった。少なくとも、好きになりたいと思っていた。ヴァネッサは気さくで、好感が持て、勤務初日の晩に飲みに行こうと誘われたときなど、気がつくとわたしは結婚生活や離婚のごたごたを必要以上にしゃべっていた。ヴァネッサ自身も最近離婚したばかりだそうで、別れた夫たちには共通点がたくさんあるように思え、比べて語りあうのが楽しかった。

ヴァネッサはまた、わたしがジャックの妹であることについて胸にわだかまっていた思いをはっきりと口にした。その率直さがうれしかった。だからわたしは、コネを利用して出世しようなどと考えてはいないし、兄のジャックに甘えてあれこれ直訴したりするつもりもない、と伝えた。事実はまったくその逆で、一人前に仕事ができることを証明してみせるためにも、これまで以上に懸命に働くつもりだ、と。彼女はわたしの真摯《しんし》な決意表明に満足したらしく、ふたりならきっとうまくやっていけそうね、と言ってくれた。

ヴァネッサもわたしも、トラヴィス・ビル内の一室を住居として与えられていた。マネージャーのアシスタントにすぎない立場で部屋を与えられている者はほかにいないので、少しばかり気が引けた。でもそれは、ジャックがどうしてもと主張した条件のひとつだった。正直に言えば、わたしとしても兄たちのそばで暮らせるほうがなにかと安心できるので、その話はありがたく受けることにした。

それ以外の社員は、自宅から毎日オフィスへ通ってくる。オフィス内の業務管理担当のキミー、不動産契約担当のサマンサ・ジェンキンズ、マーケティング担当のフィル・バンティング、会計担当のロブ・ライアン。法的な資料が必要なときや、技術的な質問があるとき、あるいはわたしたちの手に余るような問題が起こったときなどは、ジャックが普段いる本社営業部門のオフィスと連絡をとりあうことになっている。

営業部門のほうで働いている人たちは、日ごろ接しているジャックの人柄に影響を受けているせいか、みんなリラックスしていて、かなり陽気だった。それに比べてこちらのオフィスは、ヴァネッサが厳しくとり仕切っているため、カジュアル・フライデーもなければ、ミスもいっさい許されない。明文化こそされていないものの〝ひとつのエラーも見逃すな〟というスローガンがまさにぴったりだった。にもかかわらず、社員の誰もが彼女のことを、手ごわいけれど公平でいい上司だと認めている。わたしは彼女を見習って、いろいろ学ばせてもらうつもりでいた。彼女ならわたしの人生にきっといい影響を与えてくれると信じていた。

でも、それからほんの数日で、わたしは〝ガスライティング〟と呼ばれる、ある種のいじめの対象になっていることに気づいた。

そのやり口にはなじみがあった。ニックがしょっちゅう使っていた手だ。いじめをする側、もしくは人格障害を持っている人は、攻撃対象を混乱させ、心のバランスを狂わせて、不安な状態に陥れる。そのほうがより相手を操りやすいからだ。〝ガスライティング〟というのは、映画の《ガス燈《とう》》から来ている言葉で、被害者を疑心暗鬼に陥れ、自分自身を疑うよう仕向ける手法のことだ。たとえば、いじめる側がなにかについて発言し、被害者がそれに同意したとすると、いじめる側は最初に自分が言ったことを否定してまで被害者に反論する。あるいは、被害者がなにか紛失したように見せかけたり、そもそも頼んでもいないことを、さも被害者が忘れたかのように思わせて責める。

気になるのは、ヴァネッサのいじめの対象がわたしひとりらしいということだった。ほかの社員とはなんの問題もなくうまくやっている。

でもわたしには、ファイルをわざとわかりにくい場所に置いておいて、こちらが探すのに手間どっているとすごく不機嫌な顔になる。もしもそのファイルが見つからなかったりすれば、あなたがどこかに隠したんでしょう、と怒鳴りつけたりもする。そしてしばらくすると、ファイルは妙なところから出てくる。キャビネットの上に置かれた植木鉢の下とか、彼女のデスクとプリンター台の隙間とか。彼女はそうやって、わたしが注意力散漫でだらしのない人間だという印象を、ほかの人たちに植えつけていく。しかも、彼女が意図してそういう意地悪をしていると決めつける根拠もない。わたしが自分を疑わずにいられる唯一のよりどころは、わたしは正気なはずだという、あやふやな感覚だけだ。

ヴァネッサの気分や要求を予測するのは不可能だった。手紙を三度も書きなおさせられたあげく、やっぱり最初のやつがよかったと言われて以来、自分が作成した文書はすべて保存しておくことにした。一時半から会議だと告げられて時間どおりに行ってみると、すでに三〇分の遅刻ということもあった。そんなときヴァネッサは、一時からだとたしかに伝えたはずよ、と主張する。あなたがちゃんと注意を払ってないからいけないのよ、と。

ヴァネッサには何年も使っていたヘレンというアシスタントがいて、本当ならこの仕事に就くにあたり、そのヘレンを一緒に連れてきたかったらしい。でもあいにくそのポジションには、すでにわたしが来ることが決まっていた。自分のせいで、長年続いた仕事上のパートナー関係が壊れ、本来この職にふさわしい人の就職機会も奪ったのかと思うと、わたしは胸が痛んだ。あるときヴァネッサに、お気に入りのネイルアーティストの名前と電話番号を知りたいからヘレンに電話して確認してちょうだいと命じられたわたしは、そのチャンスを利用してヘレンに直接謝った。

「謝ったりしないで」とヘレンは言った。「おかげでこっちは命拾いできたんですもの」

その時点で、会社を辞めるべきだった。それでも辞められないことは、ヴァネッサにもわたしにもわかっていた。たいした職歴もないのに、勤めはじめたばかりの会社をすぐに辞めるなんて無理だ。次の就職口がいつ見つかるか、わかったものではない。かといって、ヴァネッサの仕打ちを身近な人間に訴えてまわるのも問題外だった——いったいどんなお姫さまなんだとあきれられ、被害妄想もはなはだしいと思われるのが落ちだろう。だからわたしは、せめて一年はここで頑張ろうと腹をくくった。そのあいだに人脈をつくって、なんとか逃げ道を探せばいい。

「どうしてわたしなのかしら?」ヴァネッサとの関係を説明したあと、セラピストのスーザンに訊いてみた。「ターゲットはオフィスにいる誰でもいいはずなのに。わたしが無意識のうちに〝被害者〟のシグナルを発しているから? わたし、そんなに弱そうに見えるの?」

「そういうわけではないと思うわ」スーザンはまじめな口調で答えた。「ヴァネッサはむしろ、あなたの存在を脅威と感じているんでしょうね。だからこそ、自分に服従させて、あなたを無力化しようとするのよ」

「このわたしが、脅威?」わたしは首を振った。「ヴァネッサみたいな人にとって、そんなのありえないわ。あんなに自信満々で、つけいる隙のない人間なのに——」

「本当に自信のある人は、弱い者いじめなんかしないものよ。おそらくヴァネッサは虚勢を張ってるだけじゃないかしら。自分の欠点を隠すためにつくりあげた、偽りの仮面をかぶっているのよ」納得できない顔をしているわたしに向かって、スーザンが微笑んだ。「そうよ、たしかにあなたなら、そういう不安定な人にとっては大きな脅威と映るでしょうね。頭がよくて、学歴もすばらしくて、おまけに美しくて……しかも、立派な家名まで背負っているんですもの。そんなあなたを征服することで、ヴァネッサは優越感に浸りたいのよ」

トラヴィス・マネジメント・ソリューションズで働きはじめてから迎えた最初の金曜日、兄のジャックがリボンのかかった大きなショッピングバッグを持って、わたしのブースへやってきた。「ほら、これ、おまえにやるよ」書類が山積みになっているデスクに、その袋をぽんと置く。「最初の一週間を無事乗りきったお祝いだ」

袋を開けると、チョコレートブラウンの革のブリーフケースが出てきた。「わあ、ジャック、すごくすてき。ありがとう」

「今夜はハイディと出かけるから、おまえも一緒に来るんだぞ」ジャックが告げた。「それもお祝いの一部だ」

ハイディはジャックが取っ替え引っ替えデートしている、事実上のハーレムの一員だ。自分は誰にも縛られたくないとジャックが大っぴらにふれまわっているせいで、彼女たちは誰ひとり、ステディな関係を望んだりしない。

「せっかくのデートなのに邪魔したくないわ」とわたしは言った。

「邪魔にはならないよ。そんなにちっちゃいんだから。おまえなんか目に入らないさ」

いちおうは怒ってみせたが、そびえるように背の高い兄たちからジョークの的にされることは逃げようのない人生の一部なのだと、とうにあきらめていた。「疲れてるのよ。あなたやハイディとわいわいやる気分じゃないの。一杯飲んだだけで気を失うに決まってるし」

「そうなったら、タクシーに乗せて家まで送ってやるから」ジャックは頑として引きさがらない。「必要なら、引きずってでも連れていくぞ、ヘイヴン。本気だからな」

ジャックが無理強いすることはないとわかっていても、わたしは青ざめ、椅子の上で凍りついた。〝ほっといてよ〟と叫びたかったけれど、その言葉は、かごに閉じこめられた野鳥のように、歯の裏側に引っかかって出てこなかった。

ジャックが驚いたようにまばたきして、わたしを見おろす。「おいおい……ただの冗談じゃないか、ハニー。頼むからそんな目でぼくを見ないでくれ。わけもなくやましい気持ちになるからさ」

わたしはどうにか力を抜いて、微笑んだ。「ごめんなさい。いやなことを思いだしちゃって」ニックなら、こういう日にわたしが外へ出かけて人に会うことを許さなかっただろう。まっすぐ家に帰っておとなしくしていることを望むはずだ。そんな彼にあてつけてやりたい気持ちだけで、わたしは心を決めた。

「わかったわ」気がつくと、そう言っていた。「ちょっとくらいならつきあうから。服はこれで大丈夫？」今日のわたしは、黒いタートルネックに、シンプルなスカートとパンプスというでたちだった。

「もちろん。カジュアルなバーだから」

「まさか、出会い系のバーじゃないんでしょうね？」

「いや。仕事帰りにちょっと一杯引っかけに行くようなところだ。そのあと、出会い系のバーへくりだして、誰かいい人が見つかったら、今度はもっと静かなムードのある店へ行けばいい。それでうまくいきそうだったら、いよいよ家に連れて帰るって寸法だ」

「ずいぶん面倒なのね」わたしは言った。

そのとき、スリムでおしゃれで冷静なヴァネッサがブースに姿を現した。「なんだか楽しそうね」彼女の視線は、ジャックからデスクの上のプレゼントへと漂っていく。そして彼女は、わたしを混乱させるようなあたたかい微笑を浮かべた。「まあ、ごほうびのひとつくらいはいただいて当然よね……この一週間、あなたはとても頑張ったんですもの」

「ありがとうございます」兄の前で褒めてもらえるなんて、思ってもいなかった。

「もっとも」ヴァネッサが笑みを絶やさずに続ける。「時間をもっと有効に使うことは覚えてもらわないといけないけれど」そう言って、ジャックにウインクした。「どこかの誰かさんは、仕事中にお友達にメールするのがお好きなようで」

真っ赤な嘘だ——わたしは思わずかっとした——けれど、ジャックの前で口論を始めるわけにもいかない。「まあ、いったいどこでそんなデマを……」さりげなく言いかえす。

ヴァネッサはやわらかい声を立てて笑った。「わたしが通りかかるたびに、慌てて画面を最小化するクリック音が聞こえていたもの」それからジャックのほうを向く。「今夜はおふたりでどこかへお出かけになるんですって？」

自分も誘ってほしいと彼女が言いだすのではないかと思い、わたしの心は沈んだ。

「ああ」ジャックがさものんきそうに答える。「たまには家族同士でくつろぐ時間も必要なんでね」

「いいことです。それじゃ、わたしはそろそろ帰りますね。来週に備えてゆっくり休んでおかないと」ヴァネッサはわたしにウインクした。「あんまりはめを外しすぎないでね、ヘイヴン。月曜日には、てきぱき仕事をこなせるようになっててもらわないと困るんだから」

つまり、今のわたしはまだてきぱき仕事をこなすところまでいっていないと言いたいわけだ。「楽しい週末を」それだけ言って、わたしはノートパソコンを閉じた。

ジャックの言ったことは正しかった――駐車場が高級車の即席見本市のようになっているにしては、そこはかなりカジュアルなバーだった。内装は今風のダークパネルに抑えた照明で、あまりごてごてしておらず、客もそう多くはない。ジャックのガールフレンドのハイディは、おしゃべり好きでよく笑う、感じのいい人だった。

ヒューストンの冬にはよくある、天気のはっきりしない晩だった。神さまが心を決めかねているかのように雨が降ったりやんだりするなか、傘を差しても無駄な横殴りの雨に濡れつつ、ジャックが店まで案内してくれる。どうやら彼はここの常連のようだ――入口の用心棒や、ふたりのバーテンダー、数人いるウエイトレスのことはよく知っていて、小さなテーブルのそばを通りかかる人々のほとんどとも顔見知りらしい。彼だけでなく、ハイディもみんなと知りあいのようだった。金曜の晩に、やっとカクテルにありつけると引きも切らずに店へやってくる働きすぎのヒューストンっ子たちに、わたしは次々と紹介された。

ハンサムな男性が通りかかったときには、ハイディがわざわざテーブルの下で合図を送ってよこす。「ねえ、あの人、すてきでしょ？　わたし、よく知ってるの――よかったらデートのお膳《ぜん》立てをしてあげるわ。あっちの彼も……いい感じよね。あなたはどっちが好み？」

「ありがとう」彼女の努力には感謝しながらも、わたしは言った。「でもわたし、まだ離婚から立ちなおってないから」

「だからなおさら、誰かとつきあわなきゃ」ハイディが言う。「勢いでぱっとつきあっちゃうのがいちばんいいわ。そういう相手のこと、〝リバウンド・ガイ〟って言うのよ」

「そうなの？」

「離婚直後の女性がすぐに別の誰かと真剣なおつきあいを始めるなんて、向こうも期待してないもの。彼らはただ、あなたがまたセックスを楽しめるようになるための〝新人歓迎車《ウェルカム・ワゴン》〟になりたいだけなんだから。ね、試しにつきあってみなさいって！」

ウォッカ・マティーニをちびちびと一杯半ほどなめたところで、わたしは家に帰りたくなった。バーが込んできて、テーブルの横を行き交う人々も、川をさかのぼる鮭《さけ》の大群のように押しあいへしあいしはじめたからだ。ジャックとハイディはまだ少しも帰るそぶりを見せないので、わたしはある種の孤独感を覚えた。部屋じゅうの人々が楽しんでいるのに、自分だけが今ひとつ気が乗らないときみたいに。

「あの……わたし、そろそろ帰るわね」

「だめだよ」ジャックが眉をひそめながら言う。「まだ八時じゃないか」

「だけどもう二杯も飲んだし、三二〇人くらい新しい人に会ったから……」そこでハイディに小さく笑いかけた。「心の深手を癒してくれそうな〝リバウンド・ガイ〟にもね」

「どっちでも口を利いてあげるわ」ハイディが熱のこもった口調でまくしたてる。「わたしたちと一緒にダブルデートしましょうよ！」

テキサスが地獄の氷に覆われたらね、と心のなかで返しつつ、わたしは微笑んだ。「それもいいかもね。その件はまたあとで相談しましょ。それじゃ、また」

ジャックが立ちあがろうとする。「ぼくも行って、タクシーをつかまえてやるよ」

「ううん、いいって……ハイディのそばにいてあげてよ。車なら、さっき入口に立ってた男の人に頼んでつかまえてもらうから」なおも心配そうな顔をしている兄に向かって、大丈夫よ、とうなずいてみせた。「お店のドアまで行ってタクシーに乗るくらい、できるから。メイン通りの一八〇〇番地はここから近いから、歩いてもいいんだけどね」

「そんなこと、夢にも考えるな」

「本当に歩くつもりはないわよ。ただ、歩こうと思ったら歩けるって言ってるだけで……まあ、気にしないで。ふたりで楽しんでちょうだい」

家に戻ればハイヒールを脱げると考えただけで心が軽くなり、人込みをかき分けて進む勇気が持てた。こんなに大勢の人に囲まれていると、それだけでぞっとしてしまうけれど。

「完全な恐怖症ではないと思うわ」あるときわたしが、セックス恐怖症になってしまった気がすると告げると、スーザンはそう言った。「それなら障害のレベルにまで達していることになるけれど、あなたの場合、そこまで根の深い問題だとは思えないの。ニックからあんな目に遭わされたせいで、あなたの心は無意識のうちに〝異性に対して嫌悪感と不安を抱くようにしておけばふたたび傷つくこともない〟と思いこもうとしてるんじゃないかしら。だから、そこの部分を書き換えてやればいいのよ」

「だとしたら、なんとかしないとね。だって、どう考えてもわたし、同性愛者にはなれそうにないもの」

「同性愛者になる必要はないわ」スーザンがにこやかに笑いながら言う。「あなたにふさわしい男性を見つければいいの。心の準備ができたら、きっとそういう人に出会えるから」

今にして思うと、ニックの前に誰かとつきあっておくべきだった。そうしていい思い出をつくっておけば、またセックスをする気にもなれただろうに。このままだと、あと何人の男性とベッドをともにすればセックスが好きになれるのかわからない。

バーはますますにぎわってきたようだ。どのスツールにも客が陣どっていて、つややかなモザイクタイル張りのテーブルには飲み物のグラスが何百と積まれている。出口までたどり着くには、ゆっくりと動く人波に流されていくしかない。誰かのお尻や胴や腕に肌がふれるたびに、激しい嫌悪感がどっとわいてきて胃がうずく。気を散らすために、消防法に違反しない範囲でいったい何人の客をここにつめこむことができるかを計算した。

人波のなかで、誰かがつまずくかよろめくかしたらしい。そのとたん、ドミノ倒しに次々と人が倒れ、わたしにも誰かの肩がぶつかってきた。その衝撃で、一列に並んだスツールのほうへと弾《はじ》き飛ばされ、バッグをとり落とす。スツールに座っていた誰かがとっさに手をのばして支えてくれなかったら、わたしはそのままバーカウンターに激しく体を打ちつけていただろう。

「すみません、大丈夫ですか？」人込みのなかから声があがる。

「平気ですから」わたしは息を切らしながら言って、バッグの行方を探ろうとした。

「待って、とってあげるよ」スツールに腰かけていた男性が、身をかがめて手をのばす。

「ありがとうございます」

体を起こしてバッグを差しだした男性の青い瞳を見た瞬間、すべてがとまった。人々の話し声も、BGMも、みんなの足音も、まばたきも、呼吸も、心臓の鼓動も。この色の瞳を持つ人物と言えば、たったひとりしか会ったことがない。目もくらむほどまばゆい、悪魔の青。

わたしはしばらく反応できなかった。一瞬とまりかけた心臓をふたたび動かそうとすると、今度は脈が跳ねあがって、強すぎるほど強く早鐘を打ちはじめる。頭のなかは、最後に――そしてたった一度――あのワインセラーでハーディ・ケイツに会ったとき、彼の腕に包まれたことでいっぱいになった。

6

バーテンダーの注意を引こうとする人々にぐいぐいと背中を押されて、わたしはもう少しで転びそうになった。ハーディ・ケイツがなにやらつぶやきながら、さっと手を貸して、自分の座っていたスツールに座らせてくれる。わたしは酔いがまわりすぎていて、断ろうにも断れなかった。革のシートが彼のぬくもりでまだあたたかい。ハーディは片手をカウンターに突き、もう一方の手をスツールの背の部分に置いた。わたしを守るように。逃がさないように。

ハーディはわたしの記憶より少しやせていて、成熟した大人の雰囲気を身にまとっていた。年輪を重ねてきた風貌は、その瞳の奥にひそんでいる危険な誘惑と相まって、彼にとてもよく似合っている。男らしい自信に満ちあふれていて、単なるハンサムよりはるかに魅力的だ。見てくれが完璧すぎる男性は得てして女心をそそらないものだけれど、こういうセクシーなカリスマ性のある男は、直接、膝に作用する。この店にいる独り身の女性のすべてが彼を見てよだれを垂らしていたのは間違いない。

実際、彼の肩越しに見える隣の席のほっそりしたブロンド美人は、わたしをにらみつけていた。わたしが転がりこんできたせいで、ふたりの会話がとぎれてしまったからだ。

「ミス・トラヴィス」ハーディはわたしがここにいることが信じられないかのように見つめかえしてきた。「いや、今はもうミセス・タナーだったか」

「あ、いえ、その……またトラヴィスに戻ったの」ろれつが怪しくなっていたので、できるだけはっきり言う。「離婚したから」

彼は表情を変えなかった。青に青を重ねたような例の瞳が、ほんのわずかに見開かれただけだ。酒のグラスを手にとって、ぐっと一気に飲み干す。ふたたび彼のまなざしに貫かれたとき、わたしはワインセラーでの出来事を思いだして真っ赤になった。

ブロンド美人が相変わらず悪意のこもった目を向けてくる。わたしは彼女のほうをぎこちなく手で示し、しどろもどろにしゃべりはじめた。「お邪魔してしまったみたいで、ごめんなさいね。そんなつもりはなかったんだけど……どうぞ、彼女とのおしゃべりを続けて……お会いできてうれしかったわ、ミスター・ケイ――」

「ハーディだ。なにも邪魔なんかしてないよ。この人は別に連れじゃないから」バーの黄色い明かりのもと、彼はつややかなダークブラウンの髪をさっとひるがえし、肩越しに振りかえって女性に話しかけた。「ちょっと失礼。昔の友達と積もる話があるんでね」

「どうぞどうぞ」彼女は頬にえくぼをつくり、にっこりと笑った。

ハーディがこちらに向きなおった瞬間、女性の顔つきが変わった。その場で息の根をとめられてしまいそうな鋭い視線がわたしを射抜いた。

「あの、席を譲ってもらう必要はないのよ」わたしはスツールから腰を浮かせた。「ちょうどもう帰るところだったの。お店もかなり込んできたし——」脚が彼の脚にふれた瞬間、わたしははっと息をのんで、またスツールに座りこんだ。

「もうちょっと我慢してれば、じきにすく」ハーディがさっと合図を送ると、バーテンダーが奇跡のようなスピードで飛んできた。

「はい、なんでしょうか、ミスター・ケイツ？」

ハーディが片方の眉を吊りあげて、わたしを見おろす。「きみはなんにする？」

〝もう帰らないといけないから〟と言いたかったのに、口から出てきた言葉は「じゃ、じゃあ、ドクターペッパーを」だった。

「ドクターペッパーを——チェリーは多めにな」彼がバーテンダーに注文する。

わたしはびっくりして尋ねた。「わたしがマラスキーノ・チェリー好きだってこと、どうして知ってたの？」

ハーディの口もとにゆったりとした笑みが広がる。一瞬わたしは、息をするのを忘れそうになった。「きみみたいなタイプは、おまけしてもらうのが好きだろうと思って」

この人は大きすぎる。それに近すぎる。わたしはまだ男の人を、自分にどれだけの危害を加えそうかで判断する癖から抜けだせていなかった。ニックはわたしを骨折させ、いくつものあざを残した——でもこの人なら片手をぶんと振りまわしただけで、普通の人ひとりくらいは殺せそうだ。わたしみたいに苦い過去を抱え、セックス恐怖症になっているかもしれない女は、ハーディ・ケイツにはいっさい近寄らないほうが無難だ。

　彼の両手はまだカウンターと椅子の背に置かれたままで、わたしは身動きがとれなかった。体を縮こまらせて少しでも彼から離れたいという思いと、どうしようもなく彼に惹かれる気持ちが、わたしのなかで激しくせめぎあう。彼はシルバーグレーのネクタイをゆるめ、シャツの第一ボタンも外しているので、襟もとから白いアンダーシャツが少しだけのぞいていた。首筋の肌はよく日に焼けていて、なめらかそうだ。そのときふと思った。この人の体って、薄いコットンのシーツとシーツのあいだではどんな感触がするのだろう。わたしが覚えているとおり、硬く引きしまっているのだろうか。好奇心と恐怖心がないまぜになって、わたしは椅子の上でもじもじした。

　ありがたいことにちょうどそのとき、バーテンダーがドクターペッパーのグラスを運んできた。真っ赤なチェリーが数粒、表面に浮いている。そのうちのひとつの柄をつまんで、実を丸ごとかじりとった。ふっくらと肉厚で甘ったるいチェリーが舌の上で転がる。

「ここへはひとりで来たのかい、ミス・トラヴィス？」ハーディが訊いてきた。これくらい大きな男性でも思いのほか声の高い人は案外多いものだが、彼はその厚い胸板によく響く低い声の持ち主だった。

　ファーストネームで呼んでくれてかまわないと言うべきかどうか迷ったけれど、たとえそういう小さなことでも、できる限り距離を保っておくほうがいいと思いなおした。

「ジャックとそのガールフレンドと一緒に来たの」と、わたしは言った。「今わたし、兄の会社で働いているから。兄が経営している不動産管理会社でね。最初の一週間を無事に乗りきったお祝いをしてもらったわけ」チェリーをもうひとつつまんでゆっくりと口を動かすうちに、ハーディがほろ酔いかげんの目で熱心にわたしを見つめていることに気づいた。

「子供のころから、いくら食べても飽きないいくらい好きだったの。冷蔵庫からひと瓶丸ごとくすねたりして。キャンディーみたいに実を全部食べちゃってから、余ったシロップをコーラに入れてね」

「そのころのきみはさぞかわいらしかったんだろうな。おてんばで」

「どうしようもないおてんばだったわ」わたしは言った。「兄たちのようになりたかったのよ。クリスマスのたびに、サンタさんには工具セットをおねだりしてたくらい」

「サンタは願いを叶《かな》えてくれたかい？」

わたしは残念そうに首を振ってみせた。「お人形ばっかり。あとは、バレエのコスチュームとか、おままごと用のオーブンとか」チェリーをもうひと粒食べて、ドクターペッパーで流しこんだ。「ある日、おばがついに工具セットをプレゼントしてくれたんだけど、結局それは返さなきゃならなかったの。母が、小さい女の子にふさわしいものじゃないと言って」

ハーディの口の片端がぴくりとあがる。「おれも、欲しいものなんか一度ももらえなかったな」

どうしてだろうと気にはなったが、そういう個人的な話題に踏みこむなんて、もってのほかだ。もっとあたりさわりのない話のほうがいい。たとえば、仕事のこととか。「あなたの手がけているEORのビジネスは、最近どんな感じなの？」わたしは訊いた。

聞いた話によれば、ハーディはほかにふたりの仲間とともに、大手の石油会社が一次採掘し終えた油田や生産量の減衰してきた油田を再掘する、石油増進回収《エンハンスト・オイル・リカバリー》の会社を立ちあげた。特殊な増進回収の技術を使って、地層のなかにまだたっぷり残っている原油を二次回収するのだという。そのビジネスが成功して、彼らは大金持ちになった。

「まあまあ順調だよ」ハーディは気さくに答えた。「成熟した油田の採掘権をいくつか借りあげて、二酸化炭素圧入法によってかなりいい結果を生みだしている。このあいだ利権の一部を買いとったメキシコ湾の廃油田も、そこそこの利益が見こめそうだし」ドクターペッパーを飲むわたしをまじまじと見つめ、「髪を切ったんだな」と、やわらかい声で言う。

わたしは短いレイヤーの髪を片手でさっとすいた。「長すぎて邪魔な感じだったから」

「すごくきれいだ」

こんなふうに褒められたのはずいぶん久しぶりだったので、感激のあまり口が利けなくなった。

ハーディがさらに興味深げにわたしを見つめてくる。「こういう話ができるチャンスは来ないだろうとあきらめていたんだが。あの晩のこと――」

「そのことは話したくないの」わたしは慌てて言った。「お願い」

彼は素直に口をつぐんだ。

カウンターに置かれた彼の手に、ふっと目が吸い寄せられる。指が長く、どんなことでもできそうな、働く男の手だ。爪は短く切りそろえられている。何本かの指に小さな星形の傷あとが点々と残っているのを見て、わたしははっとした。「その傷……どうしたの？」と訊いてみる。

彼の手に力がくっとこもる。「子供のころ、放課後や夏休みにフェンス張りのアルバイトをしてたんだ。近所の牧場で、有刺鉄線のフェンスを張り替えたりする仕事だ」

鋭い金属のとげが彼の指に突き刺さるところを想像して、思わず顔をしかめた。「素手で作業してたの？」

「手袋が買えるようになるまではね」

彼の口調は淡々としたものだったが、幼少時の自分がいかに恵まれた生活を送っていたかを思い知らされたようで、恥ずかしさに胸が痛んだ。〝アルミニウム・ゲットー〟とも呼ばれるトレーラーパーク暮らしから、石油業界で成功をおさめて今の地位にまでのぼりつめた彼の野心や野望は、いったいどれほどのものだったのだろう。誰にでもできることではない。必死になって働きづめに働き、ときには他人を容赦なく出し抜く冷酷さを持ちあわせていなければ。おそらく彼は、そうやってのしあがってきたに違いない。

ふたりの目と目が合った瞬間、電撃が走り、わたしはスツールから落ちそうになった。全身が真っ赤にほてり、服の下や靴のなかにまで熱がこもると同時に、妙な寒気にも襲われる。一刻も早くこの人のそばから離れなければ、どうにかなってしまいそうだ。

「飲み物をごちそうしてくれてありがとう」歯ががちがち鳴った。「わたし、そろそろ行かないと……会えてよかったわ。それじゃ、またどこかで」スツールからおりるころには客もだいぶ減っていて、ドアまで人にぶつからずにたどり着けそうだった。

「車まで送るよ」ハーディがカウンターに紙幣を投げながら言って、スーツのジャケットをさっとつかんだ。

「いえ、いいのよ、タクシーに乗るから」

それでも彼はついてくる。

「カウンターの席を誰かにとられてしまうわよ」わたしは言った。

「席ならほかにいくらでもあるさ」背中にそっと彼の手が添えられるのを感じて、びくっと身をこわばらせる。するとたちまち、軽い手の感触は消えた。「まだ雨は降りつづいてるようだな」ハーディが言った。「コートは？」

「ないわ」わたしは少しぶっきらぼうに答えた。「いいのよ。濡れてもかまわないから」

「よかったら、おれの車で送らせてくれないか？」理由まではわからないだろうが、わたしが急に不機嫌になったことは感じたらしく、彼の口調がやわらかくなる。

わたしは激しく首を振った。「タクシーで充分よ」

ハーディがドアマンのひとりにぼそぼそとなにやら告げると、ドアマンは店先の曲がり角へとすたすた歩いていった。「なかで待とう。車がつかまるまで」

でも、わたしは待てなかった。彼から逃げたい。こうして横に立っているだけで、大きな不安がこみあげてきて、パニック発作を起こしそうだ。どういうわけか顎ががくがくして、ニックに蹴られた肋骨のあたりに痛みが走った。傷はもう完全に癒えているはずなのに。古傷がうずく。〝あのセラピストは首にしてやらなきゃ。あれだけの時間を費やしたのに、ちっとも治っていないじゃない〟

「離婚は大変だったのかい？」ハーディがわたしの手もとに目を落として尋ねる。それで初めて、バッグを死ぬほど強く握りしめていたことに気づいた。

「ううん、離婚そのものはすばらしかった。大変だったのは結婚生活のほうよ」わたしは無理やり笑顔を見せた。「それじゃ、もう行くわね。さようなら」

これ以上バーのなかには居ても立ってもいられず、タクシーがまだつかまっていないのに、わたしは店の外へ飛びだした。そぼ降る雨に濡れながら、両腕で自分を抱きかかえるようにして、何度も何度も浅い呼吸をくりかえす。皮膚が縮んで体にぴったり張りついてしまったみたいに息苦しかった。背後から誰かが近づいてくる。その気配だけでうなじの毛がぞくっと逆立ったことからして、ハーディが追ってきたのは間違いない。

彼はひとこともしゃべらず、スーツのジャケットをわたしにかけてくれた。シルクの裏地がついたウールの感触はあまりに心地よく、小さな震えが走るほどだった。日を浴びたスパイスのようなやさしい香り、記憶にしっかりと刻まれていたあの香りが、ふんわりとわたしを包みこむ……。ああ、なんてすてき。心が安らぎ、それでいてなんとも刺激的なこの香り。まごうかたなき世界トップクラスのフェロモン。このジャケットを、このまま家まで持って帰りたい。

彼はいいから、このジャケットだけ。

後ろを振りかえると、ダークブラウンの豊かな髪についた雨粒がきらきら輝いていた。冷たい雨が滴となって、わたしの顔をつーっと流れ落ちていく。急な動きでわたしを驚かさないよう、ハーディがゆっくりとてのひらを近づけてきて頰を包みこみ、親指で雨粒をそっとぬぐう。涙をぬぐうかのように。

「いつか電話をかけてもいいかと訊きたいところなんだが」彼が静かに口を開いた。「答えはわかってるからな」その手が喉のほうへおりてきて、指の背で首筋をすうっとなぞる。この人はわたしにふれている、とぼうっとする頭で思ったけれど、その瞬間、すべてがどうでもよくなった。雨に降られつつ彼のジャケットに包まれているこの感じは、この一年でもっともすばらしい感覚だった。

彼が頭をさげてきたけれど、キスするわけではなく、じっと顔を眺めているだけ。わたしは鮮烈なブルーの瞳を見つめかえした。彼の指は顎の線を伝って、頰の頂点へと漂っていく。親指の腹にはかすかなたこのあとがあって、猫の舌みたいにざらざらした感触がした。欲望の炎が燃えあがり、いけない想像が頭のなかで渦巻く。もしもこの人と――。

だめよ！

だめ、だめ……ふたたびその気になるまでには、まだまだ何年もセラピーを続けないと。

「電話番号を教えてくれよ」彼がぼそりと言った。

「それはやめておいたほうがいいわ」どうにかそれだけ答える。

「どうして?」

〝だって、あなたみたいな人、わたしじゃとうてい手に負えないからよ〟と思いながらも、わたしはこう答えた。「うちの家族はあなたのこと、あまり快く思っていないから」

ハーディはなおも、日焼けした顔に真っ白な歯を輝かせて笑っている。「たった一度、小さなビジネス・チャンスにおれが横やりを入れたこと、まだ根に持っているわけか?」

「トラヴィス家って、そういう厄介なところがあるの。それに……」口もとに垂れてきた雨粒をなめると、その舌の動きを彼の視線が追う。「わたしはリバティの代わりじゃないんだから」

ハーディの笑顔が消えた。「きみが誰かの代わりになるなんて、ありえない。だいいち、あれは遠い昔に終わった話だ」

雨がさっきより強くなってきて、彼の髪はカワウソの毛皮のように濡れそぼち、鮮やかな青の瞳を縁どるまつげも濡れて光っている。彼はほぼずぶ濡れと言ってよかった。清潔な肌にびしょ濡れのコットンが張りつき、なんとも言えないいい匂いがする。雨の滴に覆われたその肌はあたたかそうに見えた。都会の真ん中で、雨に打たれながら、更けゆく夜の闇に包まれていると、彼だけがこの世にたったひとつのあたたかい存在のような気がしてくる。

頬に幾筋かぺったり張りついていた髪を、まじめくさった表情のハーディがそっとかきあげてくれた。これだけ大柄で力強そうなのに、ニックには決してなかったやさしさでふれてくる。きれいにひげを剃ってある男らしくてなめらかな肌を間近に見つめ、ここに唇をふれたらきっととろけそうな味がするんだろうな、と思った。そのとき、胸のあたりに鋭く甘い痛みを感じた。兄の結婚式の夜、この人についていって苺満月《ストロベリー・ムーン》のもとでシャンパンを飲んでいたらと、今さら願っても仕方のない願いがこみあげてくる。どんな結末を迎えたにしても、あのとき誘いに乗っていればよかった。

でも、もう遅い。遅すぎる。いくら悔やんでも、遅すぎる。

タクシーが来てとまった。

ハーディの顔はまだ目の前にある。「また会いたいんだ」と、彼は低い声で言った。

わたしの内面はまるで、小さなチェルノブイリ状態だった。自分の気持ちが理解できない。どうしてこんなにも彼と離れがたい気がするのだろう。分別のある人間なら誰だって、ハーディ・ケイツはわたし自身にそれほど興味を持っているわけではないとわかるはずだ。彼はただ、トラヴィス家を悩ませて、わたしの義理の姉の注意を引きたいだけ。そのついでに、自分とは格の違う世界に生まれ育った女を味見できるのなら、それはそれで文句はない。この人は、狙った獲物は逃さない男だ。わたし自身のためにも、ここできっぱりと彼を追い払わなければ。

わたしはわざと尊大な笑みを浮かべてパニックを押し隠し、あなたの本心なんかお見通しよ、という顔をした。「あなた、トラヴィス家の女を抱きたいだけなんでしょう?」自分でそう口にしながら、その言葉のあまりの残酷さに身がすくむ思いがした。

ハーディがまじまじとわたしの目を見かえす。脳細胞のすべてを焼き焦がされてしまいそうなほど、熱く鋭い視線だった。しばらくしてから、彼がようやく静かに口を開く。「いや、小柄なトラヴィスひとりだけだ」

思わずかーっと熱くなった。そんなところにも筋肉があったのかと思うようなところまで、体じゅうの筋肉に力がこもる。脚がまだちゃんと動いてタクシーに乗れたのが、自分でも信じられなかった。

「どこに住んでるんだっけ？」ハーディに訊かれて、愚かにもわたしは住所を告げてしまった。彼が運転手に二〇ドル札を差しだし――メイン通り一八〇〇番地はここからほんの数ブロックの距離なのだから、明らかに払いすぎだ――「慎重に送り届けてやってくれよ」と言う。まるでわたしが、でこぼこの道路で車が跳ねたら粉々に砕けてしまう壊れ物みたいな口ぶりだ。

「かしこまりました！」

タクシーが発進してからようやくわたしは、彼のジャケットを羽織ったままだったことに気がついた。

普通であれば、ジャケットをすぐにドライクリーニングに出して――このビル内ではそういうサービスも受けられる――月曜日にはハーディの手もとに届くように手配するのが道理だろう。

でもときには、そんな道理が通らないこともある。自分でもおかしいとわかっていながら、どうしても誘惑にあらがえないときがある。そんなわけで、わたしはその週末じゅう、ジャケットをクリーニングに出さずに手もとに置いておいた。ちらちらとそれを盗み見ては、深いため息をついたりもした。ハーディ・ケイツの匂いが染みついたジャケットには、麻薬のごとき作用があった。わたしはとうとう我慢できなくなって、ＤＶＤで映画を見るあいだの二時間ほど、それを羽織りつづけた。

それから、何カ月もずっと連絡せずにいたわたしを最近やっと許してくれたトッドに電話をかけて、ハーディのことを詳しく話した。

「わたしね、ジャケットに恋をしてるの」わたしは言った。

「ニーマンマーカスでセールでもやってたの？」

「ううん、わたしのじゃなくって、男物のジャケット」そして、二年前のリバティとゲイジの結婚式での出会いから始まって、今夜バーで再会したことまで順を追って話した。「それでね、ジャケットを着たまま映画を一本丸々見たの。ていうか、今もそれを着てるんだけど。これってやっぱり異常？　一から一〇で言ったら、どれくらいおかしいと思う？」

「さあねえ。なんの映画を見たかによるんじゃない？」

「トッドったら、もう」まじめに答えてほしくて、不満げに言う。

「だってヘイヴン、普通か異常かの線引きをわたしに訊かれてもね。わたしがどういう育てられ方をしたか、あなたなら知ってるでしょ。うちの父は、自分の描《か》いた絵に陰毛を何本も貼《は》りつけて一〇〇万ドルで売るような人なのよ」

トッドの父、ティム・フェランのことは昔から大好きだけれど、その作品は理解できたためしがなかった。〝ティム・フェランは革新的な天才で、その彫刻作品は既存の芸術の概念をぶち壊し、バブルガムやマスキングテープといったどこにでもあるものを新しいコンテクストで見せることに成功した〟というのが、これまで聞いたなかではもっともうなずける論評だった。

子供のころはよく、フェラン家ではどうして大人と子供の役割が逆転しているのだろうと不思議に思ったものだ。ご両親のほうが子供っぽくて、ひとりっ子のトッドのほうがよっぽど大人びていた。

トッドがうるさく言わなければ、食事の時間も寝る時間もまちまち。学校制度というものを信用していない両親をPTAの会合に引きずっていくのもトッドの役目。けれども、自宅がどんどんワイルドになっていくことだけは、トッドにもとめられやしなかった。ミスター・フェランは廊下でふとなにかひらめいたが最後、壁を画用紙かキャンバスにして絵を描きはじめてしまう。そんなこんなで、彼らの家はいつのまにか、値のつけられないグラフィティー・アートで埋まっていった。ホリデー・シーズンになるとミスター・フェランは、菩提樹《ぼだいじゅ》をクリスマス・ツリーの代わりに天井から逆さに吊したりもした。

今やトッドはインテリア・デザイナー兼デコレーターとして多大な成功をおさめているが、それは彼のクリエイティブな才能が凡人にも理解できるぎりぎりの線を保っているからだった。そうした仕事ぶりを父親に蔑まれれば蔑まれるほど、トッドは大いに気をよくした。いつだったかトッドが言っていたけれど、フェラン家では凡庸さは反抗の証と見なされるのだそうだ。

「ねえ、それじゃ」トッドは話題をジャケットのことに戻した。「わたしもそっちへ行って、匂いを嗅がせてもらっていい？」

わたしはにんまりした。「だめ。そしたらあなたが持って帰りたくなるに決まってるもの。明日にはちゃんと返さなきゃいけないんだから。でも、それまでに少なくとも一二時間はあるってこと」

「あなたね、今週中にスーザンに会いに行って、分析してもらったほうがいいわ。そんなに気になる男なのに、中身が空っぽのジャケットを撫でまわすことしかできないくらい怯えてしまうのはなぜなのか」

わたしはすぐさま弁解した。「だから言ったでしょ、彼はうちの家族の敵で――」

「くだらない」トッドが言う。「ニックと駆け落ちしたときは、家族の意見なんか無視したくせに」

「そうだけど、でも結果的に、彼に関してはみんなの言ってたことが正しかったわけだし」

「関係ないわ。ステキだなと思う人がいたら追いかけなきゃ。家族にどう思われようと、ほんとは気にしてないんでしょ。なにかほかに理由があるんじゃない？」長く考えこむような沈黙に続き、穏やかに訊いてくる。「ニックとの生活って、そんなに大変だったの？」

トッドには、夫から肉体的虐待を受けていたことまでは話していなかった。今はまだゲイジとリバティとセラピストにしか打ち明けられない気がしていた。でもトッドの心配そうな声を聞くと、うっかり泣き崩れそうになる。答えようとすると喉がぎゅっとしまったようになって、声がなかなか出てこなかった。

「ええ」やっとそれだけしぼりだした。あふれる涙をてのひらでぬぐう。「けっこう大変だったわ」

今度はトッドが黙りこむ番だった。しばらくしてから、ようやく彼は口を開いた。「わたしがあなたにしてあげられること、なにかある?」と率直に訊いてくる。

「もうしてくれてるじゃない。こんなわたしの友達でいてくれるんだもの」

「これからもずっとね」

彼は本気で言ってくれている。友情のほうが愛なんかよりよっぽど頼りになって長続きするものだと、しみじみ感じた。

7

メイン通り一八〇〇番地のトラヴィス・ビル内の物件に空きが出ると、販売価格がたとえ数百万ドルであろうとすぐに売れてしまう。わたしが与えられているような、こぢんまりとした造りの部屋であれ、二五〇平米以上もある広々としたコンドミニアムであれ、ヒューストン一すばらしい眺望は変わらない。おまけに、コンシェルジェやランドリーのサービスは二四時間いつでも受けられるし、大理石や石英をふんだんに使ったデザイナーズ・キッチンや、ヴェネチアン・ガラス製の照明設備、トラバーチン張りのバスルームにミストサウナ、車一台丸ごと入りそうなほどのウォークイン・クローゼットなどがもれなくついてくるうえ、六階にあるスポーツ・クラブの会員権まで与えられて、オリンピック・サイズのプールやフィットネス・センターが使い放題、個人トレーナーにもついてもらえる。

アメニティーがそれだけ充実しているにもかかわらず、ゲイジとリバティはこのビルから出ていった。リバティはもともと贅沢な暮らしがあまり好きではなかったし、マシューやキャリントンのためにも庭のある一軒家のほうがいいと、ゲイジと相談して決めたようだ。彼らはヒューストンの北に牧場も所有しているが、そこは街の中心部から遠すぎてゲイジがオフィスに通うには不便なため、タングルウッド地区に新たに土地を買って、ヨーロピアン・スタイルの家を建てていた。それがこのほど完成したというわけだ。

そうしてひとたび物件に空きが出ると、不動産契約担当のサマンサが買ってくれそうな客にあたりをつけて、実際に部屋を見せてまわる前に、まずは銀行や法律事務所に身元照会をすることになっている。「そうでもしないとね」と、サマンサは言う。「贅をつくした高級コンドミニアムとはどんなものかと冷やかしに来たがる酔狂なお客さんって、驚くほど多いんだから」彼女はまた、現入居者のおよそ三分の一はキャッシュでぽんと支払ってくれた大金持ちで、少なくとも約半数はどこかの会社の重役クラス、そしておそらく四分の三はいわゆる〝成金〟だろうと言っていた。

ハーディのジャケットをクリーニングしてオフィスへ届けてもらってから一週間後の朝、サマンサから電話がかかってきた。

心ここにあらずといった様子で、張りつめた声だった。「ヘイヴン、わたし、今日は出勤できなくなってしまったの。週末のあいだに父が胸の痛みを訴えたんで、入院して検査してもらってるところなのよ」

「まあ、それはお大事に。わたしでなにかお役に立てることは？」

「ええ」サマンサがうめくように言う。「申し訳ないんだけど、そのこと、あなたからヴァネッサに伝えてもらえないかしら。有休をとるときは二四時間以上前に報告しろって言われてるから、すごく心苦しいんだけど」

「ヴァネッサなら今日は来てないわよ。ほら、今週末は長めに休むって言ってたでしょ?」わたしの知る限り、ヴァネッサには遠距離恋愛をしている恋人がいて、少なくとも月に一度はアトランタまで会いに行っているらしい。彼女は誰にも相手の名前や職業を明かそうとしないものの、わたしにだけは思わせぶりに彼が超のつくリッチで権力者であることを匂わせ、指輪も買ってもらったと自慢していた。

ヴァネッサが誰とデートしようとどうでもよかったけれど、なるべく機嫌を損ねないよう、わたしは大いにうらやましがってみせた。ヴァネッサはわたしが彼女の日常生活に多大な興味を抱くことを期待しているふしがある。同じ話をくりかえすこともしばしばで、渋滞につかまって往生しただの、マッサージ師にすばらしい体だと褒められただのといったくだらない話でさえ、二度も三度もくりかえした。その話はもう聞きましたとこちらがさりげなく注意しても、その癖は直らない。たぶんわざとやっているのだろうが、どうしてそんなことをするのか、なぜわたしにばかり聞かせたがるのかは、わたしにもわからなかった。

「ほかにもなにかあるかしら?」わたしは訊いた。

「わたしのコンピューターを起動して、最新の販売計画書をプリントアウトしといてくれると助かるわ――ミスター・トラヴィスが今日こっちのオフィスへ来たとき、見てもらうことになっていたから」

「間違いなく彼の手に渡るようにするわ」

「それともうひとつ……九時になったら、コンドミニアムを内見したいって人がオフィスへ訪ねてくるのよ。その人を代わりに案内してあげてくれない？　お約束したのにお会いできなくてすみませんと謝って、なにかご質問があれば携帯にいつでもご連絡くださいって」

「任せて。その人、身元はたしかなのね？」

「同じ部屋にいられるだけでめまいを覚えそうなくらいの大金持ちよ」大げさなため息が聞こえてくる。「本物の独身貴族。ほんと、悔しいわ！　彼をじきじきに案内できるの、すごく楽しみにしていたのに。せめてもの救いは、その役をヴァネッサに横どりされずにすむってことね」

わたしは声を立てて笑った。「あなたのことよく言って、彼に売りこんでおくから」

「お願い。わたしの携帯番号も忘れずに伝えておいてね」

「了解」

〝独身貴族〟という言葉を頭のなかで反芻《はんすう》していると、奇妙な震えが背筋を駆けおりた。その瞬間……なぜかわたしには、そのミスター・独身貴族の正体と彼の魂胆がわかった。

「ねえ、サマンサ」おそるおそる訊いてみる。「その人ってもしかして――」

「あっ、ほかから電話がかかってきたみたい。父だわ――それじゃ、切るわね」

回線が切れてしまったので、わたしは受話器を置いた。サマンサのコンピューターで彼女の予定表を呼びだしたちょうどそのとき、コンシェルジェのデイヴィッドから内線に連絡が入った。「サマンサ、ミスター・ケイツがロビーにお見えですが」

いやな予感がぴたりとあたって、思わず、うっと息をのんだ。困惑と不安、それに妙な好奇心が同時にわいてくる。自分の声に違和感を覚えながら、わたしはデイヴィッドに告げた。

「サマンサは今日お休みなの。ミスター・ケイツには、トラヴィスという者が代わりにご案内しますと伝えておいて。わたし、今すぐおりるから」

「承知しました、ミス・トラヴィス」

素早くコンパクトをのぞきこんで、色つきのグロスを唇にさっと塗り、額に垂れ落ちた長い前髪を後ろへ撫でつける。今日の服装は、ダークブラウンのウールのスラックスに同系色のVネックのセーターで、足もとはあいにくぺたんこの靴だった。ハーディ・ケイツに会うとわかっていたら、身長差を少しでも補うために、持っているなかでいちばんヒールの高い靴を履いてきたのに。

サマンサのファイルを開き、ハーディの支払い能力に関する事前調査報告書で具体的な数字をまのあたりにした瞬間、わたしはファイルをとり落としそうになった。ビジネスのほうは〝まあまあ順調〟だと答えたときの彼は、実際には不謹慎なほどの巨万の富を手に入れつつある事実をつけ加え忘れたようだ。メキシコ湾の廃油田は〝そこそこの利益〟を生むどころではなく、とんでもない掘り出し物、とてつもない大発見だったわけだ。

ハーディ・ケイツは今や飛ぶ鳥を落とす勢いで、トップレベルの油田主《オイルマン》にのぼりつめようとしている。そのことを今ごろ知って驚いているのはわたしくらいのものだろう。父は仕事柄、石油業界とは深いつながりを持っている。代替エネルギー技術を開発する会社を興した長兄のゲイジでさえ、化石燃料の分野から完全に手を引くまでには至っていない。わたしはため息をつきながらファイルを閉じ、エレベーターで入居者用ロビーへとおりた。ハーディはコンシェルジェ・デスクのそばに置かれた黒い革張りの椅子に座って、デイヴィッドと話をしていた。わたしに気づいて彼が立ちあがったとたん、心臓が猛烈な速さで鼓動しはじめ、頭がくらくらしそうになった。

わたしは営業用の笑顔をつくり、片手をさっと差しだした。

「ミスター・ケイツ」

「やあ、ミス・トラヴィス」

面と向かって、ビジネスライクにしっかりと握手を交わす。初対面の者同士のようなよそよそしさだったが、ハーディの目がきらりと光ると、たちまち肌の表面が熱くなった。

「本日は急にサマンサがご案内できなくなりまして、すみません」わたしは言った。

「かえってうれしいよ」ハーディが素早くわたしの全身を眺めまわす。「ジャケットを届けてくれてありがとう。わざわざクリーニングになんか出さなくてもよかったのに」

その言葉が明らかにデイヴィッドの注意を引いたようだ。彼はわたしたちの顔を交互に見て、耳をそばだてた。

「申し訳ないんですが、わたしは契約の担当者ではありませんので、お部屋までご案内してなかをざっと見ていただくことしかできないんです。サマンサでないと、ご質問等に的確にお答えするのは難しいかもしれませんわ」

「大丈夫、きみならおれの訊きたいことには答えてくれるはずだ」

エレベーターの前で待っていると、女性がふたり降りてきた。ひとりは年配、もうひとりはわたしと同じくらいの年齢だ。おそらく母娘《おやこ》で、ショッピングにでも出かけるところなのだろう。わたしがエレベーターに乗りこんで前を向いたとき、彼女たちはさりげなく後ろを振りかえって、ハーディを眺めていた。

ジーンズ姿の彼はたしかに、うっとり見とれてしまうほどすてきだ。古びたデニムの生地がヒップにほどよくフィットして、長い脚のラインとたくましい腿の筋肉を見事に浮き立たせている。お尻をまじまじ見つめたりしないようきつく自分をいましめながらも、わたしはこっそり視界の端で目の保養をさせてもらうことにした。

一八階のボタンを押すとまもなく、扉が閉まってエレベーターがすうっと上昇しはじめる。

わたしたちはあえて別々の隅に分かれて立っていた。

ハーディはあからさまな興味を持ってわたしを観察している。青いカシミアのセーターが、いかにも硬そうな彼の腹筋をやわらかく包みこんでいた。「今日はおれのために時間を割いてくれてうれしいよ、ミス・トラヴィス」

もうそろそろファーストネームで呼びあうべきなのだろう。彼の〝ミス・トラヴィス〟という呼びかけはいかにもわざとらしく、半分ばかにされている気分になる。「ヘイヴンと呼んでくれてかまわないわ」わたしはぼそぼそとつぶやいた。

「ヘイヴン」ハーディがおうむがえしに言う。溶けたタールのように粘っこくあとを引く口調で名前を呼ばれると、なぜか胸がどきどきしてくる。

「ここへはなにをしに来たの?」わたしはそっけなく尋ねた。「本当にこのコンドミニアムに興味があるわけじゃないんでしょう?」

「なにを根拠にそう決めつけるんだ?」

「事前調査書で住所を見たわ。今はポストオークに住んでるんでしょ? そこからここへ引っ越してきたい理由がわからないもの」

「あそこは借りてるだけだからな」彼が淡々とした声で答える。「買った物件じゃないんだよ。こっちの場所のほうがおれは好きだし」

わたしは探るように目を細めた。「この物件の前の持ち主が誰だったかは、当然知ってるのよね?」

「きみのお兄さんと義理のお姉さんだろ? だから?」

「ゲイジとリバティが住んでいた部屋にわざわざ越してきたいなんて、ちょっと妙な話だなと思って」

「ここにはたしかもうひとつ空き物件があったよな。なんならそっちも見せてもらうよ」

エレベーターを降りて、H形にレイアウトされた廊下に出る。穏やかなクリーム色と灰色で統一された静かな空間だ。ハーディのほうに向きなおったとたん、ふたりのあいだにばちばちと火花が散った。「メイン通り一八〇〇番地は、立地条件としてはポストオークとたいして変わらないはずよ。価格に見合う資産価値という点では、今いるところのほうが上なんじゃない?」

ハーディがおもしろがるように片眉をくいっとあげてみせる。「それって、少しでも高く売りつけようっていう新たな販売戦略なのか？」

「いいえ。あなたの本当の動機が知りたいだけよ」

「きみの推理は？」

底知れない彼の瞳を、わたしはまっすぐに見つめた。「もしかして、リバティにまだ未練があるとか？」

ハーディの笑顔が消える。「大外れだ、ハニー。だって、彼女とは寝たことすらないんだぜ。リバティには幸せになってほしいと心から願っているが、自分がそうしてやりたいわけじゃない」彼がこちらへ近づいてきた。ふれあうほどの距離ではないものの、今にもその手がのびてきそうな気がして……どうしていいかわからなくなる。冷たいものが背筋を駆けおりていった。「別の答えを言ってみろよ。まともな理由が答えられなかったら、おれの入居を拒むことはできないぞ」

わたしは一歩後ずさりして、震える息を吸った。「あなた、大騒ぎするのが好きなタイプでしょ。それなら正当な理由になるわ」

彼の口の端がぴくりと持ちあがる。「そういうのは二〇代で卒業した」

「そうかしら、まだ少しは残ってるように見えるけど」

「いいや。今のおれはおとなしいものだよ」

わんぱくな生徒が先生に向かって、ぼくはやってませんと必死に言い訳する場面が、ふっと思い浮かぶ。彼のいたずらな魅力に負けて噴きだしそうになったので、わたしはくるりと背を向けて、目指す部屋へと案内した。「そうでしょうとも」

ドアの前で立ちどまり、タッチパネルのボタンを押して暗証番号を打ちこむ。ハーディの大きくて頑丈そうな体がすぐ横にあるのを強く意識すると、胸がつまった。またしても例の、激しく心を乱す香りが漂ってくる。

自分がなにをしているのかわからなくなりつつ、どうにか最後まで入力し終えた。だが、ゲイジとリバティのもとに厄介になっていたころには何度となくくりかえしていた手順なのに、どうやら番号を押し間違えてしまったらしい。かちゃりと音がして錠が外れる代わりに、ビーッ、ビーッ、というアラーム音が鳴りだした。

「ごめんなさい」わたしは息もつけず、彼を見ないようにしながら説明した。「違うボタンを押してしまったみたい。こうなってしまった場合は、何秒か経つとリセットされるから。暗証番号はもちろん変えることもできて――」

「ヘイヴン」彼は静かに言って、わたしが顔をあげるのをじっと待っていた。

わたしは命綱にすがるかのように、ドアハンドルを握りしめていた。何度か咳払いしてから、ようやく声をしぼりだす。「な、なに？」

「なんでそんなに緊張してるんだ？」やわらかい声が、心の奥の繊細で傷つきやすい部分にまで染みとおってきた。彼の口もとにかすかな笑みが浮かぶ。「いつおれが襲いかかってくるかと、気が気じゃないのか？」

答えられなかった。心のなかで〝もうだめ、こんなの耐えられない〟と叫ぶ。全身がかーっとほてり、肌がみるみる赤く染まった。心臓は痛いくらい激しく打っている。わたしは背中をドアに預け、まばたきもせずにハーディを見つめかえすことしかできなかった。彼がゆっくり顔を近づけてきて、硬く引きしまったその体でわたしを押さえつける。呼吸が速く荒くなってきたのを悔しく思いながら、わたしは目を閉じた。

「だったら、早いところすませてしまおう」ハーディがささやく。「これ以上、きみが心配しつづけなくてすむように」

黒い頭がおりてきて、唇がわたしの口もとに軽くふれた。わたしはこぶしを握りしめ、せめてもの抵抗として胸の前で腕組みした。彼を押しのけることはできないけれど、このままやすやすと抱きすくめられるわけにもいかない。ハーディはそんなわたしを、たくましい腕でやさしく包みこんだ。ちょっとでも力を入れすぎたら壊れてしまうかのように、気をつかって。ふたりの吐息がまじりあい、熱くせわしないリズムを刻む。

彼の口が動いて上唇にふれ、次いで下唇にふれて、わたしの口を開かせた。ここまででもう終わりだろうと思うたびに、キスは長くなり、より深くなって、喉の奥のほうに甘いものがねっとりと絡みついてくる。シルクのような感触の舌……やわらかい味……そして……体から力が抜けていき、今にもとろけてしまいそうになった。

ハーディのやさしさがわたしの心を溶かし、みぞおちのあたりにわだかまっていた不安をとり除いてくれた。彼の吐いた息を吸い、全身で彼を感じながら、じっとその場に立ちつくす……でもこの人は、その気になればわたしなんか簡単に押しつぶせるはずだ。彼がどれだけやさしく接してくれようと、その無防備な感覚はどうしてもぬぐい去れない。わたしはたまらなくなって唇を離し、キスを終わらせた。

ハーディはわたしの頭のてっぺんに小さなキスを植えつけてから、ゆっくりと抱擁を解いた。青く燃える瞳でわたしを見おろし、ささやくように言う。

「それじゃ、部屋を見せてくれ」

幸運が味方してくれたおかげで――わたしの頭はまだまともな思考ができる状態ではなかったけれど――今度こそ正しい暗証番号を押してドアを開けることができた。

よろめかずに歩く自信がなかったので、ハーディを先に通して、勝手になかを探索してもらう。彼はベッドルームが三つあるコンドミニアムをくまなく見てまわり、内装や設備、各部屋からの眺めを確認した。メインのリビングルームは一方の壁が全面窓になっていて、ヒューストンが一望できる。オフィスビルに商店街、巨大なお屋敷から安っぽい小さな民家まで、あらゆるものが渾然《こんぜん》一体となってどこまでも広がる街を。

窓辺に浮かびあがったハーディのすらりと長いシルエットを眺めていると、この部屋は彼に似合っている気がしてくる。おれはここまでのぼりつめたんだと、人々に見せつけてやりたいのだろう。そんな彼を責めることはできない。ヒューストンでは、世間に認めてもらいたかったら、それなりの服に車、高層マンションや大豪邸を持っていなければ話にならない。背の高いブロンドの妻も。

沈黙を破りたくて、わたしはついに口を開いた。「リバティから聞いたけど、昔は石油掘削会社で働いてたんですって？」キッチンのカウンターにもたれて彼を見つめる。「どういう仕事をしてたの？」

ハーディが肩越しに振りかえる。「溶接工だよ」

〝なるほどね〟と思った言葉が、そのまま口から出ていた。

「なるほどって？」

「いえ、その……あなたの肩や腕よ」少しうろたえながら答える。

「ああ」彼はこちらに向きなおり、両手をポケットに突っこんだ。「普通ならもっと体格のいい連中しか雇ってもらえないんだけどな。陸上ではできない溶接作業を現場でやらなきゃいけないわけだから。おれもよく三〇キロ以上もあるようなパワコンをかついで、梯子《はしご》をのぼったりおりたりしたよ……おかげで体は鍛えられた」

「パワコンというのは、発電機みたいなもの？」

ハーディがうなずく。「新型モデルはハンドルが両端についてるから、ふたりがかりで運べるんだが。おれの使ってた旧式のやつはひとりで運ぶしかなくてね。そのときの筋肉痛といったらもう……」にやりと笑って、遠い昔のつらい痛みがよみがえってきたかのように首筋をもんだ。「ほかの溶接工たちを見たら、きっと度肝を抜かすだろうな。おれなんか、まだまだひよっこみたいなものさ」

「正直、想像もつかないわ」わたしは言った。

彼が笑顔のままそばへやってきて、カウンターの反対側にもたれかかる。

「溶接工の仕事は楽しかった?」わたしはためらいがちに訊いた。「というか、それがあなたのやりたいことだったの?」

「ウェルカムから出られるなら、仕事なんかなんだってよかった」

「それがあなたの育った町?」

彼はまたうなずいた。「フットボールをやってて膝を大怪我してね——それで、奨学金をもらえる見こみがなくなった。ウェルカムでは、大学に進学できないとなると、選択肢はすごく限られてしまう。フェンス張りのバイトをやってたおかげで溶接のやり方なら知ってたから、そんなに苦労せずに資格がとれた。それに、知りあいに油井労働者を斡旋《あっせん》する親方みたいなことをやってるやつがいて——溶接工なら時給八〇ドル稼ぐ連中もいるぞ、って聞いたから」

「そのころから、いずれはこうなるって思ってた? いつか……こういうところに住んでやるって?」どこもかしこもぴかぴかで塵《ちり》ひとつ落ちていない室内をぐるりと手で示す。

「まさか」ハーディは即答した。「想像もしてなかった——」そこで黙りこみ、わたしの目をじっと見据える。自分の言葉がどんな結果をもたらすか、真実を告げたらわたしがどんな反応を示すか、頭のなかで吟味しているようだ。そしてついに、口調をやわらげてこう言った。「いや、本当はそんなことばっかり考えてたな。どんなことをしてでも絶対にのしあがってやるって。トレーラーパーク暮らしをして、裸足の子供たちと一緒に走りまわっていたころは……おれの将来はもう決まったようなものだった。だがどうしても、そんな人生から抜けだしたかった。だから、チャンスがめぐってきたら必ずそれをつかんでやる、もしもめぐってこなかったら自分でなんとか切り開いてやるって、ずっと心に決めていた」

ハーディをここまで駆り立ててきたとてつもなく大きな熱意の正体が少しずつ見えてくるにつれて、静かに本音を語る彼の口調にわずかながら恥の意識や自己弁護めいたものが感じとれるのが、なんとなく意外に思えた。「ねえ、どうしてそんなに自分が野心家であることを認めるのがいやなの?」

そんなことを訊いてきたのはきみが初めてだというように、彼はわたしを見かえした。しばらく慎重に考えこんでから、やっと口を開く。「そういうことは黙っておいたほうがいいと、早い段階で学んだんだ。言ったって、みんなにばかにされるだけだからな」

「どうして?」

「箱に入れられた蟹《かに》と同じだよ」わたしが理解できずにいるのを察して、ハーディが説明した。「浅い容器にたくさんの生きた蟹を入れておいても、一匹も逃げないんだ。どれか逃げようとするのがいると、まわりが寄ってたかって足を引っぱるから」

いつのまにかわたしたちはカウンターに前腕を置いて上体を支え、まっすぐ向かいあっていた。近すぎる。ふたりのあいだに、すべてを焼きつくすような熱い空気が流れている気がした。わたしは体を起こして目をそらし、その流れを断ち切った。

「ダラスではなにをやってたんだい?」ハーディの問う声がした。

「しばらくはホテルで働いてたの。その後一年ほどは、ずっと家にこもりっぱなしだったけれど」

ハーディの目がおもしろがるようにきらりと光る。「家ではなにを？　若くてきれいな理想の妻をやってたのか？」

彼に真実を知られるくらいなら死んだほうがましだ。そう思って、わたしはあえてさりげなく答えた。「ええ。けっこう退屈だったわ」

「それが離婚の原因なのか？　きみが飽きてしまったから？」

「まあ、そんなところよ」彼の表情を読みとって、尋ねるというよりは決めつけるように言った。「わがままな女だと、内心あきれてるんでしょう？」

ハーディは否定しなかった。「もっときみを楽しませてくれる男と結婚すればよかったのに」

「そもそも結婚なんかしなければよかったのよ。わたし、結婚には向いてないの」

「それはどうかな。いつかまた、誰かと一緒になりたいと思うかもしれない」

わたしは首を振った。「そんな気にさせてくれる力を持った男の人なんて、きっと一生現れないわよ」

かろうじて聞きとれる程度のかすかな軽蔑が、彼の声に入りまじる。「力ならきみのほうが持ってるからな、スイートハート。なにしろ大富豪の娘なんだから」

もちろん、外から見ればそう見えるはずだ。なにごとにおいてもわたしにはなんの力もなかったなんて、誰にもわかるはずがない。

「結婚そのものが退屈だってことよ。とくに、わたしの場合はね。そういうわけだから、わたしを〝スイートハート〟なんて呼ぶのはやめてほしいわ」わたしは腕組みをしたまま、カウンターの裏から出た。「それで、このお部屋はどうかしら？」

「気に入ったよ」

「独身男性が住むには、ちょっと広すぎるんじゃない？」

「シングルワイドのトレーラーで一家五人が寝起きするような環境で育ったからな。スペースは広ければ広いほうがいい」

リバティから聞いた彼の家族の話を思いだした。「弟さんがふたりに、妹さんがひとり、でしょ？」

「ああ。リックとケヴィン、そしてハナだ」ハーディの顔に影がよぎる。「妹は去年、乳がんで死んでしまったけどな。必死の闘病のかいもなく。乳房切除の手術を二回に、化学療法を四カ月も続けたのに。妹はMDアンダーソンがんセンターに入院していてね……必要ならおれが世界じゅうのどこの病院へでも連れてってやるつもりでいたけど、誰もがそこが最高だと言うから。そうして最新の治療を受けることはできたものの、妹はさまざまな副作用に苦しみつづけたあげく、なにをやっても腫瘍《しゅよう》マーカーの数値がさがることはなかった」

「お気の毒に」あなたが語らなかったことも含めて全部わかるわ、と言ってあげたかった。いつのまにかわたしは彼のほうへ近づいていき、気がつくと横に並んでカウンターにもたれかかっていた。「そうやって身内を失うのって、つらいわよね。うちの母も乳がんで亡くなったの。といっても、化学療法は受けなかったんだけど。見つかったときにはもう手遅れだったから。第四期まで進行していて、肺にも転移してたのよ。母は苦しい手術や治療で延命を図るより、短くてもいいから最後まで自分らしく生きることを選んだというわけ。どっちみち、手術や薬は効かなかったでしょうしね」

「そのとき、きみはいくつだったんだ？」ハーディがやさしい声で訊いてくる。

「一五歳よ」

彼はわたしを見つめ、目もとまで垂れ落ちていた前髪をそっと払った。「ヘイヴン……きみがどうしてもいやだと言うなら、このコンドミニアムはあきらめる。でも、そうでないなら、ここを買いたい。きみ次第だ」

わたしは目を丸くした。「えっ……わたし……それはあなたの決めることであって、わたしは関係ないはずよ。そんな選択を押しつけられても困るわ」

「おれがここに住むことになっても、気にならないか？」

「もちろんよ、あたりまえでしょ」と慌てて答える。

ハーディはゆったり微笑んだ。「おれにはあんまり多くの才能はないが……ひとつふたつなら誇れるものがある。そのうちのひとつが、他人の嘘を見抜けることだ」

正直に答えるほかなかった。「わかったわ。そうね、少しは気になるかもしれない」

「どうして？」

この人は不意を突いてくるのがうまい。動揺して脈が跳ねあがるのがわかった。なぜハーディはこんなにもたやすく、わたしの心の壁を打ち破ってしまうのだろう。本当に抜け目がないんだから。押しが強くて、ずうずうしいのに、屈託のない魅力でそれらを打ち消してしまう頭のよさも持ちあわせている。ニックとは比べものにならないくらい男らしく、あらゆる面でできすぎだった。こんな男性をうかつにそばへ近づけたら、きっとさんざん振りまわされたあげく、みじめな結末を迎えるだけだ。

「あのね、ひとつはっきりさせておくわ」わたしはぴしゃりと言った。「あなたがここに住もうと住むまいと、わたしはあなたと……いかなる関係も持つ気はありませんから」

彼の視線はわたしの目を貫いたままだ。その瞳の色は青写真の青よりも濃かった。「いかなる関係って？」

「この場合は、セックスのことよ」

「それもおれの才能のひとつなんだけどな」訊かれてもいないのに、彼はそんなことを言いだす。

わたしはうろたえ、うっかり微笑みそうになった。「トラヴィス・ビルに住む女性のなかには、それを聞いて喜ぶ人もいるでしょうね」強調するため、わざと少し間を置いてからつけ加える。「でも、わたしはそのなかに含まれないから」

「わかったよ。それで、おれはこれからどこに住めばいいんだ、ヘイヴン？　ここか……それともポストオークか？」

そんなことはどっちだってかまわないと言いたげに、わたしは両手をぱっと広げて肩をすくめた。「あなたがそうしたいんなら、越してくればいいじゃない。ここは自由の国なんだもの」

「そうか。なら、そうさせてもらうよ」

その言い方が気に入らなかった。それはあたかも、たった今ふたりのあいだでなんらかの取引が成立したみたいな言い方だった。

8

「あいつ、ここに住むつもりなのか」その日のもっと遅い時間、こちらのオフィスの様子を見に来たジャックが、うろうろとあたりを歩きまわりながら言った。口では絶対にそうは認めないものの、ヴァネッサがいないとわかって少しほっとしているように見える。彼女がいると、いつもさりげなく色目を使われて、上司と部下以上の関係になろうと誘われてしまうからだ。ありがたいことに、ジャック自身はなんの興味もなさそうだったけれど。

ハーディの件で憤っているジャックをしり目に、わたしはデスクに座って、自分とはどうも相性の悪い新しいソフトウェアの使い方を研究していた。

「こういうふうに考えればいいんじゃない？」わたしはノートパソコンから顔をあげて言った。「ほら、よく言うでしょ、〝友人はそばに置け、敵はさらにそばに置け〟って。ハーディ・ケイツがなにをたくらんでいるのか探るには、このビルに住んでもらって目を光らせておくのがいちばんよ」

そこでジャックの足がとまった。「それも一理あるけどな。でも、どうしてやつは、わざわざここに住みたがるんだ？　ゲイジとリバティのことでなにか——」

「ううん、正直それはないと思う。ほかにもっといい部屋が空いてたら、彼はそっちでもよかったみたいだから」

ジャックはわたしのデスクの縁に腰かけた。「とにかくだ、あいつがなにか隠しているのは間違いない。ぼくが保証する」

あまりにも確信に満ちた口ぶりだったので、わたしは問いかけるように兄を見た。「ゲイジの結婚式のとき以外も、どこかで会ったことあるの？」

「ああ、一年ほど前にね。ぼくが前につきあってた女の子とデートしてた。クラブでたまたま彼女を見かけたんで、そのとき三人でちょっと話した」

「彼のこと、どう思った？」

ジャックの口もとにゆがんだ笑みが浮かぶ。「認めるのはしゃくだが、ゲイジのバイオ燃料の件と結婚式をぶち壊しに来た件さえなかったら、なかなか気の合いそうなやつだった。彼も狩りや釣りが好きらしくて、その話で盛りあがったよ。まあ、個人的な好き嫌いはさておき、彼ほどの人物にならなら物件を売らないわけにはいかないだろう——あいつのやってる会社、ものすごい急成長をとげてるからな」

「なんでなの？」

「すばらしい仲間とチームを組んでて、難しい交渉でもものにしてしまうんだ。でもなにより、やつには石油を見つけだす才能があるんだよ。運があると言うべきか、それだけの技術があるってことなのか、とにかく、ほかの連中にはないなにかを持っている。もしかしたら学校でのお勉強はできなかったかもしれないけど、そういうところでは学べない頭のよさが備わってるんだろうな。だから、決してあなどっちゃいけない」ジャックは考えこむように髪をかきあげた。「ジョーもやつとは面識があるはずだぜ」

わたしは驚いて目をしばたたいた。「そうなの？　あのジョーが？」

「ああ。去年『テキサス・マンスリー』でやつの特集が組まれたとき、ジョーが写真を撮ったんだ」

「へえ、すごい偶然ね」わたしはゆっくり言った。「ジョーはなんて言ってた？」

「覚えてないな。今度また訊いておくよ」ジャックはそこで眉をひそめた。「あのさ、おまえの考えを聞かせてほしいんだが、ケイツはトラヴィス家に対して復讐《ふくしゅう》めいたことを仕掛けてこようとしてると思うか？」

「なんの復讐？」

「ゲイジがやつの昔のガールフレンドと結婚したから、とか？」

「それは勘ぐりすぎじゃないの？」兄の顔色を探り探り言う。「だって、あのふたり、ベッドをともにしたことすら一度もないのに」

ジャックの眉が跳ねあがる。「なんでわかるんだ？」

「彼がそう言ってたもの」

「おまえ、ハーディ・ケイツとセックスの話なんかしてるのか？」〝ブルータス、おまえもか〟と言わんばかりの声色でジャックがつめ寄ってくる。

「別に、そういうわけじゃなくって」わたしはしどろもどろになった。「ちょっと話に出ただけよ」

ジャックは鋭い目で長々とわたしを見つめた。「やつが今度ちらりとでもおまえのほうを見たら、ぼくがやつを床にぶちのめしてやる――」

「ジャックったら、やめて――」

「――このことは契約を結ぶ前に、やつにはっきりわからせておかないとな」

「そうやってわたしに恥ずかしい思いをさせるつもりなら、新しい仕事を探すわよ。わたしは本気ですからね、ジャック。ハーディにはなにも言わないで」

長い沈黙が流れる。そのあいだじゅう、兄はまじまじとわたしを見ていた。「おまえ、ケイツのことが好きなのか?」

「違うってば!」

「ならいい。だって――これは悪く受けとらないでほしいんだが――おまえ自身の男を見る目はどうも信用できないからな。おまえが好きになるような男は、たいていろくなやつじゃない」

「余計なお世話よ。わたしの境界を侵害しないで!」わたしは声を荒らげた。

「なんだって?」

「ジャックがどんな女性とデートしようとわたしはなにも言わない代わりに、そっちもわたしの選んだ男にあれこれ言う権利はないってこと」

「そうは言うけど——」ジャックははっと口をつぐみ、顔をしかめた。「たしかにおまえの言うとおりだな。ぼくが口を挟む問題じゃない。ただ……おまえにはいい男を見つけてほしいだけなんだ、暗い過去を背負ってるようなやつじゃなくてさ」

笑うほかなかった。するとなぜかいらだちは消えた。わたしは手をのばしてジャックの手をぽんぽんと叩いた。「もしもどこかでそういう人を見かけたら、わたしに教えて」

着信音が鳴りだしたので、わたしは急いでバッグから携帯電話をとりだした。「それじゃね、ジャック」と兄に断って、折りたたみの携帯を開く。「もしもし?」

「ヘイヴン」

ハーディの声が聞こえてくると、喜びで胸がほんのり熱くなった。「はい」息をつまらせながら答える。

去ろうとしていたジャックがブースの端で立ちどまり、興味深げな視線を投げかけてきた。あっちへ行ってと手で追い払っても、その場から動こうとせず、じっと見守りつつ耳をそばだてている。

わたしは仕事用のはきはきした口調でしゃべりはじめた。「お部屋のことで、なにかご質問でも? よろしければサマンサの番号をお教えしますので——」

「彼女の番号ならもう知ってる。おれはきみに話があるんだ」

「まあ」そわそわとデスクの上のペンをいじくりまわす。「どういったご用件でしょう?」

「あの部屋を見に来てくれて、インテリアを整えてくれる人を探してるんだ——家具を選んだり、ファブリックの色を考えたり、そういうことが得意な専門家、誰か知らないか?」

「インテリア・デコレーターですね?」

「ああ。ただし、腕のいい人じゃないと困るぞ。前に住んでたところの内装を任せたやつは、法外な手数料を要求してきたくせに、仕上がってみたらフォートワースのバーみたいになってたんだ」

「そういうスタイルはお好みではないと?」

「いや、まさにおれに似合いのスタイルだった。そこが問題なんだ。もっとイメージをアップさせなきゃならないってのに」

「でしたら、そうご心配なさらなくとも」わたしは言った。「上品で高級感漂うスタイルなんて、今どき流行りませんわ。カジュアルで居心地のいい空間であれば、なにも問題はないと思いますけど」

「うちのソファーは、一九世紀の開拓時代に流行ったような代物なんだが」

そう聞かされては、笑わずにいられなかった。「牛革のごつくてどっしりしたソファーですか? まあ、それじゃたしかに誰かのアドバイスが必要ですね」わたしはトッドを思い浮かべた。「知りあいにひとり、そういう仕事を頼めそうな人はいるんですが——彼は決してお安くないですよ」

「かまわないさ、本当に有能であれば」

「では、わたしから彼に連絡をとって、依頼できるかどうか訊いてみましょうか?」

「ありがとう。助かるよ。これはひとつお願いなんだが――その人が部屋を見に来てくれるとき、きみも同席してくれないか？」

わたしはためらい、ペンを握りしめた。「わたしなんかいても、あまりお役に立てないと思いますけど」

「きみの意見も参考にしたいんだよ。おれのセンスだと、動物の毛皮だの革だの角だので部屋が埋まりかねないからな。そんなおれひとりじゃ、専門家にどんなふうに言いくるめられてしまうかわからない」

「わかりました」わたしはしぶしぶ承知した。「わたしもうかがいます。いつごろならご都合がいいでしょうか？」

「今日と明日は予定がつまってるんだ。ＡＦＥの書類を仕上げなきゃならないんでね。それ以降ならいつでもいい」

「ＡＦＥって？」

「オーソリゼーション・フォー・エクペンディチャーの略、支出承認書のことだ。油田の掘削と開発に関する予算、すなわち、人件費、サービス費、設備費などをすべて含む見積書のようなものだな。これをきちんと計算しておいてみんなに徹底的に守らせるようにしないと、とんでもないことになる。うちみたいに予算の限られてる会社にとっては、すごく重要なものなんだ」

「つまりあなたは、そのＡＦＥがちゃんと守られているかどうか監視する役ってこと？」

「まあ、基本的にはね」ハーディは認めた。「ふたりいるパートナーは、どっちもこういうことが苦手だから――ひとりは地質学者で科学技術的なことにしか興味がないし、もうひとりは性格が穏やかすぎて他人と衝突できないんだ。だからおれがやるしかない。おれの場合、プロジェクトを成功させるためならば、二度や三度くらい殺してやると脅迫されたって動じないから」

「そういうシビアな交渉ごとや駆け引きは得意そうですものね」

「得意にならざるをえないのさ、ときにはね。だからって、生まれつきそういうことが好きなわけじゃない」

「ええ、そうでしょうとも」わたしは疑うように笑いながら言った。「それじゃ、例の件はお時間が決まったら、また連絡します」

「了解、ボス」

電話を切って顔をあげたときも、わたしの口もとには笑みが残っていた。ジャックはまだブースの端にたたずんでいる。眉間《みけん》にしわを寄せて顔をしかめているわけではなさそうだけれど、あまり喜ばしい表情ではない。

「今話してたのはハーディ・ケイツか？」ジャックが訊いた。

「ええ、そうよ。それがなにか？」

「おまえがあんなふうに笑い転げるなんて、高校生のころ以来じゃないか」

「別に、笑い転げてなんかいないわ」わたしは弁解がましく言った。「これ以上なにか言いだす前に釘を刺しておくけど、わたしの個人的な境界に踏みこむようなまねはしないでよ」

「ケイツにもそのこと、忘れずに伝えといてやれよ」ジャックはそう言い残して、ブースから出ていった。


「ねえ、知ってた？」トッドが言った。「部屋を飾り立てるセンスのないお客さんは大勢いるけれど、それを正直に認める人はめったにいないの。わざわざわたしを雇っておきながら、デザイン案についてあれこれ口出ししてきて、時間を無駄にするばっかりで。最初から自分は趣味が悪いと認めたお客さんなんて、彼が初めてだわ」

「あの人は、その趣味の悪さを誇りにしているふしがあるけどね」わたしは言った。

わたしたちはエレベーターで一八階に向かっていた。ハーディとは、彼が新しく入居した部屋で直接落ちあう約束になっている。「それはそうと、今度わたしが彼の部屋の内装を手がけることになったのよと言ったとき、ビービ・ホイットニーがなんて言ったか、話したっけ？」トッドが訊く。

高校時代のビービは、ラマー高に通う女子生徒のなかでは誰よりも美しく、チアリーダーのキャプテンかつ、クラスのお姫さまだった。その後、ヒューストンでは史上最高規模の豪勢な結婚式をあげ、たった一一カ月で離婚してしまったはずだ。

「ううん、なんて？」

「あの子ったらね、〝部屋の内装をするくらいなによ、トッド。わたしなんか、彼を食べちやったことあるんだから〃ですって」

わたしはあんぐりと口を開けた。「あのビービ・ホイットニーが、ハーディ・ケイツと寝たってこと？」声をひそめて、あきれたように言う。

ブルーグリーンのトッドの瞳がちゃめっけたっぷりに輝いた。「ひと晩だけのおつきあいだったみたいだけどね。彼女が〃ディヴォース・ムーン〃に行った先で出会ったらしいわ」

「なんなの、その〃ディヴォース・ムーン〃って？」

「離婚《ディヴォース》したあとの傷心旅行のことよ……ほら、ハネムーンの反対ってわけ。あなたは行かなかったの？」

あばら骨を折って脳震盪を起こし、ゲイジとリバティのコンドミニアムに転がりこんだときのことを思いだして、わたしは苦い笑みを浮かべた。「まあ、とくには」

「とにかく、ビービは出かけたのよ。ガルヴェストンまで。そこで大きなパーティーが開かれてて、ハーディ・ケイツも来てたんですって。しばらく話して意気投合して、そのまま彼女の泊まってるホテルの部屋になだれこんだみたい。ビービによれば、ひと晩じゅうありとあらゆる体位を試して、やっとことが終わったときには、彼女は安っぽい娼婦《しょうふ》みたいになってたって。セックスはほんとにすばらしかったそうよ」

やけに胸がどきどきしてきたので、わたしはみぞおちのあたりを手で押さえた。ハーディがわたしの知っている誰かとセックスしたと考えるだけで、異常に気分が悪くなる。

「彼がストレートで残念だわ」トッドが言った。「異性愛《ヘテロセクシュアル》なんて、やれることは限られてるのに」

わたしは暗い目でトッドを見つめた。「お願いだから、ハーディにはいっさいそういう話はしないでよ」

「もちろん。先につばをつけたのはあなただものね」

「だから、そういうことじゃなくって。彼に変な神経を使わせたくないだけ。あの人、どう見てもバイではなさそうだから」

エレベーターから降りて部屋まで歩きながら、ハーディはトッドのことをどう思うだろう、と考えていた。わたしの友人にはなよなよした女っぽさなどかけらもないが、それでもわかる人にはわかる波動を発している。たいていの人はトッドを好きになるけれど——それは彼がクールな自然体を貫いていて、ありのままの自分を気に入っているからだ。

「きっとあなたはハーディと気が合うはずよ」わたしは言った。「彼のことどう思ったか、あとで意見を聞かせて」

トッドには人の本質を見抜く不思議な才能がある。その人が無意識に与える印象から、秘密を嗅ぎあててしまうのだ。ボディーランゲージや、ちょっとした言いよどみ、表情の変化などなど……それらすべてをトッドは芸術家らしい感性で余すところなく感じとる。

部屋の前までたどり着くと、ドアはすでに開いていた。「こんにちは」と、おずおず声をかけながらなかへ入っていく。

すぐにハーディが現れて、さっとわたしの全身を眺めまわしたのち、顔を見た。「やあ」

微笑みながら両手で握手を求めてくる。握った手をなかなか放そうとせず、指の腹でてのひらの内側をくすぐりはじめたので、わたしは手を引き抜いた。

　今日の彼はデザイナーズブランドのスーツに、美しいドレスシャツ、高級腕時計を身につけている。ネクタイは少しゆるめで、ミンクの毛皮を思わせるダークブラウンの髪は額に垂れ落ち、もてあそんでと誘っているかのようだ。こういう洗練された装いも似合っているけれど、そのなかにもたくましい男らしさが感じられる。本当はこんなスーツやネクタイでがんじがらめにされるのは性に合わないんだが、と無言で言い訳しているようだった。

「荷物を運ぶの、手伝おうか？」ファブリックの分厚い見本のほかに、ポートフォリオやスケッチやフォルダーを山ほど抱えているトッドに向かって、ハーディが尋ねた。

「いいえ、大丈夫ですから」トッドはグレーの石英でできたカウンタートップに荷物を置き、にこやかに笑って片手を差しだした。「トッド・フェランです。すばらしいお部屋ですね。ここならきっと、みんながあっと驚くようなすてきなお住まいになると思いますよ」

「そう願うよ」ハーディが力強くトッドの手を握りかえす。「できるだけ、きみの邪魔をしないように心がけるから」

「邪魔だなんてとんでもない。なにが好きで、なにが嫌いか、ちゃんとご意見を聞かせていただかないと」ひと呼吸置いてから、トッドはにんまりしながらつけ加えた。「愛着があってどうしても手放したくないのであれば、牛革のソファーを置くこともプランに入れてもかまいませんしね」

「ものすごく座りやすいんだよ」ハーディはどこか懐かしむような口調になった。「あのソファーには、いろいろと思い出がつまってるし」

「そういう思い出はあなたの胸だけにしまっておいてもらったほうが、お互い仕事がしやすいと思うわよ」わたしはぴしゃりと言った。

ハーディが意味ありげな笑顔を向けてくる。

「家具がまだ入っていないので、ミーティングはこのキッチンカウンターでやるしかないですね。ハーディ、こちら側へまわってもらえますか？　いちおういくつか考えてきたプランをお見せします。フロアの見取り図のコピーを持ってたんで、レイアウトは頭に入っていましたから……」

ハーディがカウンターのこちらへ歩いてくると、トッドがこっそりわたしに目配せしてきた。ターコイズブルーの瞳をきらめかせ、声は出さずに〝ワーオ〟と言う。わたしは無視を決めこんだ。

ほどなくふたりは頭を突きあわせるようにして、見本帳をのぞきこんだ。「こちらのカラー・パレット、ご覧いただけます……？」トッドが説明する。「アースカラー、キャラメル、ボタニカルグリーンを基調として、ところどころにポップなパンプキンオレンジを置いてやると、とても居心地のよい空間に仕上がると思いますよ。このお部屋の無機質な感じがやわらいで」

ふたりはナチュラルな色調と肌ざわりのものがいいと決め、家具も特注することで同意した。ハーディが主張したのは、小さなテーブルや椅子をあちこちに細々と置くのは避けたいということだけ。家具はがっしりとした重量感のある大きめのものでないと、窮屈な感じがするらしい。

「そうですよねえ」トッドが言った。「あなたくらい大柄の方だと……身長は何センチおありなんですか……一八五、六？」

「一八七だ」

「やっぱり」トッドがいたずらっぽく瞳を輝かせて、横目でちらりと合図を送ってくる。彼もわたしと同じように、ハーディの魅力に気づいたようだ。ただし、わたしと違ってトッドの場合、その裏になんの葛藤《かっとう》もない。

「きみはどう思う？」見本帳からいくつか抜いたページをカウンターに並べ、ハーディが意見を聞いてきた。「だいたいこんな感じでいいかな？」

彼の隣に立つやいなや、背中にやさしく手を添えられたのがわかった。背筋から頭蓋骨《ずがいこつ》の付け根まで、一気に熱が駆けのぼってくる。「いいんじゃない？　ただ、牛革のソファーだけは、やっぱりやめておいたほうがいいと思うけど」

「あら、多少は変わったものが置いてあるほうがいいのに」トッドが横から口を挟む。「大丈夫、きっと合うから。ためしにやってみましょう」

「彼女がノーと言うなら、牛革はなしだ」ハーディが告げた。

トッドが眉をアーチ形に吊りあげてわたしを見る。「じゃあオレンジは、ヘイヴン？　オレンジのものは置いてもかまわない？　それとも、そういうのもあなたの好みには合わないかしら？」

わたしはカラー・パレットをじっくり眺め、チョコレートブラウンのベルベットの生地にふれた。「どうせなら、こっちのブラウンのほうがいいわ」

「その色はもう椅子に使うことにしたの」トッドが言いかえす。

「だったら、椅子をオレンジにして、ソファーをブラウンにすれば？」

トッドはしばらく考えて、なにやらメモをとりはじめた。

そのとき、携帯電話の着信音が鳴った。ハーディがわたしたちを交互に見て尋ねる。「すまない。ちょっと電話に出てもいいかな？　できるだけ早く終わらせるから」

「どうぞごゆっくり」トッドが言った。「わたしたちのことは気にしないで」

ハーディは携帯電話をかちゃっと開き、隣の部屋へと歩いていった。「ケイツだ」相手の話を黙って聞いてから、矢継ぎ早に指示を出す。「スライディングモードに入ったら、もっとゆっくり掘るように……角度はきっちり保ってな、わかったか？　あの機械なら対応できるはずだ。そんなに深いところまで掘りさげるわけじゃないんだから、中径のドリルで充分に……」

石油業界で使われる隠語ほど男根崇拝的な専門用語はほかにない。ドリル、穴、液体、ポンプといった単語のちりばめられた会話をものの三分も聞かされていたら、ベネディクト修道会の尼僧だって、いけないことを考えてしまうだろう。トッドとわたしは押し黙り、耳を澄まして会話に聞き入っていた。

「……そうそう、そこから長く水平に突き進むんだ……」トッドが耳打ちしてくる。

「彼となら、わたしも長く水平になってみたいわ」

わたしは笑いを押し殺した。「たしかに、彼ってキュートよね」

「キュート？　ていうか、ものすごくセクシーじゃない？　残念ながら、彼はとてもストレートで……あなたのものなのよね」

わたしは首を振った。「離婚したばかりだもの、早すぎるわよ。わたしは別につきあいたいとは思わないわ。だって、ひと皮むいてみたらひどい男かもしれないでしょ。そんな男はもうこりごりなの」

「あら、でも、彼にならふれられても平気そうじゃない」どうやらトッドは見るともなくわたしを観察していたらしい。

わたしは目を見開いた。「そんなことないってば」

「あるわよ。ちょっとしたしぐさだけど。だって彼、あなたの腕や背中にさりげなくふれたり、すぐ横に立ったりして、自分の存在をあなたに慣れさせようとしてるでしょ……求愛の儀式みたいに。ほら、《皇帝ペンギン》っていう映画で見なかった？」

「求愛の儀式でもなんでもないって。ただのテキサス流よ。このあたりの人って、なにかと言うと他人にべたべたふれたがるのが普通でしょ」

「いつかこいつをものにしてやろうと狙ってるなら、なおさらね」

「トッド、黙りなさい」わたしがにらむと、彼はくっくっと忍び笑いをした。

ハーディがキッチンへ戻ってくる気配を察し、わたしたちは慌てて見本帳に目を落とした。

それから数分みんなで話しあったあと、ハーディが腕時計を見て言った。「申し訳ないが、今日のところはこの辺で終わりにさせてもらっていいかな……予定より少し早いけど」

「もちろんですとも」トッドが答える。「必要なことはだいたいわかったから、これでとりあえず作業にとりかかれますし」

「ありがとう。恩に着る」ハーディはネクタイをゆるめて、襟もとのボタンを外した。「やれやれ、似合いもしないスーツからやっと解放されるよ。今から、ちょっと問題のある現場に入って、作業状態をチェックしなきゃならないんだ」ブリーフケースと鍵束をつかみ、わたしに向かって苦笑いする。「せめてもの救いは、現場は乾いた穴だってことだけど。でもなんとなく、濡れてしまいそうないやな予感がする」

わたしはあえて、トッドのほうを見なかった。「気をつけて。それと、わたしとトッドはもう少しここに残らせてもらってかまわない？」

「もちろんだとも」

「帰るときには、鍵はしっかり閉めておくから」

「頼むよ」横を通り過ぎるとき、ハーディはカウンターに置かれていたわたしの手をさっと撫でていった。そこからぬくもりがぱあっと広がって、さざ波のように腕を駆けのぼってくる。罪深い青の瞳がきらめき、わたしの視線をとらえて放さなかった。「それじゃ」彼は出ていき、ドアが閉まった。

わたしはカウンターに寄りかかって、まともに考えようとした。でも、頭のなかが空っぽになってしまったようで、なにも思い浮かばない。

優に三〇秒ほど経ってからトッドのほうを見ると、彼も少しとろんとした目をしていた。楽しくもみだらな夢から――覚めたくないのに――覚めてしまったばかりのように。「今どきまだあんな人がいるなんて、知らなかった」トッドが言う。

「あんな人って？」

「クールで、タフで、古くさいほど男らしい人。人前で泣くのは飼ってる犬が車にはねられたときくらいって感じの。わたしたちみたいな哀れなファザコンをも満足させてくれるくらい、胸板が厚くって頼りがいがあるわ」

「わたしはファザコンなんかじゃないわよ」

「あらそう？　あの人の膝に抱かれてみたいって想像したこと、ないの？」わたしがぱっと顔を赤らめると、トッドはにんまりした。「どうしてそんな気持ちにさせられちゃうかわかる、ヘイヴン？　テストステロンのせいよ。彼の体じゅうの毛穴からもれてくる匂いに吸い寄せられてしまうのよね」

わたしが両手で耳をふさぐと、トッドが爆笑する。わたしが手をおろすのを待って、彼はもっとまじめな口調で言った。「彼には気をつけたほうがいいわ、スイートハート」

「気をつけるって、なにを？」

「いかにもアメリカ人っぽい青い瞳のさわやかな外見の下に、ちょっとねじくれた心を隠し持ってる人みたいだから」

わたしは目を真ん丸に見開いた。「ねじくれるって、病的な意味で?」

「ううん、そうじゃなくて、とらえどころのない感じというか。ルールなんか無視して都合のいいように曲げたり、あえて見て見ぬふりをしたりする、ずる賢さがあるとでも言えばいいかしら」

「ええ、そう? 彼はジャックみたいに、真っ正直で嘘のつけない人だと思うけど」

「だからそれは、彼があなたにそう思ってほしがってるだけなのよ。だけどそんなの、一瞬たりとも信じちゃだめ。いかにも〝おいらは田舎もんで学のない労働者でござい〟ってな顔をして、人をだますのがうまいんだから。そうしておいて、いきなり相手の息の根をとめにくるのよ」

「あなたったら、ハーディのこと、とんでもない策略家のように思ってない?」わたしは疑うように訊いた。「彼はトレーラーパークの出身なのよ、トッド」

「ああいうふうに自分を卑下してみせる、計算しつくされた自己演出が得意な人って、ほかにはひとりしか知らないわ……あなたのお父さん」

ばかばかしいと言いたげに笑い飛ばしたものの、背筋を冷たいものが這いおりていくのがわかった。「つまりあなたは、彼は悪者だと言いたいわけ?」

「そうじゃないけど。見た目よりも奥は深そうだってこと。あの目を見ればわかるじゃない。

なにげないふうを装っているときでも、抜け目なく相手を観察して、度量を見極めようとしてるでしょ」

「ソファーの話をしてただけで、そんなことまでわかったの?」

トッドは微笑んだ。「自分の好みをしゃべってるときって、人はものすごく多くの情報をいつのまにかもらしてるものなのよ。それに、気がつくと彼はあなたのこと、しげしげと見ていたわ。今のところ、あなたが彼の興味を引いてるのは間違いないわね」

「じゃあ、彼にはもう会わないほうがいいってこと?」わたしはとげとげしい声で訊いた。

しばらく間を置いてから、トッドが答える。「わたしのアドバイスは、もしもあなたがそっちの方向へ進みたいなら目だけはちゃんと大きく開いておきなさい、ってこと。別に、誰に遊ばれたってかまわないのよ、ヘイヴン、あなた自身がきちんとそのことを自覚しているならね」

「遊ばれるなんて、わたしはいやよ」

「あら、そうかしら」トッドの唇に笑みが浮かんだ。「ああいう男となら……案外楽しいかもしれないわよ」

昼休みが終わって席に戻ったとたん、ヴァネッサのやわらかく澄んだ声がインターコムから聞こえてきた。

「ヘイヴン、ちょっとわたしの部屋へ来てくれるかしら?」

えっ、どうして？　間違ったことなんかなにもしていないはずなのに。呼びだしを食らうような失敗はしていないはずなのに。にもかかわらず、ヴァネッサの言葉のひとつひとつが、自動釘打機《ネイルガン》のごとくわたしの心に突き刺さった。

今回のロマンティックな長い週末は、ヴァネッサにとってあまりいいものではなかったらしい。休み明けに出勤してきたときの彼女はひどく不機嫌だった。普段どおりの冷静な仮面をかぶってはいたものの、彼女のオフィスでふたりきりになるやいなや、ヴァネッサはついうっかりペン立てを引っくりかえして、わたしに全部拾わせた。それからフォルダーを床に落とし、めちゃくちゃに散らばってしまった書類を集めさせたりもした。彼女がわざとやったのだと決めつけることはできない。誰だって、手もとが狂うことはある。でもわたしには、これは単なる偶然ではないとわかっていた。床に這いつくばるわたしを見て彼女の機嫌がよくなったのは、紛れもない事実だからだ。わたしがすべての書類をかき集めてきれいにファイルし終えたころには、彼女はほとんど陽気と言ってもいいくらい上機嫌になっていた。

わたしはごく短期間で、自分の人生に新たな敵が現れたことを学んだ。「彼女もニックと同じで、自分のことしか考えられず、尊大で偉そうに振る舞うの」この前セラピーを受けに行ったとき、わたしはスーザンにそう説明した。「ただし、彼女のほうがもっと狡猾《こうかつ》なのよ。姿の見えないナルシシストっていうか。ああ、世の中にはいったい何人そんな人がいるのかしら？」

「数えだしたらきりがないわよ」スーザンはもの悲しげに言った。「いろんな統計が出ているけれど、そういう傾向がとくに強い人、もしくは人格障害と呼べる域にまで達している人の数は、人口のおよそ三パーセントから五パーセント、っていう数字には、異論を唱えたいわね。自己愛性人格障害者の四分の三は男性だとする文献もどこかで読んだ覚えがあるけど、わたしの感覚では、男女比は五分五分じゃないかしら」

「そういう人たちを知らず知らず引きつけてしまうのをやめるのは、いったいどうすればいいの？」わたしが強く尋ねると、スーザンは微笑んだ。

「あなたが引きつけているわけじゃないわ、ヘイヴン。人は誰でも、そういうナルシシストにつきまとわれてしまう可能性があるのよ。ただし、あなたはほかの人に比べて、そういう人たちのあしらい方がうまいとは言えるかもしれないけれど」

たしかに……わたしはナルシシストの扱い方を心得ている。相手の言うことには決して逆らわない。相手がなにをやっても必ず大いに感心してみせ、機を逃さずにお世辞を言って褒めちぎる。基本的には、己のプライドも自尊心も投げ捨て、魂さえも消え失せるまで、できうる限りの譲歩をすること。

わたしがオフィスに入っていっても、ヴァネッサは顔をあげようともしなかった。「部屋にずかずか踏みこんでくる前に、ノックくらいはしてちょうだい」コンピューターの画面を見つめたまま、冷たく言い放つ。

「すみません」わたしは戸口に戻ってやりなおし、ドアをノックして、返事を待った。ヴァネッサはなにも言わず、キーボードを打ちつづけている。そのまま二分ほどたたずんでいると、ようやく彼女が手をとめて、こちらを見あげた。

「どうぞ、入って」

「ありがとうございます」わたしは丁寧に礼を言った。

「お座りなさい」

デスクの向かい側に置かれた椅子に腰かけ、ひとことも聞きもらすまいとヴァネッサの顔を見つめる。中身がこれほど腐っているのに外見はこんなにきれいだなんて、実に不公平だ。卵形の顔に、ぱっちりとした真ん丸の目、肩までのびた髪も非の打ちどころがないほど完璧にセットされている。

「給湯室をお掃除して、コーヒーマシンを洗浄してきてくれないかしら」ヴァネッサが言った。

「マシンなら昨日、洗浄しましたけど」

「悪いけど、もう一度やりなおして。コーヒーの味がちょっとおかしいから」そこで眉をくいっとあげる。「そんな雑用は自分の仕事じゃないと思っているなら、話は別だけれど。なにか不満があるなら言ってくれてかまわないのよ、ヘイヴン」

「いいえ、とんでもない」わたしは素早く微笑んでみせた。「すぐにとりかかります。ほかにはなにか？」

「ええ。お昼休みの件なんだけど」

こちらからはなにも言わず、無邪気な顔で彼女を見つめかえす。

「あなた、今度ここに越してくることになった入居者に会いに行っていたようね」

「知りあいのインテリア・デコレーターを紹介しに行ってたんです」わたしは言った。「その方から頼まれていたもので」

「わたしにはなんの報告もなかったけど？」

「ご報告しなければいけないとは知りませんでした」ゆっくりとつけ加える。「仕事というより、個人的な依頼でしたから」

「前もって説明しておくべきだったんでしょうけどね、ここにはわたしの定めたルールがあるのよ、ヘイヴン。わたしたちはこのビルの入居者と〝個人的なかかわり〟を持ってはならない、ってこと。トラブルにつながりかねないし、仕事にも影響が出るから」

「信じてください、わたしは……」予想もしていなかった展開だったので、思わず言葉につまった。「わたしとミスター・ケイツのあいだには、そういうことはいっさいなにもありません」

わたしがひどく狼狽しているのが伝わったのだろう、ヴァネッサは明らかに喜んでいた。表情がやわらぎ、姉が妹に語りかけるような口調で続ける。「それならよかったわ。あなたみたいに男女関係で失敗を重ねてきた過去を持ってる人って、とんでもない大騒ぎを引き起こしがちだから」

「わたし……」男女関係で失敗を重ねてきた過去？　重ねるもなにも、たったひとりとしかつきあったことはないのに。たったの一度、結婚に失敗しただけだ。あなただって離婚してるくせにと言いかえしてやりたかったけれど、ヴァネッサは話してわかる人ではない。わたしは顔を真っ赤にしながらも、どうにかこらえて口を閉ざした。

「それじゃ」ヴァネッサが穏やかな笑顔で言う。「ミスター・ケイツとはこれ以上プライベートで会ったりしないように。わかったわね？」

わたしは彼女の澄んだ瞳となめらかで落ち着いた顔を見つめた。「わかりました」消え入りそうな声で答える。「ほかには？」

「そうそう……会議室のそばの自動販売機が故障しているみたいなの。サービスセンターの電話番号が機械のどこかに書かれているはずだから、確認して、修理の人を呼んでくれないかしら？」

「すぐに連絡を入れておきます」口もとに無理やり笑みを浮かべて立ちあがる。「失礼してよろしいでしょうか？」

「いいわ」

彼女のオフィスから出ると、その足でコーヒーマシンを洗浄しに行った。ヴァネッサ・フリントの口に合わないものでも、わたしならなんの問題もなく飲めるのに、と苦々しく思いながら。

9

入居者とは個人的なかかわりを持たないように、というヴァネッサの忠告など必要なかった。わたしはすでに、ハーディに関するトッドの意見を深く胸に刻んでいたからだ。これ以上、彼のそばには近寄らないつもりだった。わたしにとってのリバウンド・ガイは――そういう人が現れると仮定しての話だけれど――わたしを好き勝手に操ろうとする人や、ねじくれた心の持ち主であっては困る。わたしでも手に負えて、畏縮《いしゅく》させられずにすむ男性でないと。ハーディはわたしより七、八歳年上なだけだが、あらゆる面で豊富すぎるほどの人生経験を積んでいる。セックスに関しても、およそ試したことのない体位はないくらいの達人に違いない。

だが、いよいよハーディがこのビルに越してきた日の翌日、わたしのデスクには真っ赤なリボンときれいな包装紙に包まれた箱が置いてあった。誕生日でもなければ、クリスマスやバレンタイン・デーでもないのに、いったいどういうことだろう？

気がつくと、キミーがわたしのブースの入口に立っていた。「それね、ついさっき男の人が届けに来たの。あんなかっこいい人、初めて見たわ。青い目をした、ブロンズ色の肌の、筋肉質な体つきの人」

「たぶん、新しい入居者よ」なかに爆弾でも入っているかのように、わたしはおそるおそる包みに手をのばした。「ミスター・ケイツっていう人」

「ああいう入居者ばっかり来てくれるなら、永遠にここで働いたっていいわ」とキミーが言う。「お給料なしでも」

「わたしがあなたなら、あんな人には近づかないけど」わたしは席に座った。「女性に対する敬意がないもの」

「まあ、望むだけならただだから」

ふと不安になって、キミーを見る。「ねえ、彼がこれを持ってきたとき、ヴァネッサに見られてた？　彼女もあの人に会ったの？」

キミーはにんまりした。「会ったなんてものじゃなくて、キスを奪いかねない勢いだったわ。サマンサもわたしもだけどね。彼女、この包みの中身はなんなのか知りたがっていたけど、彼は絶対に口を割ろうとしなかったのよ」

なんてすてき、とわたしはため息を押し殺しながら思った。今日は少なくともあと一〇回は、コーヒーマシンの洗浄をさせられるに違いない。それくらい、天才でなくともわかる。

「ねえ……それ、開けてみないの？」キミーが訊く。

「あとでね」わたしは答えた。いったいこの箱にはなにが入っているのだろう？——それを確かめるのは、ひとりになってからだ。

「ヘイヴン……うまいことヴァネッサの目を盗んで、その箱をそのままオフィスから持ちだせるなんて考えてるなら、大間違いよ」キミーは特別ボスのことを嫌っているそぶりは見せないものの、このオフィス内で起こったことはいかに小さな出来事であってもヴァネッサの目を逃れられない、という共通認識は持っているようだった。

わたしは包みを床に置いた。けっこう重くて、なにか金属製のものがなかでぶつかる音がする。家電製品かなにか？　それともまさか、妙ちきりんな大人のおもちゃのたぐいってことはないでしょうね。「わたしの私生活まで彼女にのぞき見されるいわれはないわ」

「さあ、それはどうかしら」キミーがおもしろがるようにわたしを見かえす。「ヴァネッサがランチから戻ってきたときが見ものね。あなたのプライバシーなんて、真夏の氷が溶けるくらいの速さで、すぐに暴かれちゃうに決まってるわよ」

案の定、ヴァネッサはオフィスに戻るやいなや、まっすぐわたしのブースに現れた。真っ白なスーツにアイスピンクのブラウスが、両手のネイルやつややかな唇の色とよく合っている。彼女がデスクの縁に腰をかけて見おろしてくると、わたしは緊張した。

「あなたがいないあいだにお客さまが見えたの」ヴァネッサがにこやかな顔で言う。「どうやらあなた、ミスター・ケイツとずいぶん親しくなったようね」

「入居者のみなさんとは、できるだけ親しく接するように心がけているんですが」

彼女はせせら笑った。「あら、ほかの入居者ともこんなふうにプレゼントを交換しあったりしてるのかしら、ヘイヴン？」

わたしはまばたきひとつせずに彼女を見かえした。「ミスター・ケイツとわたしは、プレゼント交換などしていません」

「じゃあ、それはなんなの？」ヴァネッサがデスクの脇に置かれた箱を指さす。

「たぶん、お礼の品ではないかと。インテリア・デコレーターを紹介したので」

「たぶん？」彼女は鈴の鳴るような声を立てて笑った。「あら、わからないのなら、開けてみればいいじゃない」

声に必死さが出てしまわないよう、懸命に抑えた。「いえ、今は忙しいので。こんなにたくさん仕事がたまって――」

「プレゼントを開ける暇くらい、いつでもあるわよ」ヴァネッサが明るい声で促す。「いいから、ヘイヴン。開けてごらんなさいよ」

心のなかで彼女を呪《のろ》い、わたし自身と、わたしをこんな立場に追いこんだハーディ・ケイツのことも呪った。それからしぶしぶ手をのばし、箱を持ちあげて膝に置いた。紙をびりっと破く音がした瞬間、オフィスにいたみんながブースへ飛んでくる。キミーに、ロブ、そしてフィルまで。わたしは観衆に囲まれてしまった。

「ほらね」キミーがにやにやしながら言う。「やっぱりそれ、開けるはめになったでしょ」

わたしは包み紙を破いてはぎとり、丸めてくずかごに放り捨てた。プレゼントは、それがなんであれ、一見なんの変哲もない白い箱におさまっている。万が一、中身が恥ずかしいものだったら、一時間以内にハーディ・ケイツを殺してやるわ、とわたしはひそかに誓った。

息をとめて静かにふたを開けてみると、頑丈そうなピンク色の成形プラスチックの箱が出てきた。

その把手《とって》部分に小さなメッセージカードが添えられていた。

〝これが役に立ってくれるといいんだが――H〟

「バス用品かなにか？」キミーが訊いてくる。「化粧品？　それともジュエリー？・」

「こんな大きな箱にジュエリーが入ってるわけないでしょ」わたしは銀色の留め金を外した。

「だって、ここはテキサスだもの」キミーが妙な正当化をする。

「ほら、早く」ヴァネッサに催促されて、わたしはためらいながらもふたを開けた。

そのとたん、どうにもこらえきれず満面に笑みが広がってしまった。すべてにピンクのハンドルがついた特製の工具セットが出てきたからだ。ハンマー、巻き尺、スクリュードライバー、それに大小そろったレンチ一式。

「工具セット？」キミーが驚きの声をあげた。「まあ、変わったプレゼントね」

ヴァネッサでさえ、少しがっかりした様子だった。もっとスキャンダラスなものか、名誉にかかわるようなもの、あるいは、せめてもっと高価なものを期待していたのだろう。こんな工具セットでは、熱い情事の証拠にはならない。

幸か不幸か、わたしにとってこれは、トランクいっぱいのダイヤモンドよりもはるかに効果的なプレゼントだった。ハーディ・ケイツはわたしのことを理解してくれているという、なによりの証だからだ。これほど誰かに心を動かされたことはなかった。ニックに夢中だったときでさえ。その事実が、うれしいと同時に怖くもあった。

「すてき」あたりさわりなくそう言って、熱くほてった頬を隠すようにうつむく。工具セットのふたを閉め、デスクの横の床に置いた。

みんなが自分のデスクに散っていっても、ヴァネッサはまだ残っていた。頭の後ろに彼女の視線を感じる。わたしはそれを無視して、ノートパソコンの画面をぼんやり見つめた。

「あなたって本当に男のあしらい方が下手なのね」ほかの誰にも聞こえない声でヴァネッサが語りかけてきた。「わたしなら、もっといいものをプレゼントしてもらうのに」

やはりハーディにはひとことお礼を言っておくべきだろう。それがまともな大人のすることだ。自分にそう言い聞かせて、夕食後、彼の部屋まであがっていった。彼がまだ帰宅していないことを期待して。ワインのボトルを一本、玄関先にそっと置いて、直接顔を合わせることなく帰ってくるつもりだった。

でも、一八階でエレベーターを降りたとき、ハーディがドアの暗証番号を押しているのが見えてしまった。ジムでひと汗流してきたところらしく――六階のフィットネス・センターに行ってきたのだろう――濡れたTシャツとスウェットパンツが体にぴったりと張りついていた。その肉体は鍛えあげられているけれど、決してレスラーのような体形ではなく……とてもしなやかで強そうだ。こんもりと盛りあがった背筋や、Tシャツの袖からのびている腕の力こぶが、はっきりと見てとれた。後ろ髪はぐっしょり濡れている。全身の肌も汗でつややかに光っていた。

大きくて男らしい体から湯気が立っているのを目にするだけで、ここからでもさわやかな汗のにおいが嗅ぎとれるようだ。この場から逃げだしたい気持ちと、まっすぐ近づいていきたい気持ちが、わたしのなかで綱引きをしていた。彼を味わってみたい。あの体のどこにでもいいから、口をそっとつけてみたい。そう思う一方で、くるりときびすを返して一目散に走りだしたい衝動にも駆られる。

わたしはなんとか笑顔をつくり、ワインのボトルを胸の前でしっかり抱きしめた。ハーディが肩越しに振りかえってこちらを見る。

「やあ」彼はやわらかい声で言って、わたしの目を見つめた。

「こんばんは」廊下が逆向きのベルトコンベアになってしまったかのように、彼のもとへたどり着くまでに延々と時間がかかった気がした。ようやく彼の前まで行って、ワインのボトルをぎこちなく差しだす。「これはほんのお礼の気持ち。プレゼント、ありがとう。とても気に入ったわ」

ハーディがドアを開ける。「どうぞ、入ってくれ」

「いいえ、遠慮しておくわ、これを渡しに来ただけだから――」ボトルを受けとろうとした彼と指がふれあった瞬間、わたしはびくっと手を引っこめた。

彼は愉快そうな顔をして、挑むように目をきらめかせる。「トッドがこの部屋をどんなふうにしてくれたか、見たくないか？」

「えっ……でも……そうね、じゃあちょっとだけお邪魔しようかしら」わたしはハーディのあとについてコンドミニアムに足を踏み入れた。彼が明かりをつけてくれたとたん、室内のあまりの変わりように、思わずあっと息をのむ。そこは、素朴ななかにもどこか都会的な香りが漂う男の隠れ家へと生まれ変わっていた。アースカラーの木材やファブリックが、大きすぎるくらい大きな窓をほどよく彩っている。家具は必要最小限しかなく、いかにも座り心地のよさそうな大型のものばかりが置かれていた。ゆったりとしたソファーに、おそろいのアームチェア、キャラメル色の革で覆われた低いオットマン。そして壁には、牛の群れを追うカウボーイを描いた三枚続きの絵が、額に入れられて飾られていた。完璧だ。

「トッドにいくら払ったのか知らないけれど、これなら充分に価値があったわね」

「彼もそう言ってたよ」ハーディはワインのボトルをありがたそうに眺めていた。「ナパか。マウンテン・ワインだね。好きな銘柄なんだ、とくにカベルネが」

「そう言えば、あのあとワインのテイスティングに行ってみたりしたの？」ワインセラーで彼につかまってテーブルの上でキスされたときのことを思いだし、わたしは顔を赤らめた。

「何度かね」彼はボトルをカウンターに置いた。「おかげで、ちょっとずついろんな知識を聞きかじったよ。含み香を味わうところまではいかなかったけど」

「微妙で繊細な香りなのよ。しばらく口のなかに含んでおいて、体温と同じくらいまであたためてから味わうと……」ハーディがそばへ寄ってくると、自分がなにをしゃべっていたのかすっかり忘れてしまった。喉もとの日焼けした肌やその下のくぼみに、視線が吸い寄せられていく。「わたし……そろそろ帰らなきゃね。早くシャワーを浴びたいでしょ？」裸の彼が熱いシャワーを浴びてたたずんでいる姿を想像して、わたしはいっそうどぎまぎした。エネルギーが内からあふれでてくるような、硬く引きしまった肉体……。

「ほかの部屋をまだ見てないじゃないか」ハーディが言った。

「見なくてもわかるから」

「せめてベッドルームだけでも見ていってくれよ」

彼の目のなかで光がきらきらと躍っている。わたしをからかっているに違いない。「いいえ、やめておくわ」

ハーディがわたしの前に立ちふさがった。たくましい体にホルモンをみなぎらせて、片手を壁に突く。「なあ、誰かに言われたことないか？」くだけた感じで尋ねてくる。「きみの目の色は、ドクターペッパーの色そのものだって」

急にそんなことを言われて、わたしはぷっと噴きだした。「そんなせりふで女性が口説けるとでも？」

その冗談は気に入ってもらえたらしい。「相手さえ間違わなければ、こういうのもけっこういけるんだよ」

「わたしなんかじゃ、あなたのお相手は務まらないわ」

「きみとトッドは……昔からの友達なのか？」

わたしはうなずいた。「中学校のときからね」

黒い眉と眉のあいだにかすかなしわが寄る。「きみたちふたりはつきあってたことがあるのかい？」

「デートをする仲だったかってこと？　いいえ」

その答えで胸にわだかまっていた疑問が晴れたのか、彼の表情が元に戻った。「てことは、彼はゲイなんだな」

「ううん、それも違うわね。トッドは性別なんか気にしないタイプなのよ。だから、男性とも女性ともつきあってたことがあるわ。彼いわく、外見はただの器であって、その人の本質とは関係ないんですって。かなり進んだものの見方よね、考えてみるに」

「おれはあんまり進んでないってことだ」ハーディがきっぱりと言った。「中身より器のほうに興味があるからな。女らしい胸も含めて」その視線が一瞬、わたしの胸もとに落ちる。そのボリュームのなさを考えると、なんだか申し訳なくなった。彼はふたたび視線をあげ、わたしの目をのぞきこんだ。「ヘイヴン、明日の夜は暇じゃないかな……改修中だったシアターがリオープンするから――」

「ハリスバーグ？」全国的にも有名なその劇場は、一年ほど前の洪水で地下部分が冠水して破壊されたため、ずっと改修工事が行われていた。それがこのほどやっと再開するというので、地元テキサスの政界、財界のお歴々のみならず、国じゅうからセレブたちが集まることになっている。「わたしはそれ、トッドと一緒に行く予定なんだけど」

「うちのパートナーのひとりが会社名義でかなりの寄付をしたんで、おれもいちおう招待されたんだよ」

おそらくハーディはわたしを誘うつもりだったのだろう。デートみたいに。考えるだけで体がほてり、呼吸が乱れそうになる。わたしはまだ誰ともデートなどする心の準備ができてはいない。相手が彼なら、なおさら。「じゃあ、向こうで会えるかもしれないわね」できるだけ軽い口調を装って言った。「もしも会えなくても……楽しんできて」

「きみもな」

「そうするわ。それじゃ、おやすみなさい」わたしはくるりと後ろを向き、ドアノブをつかみかけた。そこへ彼の手がすっとのびてきて、先にノブをつかんでしまう。

「開けてやるよ」

わたしは一刻も早く逃げだしたくてたまらず、内心ひどくそわそわしていた。なのにハーディはなかなかドアを開けてくれない。

「ヘイヴン」声をかけられて振り向くと、ふたりの体はもう少しでふれあいそうなくらい間近にあった。空気がぴんと張りつめていて、彼の体の硬さや重みが、肌に直接感じられるかのようだ。この人とのセックスはどんな感じなんだろう、と思いをめぐらせずにはいられなかった。

そのとき、この人も女性を殴ったりするのかしら、とふと思った。激しく攻め立ててくるのだろうか、それともやさしくしてくれるのか。

なぜだか、そんな気はしなかった。この力強い手が彼自身より弱い者を殴りつけ、毛細血管を破裂させて青あざをつくるなんて、想像できない。でも、ときには想像だにしなかったことが起こるものだと、ニックが教えてくれた。

もしもわたしがふたたび男性とつきあう気になれるとしても、相手は過剰に男らしいタイプではないはずだ。でももしかすると、この人とは結局なにも起こらないと心の奥底でわかっているからこそ、かえって惹かれてしまうのかもしれない。

わたしはハーディの瞳を見あげ、その青さにうっとりした。いけないことだとわかっていながら、大きくてたくましいこの体に寄り添ってみたい、この人とひとつに溶けあってみたい、と願ってしまう。ふたりの吐息がまじりあい、信頼を寄せあうことができたなら……。

「もう少しいてくれよ」ハーディがやわらかい声で言う。「一緒にワインを飲もう」

「でも、あなた……シャワーを浴びないと」

口もとにゆったりと笑みが浮かんだ。「なんなら、シャワーも一緒に浴びてもいいぞ」

「まさか」叱《しか》りつけるように言いながらも、わたしの頭は泡まみれになった男性の肌のイメージでいっぱいになった。「とんでもない」

ハーディはやっとドアを開けて、わたしを外へ通してくれた。「きっと楽しかったのに」廊下を遠ざかるわたしの背中に向かって、なおも大声で言う。

自然と笑みがこぼれてしまい、後ろを振りかえることができなかった。

そのあとはひと晩じゅう胸がざわめいて、よく眠れなかった。ちょっと寝ては夢の途中で起きるをくりかえし、朝を迎えるころには体がうずき、気持ちがもんもんとして仕方がなかった。ハーディ・ケイツと会ったあとはいつもこんなふうになってしまう。まるで、愛撫《あいぶ》だけされて放りだされたときのように。

〝星明かりの経験《スターライト・エクスペリエンス》〟と銘打たれたその晩のコンサートは、さまざまな歌手やミュージシャンが入れ替わり立ち替わり現れては、ガーシュウィン兄弟の名曲を演奏した。少なくとも五〇〇名の観客がつめかけ、心地よいジャズの調べに酔いしれた。自然と曲に引きこまれて一体感の生まれるガーシュウィンは、まさに今宵《こよい》にふさわしい選択だった。

ハリスバーグにはステージがふたつあり、上のほうは四階建ての伝統的な額縁舞台《プロセニアム》スタイルの劇場になっていた。こちらでは大がかりな芝居などが打たれるようだ。でもわたしは、下のステージのほうがおもしろいと思った。ステージが細かく区切られていて、ひとつひとつの床下に独立した気圧式のピストンが設置されており、必要に応じてフロアの形を変えられるのだ。壁も同じように区切られていて、どんな形の舞台デザインにも対応できるようになっている。

これまでわたしはロマンティックな意味でトッドに惹かれたことはなかったけれど、タキシード姿の彼には見とれてしまった。ほかの人々のまなざしから察するに、みんなも同じように目を引かれているようだ。猫のようにしなやかな細身のその体に、ゆったりとして優雅なタキシードがよく映えていた。

トッドはわたしをショッピングに連れだして、今夜のドレスを選んでくれた。やわらかいひだのあるネックラインにベルベットのストラップがついた、ベルトのないシンプルな形の黒のロングドレスだ。胸もとは慎み深く覆われている代わりに、背中が大胆に開いているので、その下にはなにもつけられない。

「胸があんまり大きくないことの利点よね」トッドが言った。「ブラをつけなくても、だらしなく見えないもの」

「胸なんかどうでもいいのよ。それより気になるのは、なんだかやけにすかすかして、いつもは日のあたらないところに日があたるってこと」

けれどもトッドはわたしの後ろ姿を見て、お尻の割れ目までは見えないから大丈夫、と太鼓判を押した。誰かが真上からのぞきでもしない限り、絶対に見えたりしないから、と。

予想していたとおり、パーティー会場にはわたしの家族のほとんどが来ていた。父、リバティ、そして三人の兄たち。赤いシルクのドレスをまとったリバティは息をのむほど美しく、めりはりのある体の上で、つややかに流れるような生地が揺れていた。

「あなたの奥さんから目が離せないわ」トッドがゲイジに向かって言う。「まるで炎を見ているみたい」

ゲイジは照れ笑いを浮かべて、リバティの肩に腕をまわした。バンドが〈エンブレイサブル・ユー〉の曲を奏ではじめるやいなや、リバティが期待のこもったまなざしで夫を見あげる。「踊りたいのかい?」ゲイジの問いに彼女がこくりとうなずくと、彼は妻の手をとって低い声でささやいた。「じゃあ、行こうか」ふたりは指を絡めあって、ダンスフロアへと出ていった。

「すっかりお尻に敷かれてるみたいね」トッドはゲイジの背中に向かってそう声をかけてから、ジャックとわたしの横に座った。テーブルの反対側には、父にひとこと表敬の挨拶をしようとする人々の、うんざりするほど長い長い列ができている。

「彼女が嫁さんに来てくれてよかったよな」兄と踊るリバティを眺めながら、ジャックが言った。「結婚してから、兄貴はずいぶん丸くなった。ゲイジがあんなに誰かに夢中になるなんて、思ってもいなかったよ」

わたしはジャックに微笑みかけた。「ジャックだってきっとそうなるわよ。いつか自分にふさわしい人と出会ったら、脳天を角材で殴られたみたいな衝撃が走るんじゃない？」

「土曜の夜は、毎週そんな感じだぜ」ジャックが言う。

「あなたのお相手って、かなり遊び慣れてる感じね」ジャックの〝本日のデート相手〟が化粧室から出てくるのを見て、トッドが言った。「名前はなんだっけ？　ハイディ？」

ジャックがみるみる青ざめる。「おいおい、やめてくれ。頼むから呼び間違えたりしないでくれよ。あの子はローラだ。先週、彼女とハイディが、人前で大げんかしてさ」

「なんで？」わたしが尋ねると、兄はたちまち後ろめたそうな顔つきになった。「やっぱりいいわ。知りたくない」

「知らないほうがいいことは、ほかにもまだありそうよ」トッドがこっそり耳打ちしてきた。

わたしがとまどいの表情を見せると、テーブルの向こうで人々の挨拶を受けつづけている父のほうへ、さりげなく会釈してみせる。たった今、父と握手をしているのはハーディ・ケイツだとわかった瞬間、心臓をわしづかみにされた気分になった。ハーディはいかにも上流階級っぽく気どった感じでタキシードを着こなす代わりに、手近にあった礼服を適当につかんで着てきましたという印象で、本当は仲間とわいわいビールでも飲むほうが好きなんだがと言いたげな雰囲気をぷんぷん漂わせていた。普段よりも華やかな服装に身を包んでしゃちほこばっている彼は、かえってこれまで以上に野性的に見える。

父はそんな彼を、目をすがめて観察していた。いつものごとく豪胆に。そしていつものごとく、父が口を開くと誰もがあっと息をのんだ。「まさかきみは、トラヴィス家をめちゃくちゃにしてやろうとたくらんでいるのではあるまいな?」その口調は穏やかだった。「われわれを罠《わな》にはめようとしているのでは?」

ハーディが真っ向から父の視線を受けとめる。若き無頼漢が老いた無頼漢を見定めるように、ある種の敬意をもって。「いいえ、とんでもない」

「ではなぜ、わざわざわたしのビルに入居してきたんだね?」

ハーディの口もとにうっすらと笑みが浮かぶ。「最上階から街を見おろしてみたいと思うのは、トラヴィス家の方々ばかりではないということです」

父はその答えが気に入ったはずだ。顔を見なくてもわかる。きっと大いに気に入ったことだろう。だが一方で父は、昔の恨みを簡単に水に流す男でもなかった。「なるほどな。こうしていちおう礼儀は通したのだから、あとは好きにしたまえ」

「ありがとうございます。でも実を言うと、トラヴィス家のなかで今夜お目にかかりたかったのは、あなたではないんですよ」

そう言って、ハーディはわたしを見た。

家族の目の前で、わたしはいきなり矢面に立たされた。助けを求め、すがるようにトッドを見る。けれども彼は、このショウをとことん楽しもうと心に決めているようだった。

トラヴィス一族の視線を一身に浴びつつ、わたしはハーディを見つめかえした。そして、できるだけ普段どおりの口調を心がけてしゃべった。「こんばんは、ミスター・ケイツ。今夜は楽しんでいらっしゃる?」

「それはきみ次第だな」

トラブルの予感がいやというほど匂う言いまわしだ。

「やあ、ケイツ」ジャックがハーディの肩をぽんと叩きながら言った。「バーで一緒にビールでもどうだい?」

ハーディは身じろぎもしなかった。「いや、けっこうだ」

「おごるからさ。行こうぜ」

ただでさえ厄介なのに、よりにもよってそのときゲイジとリバティがテーブルへ戻ってきた。こと妻にかかわることとなると必要以上に防衛本能が働いてしまうゲイジは、いつかおまえを殺してやるという目でハーディを見据えていた。

リバティがゲイジの手をつかんで、ぎゅっと握りしめる。そして、リラックスした笑顔でハーディに語りかけた。「久しぶりね、ハーディ。元気にしてる?」

「ああ、とても。きみは?」

「ものすごく。わたしたち、子供が生まれたのよ。マシューっていう男の子」

「聞いてるよ。おめでとう」

ゲイジは、見ているこっちの腕の産毛が逆立つほどの鋭い視線をハーディに投げかけた。

「いったいなにが望みなんだ?」と静かに問いただす。

ハーディはわたしのほうを見て、おもむろに答えた。「妹さんと踊らせてほしいだけさ」

わたしに返事をする隙も与えず、ゲイジが言った。「断る」

と同時に、ジャックも口を出してきた。「それはどうかな」

父はテーブルの向こうからまじまじとわたしを見つめ、眉を吊りあげる。

ちょうどそのとき、後ろのほうの椅子に座っていたジョーがやってきて、わたしの肩にぽんと手を置いた。「どうかしたのか?」誰にともなく尋ねる。

もう我慢できない。家族の男性陣がわたしの意見などおかまいなしに、一致団結してわたしを守ろうとするのには、ほとほとうんざりだ。わたしはジョーの手を振り払った。「なんでもないわ。ミスター・ケイツがダンスに誘ってくれただけよ。わたし、ちょっと踊ってくるから――」

「冗談じゃない」ジョーがわたしの肩をつかんで言った。

わたしはいらいらして、肘で彼を小突いた。「あなたの意見なんか訊いてないでしょ」

「いや、聞いてもらうぞ」ジョーが脅すように言って、わたしをにらみつける。「話をしよう、ヘイヴン」

「あとでね」恥ずかしくてたまらなかった。人前で騒ぎを起こすなんて。まわりの人々がみんなこちらを見ている。

「今じゃなきゃだめだ」ジョーは強く言い張った。

信じられないと言いたげに、わたしは彼を見かえした。「ちょっと、やめてよ。テキサスの男がいくら家族思いだと言ったって、これは度が過ぎてるわ」

ハーディの表情がだんだん曇っていく。「きみがダンスを踊ってもいいかどうか家族会議の結論が出るまで、おれはあっちのバーで待ってるから」

彼が遠ざかっていくのも気にせず、わたしは相変わらずジョーをにらみつけていた。三人の兄たちのなかでは、ジョーはいちばん余計な口を挟まないタイプだったはずなのに。

あくまでも、ほかのふたりに比べれば、だけど。それでも。

「ちょっと失礼するよ」ジョーはトラヴィス家のほかの面々に断って、わたしをテーブルから離れた場所へと連れていった。

「どういうことなの?」人波を縫って引きずられていきながら、わたしは怒ったように問いつめた。「わたしがハーディ・ケイツと踊ることのなにが、そんなにいけないわけ?」

「あいつはトラブルの元だ」ジョーが冷静に答える。「誰もがみんな知っている。ここにはこれだけ大勢の男性客がそろってるってのに、なんでわざわざあんなやつを選ばなきゃいけないんだ？　家族の反感を買ってまで」

「言っておきますけどね、ジョー、わたしにだって自分のしたいことを決める権利はあるのよ。家族の反感を買うかどうかなんて、いちいち考えずに」

「たしかにそうだ」兄はすぐに譲歩した。「けどぼくだって、おまえがまた落とし穴に落っこちるのを、指をくわえて見てるわけにはいかない。穴に落ちないよう、阻止してやるチャンスがあるのなら」

「ハーディ・ケイツとなにをしようがしまいが、それはわたしの問題でしょ」わたしは言った。「その結果も、わたし自身が受けとめるわよ」

「いいだろう。だまされて利用されるだけかもしれないってこと、おまえ自身がちゃんとわきまえているならな」

鋭い視線でジョーの目を貫く。「どうしてそんなことを言うの？」

「二年前、おまえが結婚してすぐのころ、ぼくは『テキサス・マンスリー』に呼ばれて、ケイツの特集記事の仕事をした。彼じきじきの指名でね。その日はほとんど一日じゅう一緒にいて、いろんな話をしたけど、ふと気づくといつも話題は、トラヴィス家のとある人物のことに集中していた……彼はさまざまな質問を投げかけてきては、ぼくから情報を引きだそうとしていた、その人物のプライベートなことについて……」

「リバティのことでしょ」わたしはつぶやいた。

「いや、それが違うんだよ。おまえのことだ」

「ええっ？」声をひそめて訊きかえす。

「おまえたち、ゲイジの結婚式の夜に会ってたんだって？」

心臓がとまりそうになった。「どこでどんなふうにして出会ったかも聞いた？」

「いや、だけど、なんとなくおまえに気があるような口ぶりではあったな。だから、おまえはもう結婚してるから今さら手出しはできないって、はっきり言ってやったんだが。それでもやつはいっこうに気にせず、おまえのことを詳しく知りたがった。そのときも、いやな予感はしたんだ」ジョーはそこで立ちどまり、わたしと同じダークブラウンの目でじっと見つめてきた。「おまえが離婚して、ひとり暮らしをしてるとわかった以上、あいつはまたおまえを狙ってくるはずだ」

「別に狙われてなんか。ダンスに誘われただけなのに」

「いいや、彼はおまえを狙ってる」ジョーがきっぱりとくりかえす。「ここにいるたくさんの女性のなかから、あいつはおまえを選んだ。それはどうしてだと思う、ヘイヴン？」

冷たいものが体を駆けおりていった。嘘でしょう？　もしかしたらわたしはまた、アストロドームの女性になってしまったのだろうか。わたしがハーディに惹かれるのも、ある種の自己破壊のマゾヒズムのせいなのだろうか。

「やつは絶対なにかたくらんでる」ジョーが言った。「自分の名をあげるために、なんらかの形でトラヴィス家に打撃を与え、ぼくらからなにかを奪おうとしてるんだよ。そのためにおまえを利用することくらい、なんとも思わないはずだ。だって、やつはとっくに見抜いてるだろうからな、家族の誰もが認めない男ほどおまえの心をときめかせるものはないって」

「それは違うわ」わたしは反論した。

「違わないと思うね」ジョーはいらだたしげに片手で髪をかきあげた。「なあ、いいじゃないか、ヘイヴン、ほかの男を見つければ。出会いのチャンスがないんなら、ぼくの知りあいをいくらでも――」

「いいってば」ぶっきらぼうに言う。「誰とも出会いたくなんかないから」

「それじゃ、そろそろテーブルに戻るとしようか」

わたしは首を振った。お仕置きを受けた子供のように神妙な顔つきで家族の待つテーブルに戻るなんて、耐えられない。

「だったら踊るか?」ジョーが訊く。

その言葉で少し気持ちがほぐれ、苦笑いした。「実の兄と? やめてよ、まだそこまで落ちぶれてないわ。だいいちジョーは、ダンスなんか大嫌いなくせに」

「まあな」兄はほっとしたようだった。

「わたし、ちょっとお化粧を直してくるから、先に行ってて」わたしは言った。「すぐにテーブルに戻るから」

ジョーが行ってしまうと、わたしは憂鬱な気分で会場を見渡した。やっぱり、シアターのリオープニング・パーティーになんか来るべきではなかった。家でじっとしていればよかった。落ち着いていろいろと考えてみなければ。自分の良識や、家族の断固とした反対意見も踏まえて。すべてが、これは間違いだと指し示しているのに、それでもハーディ・ケイツに惹かれてしまうのはなぜなのか。

そう思ったにもかかわらず、いつのまにかわたしの足はバーのほうへ向かっていた。すらりと背の高いハーディを見つけるのは簡単だった。カウンターに半分寄りかかるようにして、手のなかでロックグラスを転がしている。誰かと話しているようだったが、その広い肩が邪魔して見えなかった。わたしはためらいながら彼に近づいていき、話し相手の顔を見ようと、少しだけ頭を傾けた。

相手は女性だった。当然だろう。彼ほどの魅力を備えた男を見かけたら、女が放っておくはずもない。スリムで胸の豊かなその女性は、きらきらと輝くゴールドのドレスに身を包んでいた。そのコスチュームとブロンドの髪のせいで、どこかの賞で与えられる小さな銅像のように見える。

その女性の顔が目に飛びこんできたとたん、思わず凍りついた。

「あ、あら、ヴァネッサ」わたしは弱々しい声でそう言った。

10

ヴァネッサ・フリントはいつもの見慣れた表情でわたしを見かえした。邪魔しないでちょうだい、という表情だ。だがその声は、あたたかく親しげなものだった。「まあ、ヘイヴン、こんなところで会えるなんて！　どう、楽しんでる？」

「ええ、言葉では言い表せないくらい」わたしは言った。やっぱり今夜はついていない。ハーディがつかまっていたのは、よりにもよって地獄から来たわたしのボスだなんて。ふたりは結局うまくいかないとわたしに知らしめるための、運命の差し金なのだろうか。

ハーディがグラスをカウンターに置いた。「ヘイヴン――」

「ハイ、ミスター・ケイツ」わたしはそっけなく返した。「おふたりで楽しんでらして。わたしはそろそろおいとましますから」

ヴァネッサにもハーディにも二の句を継がせず、くるりと背を向けて人込みのなかへ紛れこんだ。怒りのあまり青ざめ、吐き気すら覚えつつ、家族のみんなが言っていたことは正しかったと心のなかで認める。ハーディはやはりトラブルの元だ、避けるに限る。

会場の真ん中あたりまで来たところで彼に追いつかれ、腕をつかまれた。わたしは身をこわばらせて振りかえった。彼の顔は花崗岩《かこうがん》のように硬かった。

「ヴァネッサのところへ戻って」わたしは言った。「わたしがあなたを横どりしたなんて思われたら、来週いっぱいオフィスのトイレ掃除をさせられるわ」

「彼女と飲んでたわけじゃない、おれひとりで一杯やってただけだ。それともなにか、きみが心を決めかねているあいだ、おれは隅でこっそり待ってなきゃいけなかったのか？」

「隅でこっそりなんて言ってないでしょ」わたしは彼をにらみかえした。「だけど、せめてあと五分くらいは待ってくれてもよかったんじゃない？　代わりの女を見つける前に」

「彼女は代わりじゃない。おれはきみを待ってたんだ。それを言うなら、そっちこそおれと踊るかどうか決めるのに、五分よりはるかに長い時間がかかったじゃないか。そうまでしてばかにされるいわれはないね、きみにも、きみの家族にも」

「過去に自分がなにをしてきたかを考えたら、当然でしょ。いったいなにを期待してたの？　花束やパレード？　みんながついあなたの動機を疑ってしまうのもあたりまえだわ」

「だったらきみは？　きみは、おれの動機はなんだと思ってるんだ？」

「こんなに大勢の人がいる前で答えてもいいのかしら？」

「なら、どこかふたりだけで話せるところへ行こう」ハーディが嚙みしめた歯の隙間から声を押しだす。「なんとしても答えを聞かせてもらうからな」

「いいわよ」手首をぎゅっとつかまれた瞬間、わたしはパニックに襲われて、頭が真っ白になった。この前こんなふうに怒り狂った男に腕をつかまれたときは、結局病院送りになった。

でも、ハーディの手はしっかりとわたしの手首をとらえて放さないものの、痛いほどではない。そのことに気づいていくぶんリラックスし、彼に導かれるまま、人の群れを避けながらあとをついていった。

やっとのことで会場から外へ出ると、ロビーはさらに人でごったがえしていた。いくつも並んだドアの前まで来たとき、突然行く手をふさがれた。ゲイジだ。雷光を瞳のなかに閉じこめたような鋭くぎらぎらしたまなざしで、わたしたちふたりを見比べている。どんな些細なことも見逃さないその目は、ハーディがどんなふうにわたしの手首をつかんでいるかもちゃんと見ていた。

「助けが必要か？」ゲイジが静かな声でわたしに訊く。

ハーディは今にも人を殺しかねない顔つきをしていた。「彼女のことなら心配ない」

そんな言葉には耳を貸さず、兄はじっとわたしを見据えている。ゲイジはこのままわたしを行かせてくれるつもりのようだ。そうわかると、ありがたくて涙が出そうになった。どれだけ蔑んでも足りないほどの相手と妹がどこかへ消えようとしている。それが、兄にとってどんなにつらいことか。でもゲイジには、これがわたしの選択なのだとわかっている。ここに姿を現したのは、万が一わたしが助けを必要としていたら、そのときには救いの手を差しのべるためにすぎない。

「大丈夫よ」わたしは言った「助けは別にいらないわ」

兄はうなずいた。わたしを引きとめたい気持ちを必死に抑えこんで。彼はそのあとも、まるでわたしが堕天使ルシファーに連れ去られるのを見るような目で、遠ざかるわたしたちをずっと見守っていた。おまえに悪いことが起きなければいいが、というように。ゲイジはひとかけらもハーディ・ケイツを信用していないようだった。

よくよく考えてみれば、それはわたしも同じだった。

ハーディはいくつものドアを通り抜け、角を曲がって建物の奥へと進んでいき、吹き抜けになったメンテナンス室のようなところまで来て立ちどまった。コンクリートと金属とかびのにおいが、薄暗い空間に漂っている。どこかで水滴がしたたり落ちる音とわたしたちの乱れた吐息以外、なにも聞こえない静かな場所だ。上のほうにとりつけられた蛍光灯が、ちらちらする光を投げかけていた。

コンクリートの壁を背にしたハーディは、とても大きく暗く見えた。「さて」と無愛想な声で言う。「ここでなら、人前では言えなかったことも言えるだろう」

そんなに聞きたいなら聞かせてあげよう。「わたしがトラヴィス家の一員じゃなかったら、あなたは見向きもしなかったんじゃない？　ほんとはゲイジにこう言ってやりたいんでしょ、おまえがリバティをとるならおれはおまえの妹と寝てやるぞ、って。その胸のなかには、ほかにもまだいろいろとありそうだけど。あなたが自分自身にも認めたくないようなことがね。わたしが思うに――」

腕をつかまれ、はっと息をのんだ。恐怖と、怒り、そして信じがたいことだけれど、熱い興奮が入りまじって、体じゅうを荒々しく駆けめぐる。

「違う」引きずるようなアクセントに若干の軽蔑をこめて、ハーディが吐き捨てるように言った。「おれはそんなに複雑な人間じゃない、ヘイヴン。真実はこうだ、あのワインセラーで出会ったときからおれはきみに惚《ほ》れていた。あのたった五分間で、ほかのどんな女にも感じたことのない強い欲望を覚えたからだ。きみの家族を罠にはめようなんてたくらんでないさ。胸に秘めた計画もいっさいない。単純明快、おれはきみが欲しいだけ、頭がふらふらになっちまうほどきみを抱きたいだけだ」

困惑のあまり、顔がこわばった。まともな言葉すら口にできずにいるうちに、ハーディがいきなりキスしてきた。わたしがぐっと押しかえすと、彼はすぐに唇を離して、なにやら不謹慎めいた言葉をつぶやいた。でも、わたしの耳もとの血管が激しく脈打っていたせいで、なんと言ったのかまでは聞きとれなかった。

ハーディは両手でわたしの頭をがっしりと包みこんだ。そしてまた唇を近づけてくる。その味は耐えがたいほど甘く、口のなかへゆっくりと入ってきた舌は熱かった。歓びが全身を貫き、飢えた欲望が同等に飢えた欲望とぶつかりあって火を熾《おこ》す。わたしはまともに立っていられないほど震えながら、おずおずと口を開いた。彼の片腕が体に巻きついてきて、冷たいコンクリートからわたしを守ってくれると同時に、もう一方の手が体の前面をまさぐりはじめる。わたしはキスを返し、ハーディがしてくれるのと同じように彼の口を吸った。そのめくるめく感覚に溺《おぼ》れ、自分の気持ちを抑えられなくなっていった。

ふいに彼の唇が離れ、今度は首筋に吸いついてきた。うっすらとひげがのびた顎のざらついた感触が、みぞおちのあたりにまで歓喜の稲妻を走らせる。ハーディがなにかささやくのが聞こえた。立派な大学など出ていなくても、彼がわたしをベッドに連れていきたがっていることくらいは手にとるようにわかっただろう。ただし、彼の言い方はもっとあからさまで率直だった。

「おれは紳士じゃない」わたしの体をきつく抱きしめ、熱い息を肌に吐きかけてくる。「だから、気の利いた言葉やさりげないしぐさできみをベッドに誘ったりはできない。おれに言えるのは、ほかのどんな女よりもきみが欲しいってことだけだ。きみを手に入れるためなら法を犯すことさえ怖くない。初めて会ったあの晩、もしもきみがついてきてくれてたら、おれはきみをガルヴェストンへ連れていって、一週間は帰さなかっただろう。きみが二度とおれのそばを離れたくないと思ってくれるまで」

背中にまわされていた腕にぐっと力がこもり、背中がのけぞる格好になった。彼の手がドレスの脇から滑りこんできて、わたしの胸をあらわにする。そして、小ぶりな乳房にそっと手を添え、親指でやさしく刺激しはじめた。その頂がつんとがって薔薇《ばら》色に染まると、今度は頭をさげていって、舌先でつついてくる。乳首を口に含まれて張りのある乳房に吸いつかれると、わたしはあえぎ、思わず体を浮かせた。彼はリズミカルに舌を動かし、寄せては返す歓びの波を送ってくる。いつのまにかわたしは目の端から涙をこぼし、彼の頭を抱きしめていた。あまりの心地よさに。

ハーディが顔をあげて、ふたたびわたしの口をしっかりととらえた。頭がじんとしびれてしまうような、狂おしいキス。「きみとひとつになりたいんだ」彼がささやいた。「どんな要望にでも応えてやるから……長いの、遅いの、激しく、それともやさしく……。きみがどうしてもと言うなら、紳士のように振る舞う努力だってしてみせる。おれがきみを求めるのは、トラヴィス家の一員だからじゃないかって？　とんでもない、きみがトラヴィス家の一員でさえなかったらと、どれほど願ったことか。生まれてからずっと、おれはきみらのような人たちに見くだされてきたんだから」

「わたしはあなたを見くだしたことなんて、一度もないわ」もどかしい思いと欲望に震えながら言いかえす。「わたしのことを少しでも知ってくれてたら、絶対そんなふうには思わないはずよ」

「だったらなにが問題なんだ？」彼がうめくように言った。「別れた夫か？　まだそいつのことが忘れられないのか？」

「違うってば」わたしは彼のジャケットの襟をつかみ、つややかな生地に指を食いこませた。

「なら、要するにおれが欲しくないってことか。それならそうとはっきり言ってくれ。そうしたら二度ときみに手出しはしない」

「わたし、こういうことは得意じゃないのよ」わたしはついにぶちまけた。「それくらい、わからなかった？　だってわたし、ニックとしか寝たことないんだから。気軽にほいほい誘いに応じられるほど、慣れてないの」

こんなことを告白するつもりはなかったのに。でも、ほかにどうしようもなかった。ハーディに誤解されたまま心を傷つけられることになったら、耐えられそうにない。セックスと痛みと恐怖が、わたしの頭のなかでぐちゃぐちゃにまざりあっていた。

ハーディは凍りついていた。ほんの一瞬で、すべてが変わってしまった。彼はわたしの頭を片手で支え、顔を上に向けさせた。そして暗がりのなかでも青く見えるその目でまじまじとわたしを見つめた。しばらくすると彼の腕からふっと力が抜け、空いているほうの手は、鳥肌の立ったわたしの腕をやさしくさすりはじめた。彼は呆然としているようだった。まさかわたしが、ゲームのやり方さえわからないほど経験に乏しいなんて、思いも寄らなかったのだろう。

「ヘイヴン……」その声にこれまでになかったやさしさが感じられ、わたしはいっそう震えがとまらなくなった。「知らなかったんだ。きみはてっきり――」

「リバーオークスで甘やかされて育った女の子だと思ってたんでしょ？　わがままで鼻持ちならない――」

「しっ」

「だけどわたしは――」

「しーっ」

わたしは押し黙り、されるがままになった。硬い胸板に抱き寄せられ、ハーディの腕のなかにすっぽりとおさまる。わたしの一部は、逃げだしたいと思っていた。でもそれ以外の部分が、このままずっと抱かれていたい、ふれられていたいと願っていた。彼はそっと指を動かし、頭を撫でてくれた。そのうちにわたしはあらがうのをやめた。心のなかで凝り固まっていたものが解けていくのがわかった。

しばらくのあいだわたしたちはじっとそこにたたずみ、大きな海のうねりのように官能の波が押し寄せてくるのを感じていた。ハーディが首のあたりに鼻をすり寄せてくる。わたしが彼の唇を求めて顔を動かすと、その気持ちを察してキスで応えてくれた。ゆっくりと時間をかけて、頭がくらくらしてしまうまで欲望をつのらせていく。頼もしい腕でしっかりとわたしを支えて。そしてもう一方の手でドレスのやわらかいひだをまさぐり、ニットの生地を上へとたぐっていく。

むきだしになったヒップをつかまれた瞬間、わたしは跳びあがった。彼が喉にキスしてきて、やさしく心を解きほぐして安心させるような言葉をささやきながら、わたしの腿を開いていく。そして巧みに指を上へと動かし、くるくると円を描いてじらしながら、徐々にその輪を小さくしていった。やがて腿の付け根の中心にたどり着いた。たこのできた指で何度もそこを刺激されると、歓びの叫びが喉の奥からもれた。

体がとろけてしまいそうだった。この人とひとつになりたいという熱い思いが次々とあふれて全身を走り抜ける。今度はわたしからハーディの口をとらえ、どこまでも深く大胆にその舌を受け入れた。そしてついに彼の片手がわたしから離れ、スラックスのファスナーにのびようとした瞬間、とんでもないことが起こった。

硬く熱くなったものが腿に押しつけられたとたん、あらゆる歓びが消えた。ただ……消え失せた。わたしに見え、聞こえ、感じられるのは、最後にニックに襲われたときの焼けるような痛み、わたし自身の血のぬめりによってかろうじて彼のものを受け入れることができた、あの乱暴なセックスの記憶だけ。喉や胃の奥から吐き気がこみあげてくる。男の体がこの肌にふれていると思うだけでぞっとしてしまい、その重みにも耐えられなくなって、わたしは激しくもがきはじめた。

「やめて」ぜいぜいと息を切らし、身をよじって彼から離れようとする。「やめて。いやなの。やっぱりだめ。わたし――」自分の声が耳のなかでわんわんこだましているのに気づいて、唇をぐっと噛みしめる。

「どうしたんだ？」ハーディも荒い息をつきながら尋ねてくる。

わたしはわなわなと身を震わせていた。体じゅうのありとあらゆる細胞に、自己防衛のスイッチが入ってしまったかのようだ。「わたしにさわらないで」ぴしゃりとはねつけるように言った。「その手をどけてちょうだい」そして、ぶるぶると震える手でドレスの乱れを直した。

「ヘイヴン――」彼の声もざらついていた。「痛かったのか？　どうしたんだ？」

「いつ誰が入ってくるかもわからないような場所でこういうことをする趣味はないの」冷ややかに言って、ドアのほうを頭で示す。もしも彼がまた手をふれてきたら、わたしはきっと壊れてしまう……きっとおかしくなってしまう。「それに、無理強いされるのも好きじゃないし」

「無理強いなんかしてないだろ。きみが望んだんじゃないか」

「見苦しい言い訳はやめて、ハーディ」

彼は顔を上気させ、興奮と怒りで危険なまでに熱く激しく燃えていた。彼もゆっくりと自分の着衣の乱れを直し、ふたたび口を開いたときには、低く抑えた声に戻っていた。「きみみたいな女のことをなんて呼ぶか知ってるか、ヘイヴン？」

「さぞかしおもしろい言い方があるんでしょうね」わたしは言った。「せっかくだから、ほかの誰かに教えてあげたら？」

そして彼が答えるよりも早く、牢屋《ろうや》から逃げだすような勢いでその場から駆けだした。


どうにかこうにか帰り道を探して、可動式のシアターのほうまで戻ると、人々がダンスに興じたり笑ったりしているのが聞こえてきた。そこまで来てようやく、自分がいかにおかしいかに気づいた。心惹かれている男性との、情熱的なセックスにも耐えられないなんて。つい今し方、自分のとった行動、口にした言葉をあらためて思いかえし、恥ずかしさでいっぱいになった。あれではハーディもわたしのことを、なんてひどい女なんだと思ったに違いない。その気にさせるだけさせておいて最後の一線を許さない、とんでもない悪女だと。きっともう、わたしとはなんのかかわりも持ちたくないと思ったはずだ。そう考えるとある意味ほっとしたけれど、それと同時に泣きだしたくもなった。

トッドがすぐにわたしを見つけた。バーで誰かと話しながらも、その目で会場をさりげなく見渡し、ずっとわたしを捜していたらしい。こちらへやってくるなり彼は、わたしの青白い顔とキスで腫れた唇に目をとめてこう言った。「やだ、ちょっと、ダラス・カウボーイズの選手から強烈なタックルを受けたみたいな顔をしてるわよ」

「お願い、タクシーを呼んでくれない？」わたしはささやいた。

ブルーグリーンの瞳が心配そうに曇る。「わたしが送ってあげるわ、スイートハート。ほら、肩を貸してあげるから」

トッドが腕をまわしてこようとしたとたん、わたしはたじろぎ、身をすくめた。

「わかったわ」トッドはわたしの奇妙な反応に気づかなかったふりをして、わざと愛想よくしゃべりかけてきた。「それじゃ、あなたがわたしの腕をつかんで。横のドアからこっそり抜けだしましょう」

ＢＭＷのクーペでメイン通り一八〇〇番地に到着し、七階のわたしの部屋に送り届けてくれるまで、トッドは心地のよい沈黙を守り、いっさい質問をしてこなかった。わたしの部屋もやはり彼がデコレートしてくれたもので、骨董店《こっとう》で見つけた家具や彼自身が昔使っていた調度品などが、吟味されて置かれていた。クリーム色と白で統一されたインテリアに、ダークブラウンの古めかしい木製家具が見事に調和している。トッドはさらにちょっとしたアクセントとして、玄関の内側にフラ・ガールの模様が入ったアンティークの竹製すだれを吊したりもしてくれた。

わたしの哀れな顔を今一度見るなり、トッドはソファーにかけてあった緑色のシェニール織りのショールをとってきて、肩にかけてくれた。わたしはソファーの隅っこに座り、両膝を抱えこんで、彼が座れる場所をつくった。

「ずいぶん激しいダンスだったようね」トッドがネクタイの結び目を解きながら言う。それを首にぶらさげたまま、わたしの横で優雅な猫のようにくつろいだ姿勢になった。「なにがあったの?」

「ダンスは結局しなかったの」わたしはぼそっとつぶやいた。

「あら?」

「暗いところへ連れていかれたわ。階段の吹き抜けみたいなところ」

「純粋な好奇心を満たすために聞きたいんだけど……彼、よかった?」

顔がぱあっと真紅に染まるのが、自分でもわかった。

「そんなによかったわけ?」トッドが訊く。

震えた笑い声が口からもれた。うまく言葉にできるかどうか自信がない。「誰かにキスされるときって、こんなふうに感じることない? そのキスはただの手順であって、相手は早く先に進みたいと思ってるんだろうな、って。でもね、ハーディのキスはまるで違うの。彼がこの世でしたいことはそれだけ、って感じで。ひとつひとつのキスがセックスそのものみたいに充実してたわ」わたしは一瞬目を閉じ、思いかえした。「それにね、キスをするとき、両手で顔を包みこんでくれるの」

「いいわね。わたしもそういうの、大好き。で、お兄さんの誰かに見つかっちゃったの?」

「ううん、そうじゃなくって、わたしのせいなの。わたしが途中でパニックを起こして、逃げだしてきちゃったのよ」

長い沈黙が続いた。「パニックって、どんなふうに？　いったいあなた……ねえ、ヘイヴン、わたしの目を見てちょうだい。ここにいるのはトッドよ。さあ、話して」

「怖くなったのよ。恐ろしくなったの。それで彼を押しのけて、全速力で逃げだしてきたってわけ」

「なにがそんなに怖かったの？」

「彼の……その……ほら、わかるでしょう？」

言いよどむわたしに、トッドがせせら笑うような視線を向けてくる。「あそこ？　股間のふくらみ？　キャンディー・バー？　釣竿《つりざお》？　やめてよ、ヘイヴン、そんなにお上品ぶらなくたっていいでしょ」

わたしは弁解がましく言った。「仕方ないでしょ、わたしの語彙《ごい》には男性の勃起《ぼっき》した部分を差す言葉なんて含まれていないんだから」

「まあ、残念ね。楽しい会話にはそういう言葉が不可欠なのに。で、話の続きは、スイートハート？」

わたしは深呼吸した。「キスをしてる最中に、熱い股間を押しつけられたとたん、わたしのなかの欲望がすべて消えてなくなったの。ニックにあんな目に遭わされてからというもの、あの感触がわたしのなかではある種のトラウマになってしまったみたいで」

「あんな目って？」トッドが静かに訊いてきた。「そのこと、まだ話してくれてないわよね。まあ、聞かなくてもだいたい想像はできるけど」

「ニックのもとから逃げだしてきた晩……」わたしはトッドから目をそらした。「……乱暴なセックスを強要されたのよ」

「乱暴なセックス？」トッドが問いただす。「それとも、レイプ？」

「わからないわ」あまりの屈辱感に溺れ死んでしまいそうだった。「だって、当時わたしたちは結婚してたんだもの。でもとにかく、わたしはその気分じゃなかったのに、彼が無理やり襲いかかってきたってことは……」

「それはレイプね」彼はきっぱり言い放った。「結婚してるかどうかは関係ないわ。あなたがその気じゃないのに相手が強要してきたのなら、それはレイプよ。まったく、とんでもない男だったのね、あいつ。殺してやりたいくらいだわ」トッドの顔は、これまで見たこともない激しい怒りで暗く陰っていた。だが、わたしに目を戻すとすぐに、その表情はやわらいだ。「ねえ、ヘイヴン……女性が本当に相手を迎え入れる準備ができているときって、痛くはないものでしょ。とくに、相手の男性が経験豊富な場合は。ハーディはもちろんそうだと思うけど」

「ええ、でもね、頭ではわかっているのに体が言うことを聞かないの。だから、いきりたったあれを押しつけられたとたんに、完全にパニックを起こしてしまって。実際、ひどい吐き気までこみあげてきたくらい。ああ……」緑色のショールが自分を守ってくれる繭であるかのように、きつく体に巻きつける。

「ヘイヴン、このこと、セラピストにはもう相談してみたの？」

わたしは首を振った。「まだ、自分と他人との境界についてセラピーを受けてる段階だから。それに、今ちょうど彼女は二週間の休暇をとってるから、この件を話しあうにはもうしばらく待たなきゃいけないわ」

「セックスは境界の問題には含まれないの？」

眉をひそめて彼を見つめかえす。「セックスのことなんかよりもっと重要な問題が山積みだったから」

トッドは口を開きかけたが、やっぱりやめておこうと思ったらしく、口を閉じた。そして、少ししてからこう言った。「それじゃつまり、いよいよいい場面に差しかかったところで、あなたがハーディにやめてと言ったのね？」

「ええ」抱えこんだ膝に顎を載せる。「それも……すごくいやな言い方をしちゃって」

「彼はなんて言ってた？　どういう反応だったの？」

「たいしたことは言わなかった。でも、怒ってたのはたしかよ」

「まあ、たいていの男は欲求不満をつのらせるばかりでしょうね、そんなふうに途中で放りだされたら。だけど、大事なのはここよ、ハーディはあなたを傷つけたりはしなかったんでしょう？　あなたのいやがることを無理強いしたりはしなかった」

「ええ」

「だったら、彼には安心して身をゆだねられるんじゃない？」

「安心なんてできなかったわ」

「今この時点では、安心できるかどうかは気持ちの問題じゃなくて、きちんとプロセスを踏むってことにかかってるんじゃないかしら。まずは相手を信頼しないとね。今わたしに話してくれたこと、ハーディにも打ち明けてみたら？」

「まともに聞いてくれるとは思えない。そんな厄介な女はごめんだと思われるだけよ。わたしが最後まで話し終えないうちに、とっとと去っていくに決まってるわ」

「あなたは厄介な女なんかじゃないわ」トッドが穏やかな声で言う。「それに、彼はそんな無責任な男でもないと思う。あなたが彼に惹かれたのは、この人にならどんな悩みをぶつけてもちゃんと受けとめてくれるはずだと心のどこかで感じたからじゃないの？」

「だけど、彼にその気がなかったら？」

「選択肢はふたつね。彼に男気を発揮するチャンスを与えてみるか、それともこのままなにもせずに黙って身を引くか。その場合、次にまたいい人と出会ったとしても、また同じことのくりかえしだけど」

「それか……」

「それか、なに？」

気を落ち着けようとして、わたしは唇をなめた。「まずは、あなた相手に練習してみるとか」

こんなふうに絶句するトッドを見るのは初めてだ。目を真ん丸に見開き、魚のように口をぱくぱくさせて、優に一〇秒ほどは声を失っていた。「このわたしに、ベッドをともにしてほしいってこと？」彼はようやくそう訊いた。

わたしはうなずいた。「ことの最中に怯えて逃げだしたり、気分が悪くなって吐いたりしたとしても、あなたなら大目に見てくれるでしょう？　それで、あなた相手に最後までいけるとしたら、ハーディとでも大丈夫かもしれない」

「ちょっと、なに考えてるのよ」トッドはいきなり笑いだし、わたしの手をとっててのひらに口づけした。「かわいいヘイヴン。答えはノーよ」わたしの手を握りしめたまま、自分の頬にそっと押しつける。「あなたの力にはなってあげたいし、いちばんにわたしを指名してくれたことはほんとに光栄に思うけど。でもね、今のあなたに必要なのはセックスフレンドじゃないでしょ。そんなもので満足できるはずないんだから。だいいち、ここからそう遠くないところに青い目をした荒くれ男がいて、あなたをベッドで楽しませたいとこいねがっているのよ。わたしがあなたなら、彼に一度はチャンスを与えてみるけど」てのひらの端で彼が微笑むのがわかった。「そんなにブサイクでやせっぽちでも、あれほどの男と寝るチャンスを見逃せるっていうなら、話は別だけど」

トッドがようやく手を放すと、彼のキスが幸運のお守りであるかのように、わたしはてのひらを握りしめた。「ねえトッド、リバティと踊ったとき……彼女はハーディのこと、なにか言ってた？」

彼がうなずく。「ゲイジの取引をつぶされた一件はさておき、あなたとハーディが惹かれあってることについては、なんの危険も感じないって。なんとかいうちっぽけな田舎町に住んでたころ――」

「ウェルカムよ」

「ああ、たしかそんな名前だったわね」トッドは小さな町での暮らしにはまったく興味がないらしい。「とにかく、そのころの彼をよく知ってるリバティには、ハーディがあなたを傷つけるとは思えないんですって。彼はいつも先手先手を打って、彼女が決して道を踏み外さないよう、なにくれとなく面倒を見てくれたそうよ。だから、あなたたちふたりならお互いにいい刺激を与えあえるかもしれないって、彼女は言ってたわ」

「わたしには想像もつかないけど」わたしは陰気な顔で言った。「いつになったら彼の屹立《きつりつ》した股間を見ても、大騒ぎせずにいられるようになるのか」

トッドが微笑んだ。「人と人との関係って、そういうことばかりじゃないはずよ。でもわたしに言わせれば……この人とどんなことをしようかしらって悩むのも、それはそれで楽しいけれどね」

トッドが帰ったあと長い時間をかけてお風呂に入り、フランネルのパジャマを着て、グラスにワインを注いだ。そして、ハーディは今どこにいるのだろう、と考える。わたしが帰ったあともシアターに残っていたのだろうか？

彼に電話をかけてみたいという誘惑がふくらんでいく。でも、なにを話したいのかわからなかったし、自分の行動をどこまでうまく説明できるかも自信がなかった。

だからふたたびソファーの片隅に座って、電話を眺めるだけで我慢した。本当はハーディの声が聞きたい。わたしが怯えて逃げだす前まで、あの暗がりで彼に熱く抱かれていたときのことを、頭のなかで思いかえした。彼はその手で、その口で、ゆっくりとやさしくわたしの体にふれてくれた……とても気持ちがよかった。信じられないくらい——。

そのとき突然、電話が鳴った。

急に体を起こしたせいで、ワインがこぼれそうになった。慌ててグラスを脇に置き、飛びつくようにして受話器をとる。「もしもし?」

でも、聞こえてきたのはハーディの声ではなかった。

「やあ、マリー」

11

「ニック」血管のなかを流れる血が氷の粒になってしまった気がした。「どうしてこの番号がわかったの？　用件はなに？」

「どうしてるかなと思ってさ」

耳になじんだ声だった。この数カ月の時間がまるで夢だったみたいに、一瞬にして過去に引き戻されてしまう。目を閉じれば、自分はダラスのマンションにいて、彼が早めに帰宅したところだと勘違いしてしまいそうだ。

だから必死に目を開けていた。まばたきひとつが死を意味するかのように。ソファーにかけてあるクリーム色のカバーをじっと見つめ、繊維の一本一本が浮きあがって見えてくるまで目を凝らしていた。「元気にしてるわ。あなたは？」

「あんまり」長々しい沈黙。「本当にぼくらは終わってしまったってことが、いまだに信じられない感じなんだ。きみが恋しいよ、マリー」

彼は反省している様子だった。その声ににじむなにかがわたしの心を揺さぶり、罪悪感を抱かせた。

「ヘイヴンよ」わたしは言った。「マリーと呼ばれてももう答えないから」

きっと怒りだすだろうと予想していたのに、意外にもニックは「わかったよ、ヘイヴン」と言って、わたしをひどく驚かせた。

「どうして電話なんかかけてきたの？」と唐突に尋ねる。「用件は？」

「ちょっと声を聞きたかっただけだよ」ニックはほんの少し皮肉っぽく言った。「話をするくらいはまだ許されてるんだろう？」

「たぶんね」

「あれからゆっくり時間をかけていろいろ考えてね。どうしてもきみにわかっておいてほしいことがあって……ぼくは決してあんなふうになることを望んでたわけじゃないんだ」

気がつくとわたしは受話器を強く握りしめていた。プラスチックが割れなかったのが不思議なくらい。彼の言い分に、たぶん嘘はないのだろう。ニックはあんなふうになりたかったわけでも、計画してああなったわけでもない。生まれ育った環境や幼児期の体験が、彼をあいう心に傷のある人間にしてしまっただけだ。その意味では、彼もわたしと同じように被害者と言える。

だからと言って、わたしにしたひどい仕打ちの責任を逃れられるわけではないけれど。わたしたちふたりが失ったもの……決して手に入れられなかったものを思い、後悔の念で胸がいっぱいになる。気分が悪くなり、むかむかしてきた。

「ぼくのことが憎いかい、ヘイヴン？」ニックが穏やかな口調で訊いてくる。

「いいえ。あなたのしたことは憎いけど」

「ぼくもだよ」彼はため息をついた。「今でも思うんだ……もっと長い時間を一緒に過ごせていたら、ふたりで問題を解決する時間がもっとあったら、って。あんなふうにきみのお兄さんがいきなりぼくらのあいだに割って入ってきて、さっさと離婚の手続きをしてしまう前にさ……」

「あなたはわたしを傷つけたのよ、ニック」それしか言えなかった。

「きみだってぼくを傷つけたじゃないか。嘘ばっかりついてさ、小さなことから大きなことまで……そうやっていつもぼくをだましてた」

「ほかにどうしようもなかったのよ。本当のことを話せばあなたは怒るだけだったし」

「たしかに。でも、結婚生活をうまく続けるにはお互いの努力が必要だろ。ぼくはあんなに努力してたのに——きみの家族には受け入れてもらえず、きみを養うために死ぬほど働いてさ——なのにきみはいつだって、自分の問題が解決できないことをぼくのせいにしてたじゃないか」

「いいえ」わたしは反論した。「もしかしたらあなた自身はあなたを責めていたかもしれない。でも、わたしはそんなふうに思ったことはなかったわ」

「きみは決してぼくに心を開いてくれなかった。一緒にいても、一緒に寝てても。ベッドのなかでも、ちっとも乗り気じゃなかったしな。ぼくがなにをしてやっても、きみはほかの女たちのような反応は見せてくれなかった。いつかそれも変わるだろうと期待してたのに」

ニックはどうすればわたしを追いつめられるかを知っている。わたしにはなにかが足りないという感覚を、一瞬にして呼び覚ます方法を心得ている。それが悔しくてたまらなかった。あれほど苦労して克服してきたはずなのに。ニックはほかの誰も知らないことまで、わたしのことを熟知している。わたしたちは共通の欠点を抱えていて、それがふたりを結ぶ絆となっていた――そのことがお互いアイデンティティーの一部となっていた。それは決して消し去れない事実だ。

「今は誰かとつきあってるのかい?」ニックが訊いた。

「あなたとそういう話はしたくないの」

「つまり、イエスってことだな。相手は誰なんだ?」

「誰ともつきあってなんかないわ」わたしは言った。「あれから誰とも寝てないし。信じる信じないはあなたの勝手だけど、それが真実よ」そのとたん、自分がいやになった。いまだに彼に対しては弁明する責任がある気がしているなんて。

「信じるよ」ニックが言った。「ぼくにも同じことを訊かないのか?」

「いいえ。あなたが誰とつきあおうと気にならないから。わたしには関係ないことだもの」

彼はしばらく黙っていた。「とにかく、元気そうでよかったよ、ヘイヴン。ぼくはまだきみのことを愛してるんだ」

その瞬間、涙がじわりと目にこみあげてくる。こんな顔を彼に見られなくて本当によかった。「わたしは、もう二度と電話をかけてきてほしくないわ、ニック」

「まだ愛してるんだよ」彼はそうくりかえして、電話を切った。

わたしはゆっくりと受話器をクレードルに戻し、涙をぬぐう代わりにソファーに突っ伏して顔を埋めた。しばらくそのままの格好でいたが、やがて苦しくなって顔をあげ、深々と息を吸いこんだ。

「わたしだってあなたを愛してると思っていたのに」ニックには聞こえないとわかっていながら、声に出してそう言った。

でもわたしは、愛がどういうものかわかっていなかった。だけど、人が誰かを愛していると思うとき、それが本物の愛なのかどうかなんて、どうすればわかるのだろう?

次の日、雨が降った。

ヒューストンはときおり干魃《かんばつ》に見舞われ、地面がからからに乾いてしまうことがある。地元でよく交わされる冗談に〝木々がそのうち犬に賄賂《わいろ》を贈るぞ〟というのがあるほどだ。しかしいったん雨が降るとなったら、尋常ではないくらいの雨が降る。基本的に緩流河川《バイユー》のまわりの平坦《へいたん》な土地に街が広がっているため、ヒューストンはつねに治水の問題を抱えていた。大雨になると道路はすぐに冠水し、排水溝や暗渠《あんきょ》、メキシコ湾に直接つながっているバイユーにもどんどん水が流れこんで、たちまちあふれてしまう。過去に起こった洪水による死者は数知れず、増水した土地を突っ切ろうとした車が引っくりかえったり流されたりするのは日常茶飯事。ときには、鉄砲水によって燃料のパイプラインや下水管が破壊されたり、橋が落ちたり、道路が分断されたりすることもあった。

この日も昼ごろには洪水注意報が出され、のちにそれは警報に変わった。だからと言って、ヒューストンの住人たちはさして慌てたりしない。みんな洪水には慣れていて、夕方の帰宅ラッシュ時にはどのルートを避ければいいか、よく知っているからだ。

わたしはその日の午後、バッファロー・タワーでの会合に出ることになった。メンテナンスの依頼を処理する新しいオンラインシステムについて話しあうためだ。最初はヴァネッサが行く予定だったのだが、直前になって彼女が気を変えて、代わりに行ってくるようわたしに命じた。情報収集がおもな目的の会合で、ひとつのソフトウェアについて漫然と話を聞くより、彼女にはもっと重要な仕事があるらしい。「システムのこと、ちゃんと勉強してきてよ」と彼女は言った。「明日の朝にはいろいろと教えてもらいますからね」ヴァネッサの質問に答えられなかったら、今度はどんなお仕置きが待っているかわからない。だからわたしは、そのプログラムのソース・コードを暗記するまでには至らなくとも、ソフトウェアの内容詳細をひとつももらさず覚えこむつもりで会議に臨む決意をした。

ゆうべハリスバーグで鉢合わせしたときのことに、ヴァネッサはいっさいふれようとしなかった。ハーディについてもなにも訊いてこない。わたしはほっとすると同時に、とまどいを覚えた。いちおう彼女の気分を読みとろうとしてみたけれど、それは天気を予想するのと同じで、たいしてあてにはならない。希望的観測によれば、おそらくその話題は彼女にとって、とるに足らないことなのだろう。

目指すビルはメイン通り一八〇〇番地からほんの二、三ブロックしか離れていないものの、雨がざあざあ降りしきっていたので、車を運転して行くほかなかった。バッファロー・タワーはヒューストンでは比較的古い摩天楼で、赤い花崗岩の外壁に切妻屋根という、一九二〇年代ごろに流行った建築様式のビルだ。

地下駐車場の低層階に車をとめ、携帯電話を確認してみると、ハーディからメッセージが入っていた。どきどきしながら再生ボタンを押して、メッセージを聞く。

〝やあ〟あまり愛想のない声だった。〝ゆうべの件で話をしたい。仕事が終わったら電話をくれ〟

それだけ。もう一度メッセージを聞きなおし、できるものなら会合をキャンセルして今すぐ彼に会いに行きたいと思った。でも、会合はどうせそんなに長くかからないはずだ――できるだけ早く切りあげて、そのあと彼に電話すればいい。

ソフトウェア・コンサルタントのケリー・ラインハートとの会合が終わったのは、六時をほんの数分過ぎたころだった。本当はもう少しかかりそうだったのだが、駐車場の低層階に水が入ってきていると、警備室から連絡があったのだ。今日はみんな早めに帰宅したらしく、駐車場は現在ほぼ空になっているのだが、まだ二台ほど、早く避難させたほうがいい車がとまっているという。

「ああ、その一台がわたしの車だわ」わたしはノートパソコンを閉じ、ブリーフケースにしまった。「早く車を見に行かなくちゃ。今日たどり着けなかった事柄に関しては、明日にでもこちらからお電話差しあげてお話をうかがうってことでかまいません？」

「ええ、もちろん」ケリーが言った。

「あなたのお車は? 駐車場へ見に行かなくて大丈夫なんですか?」

「今日は車じゃないのよ、ちょうど修理工場に預けてるところだから。夫が六時半に迎えに来てくれるの。でも、そのほうがよければエレベーターで下までご一緒しても――」

「いえいえ、そんな……」わたしは微笑み、ブリーフケースを抱えた。「ひとりで平気ですから」

「そう。それじゃ、もしなにか問題があったら、すぐにここか警備室に連絡して」ケリーは顔をしかめた。「このビルはかなり老朽化してて雨もりがひどいから、あなたの車、もしかしたら今ごろ水浸しになってるかもしれないわ」

わたしは笑った。「わたしってほんと、ついてるわ。まだ新車なのに」

昼間の勤め人たちがほとんど帰ってしまったため、ビルのなかはしんと静まりかえっていて少し薄気味悪かった。ドアはしっかり施錠され、窓の明かりも消えている。外では雷がごろごろと不吉な音を立てていて、スーツを着ていても震えてしまうほどだった。でも、これでもう家に帰れると思うとうれしい。片方の靴がきつすぎて足の指がじんじんしているし、スラックスのサイドファスナーのホックも肌に食いこんできて痛いし、おまけにおなかもぺこぺこだ。それよりなにより、一刻も早くハーディに電話をかけて、ゆうべのことを謝りたい。そのときにはきちんと説明するつもりだった……どうしてあんなことになったのか。

エレベーターに乗って、ビルのいちばん下の階のボタンを押した。扉が閉まり、すうっと下降しはじめる。だが、もう少しで目的のフロアに着くというところでエレベーターががくんと揺れて、パチパチ、ジージーと妙な音が聞こえたかと思うと、ふっとやんだ。そして、照明も、油圧式の機械も、なにもかもがとまった。真の暗闇にひとり包まれ、わたしは悲鳴をあげた。最悪なのは、ざあざあと水の流れる音が聞こえてくることだ。誰かがエレベーターのなかで蛇口をひねったかのように。

不安に駆られながらもパニックは起こさず、扉の横のパネルを手探りで探しあて、いくつかボタンを押してみた。なにも起こらない。

「そうだ、電話」自分を勇気づけるように、あえて声を出した。「こういうところには必ず非常用の電話が設置されてるはずなんだから」壁に埋まったインターホンと非常ボタンを見つけて、ぐっと強く押してみる。でも、返事がない。

エレベーター恐怖症でなかったのがせめてもの幸いだった。わたしはまだ冷静さを保っていられた。落ち着いてブリーフケースのなかをまさぐり、携帯電話をとりだす。だがそのとき、氷のように冷たいなにかを足もとに感じた。最初は隙間風かと思ったのだが、すぐにそれはパンプスのなかにまで侵入してきた。エレベーターに水が入ってきて、深さ数センチのあたりまで浸水しているようだ。

落とさないように注意しながら、折りたたみ式の携帯を開いた。その明かりを懐中電灯代わりにしてあたりを照らし、どこから水が侵入してきているかを確かめる。

油で濁った水が、閉じた扉の隙間から勢いよく噴きだしていた。それだけでも困ったことだが、携帯を上のほうにかざしてみたところ、水が噴きだしているのは扉の下部だけではないことがわかった。上からもどんどん水が入ってくる。

まるで、このエレベーターそのものが水面下に沈没しているかのように。

でも、そんなことはありえない。エレベーターの昇降路《シャフト》に二メートル以上もの水がたまってしまうなんて……だとしたら、地下駐車場は完全に水没しているってこと？　わたしがこのビルに来てからの短時間で、そんなことが起こりうるの？　だけど……シャフトに水がたまっていると考えれば、電気回線がすべてショートしてしまった原因も説明がつく。

「冗談じゃないわ」わたしは舌打ちし、心臓が不安な早鐘を打つなか、ビルの代表番号に電話をかけてみた。呼び出し音が二度鳴ったところで、各部署の内線番号を案内するテープの音声が流れはじめる。警備室の三桁《けた》の番号が聞こえるやいなや、すぐにそれらのボタンを押した。またしても呼び出し音が二度鳴って……ツー・ツー・ツーという話し中の音。

ののしりの声をあげながら、ふたたび代表番号にかけ、今度はケリーの内線につなごうとした。留守番電話が出た。〝はい、こちらはケリー・ラインハートです。ただ今デスクから離れておりますので、トーンのあとにメッセージをお残しください。できるだけ早くこちらからおかけなおしいたします〟

わたしはいちおうメッセージを残すことにした。決して慌てず、しかし緊急を要する件であることを伝える声で。「ケリー、ヘイヴンです。地下駐車場のフロア付近でエレベーターに閉じこめられていて、水がなかに入ってきているの。お願いだから、わたしがここにいること、警備の人に知らせてください」

水はどんどんたまってきて、足首まで完全に隠れる高さになっていた。

携帯のバッテリーは残り少ないようで、警告のアイコンが点滅している。こうなったら、今のうちに打てる手はすべて打っておかないと。わたしは他人の指先を見るような感覚に襲われながら、緊急電話の番号を押した。つながったと思ったとたん、信じられないことに録音の音声が流れはじめた。〝現在通話が集中して、非常にかかりにくくなっております。回線がすべてふさがっておりますので、オペレーターが出るまで今しばらくお待ちください〟

そのまま携帯を耳に押しつけて、しばらく待ってみた。永遠とも思えるような一分間が過ぎたところで、わたしは電話を切った。こんなことをしていてもらちが明かない。もう一度あらためて細心の注意を払い、同じ番号にかけた……九・一・一……すると今度は、話し中のビジートーンしか聞こえなくなっていた。

バッテリーがいよいよなくなりかけていることを知らせるビープ音が鳴る。

水がふくらはぎのなかほどまであがってくると、これ以上、冷静なふりを続けることなどできなくなった。どうにかこうにか着信履歴を呼びだして、最後にかかってきたハーディのところへ電話をかけてみる。

通じた。呼び出し音が一回……二回……そして、彼の声が耳に届いた瞬間、わたしは安堵のため息をついた。

「ケイツだ」

「ハ、ハーディ」早くしゃべろうとすると、言葉がつまって出てこない。「わたしよ。お願い、今すぐ来て。助けて」

彼は一瞬の間も置かなかった。「どこにいるんだ?」

「バッファロー・タワーよ。エレベーターのなか。地下駐車場のどこかでエレベーターに閉じこめられているの。水がなかにまで入ってきてて……たくさん……」そこでまたビープ音が鳴る。「ハーディ、聞こえてる?」

「もう一度言ってくれ」

「バッファロー・タワーのエレベーターよ——地下に閉じこめられてるの、エレベーターのなかに。そこに水が流れこんできてて——」ビーッという音を最後に電話は切れた。わたしはふたたび暗闇に囲まれた。「嘘でしょ!」と必死の思いで叫ぶ。「そんなまさか。ハーディ? ねえ、ハーディ?」

沈黙が広がる。聞こえるのは、勢いよく浸入してくる水の音だけ。

ヒステリー発作を起こしかけているのが自分でもわかった。いっそもうあきらめてしまおうか、とふと考える。でも、そうしたところで得はひとつもない。気分だって少しも楽にならないはずだ。そう思って無理やり恐怖を抑えこみ、何度か深呼吸した。

「エレベーターのなかで死ぬ人なんていないんだから」と、声に出して言う。

水はすでに膝まで達し、体が冷えて寒くなってきた。しかも、すごくいやなにおいがする。油と化学薬品と排水の悪臭。わたしはブリーフケースからパソコンをとりだし、インターネットにつながるかどうか試してみることにした。少なくともこうして画面を開いている限り、完全な闇にとらわれずにすむ。天井を見あげると、ウッドパネルに小さな間接照明がはめこまれているのが見えた。もちろんすべて消えている。脱出口のようなものはないの？　あるとしても、うまく隠されているのかもしれない。いずれにしろ、天井まで手をのばして探ることなどできそうになかった。

扉の横まで水をかいていって、非常用電話のパネルをもう一度押してみた。それだけでなく、すべてのボタンを。でもやはり、なにも起こらない。パンプスを片方脱ぎ、そのヒールでがんがん壁を叩きながら、大声で助けを呼んでみたりもした。

壁を叩くのにも疲れてしまったころ、わたしは腰まで水に浸《つ》かっていた。あまりにも寒くて歯の根が合わなくなり、脚の骨まで痛くなってくる。水が流れこんでくる音以外、なんの物音もしなかった。すべてがしんと静まりかえっている。わたしの頭のなかを除いて。

これはまさに棺桶《かんおけ》だ。わたしはこの金属の箱のなかで死んでいくことになるのだ。

溺れて死ぬのは、死に方としてそう悪くはないという話を聞いたことがある。もっとひどい死に方はいくらでもある、と。だけど、こんなの不公平よ――死亡広告に載せる価値のあるようなこと、まだなんにもしていないのに。大学にいたころあれこれ考えていた人生の目標を、なにひとつ達成していない。父親ともまだ、本当の意味で和解はしていないし。自分より運に恵まれていない人々の助けになれるようなこともしていなければ、まともなセックスだってしたことがない。

死に瀕《ひん》した人間というのはもっと高尚な考えを抱くべきだと思うのに、わたしの頭に浮かんでくるのは、あの暗がりでハーディと過ごしたひとときのことばかり。あのときあのまま進んでいたら、せめて人生で一度はすばらしいセックスが経験できたかもしれない。なのにわたしは、そのチャンスさえみずからつぶしてしまった。彼が欲しい。こんなにも。わたしの人生、すべてが中途半端だった。溺れ死ぬときをじっと待ちながら、わたしはあきらめを抱くのではなく、激しい憤りを覚えていた。

水面がとうとうブラの下にまで達したときには、パソコンを高く掲げ持っていることにも疲れ、ついに手を離した。パソコンは、ほとんど床も見えないくらい汚れた水のなかへぶくぶく沈んでいき、ほどなくして画面も真っ暗になった。冷たい暗闇にとり囲まれると、方向すらもわからなくなる。それでもなんとか隅に体を寄せ、壁に頭をもたせかけて息を吸った。もしも空気がなくなって肺に水が入ってきたら、どんなに苦しいことだろう。

そのとき、天井がバーンと叩かれたような鋭い音が響き、わたしは一瞬、銃で撃たれたかと思うほどの衝撃を受けた。頭を右に左にと動かしても、なにも見えない。バーン。ガリガリッ。ギーッ。金属に工具かなにかがぶつかる音だ。天井がきしみ、エレベーターは手こぎボートとのようにぐらぐら揺れた。

「ねえ、誰かそこにいるの？」胸を高鳴らせて大声で叫ぶ。

くぐもった人の声が遠くからかすかに聞こえた

わたしは一気に元気をとり戻し、こぶしでエレベーターの壁をどんどんと叩いた。「助けて！　ここに閉じこめられてるの！」

声は返ってきたものの、聞きとれない。エレベーターの上に乗っている誰かは、けたたましい金属音を立てながら必死に作業を続けているようだ。やがて、ウッドパネルの一部がめりめりっとはがされた。わたしは上から降ってくる木っ端や金属のかけらを避けて、壁にぴったり張りついていた。そしてついに、懐中電灯の明かりが真っ暗なエレベーター内を照らしだした。

「ここよ」わたしは泣きじゃくりながら、光の輪のほうへばしゃばしゃと近づいた。「わたしはここよ！」

男性がエレベーターのなかをのぞきこむ。水面から反射した光が、彼の顔と肩を闇のなかに浮かびあがらせた。

「きみは前もって知っておくべきだったな」ハーディが天井にこじ開けた穴をさらに大きくしようとしながら言った。「エレベーターからの救出作戦は高くつくんだぞ」

12

「ハーディ！　ハーディ！」彼はわたしを助けに来てくれた。まもなく溺れ死ぬところだったわたしを。安堵と感謝の気持ちが頭のなかで激しく渦巻き、言いたいことがいくつも浮かんでまとまらなかった。でもいちばん最初に口をついて出たのは、熱い思いだった。「あなたとセックスしておけばよかったって、ものすごく後悔してたのよ」

ハーディが低い声で笑う。「おれもだよ。だがな、ハニー、ほかにもメンテナンスの人間がふたり一緒に来てくれてるから、今しゃべってることは全部聞かれてるぞ」

「かまわないわ、そんなの」わたしは必死に叫んだ。「ここから出してくれたら、あなたと寝るって約束する」

メンテナンスの作業員がスペイン語訛りのある英語で申し出た。「じゃあ、ぼくが彼女を救いだそうかな」

「悪いな、彼女はおれのものだ、アミーゴ」ハーディが愛想よく言って、天井の穴から身を乗りだすようにして長い腕を差しのべた。「この手につかまれるか、ヘイヴン？」

わたしは爪先立ちになって、思いっきり腕をのばした。てのひらがふれあうやいなや彼の指がさがってきて、わたしの手首をつかもうとする。でも、わたしの肌はぬめぬめした液体で覆われていたため、ハーディの手を握ろうとしたとき、つるっと滑ってしまった。その反動で勢いよく壁に叩きつけられる。「だめそう」冷静な口調を心がけたが、声は乱れて震えていた。「水が油まみれだから」

「わかった」彼は素早く言った。「大丈夫だ。泣くんじゃないぞ、ハニー。おれがおりるから。脇に寄って、手すりにしっかりつかまってろ」

「待って、そしたらあなたまで出られなく――」最後まで言い終わらないうちに、ハーディが穴から足をおろしてきた。天井のフレームの一部をつかんで一瞬ぶらさがったのち、狙いを定めてぼちゃんと水に落ちる。すると床がぐらりと傾き、水位が上昇した。わたしは重たい水をかいて、まだ動けずにいる彼の上半身に飛びついた。

ハーディが片腕をお尻の下に、もう一方の腕を背中にまわして、しっかりとわたしを抱きあげてくれる。「つかまえたぞ。よく頑張ったな、偉かった」

「べ、別に偉くなんか」わたしはハーディの首を絞めかねない勢いで必死にしがみつき、首筋に顔を埋めた。彼が本当にここにいることを確かめるように。

「いや、偉いよ。たいていの女性なら、とっくにヒステリーの発作を起こしてたはずだ」

「わ、わたしだって危なかったわ」彼の着ているシャツの襟もとに口を押しつけ、つかえながら言う。「そ、そ、そうなる前にあなたが助けてくれなかったら、今ごろどうなっていたことか」

ハーディはいっそうきつくわたしを抱きしめた。「もう安全だよ、スイートハート。大丈夫だから」

がちがち鳴る歯の根をなんとかして合わせようとした。「あなたが本当にここまで来てくれたなんて、信じられない」

「来るに決まってるだろ。きみが助けを必要としてるなら、いつだって」彼はメンテナンスの作業員が懐中電灯を照らしてくれている穴を見あげて、まぶしそうに目を細めた。「マヌエル、ここのシャフトの底には排水ポンプはついてるのか?」

「いや」残念そうな声が返ってくる。「ここは古い建物だからな。新しいところじゃないと、そんなポンプなんかついてないよ」

ハーディは寒さに震えるわたしの背中を撫でつづけてくれていた。「まあ、ついてたところで、たいした違いはないかもしれないけどな。エレベーターのメインスイッチはちゃんと切ってあるか? 彼女を脱出させてる最中に、万が一動きだしたら大変だぞ」

「大丈夫、切れてるはずだ」

「どうしてわかる?」

「自動で切れるようになってるんだよ」

ハーディは首を振った。「頼むから誰か機械室へ行って、本当に電気が通じてないことを確認してきてくれ」

「あいあい、ボス」マヌエルがトランシーバーで警備室にいる上司に連絡をとる。上司は、手の空いている警備員をただちに機械室に見に行かせる、エレベーターの電源がすべて落ちているのが確認できたらすぐに知らせる、と約束した。「警察にはまだ連絡がつかないらしい」上司と話し終えたマヌエルがわたしたちに報告した。「通報が集中して、九一一の回線がパンクしちまったみたいだ。けど、エレベーターの会社が専門家をひとりよこしてくれるって」

「水位がかなり高くなってきてるわ」わたしはハーディの首にしがみつき、腰のあたりに両脚を巻きつけて言った。「早くここから出ないと」

ハーディはにこやかな笑みを浮かべ、わたしの顔に張りついた髪を払ってくれた。「スイッチが切れてるかどうか確認するのに、そう時間はかからないよ。それまで、のんびり風呂にでも浸かってると思えばいい」

「そんな悠長な想像はとてもできないわ」わたしは言った。

「掘削坑で過ごした経験のない人間なら、それも仕方ないか」彼がやさしく肩をさすってくれる。「怪我はしてないか？　どこかにこぶや青あざができてたりは？」

「ううん、ちょっと怖かっただけ」

同情するような声を出して、彼はわたしをぎゅっと抱きしめた。「でも、今はもう怖くはないだろ？」

「ええ」それは本心だった。こうして彼のたくましい肩に抱きついている限り、どんな悪いことも起こりそうにない気がする。「今は寒いだけ。それにしても、この水、いったいどこかなりから入ってきてるのかしら」

「マヌエルが言うには、駐車場と排水用のトンネルのあいだの壁が崩壊したそうだ。かなり大きな水路からあふれた雨水が流れこんできてるらしい」

「どうしてこんなに早くわたしの居場所がわかったの？」

「きみが電話をかけてきたとき、ちょうど家に戻る途中だったんだ。そこからすぐにここまで車を飛ばして、マヌエルともうひとりの同僚をつかまえた。それで、点検サービス用のエレベーターですぐ上の階までおりて、曲がったドライバーでシャフトの扉をこじ開けた」わたしの頭を撫でながら話しつづける。「このエレベーターの脱出用ハッチは固く閉ざされていたからね――ハンマーでボルトをいくつか叩き壊さなきゃならなかった」

頭上でトランシーバーから雑音まじりの声が聞こえ、すぐにマヌエルがわたしたちに呼びかけてきた。「オーケー、ボス。スイッチはすべて解除されてる」

「すばらしい」ハーディは目を細めてマヌエルを見あげた。「おれが下から彼女を持ちあげるから、しっかりつかまえてくれよ。シャフトにつるっと落とさないように――滑りやすいから注意して」わたしの頭に片手を添えて、まっすぐに目を見つめてくる。「ヘイヴン、おれが下から押しあげると同時に、きみはおれの肩に乗って踏んばり、ふたりに引きあげてもらうんだ。わかったな？」わたしはしぶしぶうなずいた。本当は彼と離れたくない。「エレベーターの上に出たら、ケーブルだの滑車だのには絶対にさわらないように。シャフトの壁に梯子がついてるから、充分に気をつけてそれをのぼるんだぞ――今のきみは氷の上の子羊みたいに、つるつる滑るんだから」

「あなたはどうするの？」

「おれのことは心配するな。さあ、その足をこの手に載せて」

「で、でも、あなたはどうやって――」

「ヘイヴン、いいから早く足をここに載っけろ」

片手で軽々わたしを担ぎあげたかと思うと、もう一方の大きな手をお尻にあてがって、ふたりの作業員の手の届くところまでぐいっと押しあげる。あまりの手際のよさに驚く暇もないくらいに。作業員たちはわたしの脇の下に腕を差し入れ、エレベーターの上まで引きあげてくれた。わたしをつるっと落としてしまうのを恐れ、慎重のうえにも慎重に。ちょっとでも油断したら、おそらく本当にそうなっていただろう。それくらい、わたしの全身は粘液まみれになっていた。

普通なら梯子をのぼるくらいは楽勝なのに、金属の表面がつるつるして滑るせいで、思うようにのぼれない。それでもなんとか集中力を保って、ハーディが開けておいてくれたシャフトの扉から踊り場によじのぼった。そこには、ほかにもわたしを助けに来てくれた人々が大勢待ち受けていた。どこかの会社の男性社員がふたり、警備室の上司と部下、急な知らせを受けて駆けつけてくれたエレベーターの技師。ケリー・ラインハートはひどくとり乱した様子で、まわりの人々に何度も同じ話をしていた。「わたし、ほんの三〇分前まで彼女と会ってたのよ……こんなことになるなんて信じられない……だってついさっきまで……」

わたしはそんな彼らを無視した。礼儀知らずだからではなく、ただひたすら恐怖におののいていたからだ。もっとさがれと言われても動こうとせず、開いた扉からシャフトをのぞきこんで、不安まじりにハーディの名を呼びつづけた。下からはばしゃばしゃと水の跳ねる音や、激しいののしり声が聞こえてくる。そんな汚い言葉は生まれてこの方聞いたことがないくらいの、悪態や卑語が。

最初に出てきたのはマヌエルで、次にもうひとりの作業員が続いた。そして最後に、わたしと同じくらい汚泥まみれになったハーディが、全身からぽたぽた水を滴らせながらシャフトから這いあがってきた。ビジネススーツはぴったりと体に張りついている。きっとにおいもわたしと同じくらいひどいだろう。髪だってぐちゃぐちゃに乱れている。なのに、彼はこの世でわたしが出会った誰よりもすばらしい男前に見えた。

わたしはハーディに飛びつくと、両腕を彼の腰にまわして、顔をその胸にすり寄せた。心臓がどくんどくんと力強く打つ音が耳にじかに響いてくる。「どうやって脱出したの?」わたしは訊いた。

「手すりに足をかけて天井のフレームをつかみ、懸垂して体を浮かすと同時に片脚を持ちあげたんだ。一度は落っこちそうになったけど、マヌエルとフアンがつかまえてくれた」

「エル・モノ」マヌエルがなにか説明しようとしてそう言ったとたん、ハーディの胸の奥から笑い声が伝わってきた。

「今のはどういう意味?」わたしは尋ねた。

「おれのこと、雄猿みたいだったって」ハーディが後ろのポケットから財布をとりだし、ぐしょぐしょに濡れた紙幣を何枚か引き抜くと、こんな状態で申し訳ないがと謝りながら差しだす。マヌエルたちは爆笑しながらそれを受けとり、濡れてたって金は金だと言って、三人はがっしり握手を交わした。

その後ハーディがエレベーターの技師や警備の人たちと話をするあいだも、わたしは彼の体に腕をまわしたままぴったり寄り添っていた。もう安全だとわかっているのに、どうしても離れられなかった。彼のほうもわたしがへばりついていることを気にする様子はなく、ときおり片手で背中を撫でたりしてくれた。そのころになってようやく、サイレンを響かせながら消防車がやってきて、建物の外にとまった。

「すまないが」ハーディは警備室の上司のほうにびしょ濡れの名刺を差しだした。「今夜はもう話したくないんだ――彼女はさんざんな目に遭ったんだから。早く連れて帰って、着替えさせてやらないと。もしも誰かが事情を聞きたいとか言ってきたら、明日にでもここへ電話するよう伝えておいてくれないか」

「了解しました」警備室の上司が言った。「お気持ちはわかりますよ。わたしどものほうでなにかお役に立てることがありましたら、遠慮なくおっしゃってください。では、おふたりとも、お気をつけて」

「いい人だったわね」ハーディに導かれて建物の出口へと向かいながら、わたしは言った。外に出ると、消防車のほかに報道車も駆けつけていて、カメラ・クルーがちょうどバンから飛びだしてくるところだった。

「彼はきっと、きみが訴訟を起こさないでくれることを祈ってるんだよ」ハーディはそう答え、路上にとめてある車へとわたしを案内した。ぴかぴかのシルバーのメルセデス・セダンで、車内のシートはいかにもやわらかそうなベージュ色の革張りだ。

「だめよ」わたしはしりごみした。「こんなずぶ濡れの汚い格好で乗れるわけないでしょ」

ハーディがドアを開けてわたしをなかへ押しこむ。「いいから乗るんだ、ダーリン。歩いて帰るわけにはいかないんだから」

これでは車の内装がだめになってしまう。わたしは身の置きどころがない感じで、メイン通り一八〇〇番地までの短い道のりを送ってもらった。

最悪なのはそれからだった。ハーディがビルの駐車場に車をとめ、ロビーへあがるエレベーターへとわたしを連れていこうとする。わたしは銃で撃たれたかのように途中ではたと立ちどまり、エレベーターから階段のほうへ目をやった。ハーディもすぐに足をとめる。

今のわたしがもっとも避けたいのは、またエレベーターに乗ることだ。どうしても耐えられそうにない。考えるだけでおぞましくなり、全身の筋肉がこわばっていく。

ハーディはなにも言わず、苦悶《くもん》するわたしをじっと見守っていた。

「しょうがないわよね」わたしは吐きだすように言った。「これから一生エレベーターを避けて通るわけにはいかないんだもの」

「ヒューストンで暮らしていくならな」ハーディの顔つきはやさしかった。もうじきそこに哀れみの表情が加わるのは目に見えている。そうなるのがいやだという一心で、わたしは足を前へ踏みだした。

「しっかりしなさい、ヘイヴン」と自分を励まし、上のボタンを押す。その手はわなわな震えていた。エレベーターが地下におりてくるのを待つあいだ、地獄への門の前にたたずんでいる気分だった。

「そう言えばわたし、ちゃんとお礼を言ってなかったわよね」わたしはしわがれた声で言った。「あらためて言わせてもらうわ……本当にありがとう。それと、これだけは知っておいてほしいんだけど、普段のわたしはあんなに……厄介な女じゃないから。いつもいつも助けてもらわなきゃいけないような女じゃないってこと」

「じゃあ、この次はきみがおれを助けてくれたらいいさ」

不安でたまらなかったはずなのに、なぜかふっと笑ってしまう。彼に言ってほしかったのは、まさにそういう言葉だった。

扉が開くと、わたしは勇気を奮い立たせて金属の箱のなかに足を踏み入れ、隅で小さく身を縮こまらせた。すぐにハーディも乗りこんできて、扉が閉まるのを待たずにわたしをきつく抱き寄せ、唇を重ねてくる。そのとたん、その日一日で感じたあらゆる苦痛、怒り、絶望、そして安堵がすべてひとつに入りまじり、純白の熱い閃光《せんこう》となって押し寄せてきた。

わたしは熱烈なキスで応え、彼の舌を口のなかへ招き入れて、その味や体じゅうにふれてくる彼の感触をむさぼった。ハーディは予想外の反応に驚かされたように、短く荒い息をついた。わたしの頭を片手で支え、甘くとろけそうな口でわたしを味わいつくす。

ほんの数秒でロビーに到着した。扉が開いて、いまいましいブザー音が鳴る。ハーディはさっと身を離し、つややかな黒い大理石のロビーへとわたしを連れだした。ふたりともたぶん、沼からあがってきたばかりの動物のように見えたに違いない。住居用エレベーターの脇に置かれたコンシェルジェ・デスクの前を通りかかると、デイヴィッドがあんぐりと口を開けてわたしたちを見つめた。

「ミス・トラヴィス、おやまあ、いったいどうなさったんです?」

「それがその……なんと言うか……バッファロー・タワーでちょっとした事故に巻きこまれてね」わたしはおどおどしながら答えた。「ミスター・ケイツに助けていただいたの」

「なにかお手伝いできることはありますか?」

「いいえ、ふたりとも平気だから」そう言ってから、デイヴィッドに目で釘を刺しつつ言い添える。「このことは誰にも言わないでおいてくれると助かるわ。わたしの家族にも」

「もちろんですとも、ミス・トラヴィス」デイヴィッドは気安く請けあった。ちょっと慌てすぎなくらい勢いこんで。わたしたちが住居用エレベーターのほうへ歩きだすやいなや、彼が受話器をつかんでボタンを押しはじめるのが見えた。

「きっと兄のジャックに連絡してるんだわ」扉の開いたエレベーターに乗りこみながら、わたしはこぼした。「今は誰とも話したくないのに。とくに、お節介で、余計なことにまで鼻を突っこんでくる——」

ハーディがキスで口をふさいだ。ただし今度は、わたしに手をふれたら危険だと思ってでもいるかのように、両手を壁に突いて。熱く大胆なキスはいつまでも続き、歓びが次から次へとわきあがってくる。わたしは手を持ちあげ、筋肉が分厚く盛りあがった彼の広い肩を撫でた。

てのひらに感じるたくましい感触に思わずうっとりする。ハーディは、目の前のごちそうをとりあげられる前に全部たいらげてしまおうという勢いで、わたしの口をむさぼりつづけていた。欲望の高まりが外からでもはっきりと見てとれる。わたしはふと、そこに手をふれてみたくなった。彼の引きしまったおなかに震える指を這わせていき、彼の体温であたたまったベルトのバックルに指先がかかったちょうどそのとき、エレベーターがとまって、ハーディに手首をつかまれた。

やわらかい青の瞳が燃えていた。その顔も、熱でもあるかのように紅潮している。彼は頭を振ってわれに返ると、わたしの手を引いてエレベーターから降りた。そこは一八階だった。彼の部屋があるフロアだ。わたしは望んで彼のあとについていき、ドアを開けてもらうのを待った。どうやら彼が暗証番号を押し間違えたらしく、耳ざわりなアラーム音が鳴り響く。悪態をつく彼を見て、笑いをこらえるのが大変だった。ハーディは申し訳なさそうにわたしを見てから、もう一度ボタンを押し、今度こそドアが開いた。

小さな子供の手を引くように、ハーディは手をつないでわたしをシャワーまで連れていった。「好きなだけ時間をかけていいぞ。おれはもうひとつのバスルームを使うから。ドアの裏のフックにバスローブがかかってる。きみの服はあとでおれが部屋までとりに行ってくるから、とりあえずそれを着ててくれ」

こんなにすばらしく豪華なシャワーにはお目にかかったことがなかった。未来のシャワーでも、ここまでのものはないだろうと思うくらい。お湯の温度をやけどしない程度まで目いっぱいあげて、熱さにうめきながら冷えきった手足にシャワーをかけていく。顔も体も三度ずつ洗い、頭も三度シャンプーしてリンスした。

ハーディのローブは大きすぎて、わたしが着ると一〇センチほど床に引きずってしまう。それでもかまわず身にまとって、今ではなじみ深くなった彼の香りを吸いこんだ。ベルトをぎゅっとしぼって裾《すそ》をあげ、袖を何度か折ってまくり、湯気で曇った鏡を見つめる。濡れた髪がくるくると巻いていた。あいにくここにはブラシとくしくらいしかヘアスタイリングの道具はないので、このまま乾かすしかない。

あれだけの目に遭わされたのだから精も根もつきはてていても不思議はないのに、こうしてやわらかいタオル地のローブに繊細な肌を撫でられるだけで、なぜか無性に元気がわいてくる。メインのリビングルームへふらふらと歩いていくと、すでにTシャツとジーンズに着替えた洗い髪のハーディが待っていた。テーブルのそばに立ち、サンドイッチとスープを紙袋からがさがさとりだしている。

頭のてっぺんから足の先までじっくりとわたしを眺めたのち、彼は言った。「レストランに頼んで、持ってきてもらったんだ」

「ありがとう。おなか、とってもぺこぺこだったの。こんなに腹ぺこだったことはかつてないくらい」

「トラウマになるほどの体験をしたときって、よくそうなるものだよ。おれたちも、現場でなにか問題が発生すると――事故とか火災とか――そのあと飢えた狼《おおかみ》みたいにがつがつ食うんだ」

「掘削抗で火事になんかなったら、すごく怖いでしょうね」わたしは言った。「どうして火がついたりするの？」

「それはまあ、機械がショートしたり、オイルがもれたり……」ハーディがにんまりしながらつけ加える。「溶接の作業中とか……」彼は料理をテーブルに並べ終えた。「先に食べててくれ。おれはきみの部屋へ行って、服をとってくる。暗証番号を教えてくれるかい？」

「ここにいて。服なんてあとでいいから。このローブ、とても気持ちがいいし」

「わかった」ハーディが椅子を引いてくれた。そこに座り、たまたまテレビでかかっていたローカルニュースをなんの気なしに見て、椅子から転げ落ちそうになった。女性キャスターが最新のニュースを伝えている。「……さらに洪水のニュースです。今日の夕方、バッファロー・タワーの地下で水没したエレベーターから身元不詳の女性が救出されました。現場に居あわせた警備担当者の話によると、地下駐車場に大量の水が流れこんだためにエレベーターに不具合が発生し、女性がなかに閉じこめられていたとのこと。ビルに勤務する社員の方にうかがったところ、女性はたいした怪我もなく無事に救出され、治療などもとくに受けずに帰宅したそうです。詳しいことがわかり次第、また追ってお伝えします……」

電話が鳴って、ハーディが発信者番号を確認した。「たぶん、きみのお兄さんのジャックだ。さっきおれから電話をかけて、きみは無事だと伝えておいた。でも、どうしてもきみの声が聞きたいらしい」

ああ、なんてこと。わたしがハーディと一緒にいると知って、ジャックはどれほどかりかりしていることか。

わたしは受話器をとり、通話のボタンを押した。「ハイ、ジャック」とできるだけ明るい声で言う。

「妹を持つ身として最悪な事態はどんなものか知ってるか?」ジャックが一方的に話しはじめる。「実の妹が身元不詳の女性としてニュースにとりあげられることだ。身元不詳の女性には悪いことが起こるのが世の常だからな」

「わたしは無事だから」わたしは微笑みながら言った。「ちょっと濡れて汚れたけど、それだけよ」

「おまえはそう思ってるかもしれないが、体はまだショック状態にあるかもしれないんだぞ。どこか怪我してるのに気づかないとか。まったく、どうしてケイツはおまえを病院へ運んでくれなかったんだ?」

顔から笑みが消えていく。「わたしが無事だからよ。ショック状態でもないし」

「今から迎えに行く。今夜はぼくの部屋で寝ろ」

「お断りよ。あなたの部屋には行ったことあるけど、ごみためみたいに散らかってたじゃないの。おかげでこっちは、そこへ足を踏み入れるたびに免疫力が増す気がするくらいよ」

ジャックは笑わなかった。「そんなひどい目に遭ったあと、ケイツと夜をともに過ごすなんてもってのほか――」

「わたしの境界に土足で踏みこまないでって話したこと、覚えてるでしょ、ジャック？」

「境界なんかクソくらえだ。だいたいおまえ、バッファロー・タワーからほんの数ブロック先で兄貴がふたりも働いてるってのに、どうしてケイツなんかに電話したんだ？　ゲイジかぼくだって、ちゃんとおまえを救いだしてやれたのに」

「わからないわよ、そんなこと――」わたしは気まずい面持ちでハーディを見た。彼は表情の読みとれない顔をして、キッチンへと消えていった。「ジャック、話は明日しましょう。ここへは来ないで」

「おまえに指一本ふれたらただじゃおかないって、ケイツには伝えてあるからな」

「もう、ジャックったら」わたしは舌打ちした。「そろそろ切るわよ」

「待てよ」兄は一瞬黙り、おだてるような声で話しはじめた。「な、今からぼくが迎えに行ってやるからさ、ヘイヴン。大切な妹のためだ――」

「けっこうよ。おやすみなさい」

兄のわめき声が受話器からもれてきたが、わたしは気にせず電話を切った。

ハーディがたっぷりの氷と炭酸飲料の入ったグラスを持ってテーブルに戻ってきた。

「ありがとう」わたしは言った。「ドクターペッパー？」

「ああ。レモンをひとしぼりと、ジャックダニエルも少し入れておいたよ。神経が落ち着くと思って」

問いかけるように彼を見あげる。「わたしの神経は落ち着いてるけど？」

「かもな。だけど、まだかなりぐったりしてるように見えるから」

口をつけてみると、とてもおいしかった。甘くてぴりっと刺激のある液体をごくごく飲みはじめると、ハーディがそっと手にふれてきた。「おいおい、そんなに一気に飲んじゃだめだ。もっとゆっくり飲まないと、ハニー」

それからはしばらく無言で、野菜スープとサンドイッチを食べた。そして最後にドリンクを飲み干し、ゆっくりと息を吐きだす。気分はかなりよくなった。「もう一杯、お代わりをもらえる？」空になったグラスを彼のほうへ押しだしながら頼む。

「もうちょっとしてからな。ジャックダニエルの酔いはあとから効いてくるから」

わたしは横を向いて椅子の背に肘をかけ、彼を正面から見つめた。「ティーンエイジャーの子を諭すみたいな言い方はやめて。わたしはもう大人なのよ、ハーディ」

ハーディはわたしの目を見据えたまま、ゆっくり首を振った。「わかってるさ。だが、きみにはその……けっこううぶなところがあるから」

「どうしてそう思うの？」

彼が穏やかに答える。「ある種の状況におけるきみの反応を見てるとね」

シアターでの一件を指しているのだろうと思うと、顔が熱くなった。「ハーディ……」ごくりとつばをのみこんでから言う。「ゆうべのことだけど――」

「待ってくれ」テーブルに載せているほうの腕に彼がそっとふれてきて、手首の内側の青く透きとおって見える血管を指でやさしくなぞった。「その話をする前に、ひとつ教えてほしい。なぜきみはお兄さんたちではなく、おれに電話をかけてきたんだ？　いや、かけてきてくれたことはうれしいんだよ。ただ、その理由が知りたい」

全身に熱が広がり、ローブの下の素肌が薔薇色に染まっていく。ばつの悪い思いと興奮とで胸がいっぱいになった。この人にどこまで打ち明ければいいのだろう？　真実を告げたら、彼はどう受けとめるだろうか？　「そんなこと、考える余裕もなかった。ただ……あなたに会いたかっただけ」

あたたかくゆったりと動くハーディの指が、手首から肘のほうまであがっていき、折りかえし戻ってくる。「ゆうべのことだけど」彼がつぶやく。「あのときはきみがおれを押しのけたのは正解だったよ。初めて結ばれるのがあんな場所ではな。だから、途中でやめたことはいいとして、なぜあんなふうに――」

「ごめんなさい」わたしは心から謝った。「本当に悪かったと――」

「いや、謝ることはないよ」ハーディはわたしの手をとり、指をもてあそびはじめた。「あとで少し冷静になってから、考えてみたんだ。きみがあんな反応を見せたのは……もしかすると前のだんなと……なんらかのベッドルーム問題を抱えていたせいじゃないかって」青い瞳が、わたしの表情をくまなく読みとろうとしている。

〝ベッドルーム問題〟とは、これまたかなり持ってまわった言い方だ。わたしは心のなかでもがき、迷っていた。いっそのこと、洗いざらい話してしまいたい気もしてくる。

「本当に彼が初めての男だったのか？」ハーディが水を向けてきた。「そういうのって、今どきかなり珍しいよな」

わたしはうなずき、しゃべりはじめた。「妙な話だけどね、そうすることでわたしは母を喜ばせたかったんだと思うの。もうとっくに亡くなってたんだけど。でももし母が生きていたら、結婚するまで待ちなさい、まともな女の子は軽々しく男性と寝てまわるものじゃありませんよ、って言ったはずだから。母にはさんざん苦労をかけたし。だってわたし、ちっとも母の望みどおりの娘にはなれなかったんですもの――父の望むような娘にも。だから、せめてそれくらいは母の言いつけを守って、いい子でいなきゃ、と思いこんでしまって」他人にこのことを打ち明けるのは初めてだった。「ずいぶんあとになって、自分が本当に誰かとベッドをともにしたいと思ったならそうしていいんだ、と気づいたけど」

「それでニックを選んだわけか」

「ええ」唇がひくひくと引きつる。「結局、あまりいい選択ではなかったけれどね。彼って、喜ばせるのがすごく難しい人だったから」

「おれはそんなに難しくないよ」彼はまだ、わたしの指をいじくりまわしていた。

「よかった」声がかすかに震えた。「だってわたし、どうすれば相手に喜んでもらえるのか、よくわかっていないみたいなんだもの」

すべての動きがとまった。ハーディがわたしの手もとから視線をあげ、情熱にきらめく瞳で見つめてくる。「おれなら……」そこでいったん言葉を切り、すうっと息を吸いこんだ。そして、かすれた声で言う。「おれが相手なら、そういう心配はしなくていい、ハニー」

彼から目が離せなかった。この人に抱かれ、その体を自分のなかに受け入れることができたら……。ついそんなことを考えて、心臓がどきどきしてしまう。だめよ、もっと落ち着かなきゃ。「ねえ、ジャックダニエルをもう一杯もらえるかしら？」わたしはなんとか口を開いた。「今度はドクターペッパーなしで」

相変わらずわたしを見つめたまま、ハーディが手を放した。無言で立ちあがり、キッチンへ消えていって、ショットグラスをふたつと有名な黒いラベルのボトルを持って戻ってくる。そして、ポーカーのゲームでも始めるかのように表情をいっさい崩さず、グラスに手際よく酒を注いだ。

ハーディが一気に杯をあおるかたわら、わたしはほんの少しだけ口に含み、なめらかで若干甘みのある液体を舌の上で転がした。わたしたちは今や、とても近い位置に座っていた。ローブの前がはだけて膝こぞうがあらわになると、彼がちらりと視線を投げかけてくる。ちょっと傾いた彼の頭に照明があたり、ダークブラウンの髪が波のようにうねって見えた。わたしはついに、彼にふれたい気持ちを抑えきれなくなった。彼の頭の横にそっと手をのばして、シルキーな髪をひと筋、指先でもてあそぶ。ハーディは片手をわたしの膝に置き、ぬくもりで包みこんだ。

彼が顔をあげると、わたしは顎の線をなぞり、ざらざらしたひげ剃りあとややわらかい唇の感触を楽しんだ。それから太い鼻を指一本でたどり、鼻筋のちょっと曲がった部分で手をとめた。「わたしにならいつか話してもいいって、約束してくれたわよね。どうしてこの鼻が折れたのか」

ハーディは話したくなさそうだった。その目を見ればわかる。でも、わたしがこれだけ正直に打ち明け話をしている以上、自分だけが沈黙を守るわけにはいかないと思ったらしい。やがて彼は小さくうなずき、自分のグラスに酒を注ぎ足した。そのせいで彼の手が膝から離れてしまったのが、少し悲しかった。

長い間を置いてから、ハーディは淡々と話しはじめた。「親父に折られたんだ。すごい酒飲みでね。酔っててもしらふでも、とにかく親父の機嫌がいいのは、誰かを傷つけてるときだけだった。おれがまだ幼いころ、親父は家族を捨てて出ていった。ずっと姿を消したままでいてくれたらよかったんだが、ときどきひょっこり戻ってくるんだよ、刑務所にぶちこまれていないときは。そしておふくろをさんざん痛めつけ、うちの有り金を全部かっぱらって、またふいと消えてしまう」

彼は遠くを見つめる目をして、首を振った。「おふくろは女性にしては背の高いほうだったが、その程度で太刀打ちできるはずもない。力任せにぶん殴られれば、失神してしまうくらいだ。放っておいたら、いつか親父はおふくろを殺していただろう。だからあるとき――

たぶんおれは一一歳くらいだったと思うが――戻ってきた親父に向かってこう言ってやったんだ、母さんにはもう近づくな、って。そのあとどうなったかは覚えていない。目を覚ましたらおれは、ロデオの荒牛に踏んづけられたみたいになってたんだ。そしてこの鼻も折れていた。おふくろもおれと同じくらい痛めつけられていた。そのときおふくろにこう言われた。父さんには二度と逆らっちゃいけないよ、こっちが逆らえば逆らうほどあの人は怒り狂うんだから、って。親父の好きなように振る舞わせておいて、また消えてくれるのを待つほうが、おふくろにとっては楽だったんだろうな」

「どうして誰もお父さんをとめなかったの？　お母さんも、離婚するとか、裁判所に接近禁止命令を出してもらうとか、打つ手はあったでしょうに」

「接近禁止命令なんて、相手が警察につかまってるときくらいしか役に立たないんだよ。それでおふくろは教会へ悩みを相談しに行った。そしたら、離婚はしないほうがいいと説得されてね。ご主人の魂を救ってあげることがあなたに与えられた使命ですよ、とかなんとか言われて。牧師によれば、おれたちがみんなで必死に祈れば、親父もいつか改心し、光を見て救われるんだそうだ」ハーディは鼻でふんと笑った。「おれのなかの信仰心みたいなものは、そのときを限りに消え失せたよ」

ハーディもまた家庭内暴力の犠牲者だったと知って、わたしは声を失った。しかも、彼はまだほんの子供だったのだから、わたしよりもはるかにつらかったはずだ。声に抑揚が出ないように気をつけながら、わたしは訊いた。「それで、お父さんはその後どうなったの？」

「それから二年ほどして、また戻ってきた。そのころにはおれもずいぶん大きくなってたからね。トレーラーの戸口をふさいで、親父をなかに入れなかったよ。おふくろがおれをどかそうとしても、頑として動かなかった。そしたらあいつは――」ハーディはそこでぐっと黙りこみ、口もとをゆっくり手でこすった。たぶん彼は、これまで誰にも打ち明けたことのない話を初めてしようとしているに違いない。

「続けて」わたしはささやいた。

「あいつはおれにナイフを向けてきたんだ。脇腹目がけて襲いかかってきたんで、おれは親父の腕をひねりあげてナイフを落とさせてから、こっぴどく叩きのめしてやった。二度とここへは戻ってこないと親父が誓うまでな。それからいっぺんも姿を現さなかった。今は刑務所に入ってるはずだ」ハーディの顔がこわばった。「最悪なのは、そのあと二日もおふくろが口を利いてくれなかったってことだ」

「どうして？　あなたに腹を立ててたから？」

「最初はそう思ってた。でもあとになって……おふくろはおれのことが怖くなったんじゃないかと気づいたんだ。親父をぶちのめしてたときのおれは、親父の姿となんら変わりないように見えたはずだからね」ようやくハーディがわたしに目を合わせ、静かに言った。「おれはそういうひどい家系に生まれ育った男なんだよ、ヘイヴン」

おそらく警告のつもりで言っているのだろう。そのとき、ハーディのことが少し理解できた気がした。彼はこれまで自分の生まれ育ちを理由にして、あえて他人を寄せつけずに生きてきたわけだ。誰かと近しくなりすぎると、相手に傷つけられてしまう恐れがあるから。そういう恐怖なら、わたしにもよくわかる。わたしもずっとそんな不安を抱えて生きてきたのだから。

「脇腹のどのあたりを切られたの?」わたしはくぐもった声で訊いた。「見せてくれる?」

ハーディは酔っぱらいのようにどんよりしたうつろな目で見つめかえしてきたが、焦点が定まらないのはジャックダニエルのせいではないはずだと、わたしにはわかっていた。くぼんだ頬や鼻柱のあたりにぱっと赤みが差す。ハーディはTシャツの裾をめくり、引きしまった脇腹を見せた。細い傷あとが、日に焼けたなめらかな肌に白く浮きあがっていた。わたしは椅子からおりて、じっと凍りついている彼の腿のあいだにひざまずき、身をかがめて傷あとにキスをした。彼がはっと息をのむ。唇に感じる肌は熱く、こわばった腿は鉄のように硬い。

頭の上でハーディがうめいた。彼の膝のあいだに挟まれていたわたしは縫いぐるみの人形のように軽々と抱えられ、ソファーへと連れていかれた。ベルベットの生地の上に横たえられて、ローブのベルトをほどかれる。燃えるように熱くてウイスキーの甘みがほんのり感じられる唇が重なってきたかと思うと、ローブの前を開かれた。あたたかい彼の手が乳房をやさしく包みこむ。

硬くとがったその頂を口に含んで、ハーディがやさしく舌を転がす。わたしはじっとしていられなくなって、彼の下で身をよじった。胸のつぼみが痛いほど張りつめ、じらすように刺激されるたびに熱い興奮が体を貫く。もうひとつの乳房に吸いつかれると、わたしはあえぎながら彼の頭を抱え、背骨が溶けてしまったみたいに身をくねらせた。シルクの感触がする髪に指を絡ませながら、夢中でふたたびキスを求める。すると彼は荒々しく唇を奪い、奥の奥まで舌を差し入れてきた。

がっしりした手がおなかのあたりをさまよい、やわらかいカーブを撫でおろしていく。小指の先が黒い茂みに少しだけかかったのを感じて、わたしは上のほうへ体をずらした。彼の手がもう少し下へと滑っていき、やわらかいカールを指先でもてあそびはじめると、体の芯がうずいて仕方なくなった。生々しい欲求に突きあげられて死んでしまうかと思うくらいに。熱いうめきをもらしながら彼のTシャツを引っぱると、ハーディの唇がふたたび舞い戻ってきて、その声を味わうかのように吸いとっていく。「お願い、ふれて」わたしは息を切らし、ベルベットのクッションの上で爪先を丸めながら言った。「ハーディ、お願い――」

「どこにだい？」悪魔のささやきが返ってくる。腿の内側の湿ったカールをいじりながら、彼が尋ねた。

わたしは震えながら膝を開いた。「ここよ……ここに……」

ハーディは喉を鳴らすように熱い息を吐き、指を巧みに這わせていって、熱くとろける蜜《みつ》があふれだす中心を探りあてた。と同時に、キスのせいでぷっくりふくらんだ唇に吸いつき、やさしく噛みしめる。やがて彼はわたしを抱きかかえるように体に腕をまわし、全身のあらゆるところにキスの雨を降らせた。膝の裏側、こんもりと盛りあがった胸もと、反りかえった首筋。

「ベッドへ連れていって」かすれた声ですがるように言った。彼の耳たぶにそっとかじりつき、舌を動かす。「お願いだから……」

　すると突然ハーディがぶるぶるっと身を震わせて体を起こし、こちらに背を向けるようにして床の上に座りこんだ。膝を抱えこみ、そのあいだにがっくりと頭を落として、荒い息をつく。「だめだ」押し殺すような声だ。「今夜はだめだ、ヘイヴン」

「どうして？」とっさには理解できなかった。薄いカーテンが幾重にも覆っているみたいで、なかなか正解にたどり着けない。「どうしてだめなの？」わたしはささやいた。

　ハーディはなおもそのままじっとしていた。しばらく経ってからようやくこちらに向きなおり、静かににじり寄ってくる。そして注意深く手をのばし、今まで以上に親密な空気を漂わせながら、はだけたローブをわたしの体にかけてくれた。

「こういうのはよくないよ」彼は言った。「あんな目に遭ったばかりなんだから。弱っているきみの隙につけこむようなまねはできない」

　その言葉が信じられなかった。ここまでこんなにうまくいっていたのに。あらゆる不安が消え去ったような気がしていたのに。こんなにも強く彼が欲しいと思えたのに。「弱ってなんかいないわ」わたしは反論した。「わたしは平気よ。あなたとベッドをともにしたいと、心から願っているんだから」

「今のきみは、まともな判断が下せる状態じゃない」

「だけど……」わたしは起きあがり、顔をこすった。「ハーディ、こういうやり方って、ちょっと横暴すぎない？　わたしをその気にさせるだけさせておいて、いきなり――」そのとき、いやな考えが頭をよぎった。「もしかしてこれって仕返しのつもり？　ゆうべの一件に対する？」

「まさか」ハーディはむっとしたように言いかえした。「そんなことするもんか。あれとこれとは関係ない。だいいち、きみは気づいていないかもしれないが、おれだってきみと同じくらいその気になってたんだからな」

「だったらどうしてひとりで勝手に決めてしまうの？　わたしには発言権もないわけ？」

「今夜のところはな」

「いいかげんにして、ハーディ……」身も心も痛くてたまらなかった。「まったく不必要ななにかを証明してみせるために、こんなふうに途中で放りだして、わたしをもんもんとさせておきたいわけ？」

彼がわたしのおなかに手を置いた。「なら、きみだけはいかせてやる」

それではまるで、メインの料理がないのに前菜だけお代わりを勧められたようなものだ。

「いやよ」わたしは憤慨して顔を真っ赤にした。「そんな中途半端なものじゃなくて、最初から最後までのフルコースのセックスでなきゃ。わたしは一人前の大人の女性のように扱われたいの。自分の体をどうしてほしいか、自分で決めさせてほしいのよ」

「ハニー、おれがきみを大人の女性として見ていることは、たった今、一点の曇りもなく証明してみせたじゃないか。それでもおれは、瀕死の体験をした直後の女性を自宅に連れて帰り、酒を飲ませ、相手の感謝の気持ちを利用して抱くようなまねはできないんだよ。どうしても」

わたしは目を丸くした。「それじゃあなた、わたしが感謝のしるしとして抱かれようとしてると思ってるの？」

「わからないよ。けど、せめて一日か二日、もっと気持ちが落ち着くまで待ってからにしたほうがいい」

「気持ちならとっくに落ち着いてるって言ってるでしょう！」ただのやつあたりだとわかっていたけれど、叫ばずにいられなかった。体に火がついて燃えあがろうとした瞬間に、ぽんと放りだされてしまったのだから。

「こっちはせめて紳士的に振る舞おうとしてるだけじゃないか、まったく」

「今さらそんなこと言われても」

これ以上、一分たりともこの部屋にとどまることはできない——このままではお互い気まずくなるだけの、とりかえしのつかないことをしでかしてしまいそうだった。彼に身を投げだすとか、床にひれ伏してすがりつくとか。わたしはよろめきながらソファーから立ちあがり、ベルトをぎゅっと巻きなおしてから、ドアへ向かった。

ハーディが慌ててあとを追ってくる。「どこへ行くんだ？」

「自分の部屋に帰るの」

「だったら服をとってきてやるから」

「気にしないで。プールで泳いだあとローブ姿のままうろちょろしてる人だって、珍しくないんだから」

「そういう人たちは、ローブの下は裸じゃないだろ」

「だからなに？　欲情に駆られていきなりわたしに襲いかかってくる人がいるとでも？　そのほうがラッキーだわ」憤然とした足どりでドアから廊下に出る。激しい怒りにとらわれているのが、かえってありがたかった――おかげでエレベーターも怖くはない。

ハーディがついてきて、エレベーターの扉が開くまで横に立っていた。ふたりとも裸足のままでエレベーターに乗りこむ。「ヘイヴン、おれの言い分が正しいことはわかってるんだろ？　話しあおう」

「セックスしたくないのなら、お互いの気持ちについて話しあうことなんかないでしょ」

彼はとまどった表情を浮かべ、髪をかきあげた。「そんなこと、女性から面と向かって言われたのは初めてだ」

「わたしだって、男の人から拒絶されたことなんかなかったわ」

「拒絶じゃない、延期だ。それに、もしもきみがジャックダニエルのせいでこんなに短気になってるなら、二度ときみには酒を注いでやらない」

「ウイスキーは関係ないわ。短気はもともとよ」

なにを言おうと火に油を注ぐだけだと気づいたらしく、ハーディはそれっきり口を閉ざし、黙ってわたしの部屋の前までついてきた。わたしは暗証番号を押してドアを開け、なかへ一歩入って振りかえった。

ハーディが上からわたしを見おろす。乱れ髪の彼はこのうえなくセクシーで、食べてしまいたいくらいすてきだった。でも、向こうから謝る気は毛頭なさそうだ。

「明日、電話するよ」彼が言った。

「電話には出ませんから」

ハーディはだぶだぶのローブに身を包んでいるわたしを上から下までじっくりと眺めまわし、ぎゅっと縮こまった爪先を見て、ふっと表情をやわらげた。口もとにかすかな笑みが浮かぶ。「きっと出ると思うな」

わたしはドアを叩きつけるように閉めた。尊大な微笑みに彩られた彼の顔など、見たくもなかった。

13

翌朝八時半に出社するやいなや、キミー、サマンサ、フィル、ロブにとり囲まれた。わたしの無事な姿を見てみんなほっとした表情になり、どんなふうに洪水が起こったのか、エレベーターに閉じこめられていたときはどんな気分だったか、どうやって助けだされたのかを聞きたがった。

「電話で友人に助けを求めたところで、携帯の充電が切れてしまったのよ」わたしは説明した。「それでも彼が来てくれて……それでなんとか助かったの」

「その友人って、ミスター・ケイツだったんだろ？」ロブが訊いた。「デイヴィッドが教えてくれたぞ」

「ここの入居者のミスター・ケイツ？」キミーが尋ねる。わたしが恥ずかしそうにうなずくと、にやにやした。

ヴァネッサも心配そうな顔をして、わたしのブースへやってきた。「ヘイヴン、あなた、大丈夫？　ゆうべ、ケリー・ラインハートから電話をもらって、なにがあったか聞いたんだけど」

「ええ、なんともありません」わたしは答えた。「いつもどおり、ばりばり働かせてもらいます」

ヴァネッサは笑った。その声に、どこか見くだすような響きを感じとったのは、たぶんわたしだけだろう。「頼もしいわね、ヘイヴン。見なおしたわ」

「そう言えば」とキミーが口を挟む。「あなたがエレベーターにいた女性だったのかと問いあわせる電話が、朝から何本もかかってきてるんだけど。地元のメディアは、今回の件をトラヴィス家の一大事としてとりあげたがってるみたいね。だからわたし適当にすっとぼけて、よくはわかりませんけどたぶん人違いでは、って答えといたから」

「ありがとう」わたしは礼を言った。ヴァネッサがうっすらと目を細めているのを意識しながら。わたし自身、自分がトラヴィス家の一員であることをうとましく思っているけれど、ヴァネッサはそれ以上に、わたしがトラヴィス家の人間だということが許せないらしい。

「さあ、みんな」とヴァネッサが告げた。「仕事にかかりましょう」ほかのみんながブースから去るまで待って、にこやかに言う。「ヘイヴン、わたしの部屋に来て。コーヒーでも飲みながら、昨日のケリーとの会合について話を聞かせてちょうだい」

「ヴァネッサ、すみません、話の細かい内容まではちょっと覚えていなくて」

「あらでも、パソコンを見ればわかるでしょう?」

「そのパソコンがないんです」わたしは申し訳なさそうに言った。「水に浸かってしまったものので」

ヴァネッサがため息をつく。「ヘイヴン、会社の備品はもっと気をつけて扱ってもらわないと困るわ」

「本当にすみません。でも、どうしようもなかったんです。水位がどんどんあがって——」

「だったら、ノートを見ればいいわ。ノートにメモくらいとってあるわよね？」

「ええ、でもそれはブリーフケースにしまってあったので……なにもかも水に浸ってぐちゃぐちゃになってしまいましたから。なんでしたらケリーに電話して、もう一度——」

「だめじゃないの、ヘイヴン、ブリーフケースひとつ満足に抱えていられなかったなんて」子供を叱るようにやさしくたしなめる。「パニックに陥って、すべてを落としてしまったわけ？」

「ヴァネッサ、エレベーター内の水位はプールよりも高いところまであがってたんですよ」わたしはおそるおそる言った。ヴァネッサは実際の状況を知らないのだから勘違いするのも無理はないけれど、面と向かって彼女の誤解を指摘するのには勇気がいる。

幼い子供のするつくり話を聞かされたかのように、ヴァネッサは目をぐるりと動かして微笑んでみせた。「またそうやって、話を大げさにして」

「やあ」のんきそうな声が会話に割って入ってきた。ジャックだ。彼がブースへ近づいてくると、ヴァネッサは慌ててそちらを振り向いた。ほっそりした指で、淡いブロンドの髪を耳の後ろへ撫でつける。

「おはようございます、ジャック」

「おはよう」ジャックはおもむろにわたしの全身を眺めまわしてから、胸に引き寄せてぎゅっとハグした。わたしはびくっと身をこわばらせた。「ふれられるのはいやだなんて言っても、勘弁してやらないぞ」ジャックがわたしを抱きしめたまま言う。「ゆうべは死ぬほど心配させられたんだからな。さっきおまえの部屋へ寄ってみたら返事がなかったから、こっちへ来てみたんだ。おまえ、なんでこんなところにいるんだ？」

「えっ？　だってわたし、ここで働いてるのよ」わたしは引きつった笑顔で言った。

「今日はだめだ。一日くらい休め」

「そんな必要はないわ」ヴァネッサの強い視線を意識しながら言いかえす。

ジャックはようやくわたしを放してくれた。「いや、今日は休むんだ。のんびり過ごして。昼寝でもしてさ。それから、ゲイジと、ジョーと、父さんに連絡しとけよ。トッドにもな。みんなおまえの声を聞きたがってたぞ。おまえが寝てるかもしれないと思って、部屋に電話をかけるのは遠慮してくれてたんだ」

わたしはちょっぴり顔をしかめた。「同じ話を四回もくりかえさなきゃならないの？」

「残念ながらな」

「ジャック」ヴァネッサが甘ったるい声で言った。「ヘイヴンに無理やりお休みをとらせる必要はありませんわ。わたしたちでちゃんと面倒を見ますから。それに、普段どおりに働いたほうが気が紛れて、エレベーターに閉じこめられたトラウマから立ちなおるのも早いかもしれませんし」

ジャックは妙な顔で彼女を見かえした。「ただ単に閉じこめられたわけじゃない。妹はバケツに入れられた小魚みたいに、エレベーターのなかで溺れかけたんだぞ。ゆうべこいつを助けだしてくれたやつから直接聞いたんだから。エレベーター内には天井近くまで水がたまってて、しかも真っ暗だったそうだ。ほかの女性だったら、ヘイヴンみたいにあそこまで冷静に対処できなかっただろうって、そいつは言ってた」

ハーディがそんなことを？　褒められたようでうれしかった……ヴァネッサの顔がほんの一瞬引きつったことにも興味をそそられる。

「まあまあ、それならもちろん休まなくちゃ」ヴァネッサは大声で言って、わたしの肩に腕をまわした。「そんな大変な目に遭ってたなんて、ちっとも知らなかったわ、ヘイヴン。どうして話してくれなかったの？」親しげに肩をぎゅっと抱いてくる。いかにも高級そうな香水の乾いた香りと彼女の腕の感触に、虫酸が走りそうになった。「かわいそうに。家に帰ってゆっくり休んで。なにかわたしがしてあげられることはあるかしら？」

「いえ、とくには。お気づかいありがとうございます」わたしはわずかに身を引いた。「でも、本当に大丈夫ですから。どうか働かせてください」

ジャックが愛情深くわたしを見つめる。「ほらほら、そんなにだだをこねるなよ、スイートハート。今日は休むんだ」

「やらなきゃいけない仕事がたくさんあるのに」わたしは兄に文句を言った。

「かまうもんか。仕事は明日まで待ってくれる。そうだろ、ヴァネッサ」

「ええ、もちろん」彼女が明るく答える。「ヘイヴンがいなくても、わたしたちでなんとかカバーしますから、ご心配なく」そしてわたしの背中をぽんと叩いた。「お大事にね、スイーティー。なにか用事があったら電話してちょうだい」

カーペットにくっきりとハイヒールの深いあとを残して、ヴァネッサは去っていった。

「わたし、やっぱり仕事しないと」わたしは兄に訴えた。

ジャックは頑として折れようとしない。「父さんに顔を見せてこいよ。会いたがってたぞ。これを機に冷静な大人同士としてゆっくり話しあってみるのも、お互いにとっていいんじゃないか?」

わたしはため息をつき、バッグを手にした。「そうね。このところずっと退屈してたから、少しくらい刺激を受けたほうがいいのかも」

両手をポケットに突っこみ、ジャックはいぶかるように目を細めた。声がいちだんと低くなる。「なあ……ゆうべはケイツにちょっかい出されたりしなかったのか?」

「兄として訊いてるの? それとも友人として?」

少し考えてから彼は答えた。「友人として、かな」

「なら答えてあげる」わたしはできるかぎり小さな声でささやいた。「こっちからちょっかい出そうとしたら、断られちゃったの。わたしの弱みにつけこみたくないんですって」

ジャックがぱちぱちとまばたきする。「どういうことだ?」

「彼ったらものすごく頑固で、今夜はだめだの一点張りだったのよ」ゆうべのことを思いだして、わたしは少し不機嫌になった。「〝おれは男だ、決めるのはおれだ〟っていう態度で来られたから、わたし、なんかもう腹が立っちゃって」

「ヘイヴン、やつもテキサスの男なんだぞ。ぼくら本物のテキサス男は、女性に対する思いやりや如才なさで知られてるわけじゃない。そういう男がいいんなら、都会的で繊細なメトロセクシャルなやつを探せよ。オースティンにはそういう連中がたくさんいるらしいぞ」

憤っていたはずなのに、思わずぷっと笑ってしまった。「メトロセクシャルのなんたるかも知らないくせに、よく言うわね、ジャック」

「ぼくは違うってことだけはわかってるさ」ジャックはにやりと笑って、デスクの縁に腰をかけた。「なあ、ヘイヴン、ぼくがハーディ・ケイツにひそかな思いを寄せたりしてないことは、誰だって知ってる。けどな、今回ばかりはやつの肩を持たせてもらうぞ。やつの判断は正しかった」

「彼の味方をするつもり？」

黒い瞳がきらりと光る。「まったく、女ってやつは。男が妙な迫り方をしたら怒るくせに、迫らなければもっと怒るんだから。ほんと、どっちに転んでも勝ち目はないね」

世の中には娘に甘くてどうしようもない父親が大勢いる。でも、うちの父はそうではなかった。もしかすると、もっと多くの時間をともに過ごすことができていたら、父とわたしには共通の話題がたくさん見つかったかもしれない。でも父はいつも忙しすぎ、仕事に駆り立てられていた。娘の教育やしつけについては母に任せっぱなし。そして、母がどれだけ努力し、口やかましく言っても、四角いものを丸くは育てられなかった。

母が理想の娘像を押しつけてくればくるほど、わたしの態度は反抗的になった。およそ女の子らしくないもの――ゴムのぱちんこ、おもちゃのピストル、プラスチックのカウボーイとインディアンの人形セット、ジョーがくれたレンジャーズの野球帽――は、すべてとりあげられて捨てられるか、誰かにあげるかされてしまった。わたしが文句を言うと、母はいつだってこう言った。「こんなもの、必要ないでしょ。幼い女の子が持つにはふさわしくないわ」

母には姉妹がふたりいて、ちっとも言うことを聞かない娘を持った母にいつも同情していた。でもわたしが思うに、ふたりはその状況にひそかな優越感を抱いていたはずだ。彼女たちの夫はリバーオークスの豪邸に住まわせてくれるほどの財産持ちではないけれど、カリーナとジャシとスーザンという、どこにも文句のつけようがないすばらしい娘を産ませてくれた。一方、母は、世界じゅうの欲しいものはなんでも手に入る立場でありながら、わたしという不出来な娘に手を焼かなければならなかったのだから。

母がもし生きていたら、わたしがウェルズリー大学に進むこともなかっただろう。母は確固たるアンチフェミニストだったからだ。もっとも、母自身にもその理由はわからなかったのではないかと思うけれど。もしかするとそれは、金持ちの男性の妻という生き方が母にはとても合っていたせいかもしれない。あるいは、体制を変えたり男性の本質を変えたりするのは不可能だと思いこんでいて、つらい思いをしてまでみずから壁を打ち破っていくことなど考えられなかったからかもしれない。母の世代の女性たちの多くは、差別を耐え忍ぶことこそ美徳と信じていたようだし。

理由はどうあれ、母とわたしのあいだには埋めがたい溝があった。母が亡くなったおかげで自分の好きな大学を選べたことに、わたしはある種の罪悪感を覚えていた。父はもちろんわたしの選択を喜びはしなかったが、父自身も悲しみに打ち沈んでいたので、強く反論してはこなかった。おそらく、わたしがテキサスから出ていってくれることを歓迎する気持ちも少しはあったのだろう。

リバーオークスへ向かう道すがら、父が家にいることは電話で確認しておいた。わたしの車は駐車場で水没して廃車になってしまったので、今はレンタカーを借りている。屋敷の玄関に到着すると、ハウスキーパーのセシリーが迎えてくれた。わたしが物心ついたころにはすでにトラヴィス家で働いていた、かなり高齢の女性だ。わたしが子供のころからその顔には深いしわが刻まれていて、一〇セント硬貨さえ埋まりそうなくらいだった。

セシリーがキッチンへ引っこんでしまうと、わたしは家族用の居間にいる父に会いに行った。その部屋の両側の壁には巨大な暖炉がしつらえられていて、どちらも装甲車がまるまる収容できそうなくらい大きい。父はその部屋の奥のほうで、ソファーの上に脚を投げだしてくつろいでいた。

わたしの離婚以来、父とはあまりじっくり話す機会がなかった。短時間だけ顔を合わせることはあっても、そばにはいつもほかの誰かがいた。ふたりきりになったらしなくてもいい口論を始めてしまいそうな気がして、お互い遠慮していたのかもしれない。

あらためて父を見つめ、年をとったな、と思った。髪は灰色よりも白に近くなり、煙草《たばこ》色に焼けていた肌もずいぶん薄くなった。外で過ごす時間が減っている証拠だ。雰囲気もだいぶ落ち着いて、時代の先を読もうと必死に駆けまわっていたころの面影は消えていた。

「ハイ、パパ」身をかがめて頰にキスしてから、父の隣に腰をおろす。

黒い目が注意深くわたしを観察した。「思ったより元気そうだな」

「ええ」わたしはにこっと笑ってみせた。「ハーディ・ケイツのおかげよ」

「おまえからやつに電話をかけたのか？」

この会話がどこへ向かおうとしているかはわかる。「ええ。携帯を持ってて助かったわ」なにかまずいことを訊かれる前に、父の気をそらさなくては。「おかげで、セラピストが休暇から戻ってきたら、いろいろとまた話せることができたし」

案の定、父の眉間にしわが寄った。「おまえ、頭の医者《ヘッド・ドクター》なんかに通っているのか？」

「だめよ、パパ、〝ヘッド・ドクター〟なんて言っちゃ。昔は精神科のお医者さんをそう呼んでたのは知ってるけど、今では別の意味でも使われているんだから」

「というと？」

「あることが得意な女性のこと……ベッドルームでのある特殊な行為がうまい女性のことを指すのよ」

父はやれやれというように頭を振った。「まったく、近ごろの若い者は……」

わたしはにこやかに笑って見せた。「そんな話をするために来たんじゃないの。近況を報告しに来たんだから。ま、そんなこんなで……わたしはセラピストのところに通ってて、すごく助けになってもらってるの」

「金の無駄だな」父が言った。「ただ愚痴を聞いてもらうだけで、なんで金を払わんといかんのだ。どうせやつらの言うことなんて、こっちの聞きたいことばかりじゃないか」

わたしの知る限り、父はセラピーに関する知識など、かけらも持ちあわせていないはずだ。

「あら、パパ、心理学の学位を持ってるなんて話、聞いたことないけど?」

父が暗い目でにらみつけてくる。「セラピストのところへ通ってるなんて、誰にも言うんじゃないぞ。どこかおかしいと思われるのが落ちだ」

「自分が問題を抱えていることを誰かに知られたって、別に恥ずかしくはないけど」

「問題というのは、すべておまえの蒔いた種だろう。わたしがあれだけ反対したのに、ニック・ターナーなんかと結婚しおって」

わたしは苦笑いした。父は絶対に〝だから言っただろう〟と突っこむチャンスを逃さない。

「ニックの件はとっくにパパが正しかったって認めたでしょ。いつまでもパパがそのことを指摘して、わたしが間違いを認めるばかりじゃ、ちっとも生産的じゃないわよ。パパのほうだって、ああいうやり方が正しかったとは言えないんだし」

父の目が不快そうにぎらりと光る。「わたしは自分の信条に基づいて行動しただけだ。またああいうことが起これば、同じように対処するつもりだ」

父親の責任というものを、父はどう認識しているのだろうか？　もしかすると、自分の幼いころには家庭にいなかった権威的存在として家族に君臨することが、子供たちのためだと思いこんでいるのかもしれない。父はどんなことに関しても、自分の過ちを決して認めない。父自身はそれを自分の強さだと思っているようだけれど、わたしには弱さにしか見えない。

「ねえ、パパ」わたしはためらいがちに言った。「ほんとはわたし、たとえ間違ったことをしたときでも、パパには味方でいてほしかったのよ。どんなへまをしでかしたときでも、愛してほしかった」

「これと愛情とは関係ない。人生においては自分の行動の結果に責任を持たなければならないってことを、おまえもそろそろ学ばないとな、ヘイヴン」

「それくらい、わかってるわ」父には知らせていない悲惨な結果に直面してきたのだから。もっと父と親密な関係だったら、そういうこともすべて打ち明けていたかもしれない。でもそのためには、何年もかけて築きあげる信頼と絆が必要だ。「たしかにわたし、ニックとの結婚をあんなに急ぐべきじゃなかった。もっと冷静に判断すべきだった。だけどね、間違った男と恋に落ちてしまう女は、わたしひとりじゃないのよ」

「おまえはこれまで、わたしや母さんの言うことにことごとく逆らって生きてきたじゃないか」父が厳しい口調で言う。「三人の息子たちを合わせたよりも反抗的だったぞ」

「そうしたくてしてたわけじゃない。パパの注意を引きたかったのよ。パパともっと一緒に過ごすためなら、なんだってしたわ」

「おまえはもう大人の女だ、ヘイヴン・マリー。子供のころに得られたもの、得られなかったものを、今さら蒸しかえしたって仕方ない。そんなものは乗り越えないと」

「乗り越えようとしてるわ」わたしは言った。「パパを理想化して必要以上に期待するのはもうやめたし。パパも同じようにしてくれたら、わたしたち、お互いこんなに失望せずにいられるようになると思うんだけど。これからはわたしも、なにかを選択するときはもっと慎重に選ぶつもりでいるけれど、それは必ずしもパパの気に入ることばかりじゃないかもしれない。だから、愛してもらえなくてもかまわないわ。どっちみち、わたしがパパを愛してることに変わりはないから」

父には聞こえていないようだった。もっと別のことが気にかかっていたようだ。「おまえとハーディ・ケイツの関係はどうなってるんだ？　やつとつきあっているのか？」

わたしは微妙な笑みを浮かべた。「それはわたし個人の問題でしょ」

「あまりいい評判を聞かないからな」父が警告する。「なりふりかまわず生き急いでいるようなところがある。結婚には向かない男だ」

「わかってるわ」わたしは言った。「わたしもそうだから」

「忠告しておくぞ、ヘイヴン、あいつはいつかおまえを踏みにじることになる。やつはしょせん、イースト・テキサスの粗野で乱暴な田舎者だ。またわたしに〝だから言っただろう〟と言わせるようなまねはしないでくれよ」

わたしはため息をついて父を見た。この親は、子供にとってなにが最適か自分がいちばんわかっていると思いこんでいる。「ねえ、だったらパパは……わたしにはどういう男性がふさわしいと思うの？　パパが認める人を挙げてみてよ」

ソファーに深く身を預け、父はおなかの上で指を打ち鳴らした。「ジョージ・メイフィールドの息子とか。フィッシャーと言ったかな。彼ならいずれ大金持ちになるし、性格もいい。家庭もしっかりしているし、見てくれだってなかなかのものじゃないか」

わたしはあきれかえった。フィッシャー・メイフィールドとは同じ学校に通っていたこともある。「パパ、あの子って、この世の誰よりもつまらなくて退屈な人間なのよ。まるで冷えたスパゲッティみたいで、なんの興味もそそられないわ」

「なら、サム・シュラー？　ジョーの息子はどうだ？」

「マイク・シュラー？　ジョーの幼なじみの？」

父がうなずく。「あの子の父親は、わたしの知りあいのなかでも最高にすばらしい人物だ。神を畏《おそ》れる心を持ち、働き者で。マイクも昔から実に礼儀正しかった」

「マイクは今や、大麻の常用者になりはてたのよ、パパ」

父がむっとした顔をする。「そんなはずなかろう」

「信じないなら、ジョーに訊いてみるといいわ。マイク・シュラーひとりで、コロンビアの大麻栽培農家一〇〇〇人分の年間所得をまかなえるくらいなんだから」

父は嫌悪感もあらわに首を振った。「まったく、近ごろの若い世代はいったいどうなっているのかね？」

「そんなことわたしに訊かれても」わたしは言った。「でも、パパの推す理想の相手がそんな程度なら……素性の知れないイースト・テキサスの田舎者のほうがはるかに魅力的に思えるわ」

「もしもやつとつきあう気なら、わたしの金はいっさいやつのものにはならないと、ちゃんと釘を刺しておけ」

「ハーディにはパパのお金なんか必要ないわ」わたしは誇らしげに言った。「彼には彼のお金があるもの」

「欲に限りはないからな」


父との昼食を終えたあと、わたしは部屋に帰って昼寝をした。そのときの会話を思いだしながら目を覚まし、父はわたしと真の親子関係を築くことに興味はないのだと考えて落ちこんだ。こちらがいくら愛しても、父からは同じような愛情は得られないということだ。わたしは悲しくなり、トッドに電話をかけた。

「昔あなたが言ってたこと、やっぱり正しかったみたい」わたしは言った。「わたしってどうしようもないファザコンなんだわ」

「誰にだってそういう一面はあるものよ。あなただけが特別じゃないわ」

わたしは笑った。「ねえ、こっちへ来て、バーで飲まない？」

「無理なの。今夜はデートだから」

「誰と?」

「とってもすてきな女性と」トッドが言う。「最近よく一緒に仕事をしてるのよ。あなたはどうなの? ハーディとはもう結ばれた?」

「ううん。今日じゅうに電話をくれるって約束してたんだけど、まだ——」ちょうどそのとき、割りこみ電話が入ってきたことを知らせるビープ音が鳴った。「あっ、もしかしたら彼かも。それじゃ切るわよ」

「うまくいくように祈ってるわ、スイートハート」

ボタンを押して、回線を切り替える。「もしもし?」

「気分はどうだい?」ハーディのゆったりした声が聞こえてきたとたん、体じゅうの神経がざわめいた。

「だいぶいいわ」風船を引っかいたときみたいに耳ざわりな声しか出ない。わたしは咳払いしてから続けた。「あなたは? 昨日の活躍のせいで筋肉痛になったりしてない?」

「いや。いつもどおり、ぴんぴんしてるよ」

わたしは目を閉じ、沈黙のなかに感じられるぬくもりに酔いしれた。

「まだおれのこと、怒ってるのか?」ハーディが訊く。

知らず知らず、笑みがこぼれた。「そうでもないわ」

「だったら、今夜ディナーにつきあってくれないかな」

「いいわよ」わたしは受話器をぎゅっと握りしめた。ハーディ・ケイツからのデートの誘いに応じるなんて、いったいなにをしてるんだろう？　家族が知ったら引きつけを起こすに違いない。「なるべく早い時間のほうがいいわ」わたしは言った。

「おれもだ」

「なら、六時に部屋まで迎えに来てくれる？」

「わかった」

電話を切ったあとも、しばらく静かに座ったまま考えていた。

父ならきっとこう言うだろう。ハーディ・ケイツとデートするなんて、おまえは自分がなにに足を踏み入れようとしているかわかっていない、と。でも、誰かとつきあいはじめるときって、いつだってそうじゃないかしら。相手に本当の自分というものを見せるチャンスを与えてあげて……ちゃんと見せてくれたときには、その人を信じるしかない。

わたしはジーンズとハイヒールを履き、きらきらのストラップがついたタンポポ色のホルターネックを着た。髪にはストレート用のアイロンをあてて、毛先だけをくるんと丸くカールさせる。じめじめした天気なのでお化粧は最小限にとどめ、マスカラを少しと、唇にチェリーピンクのグロスを塗るだけにした。

ハーディとベッドをともにすることになるかもしれないと考えると、ニックと初めて一夜を過ごしたときよりもどきどきした。おそらくそれは、バージンのときはなにもかも初めてだからと大目に見てもらえることでも、ふたりめの人と結ばれる場合は、向こうもなにがしかの期待をしてくるのが普通だからだろう。つい最近読んだ女性誌に載っていた〝ベッドでのあなたは何点？〟というクイズ形式のテストで、〝あなたはまだまだ赤ちゃんです〟という結果が出たことも、不安に拍車をかけていた。それによれば、わたしはもっともっと〝肉体的快楽を極める術〟を磨くべきらしい。でも、そのやり方はどれも正気とは思えないほど見苦しく、苦痛を強いられそうなものばかりだった。

六時少し前にドアベルが鳴ったときには緊張がマックスに達していて、全身の骨という骨が金属のねじできりきりとしめあげられたような感じになっていた。わたしはドアを開けた。だが、そこにいたのはハーディではなかった。

スーツとタイで完璧に身だしなみを整えた元夫が、笑みを浮かべて立っていた。「驚いたかい？」彼はそう言って、動けなくなっているわたしの腕をつかんだ。

14

つかまれた腕を振りほどこうとして後ずさりしたが、ニックはそのままドアのなかへとついてくる。その微笑みが揺らぐことはなかった。やっとのことで手を振り切り、警戒心が顔に出ないよう気をつけながら、彼と面と向かう。

まさに悪夢のようだった。こんなの現実のはずがないといくら思いこもうとしても、心に深く染みついた苦悩と恐怖と怒りが、虫がわっとたかるようにいっせいに襲いかかってくる。その状態こそ、ほぼ二年にわたってわたしの現実だった。

ニックは結婚していたころよりも健康そうで、少しふっくらして見えた。丸みを帯びた顔が年に似合わない少年っぽさを強調している。でも全体的には、清潔そうで、生活も豊かな、保守的な男性の雰囲気をたたえていた。わたしのような体験をした者でなければ、このなかにモンスターがひそんでいるとは想像もつかないだろう。

「帰ってちょうだい、ニック」

わたしの静かな敵意にとまどったように、不自然な声を立てて彼が笑う。「おやおや、マリー、こうして会うのは数カ月ぶりだってのに、ずいぶんひどいご挨拶だな」

「あなたを招待した覚えはないわ。どうやってわたしの部屋を突きとめたの？　コンシェルジェにとめられなかった？」デイヴィッドは事前の許可がない限り、入居者以外の人物を建物のなかに入れたりしない。

「勤めてる会社がわかったから、とりあえずオフィスへ行ってみたんだよ。そこできみの上司のヴァネッサって人に会って、きみはここに住んでるって聞いた。部屋の番号も教えてくれて、直接訪ねてみてはどうかって勧められた。いい人だね。よかったらいつでもヒューストンを案内しますよ、とまで言われたよ」

「あなたと彼女は似た者同士ですものね」わたしはぶっきらぼうに言った。ヴァネッサったら！　別れた夫とは顔も合わせたくない事情があると、あれだけ詳しく説明しておいたのに。もっとも、わたしにいやな思いをさせる機会を、あの彼女がみすみす逃すはずもないけれど。

　ニックが部屋のなかまで踏みこんでこようとする。

「なんの用なの？」わたしはたじろぎながら問いただした。

「ちょっと寄って、軽く挨拶したかっただけだよ。保険会社の面接を受けに、この街へ来たからさ。見積士の経験を持つ人員をたまたま募集してたんだ。たぶん、面接には受かると思うよ——ぼく以上にその仕事にふさわしい人間はいないからね」

　彼はヒューストンで仕事を探してるの？　考えるだけで、気分が悪くなった。人口二〇〇万の大都市であっても、別れた夫が同じ街で暮らすと思うと狭すぎる。

「あなたがどんな仕事に就こうと興味はないわ」できるだけ平坦な口調で言う。「わたしたちはもう、お互い関係のない立場になったんだから」そして、じわじわと電話のほうへ近づいていく。「帰ってくれないなら、ビルの警備係を呼ぶわよ」

「ことを荒立てるなよ」ニックが目をむいてつぶやく。「きみによかれと思って、わざわざ来てやったんじゃないか、マリー。ぼくの話をちゃんと聞いてくれたら――」

「ヘイヴンよ」わたしはぴしゃりと言った。

癇癪を起こした子供をたしなめるように、ニックは首を振った。「わかったよ。やれやれ。今日はきみのものを持ってきてやったんだ。きっと返してほしいだろうと思ってさ」

「どういうもの?」

「スカーフとか、バッグとか……グレッチェンおばさまにもらったとかいう、チャームつきのブレスレットとか」

弁護士を通じてブレスレットを返してほしいと頼んだとき、そんなものはとっくになくしたと言っていたのに。わたしの考えが甘かったようだ。でも、やっとそれをとりかえせると思うと、胸がきゅんとうずいた。あのブレスレットは大切な思い出の品だからだ。

「あらそう」わたしはさりげなく言った。「で、どこにあるの?」

「ホテルに置いてある。明日また会ってくれたら、そのとき渡すよ」

「郵便で送ってくれればいいわ」

ニックが微笑む。「ただで欲しいものが手に入ると思うなよ、ヘイヴン。ブレスレットは返してやってもいい――けど、それならもう一度ぼくと会ってくれ。話をするだけだ。そのほうがいいなら、まわりに人がいる公共の場所でもかまわないからさ」

「わたしが望むのは、今すぐあなたに帰ってもらうことだけよ」ハーディはいったいいつ現れるのだろう？　もうじき来るのは間違いない。万が一、彼がニックと鉢合わせしたら、どんなことになるかは目に見えている。考えるだけでいやな汗がにじんできて、服の生地に塩気を含んだ染みができそうだった。「わたし、人を待ってるところなの」

「誰ともつきあってはいないって言ってたじゃないか」

「今はつきあってるのよ」

「いつごろから？」

　答えるのを拒否して、冷ややかに彼を見かえす。

「そいつ、ぼくのことは知ってるのか？」ニックはしつこく訊いてきた。

「わたしが離婚していることは知ってるわ」

「そいつとはもう寝たのかい？」口調こそやわらかかったが、彼のまなざしには蔑みと怒りが感じられた。

「そんなことを訊く権利、あなたにはないわ」

「きみみたいな女を燃えあがらせるには、そいつも苦労するだろうな」

「さあ、どうかしら」わたしが言いかえすと、彼は逆上してかっと目をみはった。

　そのとき、戸口に人影が見えた……ハーディだ。彼は一瞬立ちどまり、状況を把握しようとした。振りかえったニックを、目をすがめて見つめる。

ハーディはひと目で訪問者の正体を見抜いたようだった。張りつめた空気のなかに漂う重苦しい怒りを肌で感じ、血の気の失せたわたしの顔を見れば。

ふたりの男性の肉体的特徴を見比べることなど、現実にはありえないと思っていた。けれども、こうして同じ空間にふたりが立っていると、いやでも比べざるをえない。客観的に言えば、ニックのほうがよりハンサムで整った顔立ちをしている。でも、ハーディの荒削りな男らしさ、自信に満ちあふれた態度と比べると、ニックはやけに未熟で頼りなく見える。

ニックもそんなハーディを見て、若干ひるんだようだった。どういう相手を想像していたのか知らないけれど、わたしがこんな男性とデートするとは思ってもいなかったのだろう。誰に対しても上からの目線で接していた元夫が、明らかに相手に威圧されている姿を見るのは、これが初めてだった。

そのとき、わたしははっとあることに気がついた。世慣れていて精力的なハーディはまさに、ニックがいつもふりをしていた、彼にとっての理想の男性像なのだ。心の奥底では自分の男らしさはまがいものだと気づいているせいで、かえってニックはときおり激しい怒りを爆発させ、わたしを傷つけずにいられなかったわけだ。

ハーディはニックの脇をすり抜けて、堂々と部屋のなかまで入ってきた。そしてわたしの肩に腕をまわし、深い青の瞳で見つめてくる。「ヘイヴン」そのささやきが、肺のあたりにわだかまっていた重いかたまりを解きほぐしてくれた――その瞬間まで、自分が固唾《かたず》をのんでいたことにも気づかなかった。わたしは深々と息を吸った。肩を抱くハーディの手にぐっと力がこもると、彼の精気が電気のようにびりびりと伝わってきた。

「これをきみに」ハーディがわたしの手になにかをそっと押しつける。見おろすと、花束を握らされていた。色とりどりのかぐわしい花を薄紙のラッピングで包んだブーケだ。

「ありがとう」わたしはなんとか礼を言った。

彼がかすかに微笑む。「早く花瓶に活けておいで、ハニー」そして信じられないことに、ニックの見ている前で、さも親しげにわたしのヒップをぽんと叩いた。〝この女はおれのものだぜ〟という、男性がよくやる無言の合図だ。

元夫がはっと息をのむのが聞こえた。彼に目を向けると、シャツの襟もとから上が怒りのせいでみるみる赤く染まっていくのが見えた。かつてはその怒りの矛先がわたしに向けられ、さんざん痛めつけられたものだ。でも、もう違う。

さまざまな感情がわたしのなかで渦巻いていた……怒ったニックを目にするだけで膝ががくがく震えだす感じ……ハーディに対するそこはかとないいらだち……それよりなにより強く感じるのは、ニックがどれだけわたしを懲らしめたくとも今や手出しはできないという、勝利の感覚だった。

肉体的な威圧感を漂わすハーディの存在をとくに心地よく感じたことはこれまでなかったけれど、今この瞬間だけはありがたく思う。なぜなら、ニックのように横柄な男が唯一恐れるのは、自分よりも大きくて威圧的な人だけだからだ。

「ヒューストンへはどんな用で？」ハーディが気さくに尋ねる声を背中で聞きながら、わたしはキッチンへ向かった。

「就職の面接で」ニックの声は弱々しかった。「ぼくはニック・ターナーと言って、ヘイヴンの――」

「存じてますよ」

「あなたのお名前は？」

「ハーディ・ケイツだ」

ちらりと後ろを振りかえってみると、ふたりは握手もしようとせず、じっとにらみあっていた。

ケイツという名前には聞き覚えがあったらしく、ニックの顔色がさっと変わる。しかし彼は、詳しいことまでは思いだせないようだった。「ケイツというと……いつだったか、トラヴィス家となにやらもめごとになっていたような……」

「まあ、そうとも言えるな」ハーディは少しも後ろめたさを感じさせない声で言った。わざと少し間を置いてから、こうつけ加える。「トラヴィス家のひとりと仲よくなると、なにかと厄介な問題が起こるものでね」

もちろん、わたしとのことを言っているのだろう。あえてニックの感情のボタンを押して、反応を確かめているようだ。わたしはハーディを目でたしなめたが、それは完全に無視されてしまい、ニックの顔が激しい怒りでわなわなと震えだすのが見えた。

「ニックはもう帰るところだったのよ」わたしは慌てて言った。「さよなら、ニック」

「また電話するよ」ニックが言う。

「もうかけてこないで」わたしはさっと背を向け、キッチンへ戻った。あと一秒たりとも、元夫の顔を見ていたくなかった。

「彼女の言ったこと、聞こえたよな」ハーディが低い声でつぶやくのが聞こえる。それからさらにふたりのあいだでなにやらやりとりがあって、ようやくドアが閉まった。

わたしは震える息を吐きだした。いつのまにか花束をぎゅっと握りしめていたらしく、ふと手もとを見おろすと、右の親指の付け根から血が出ていた。とげが刺さってしまったようだ。水道水を流して手をきれいに洗ってから、花瓶に水をくみ、花を活けた。

後ろから近づいてきたハーディが、わたしの手に血がついているのを見て、静かな驚きの表情を浮かべる。

「大丈夫よ」わたしがそう言うのも聞かず、彼はさっと右手をつかんで、しばらく水にさらした。小さな傷口がきれいになると、ペーパータオルをとって、何度か折りたたんだ。

「上からぐっと押さえておけよ」ハーディがペーパータオルをてのひらにあてがいながら言う。ニックの予期せぬ訪問にすっかり動揺していたせいで、返す言葉が見つからなかった。悲しいけれど、古くなった靴を捨てるみたいに過去をぽいっと投げ捨てるわけにはいかないことくらい、わたしにもわかっている。過去から完全に逃れることはできない、と。たとえわたしが前に向かって歩みだしても、ニックはいつだってわたしの居場所を突きとめ、わたしの人生に舞い戻ってくることができる。そうして、わたしが必死に忘れようとしていることを、いつでも思いださせることができる。

「おれの目を見て」しばらくしてからハーディが言った。

見たくなかった。目を合わせたら、簡単に心を読まれてしまう気がしたからだ。トッドがハーディについて言っていたことを思いだした。〝なにげないふうを装っているときでも、抜け目なく相手を観察して、度量を見極めようとしている……〟

でも、わたしは無理やり視線をあげた。

「やつがこの街に来てること、知ってたのか？」ハーディが訊いてきた。

「いいえ、ちっとも」

「なにか用があったのか？」

「わたしの持ち物を返そうと思って、持ってきたんですって」

「どういうものを？」

わたしは首を振った。今はとても、グレッチェンおばさまのブレスレットのことを話す気になれない。そんな大切なものを置いて出てこざるをえなかったのは、ニックに殴られて玄関先に放りだされたせいだということも。「たいしたものじゃなかったわ」わたしは嘘をついた。彼の手から右手を引き抜き、ペーパータオルを外す。血はとまっていた。「さっき、ニックになにを言ったの？」

「ふたたびここへ顔を出したら、このおれが容赦しないからな、って」

わたしは目を丸くした。「まさか、本当にそんなことを言ったの？」

彼が得意げな顔をする。「まあな」

「あなたって人は……頼まれもしないのに勝手にそんなことを言うなんて、なんて横暴なの。信じられない……」わきあがる憤りのせいで、言葉が続かなかった。

ハーディは少しも悪びれた様子を見せない。「それがきみの望みだったんだろう？　二度とやつの顔も見たくないって」

「それはそうだけど、そういうこと、勝手に決めてほしくはないのよ！　支配的な男にばかり囲まれて生きてきたから――そのなかでもあなたは最悪かもしれないわ」

あろうことか、彼はにやにやと笑ってみせた。「おれを操るのなんか簡単だぞ。前にも言ったじゃないか、今のおれはおとなしいものだって」

わたしは彼をにらみつけた。「ええ、ええ、ロデオの荒馬みたいにね」

ハーディが腕を巻きつけてきて、耳もとに低くささやきかけてくる。「乗りこなしてみる気はないかい？」

そのとたん、熱い興奮がさざ波のように体を駆け抜けた。それとともにかすかな不安がこみあげてきて、欲望にとらわれながらも、わたしは怖くなった。

「試してみるのも悪くないと思うぞ」ハーディが言った。

なんの話をしているのか、よくわからなくなった。「わたし……あなたがそういう高圧的な態度を改めるまでは、どんな約束もする気はないわ」

彼がわたしの耳の後ろに鼻をこすりつける。「ヘイヴン……このおれが黙っていると思うか？　おれの女の匂いを嗅ぎに、ほかの男が近づいてきても？　もしもそんなことを許したら、男じゃなくなる。テキサス人の名に恥じることになってしまう」

まともに息ができなくなってきた。「わたしはあなたの女じゃないわ、ハーディ」

彼は両手でわたしの頭を包みこみ、顔を上に向かせた。親指で頬をそっとなぞりながら熱い目で見つめられると、わたしの脳はたちまち機能停止し、頭のてっぺんから足の爪先までエロティックな妄想でいっぱいになった。

「まずはそこから考えを改めてもらわないとな」

ほらまた、なんて横暴な言いぐさだろう。頭の片隅ではそんな反発を覚えながらも、いかなる差別をもよしとしないポリティカリー・コレクトなわたしの良心は恥ずかしくも誘惑に負け、血管の隅々にまで熱い欲望をほとばしらせた。彼のシャツをつかむこぶしに、思わずぐっと力がこもる。

それは、ライトグレーのいかにも高級そうなシャツだった。その生地にぽつっと赤く血の染みができていた。

「あっ、いけない」

「なんだ？」ハーディがわたしの手を見おろした。「あっ、また血が出てるじゃないか。バンドエイドを貼っておかなきゃな」

「わたしの手なんかどうでもいいのよ。それよりシャツが！　本当にごめんなさい」

慌てふためくわたしの様子を、彼はおもしろがっているようだ。「気にするなよ、たかがシャツだ」

「だめになっていないといいけど。今ならまだ間に合うかもしれないわ、すぐにシンクで水に浸せば……」血の染みた生地を見て顔をしかめながら、わたしはボタンを外しはじめた。

「これって、シルク混合？　それだったら水洗いはまずいかも……」

「シャツのことなんか忘れていい。それより、その手を見せてみろ」

「ドライクリーニングしなきゃいけないのかしら。タグにはなんて書いてあった？」

「タグなんか読んだことないさ」

「これだから男の人って……」わたしは次々とボタンを外していった。ひとつ……またひとつ。指の動きはだんだん遅くなっていったけれど、最後までとまることはなかった。

わたしは今、彼の服を脱がせようとしている。

ハーディは身じろぎもせず、わたしをじっと見ていた。愉快そうな笑みはいつのまにか消えていた。アンダーシャツとして着ている真っ白なTシャツ下の胸がぴくりとこわばり、わたしがもたついているうちに、呼吸がどんどん速くなっていった。

シャツの裾をジーンズから引っぱりだすと、くしゃくしゃになった薄い生地に彼のぬくもりが移っていた。

なんて男らしいのだろう。危険なそぶりはいっさい見せずにただひたすら我慢してくれている姿は、まさに男のなかの男といった感じで……これ以上ないくらい女心をそそる。わたしは両手を震わせながら、ぱりっと糊の利いたカフスのボタンを外しにかかった。

わたしが肩からシャツを脱がせるあいだも、ハーディはじっとしていた。シャツを手首のあたりまでおろしたところで、やっと夢から覚めたように腕を引き抜いた。彼はそれを床に投げ捨て、わたしに手をのばしてきた。

ハーディの腕に抱かれて熱い唇を寄せられたとたん、体から力が抜けていった。彼の背中に手をまわし、Tシャツのなかへと滑りこませて、背骨の両脇の力強い筋肉にふれる。

彼の唇が喉のほうへおりてきて肌に吸いつくと、わたしは頭をのけぞらせた。興奮が激しくとどろきながら体を駆け抜けていく。もうなにも考えられず、なにもコントロールできなくなった。

ハーディがわたしを抱えあげ、アイランド・キッチンに腰かけさせる。頭上の明かりがまぶしくて、わたしは目を閉じた。彼の口がやわらかく唇を味わうかたわら、両手は腿を撫でながら脚をそっと押し広げていく。ああ、なんてすばらしいキス。こんなキスは、ニックとも誰とも経験したことがない。熱が一気にあがって、体の芯からとろけていく。

服が急にきつく感じられた。胸をしめつけられているようで苦しくなって、ホルターネックのストラップをもどかしい手つきで外そうとする。するとハーディがわたしの手をどけ、首の後ろのホックを外してくれた。

ホルタートップがはらりと落ちて、腰のあたりに引っかかる。ひんやりと冷たい空気にさらされた瞬間、胸が急に重たくなって、その先端がきゅっと硬く縮こまった。ハーディがぐらつくわたしの背中に腕をまわして、しっかりと支えてくれる。熱い唇が色白の胸のふくらみをたどっていって、濃い薔薇色に染まったその頂をゆっくりとくわえこんだ。やさしく吸われ、歯や舌で刺激されたわたしは、思わず喉の奥から熱い声をもらした。シルクを思わせる豊かな髪に手を差し入れて彼の頭を引き寄せ、ベチバーのように深みのあるさわやかな香りを吸いこむ。

ハーディは驚くほど力強い腕でわたしを抱き寄せ、片手で頭を支えてふたたび唇にキスをした。もう一方の手は、彼の舌で濡れた乳首をやさしくつまみながら。

わたしは彼にぎゅっとしがみついた。もっと欲しい……もっともっと……。

その気持ちを察してくれたのか、ハーディは喉もとに口を押しつけたまま熱い息を吐き、わたしのジーンズのジッパーをおろしてから、ヒップのほうへ手を滑らせてきた。

その瞬間、わたしのなかでなにかが弾《はじ》けた。

どういうわけか、体が一瞬にして冷たくなる。氷河の湖に突き落とされたかのように。目の前にニックの顔があり、体にはニックの腕が巻きついていて、無理やり脚を開かされている気がした。胸に雷が落ちたかのような衝撃が走る。心臓発作が起こりそうな痛みを覚え、はらわたがよじれた。

わたしは叫びながらハーディを突き飛ばし、弾みでアイランド・キッチンから転げ落ちそうになった。すんでのところで彼がつかまえて、床に立たせてくれたものの、わたしはもうわけがわからなくなっていた。「いやよ、やめて、近寄らないで、さわらないで」とめちゃくちゃにわめきながら、野生の動物のごとく蹴ったり叩いたり、爪を立てて引っかいたりする。

そのあと気を失ってしまったらしく、はっと目を開けたときにはソファーに寝かされていて、ハーディが横に立ってわたしを見おろしていた。

「ヘイヴン、おれの目を見るんだ」わたしが従うまで、彼は何度もそうくりかえした。その瞳はハシバミ色ではなく、ブルーだ。必死の思いで、わたしは焦点を合わせようとした。

床に投げ捨ててあったボタンダウンのシャツをハーディが拾って、裸の胸を覆うようにかけてくれた。「深呼吸して」辛抱強く声をかけてくる。「絶対に手はふれないから。さあ、そっと起きあがってみて。息を吸って」

胃がひどくむかむかして、吐いてしまいそうな気がした。でもありがたいことに、何度かぎこちなく深呼吸をくりかえすうちに、吐き気はおさまっていった。呼吸が徐々に元に戻りつつあるのを見て、ハーディが鋭くうなずく。「今、水を持ってきてやるよ。グラスはどこに置いてある?」

「シンクの右横」わたしはしわがれた声で答えた。

彼がキッチンへ消えてほどなく、蛇口から水の流れる音が聞こえた。その隙に急いで彼のシャツを着こみ、体に巻きつける。激しいショックの後遺症で、手先も体もぶるぶる震えていた。今し方、自分のしでかしたこと、彼の前で突然われを失ってわめきだしたことを思いだすと、死にたくなる。わたしは頭を抱えこんだ。すべてがうまくいきそうだと思ったところだったのに。あんなにも心地よく興奮と歓びに包まれていたのに、いきなりパニックに見舞われるなんて。

やっぱりわたし、どこかがものすごくおかしいんだわ。こんなことじゃ、もう二度と男性に近づけやしない。誰にも。きっと一生このままなのよ。

絶望感にどっぷりと浸かり、ソファーの片隅で小さくなって膝を抱えた。ハーディが戻ってきてコーヒーテーブルに腰かけ、無言のまままっすぐこちらを見つめて、水の入ったグラスを差しだす。口のなかがからからに渇いていたので、わたしはそれをごくごく飲んだ。でも何口か飲んだところで、またしても吐き気がこみあげてきた。

グラスを脇に置き、ハーディを見つめかえす。日に焼けた肌が若干青白く見え、その青い目も金属的な輝きを放っていた。

頭のなかが真っ白になって、なにを言えばいいのかわからない。「あんなふうになるなんて、自分でも思っていなかったのよ」気がつくと、そうつぶやいていた。「ごめんなさい」

彼の視線は微動だにしなかった。「ヘイヴン……きみはいったいどんな問題を抱えこんでいるんだい？」

15

その話はしたくない。ハーディがこのままなにも言わずに出ていって、わたしをひとりで泣かせてくれたらいいのに。泣くだけ泣いて眠りに落ち、二度と目覚めなければいいのに。でもハーディは、納得のいく説明を聞かない限り、どこへも消えてはくれないだろう。ここまで来てなにも打ち明けないでは、すまされない。

わたしはテーブルの向こうの椅子を手で示した。「申し訳ないけれど……そっちに座ってもらったほうが、話がしやすいと思うわ」

ハーディが首を振る。その顔のなかで唯一感情を表しているのは、眉間に寄った二本のしわだけだった。「だめだよ」とハスキーな声で言う。「きみがなにを話してくれるかは、だいたい想像がついている。だから、きみの言葉を近くでしっかり受けとめたいんだ」

わたしは目をそらし、彼のシャツのなかに身をすくめた。言葉があちこちで引っかかって、なめらかに出てこない。「たった今起こったことって……その……なんでわたしがあんなふうになってしまったかって言うと……結婚していたころからの問題をいまだに抱えているからなの。わたし……ニックに暴力を振るわれていたから」

部屋のなかがしーんと静まりかえる。わたしはまだ彼と目を合わせられなかった。

「最初はほんのちょっとしたことだった。でも、だんだんひどくなっていって。彼の言うこと、要求してくることも……怒鳴られたり、叩かれたり、殴られたりするようになって……それでもわたしは許しつづけて……彼は二度と手なんかあげないって誓うんだけど……でもまたすぐに暴力を振るってくるの。回を重ねるごとにエスカレートしていって、そのたびにわたしのせいだと激しくなじるのよ。おまえがぼくを怒らせるようなまねをするからだって。そのうち、わたし自身、そうだと思いこんでしまって……」

わたしは話しつづけた。ハーディにすべてを打ち明けた。最悪の気分だった。目の前で列車が転覆しているのに、なにもできずに見守るほかないような。自分自身が、転覆した列車でもあるかのような。まともな精神状態であれば、もう少し上品な言葉を選んだり遠まわしな言い方をしたりすることもできたかもしれない。けれど、そんなフィルターは働かず、事実をありのままに告白するしかなかった。あらゆる防御が崩れてしまっていた。

ハーディも横を向いて、じっと耳を傾けていた。顔は影になっていたが、こわばった腕や肩の筋肉がときおりびくっと動くことが、言葉よりも雄弁に彼の思いを物語っている。

わたしはすべてを洗いざらい話した。ニックと過ごした最後の晩のこと、レイプされたこと、家から追いだされて、裸足で食料品店まで歩かなければならなかったことも。話しながらわたしは、そうした体験のあまりの醜さ、悲惨さに、あらためてすくみあがった。

でもわたしのなかには、どこかほっとする気持ちもあった。ずっとひとりで背負いつづけてきた重荷をやっとおろせた安堵感。これで、ハーディとなにがしかの関係を結ぶチャンスも消え失せてしまうのはわかっていた。ひとことしゃべるごとに、チャンスはどんどんしぼんでいく。こんな面倒にわざわざとり組もうという男なんて、ひとりもいないだろう。それはそれで都合がよかった。だって、わたしのほうが誰かと関係を築く準備などできていないのだから。

だから、これはさよならだ。

「あなたを巻きこむつもりはなかったのよ」わたしはハーディに向かって言った。「最初からわかっていたの、あなたと少しでもかかわったら危険だって。だけど……」涙のにじむ目をぱちぱちとしばたたき、急いで先を続ける。「あなたがこんなにもすてきで、こんなにもキスが上手だから、ゆうべだってついあなたが欲しくなってしまって。あなたとならもしかしてと思ったけれど、やっぱり怖じ気づいてしまって。だめよね、こんなんじゃ、どうしようもないわ」

それっきり、わたしは黙りこんだ。目からあふれる涙がとまらない。ハーディに話したいことはもう残っていなかった。そうしたかったらどうぞ帰って、という言葉以外に。でも彼は暖炉のほうへ歩いていって、マントルピースに片手を突いて寄りかかった。そしてなにもない空間を見つめ、淡々と語った。「今からきみの元夫のところへ行って、こてんぱんにやっつけてやる。やつがぼろ雑巾《ぞうきん》みたいになるまでな」

もっと派手で勇ましい脅し文句ならいくらでも耳にしたことはあるけれど、これほど静かで真剣な決意に満ちた言葉を聞くのは初めてだった。その恐ろしさに、うなじの毛がぞぞっと逆立つ。

ハーディが振りかえってわたしを見た。彼の表情が目に入ったとたん、血の気が引いていく気がした。目に殺意を燃やしている男と部屋にふたりきりという状況は、これが初めてではない。ただし今回は、その殺意はわたしに向けられたものではなかった。だからいっそう、落ち着いてはいられない気分になる。「ニックなんかのために刑務所に入るようなまねはしないで。あの人にそんな価値はないわ」わたしは言った。

「さて、それはどうかな」ハーディはこちらが不安になるほど、まじまじと目を見つめてきた。そしてふっと表情をやわらげる。「おれの育ってきた環境じゃ、〝やつは殺されて当然のことをした〟ってのが、立派な正当防衛の理由になるんだが」

もう少しで苦笑いしそうになる。精神的破局《カタストロフィー》を迎えたあとの余波《なごり》でへとへとに疲れはてていたわたしは、がっくりと肩を落とした。「でもね、いくらあなたがそうしてくれたところで、今のわたしの状態は変わらないのよ。ぼろぼろに壊れてしまってるんだから」シャツの袖口で目もとをぬぐう。「ニックと結婚する前に誰かと初体験をすませておけばよかったって思うわ。そうすれば、せめてセックスにいい思い出が持てたかもしれないのに。だけど現実には……」

ハーディは視線をそらそうとしない。「シアターのリオープニング・パーティーの夜、おれがあそこでキスしたとき……きみはフラッシュバックに襲われたんだね？　それで、やけどした猫のようにものすごい勢いで逃げだしたわけだ」

わたしはうなずいた。「頭のなかでスイッチが入ったみたいに、突然ニックが目の前に現れた気がして、逃げだすしかなかったの、また傷つけられるのが怖かったから」

「前からそんなにひどかったのか？」

みじめなセックスライフについて語るのは屈辱的だった。でも今はもう、プライドなんてかけらも残っていない。「最初のうちはまあまあうまくいってたと思う。でも、結婚生活が長くなるにつれてベッドルームでの営みがだんだんつらくなってきて、とにかくことが早く終わってくれるのを待つようになっていったの。わたしが気持ちいいかどうかなんて、ニックには関係なかったから。だからときには痛い思いをさせられることもあったわ……まだ濡れていないのに無理やりされたときなんか……」恥ずかしさのあまり人がもだえ死ぬことがあるなら、まさにこのとき、わたしは霊安室の台の上に寝かされていたはずだ。

ハーディがわたしの横に移ってきて、ソファーの背に片腕をかけた。距離の近さに居心地が悪くなったけれど、どうしても彼から目を離せなかった。こんがりと日に焼けた筋肉質のすらりとした体に白いTシャツがとてもよく似合っていて、いまいましいほど男らしい。この人とベッドをともにしたいと願わない女性はいないだろう。

「わたしたち、これで終わりってことよね」わたしは勇気を振りしぼって言った。「そうでしょ？」

「きみはそうしたいのかい？」

喉がしめつけられたようになって声が出ない。わたしは首を振った。

「本当はどうしたいんだ、ヘイヴン？」

「あなたが欲しいわ」またしても堰《せき》を切ったように涙を流しながら、わたしは叫んだ。「だけど、どうしても無理なの」

ハーディが身を寄せてきてそっと手を握り、わたしの視線を引き寄せた。「ヘイヴン、スイートハート……おれはとっくにきみのものだよ」

熱い涙でぼやけた目で彼を見つめる。青い瞳は苦悩に満ちた気づかいと怒りにあふれていた。「おれはどこへも行かない」ハーディが言った。「それに、きみは壊れてなんかいない。怯えているだけだ。女性なら誰だってそうなるよ、あのクソ野郎にそんなひどい目に遭わされてきたなら」そこで黙りこみ、ののしりの言葉を吐いてから、深いため息をつく。それから熱い目で見つめてきた。「今なら抱きしめさせてくれるかい？」

自分でも気づかないうちに、彼の膝ににじり寄っていた。ハーディがわたしをやさしく抱きかかえ、子供をあやすように慰めてくれる。その感触があまりに心地よくて、いつまでも泣いていたくなるほどだった。わたしは彼の香りがする首筋に顔をすり寄せ、ざらざらしたひげの生え際を探りあてた。

ハーディが唇を寄せてくる。やわらかくあたたかいそのキスにふたたび熱い興奮をかきたてられ、わたしはみずから唇を開いて彼を迎え入れた。

そうやってキスに応えながらも、彼の体の情熱的な変化をヒップに感じたとたん、わたしは身をこわばらせた。

熱を帯びた青い瞳で、ハーディが顔をのぞきこんでくる。「このせいかい？」そう言って、わざと腰をぐっと押しあげた。「これを感じると、落ち着かなくなってしまうんだね」

わたしは顔を真っ赤に染めて、もぞもぞしながらうなずいた。それでも、彼の膝からどこうとはせず、ただ小刻みに身を震わせていた。

彼の手が肩から腕へとやさしく滑りおりていく。シャツ越しの愛撫。「おれも一緒にセラピストのところへ通おうか？　そうしたら少しは助けになるんじゃないか？」

わたしのためにそこまでやってもいいと思ってくれるなんて、信じられなかった。でもわたしは、ハーディとスーザンがわたしの性生活問題について話しあう場面を想像して、首を振った。「できれば今すぐ治したいの」必死の思いで訴える。「だから、お願い……今からベッドルームへ行きましょう。わたしがどんなにわめいたり暴れたりしても、最後までしっかり抱いていてくれたら――」

「とんでもない、そんなことできるわけないだろう」ハーディは滑稽《こっけい》なくらい仰天したように見えた。「きみは調教中の馬じゃないんだ。力で無理やり押さえつけるなんて――」わたしが膝の上で身じろぎすると、彼は素早く息を吸って、緊張した声で言った。「ハニー、血液が脳にまわらない状態だと考えがうまくまとまらないんだ。すまないが、膝からおりて隣に座ってくれないかな」

ふたりの体がぴったりとふれあっている部分から、あたたかい脈動が伝わってくる。わたしはもう、それほどびくびくしていなかった。こうして少し時間をかければ、気持ちも落ち着いて慣れてくるようだ。わたしはあえて、彼に深くヒップをすり寄せた。

ハーディが目を閉じ、しわがれたうめき声をもらす。顔にも赤みが差してきた。そのときわたしは、下から強く突きあげてくるものを感じた。

ハーディがまぶたを開ける。紫檀《したん》色に染まった肌に映え、青い瞳は普段よりさらに青く見えた。彼がわたしの着ているシャツ——彼のシャツ——の襟もとからのぞく、胸の谷間をちらりと見る。「ヘイヴン……」その声はかすれていた。「きみの心がまだ準備できていないことを始めるわけにはいかないよ。服を着て、食事に出かけよう。少しワインでも飲んだら、リラックスできるかもしれない。この件は、またいつか折を見て試してみればいい」

でも、いつかでは遅すぎる。今すぐ試してみたい。彼の発散する熱を感じ、喉もとにうっすらと汗がにじんでいるのを見ると、キスしたくてたまらなくなった。わたしが彼を歓ばせてあげたい。いやな記憶に代わるすばらしい思い出を、たった一度でいいからつくりたい。

「ハーディ……」ためらいがちに言ってみた。「ほんのちょっとでいいから、わたしのわがままを聞いてくれない？」

彼の口もとに笑みが浮かぶ。ハーディは腕をのばしてきてシャツの前をかきあわせ、手の甲で頬をそっと撫でてくれた。「ちょっとだけ？　それともたくさん？　きみの望みを教えてくれ」

「あのね、わたし……今からベッドルームに行って試してみたら……うまくやれそうな気がするの……あなたがゆっくり時間をかけてくれるなら」

彼の手がとまる。「またフラッシュバックに襲われたら？」

「たぶん、前ほどはひどくならないと思うの。あなたにはすべてを打ち明けて、わたしがどんな問題を抱えているかわかってもらったんだもの。だから、もしも途中で怖くなったとしても、そのときは正直にそう言えると思うし」

しばらくのあいだハーディはわたしを見つめていた。「おれを信頼してくれるのか、ヘイヴン？」

胃のあたりが軽くざわめいたけれど、その感覚は無視した。「ええ」

するとハーディはなにも言わずに、わたしを膝からおろして床に立たせ、ベッドルームまでついてきた。

わたしのベッドは真鍮製《しんちゅう》の古めかしい造りで、どれだけ重いものを載せてもびくともしないほど頑丈だ。クリーム色のリネンがかけてあって、枕《まくら》はアンティークのウエディングドレスからとったレースでできている。そういういかにも女性らしいものに囲まれた部屋のなかでは、ハーディはいつも以上に大きく男らしく見えた。

ひと組の男女がベッドをともにすることなんて、ありふれた行為だ。でもそれがわたしにとっては、限りなく大きな意味を持つ、感情を激しく揺さぶられるような行動だった。

頭上で大型の扇風機が静かにまわるなか、エアコンの涼しい風が枕のレースをそっとそよがせている。ヴィクトリア朝時代のアンティークのランプは、ベッドに琥珀《こはく》色の淡い光を投げかけていた。

わたしはなるべくさりげない感じを装ってベッドに腰かけ、ハイヒールのサンダルのストラップを外しはじめた。ああ、こんなにしらふじゃなかったらよかったのに。ワインを一杯でも飲んでいたら、もっと緊張もほぐれていたはずだ。もしかしたら、まだ間に合うかも。やっぱり今から――。

ハーディが横へ来て座り、ストラップの小さな金具を外してくれた。そして素足をぎゅっと握りしめてから、もう片方のサンダルも脱がせてくれる。そのあとゆっくり腕をまわしてきて、自分と一緒にベッドに横たわらせた。

向こうから始めてくれるのを、じっと息をつめて待っていた。でもハーディは片手で腕枕をして、その体でわたしをあたためてくれるだけ。もう一方の手は、背中から、ウエストへ、そしてヒップへとおりていったかと思うと、またうなじのほうへ戻ってくる。臆病《おくびょう》な動物をやさしく撫でるように。その心地よい愛撫は、ニックと経験したどのセックスよりも長く続いた。

ハーディが髪に口を寄せてささやきかけてくる。「わかってほしいんだ……きみは安全なんだって。おれは絶対きみを傷つけたりしない。きみの望まないこと、ちょっとでも怖いと感じることがあったら、すぐにやめるよ。決してわれを失ったりしないから」ジーンズの前に手がのびてきてジッパーがおろされると、わたしはびくっとたじろいだ。「きみがどんなことを好むのか、探りたいだけなんだ」

ジーンズのなかへ彼の手が滑りこんでくると同時に、彼のTシャツに指を食いこませる。

「わたしも、あなたがどんなことを好むのか知りたいわ」

「どんなことだってかまわないよ、ダーリン」ハーディは包帯をほどくように、やさしく丁寧に服を脱がせてくれた。「言っただろ、おれを喜ばせるのは簡単だって」

熱くて甘い吐息をつきながら、彼の口が喉から胸へと移っていく。ハーディは決して急がず、緊張してこわばっているわたしの手足に指を滑らせていった。「ほら、力を抜いて」

彼の服を脱がそうとして、コットンの薄い生地をぐっと握りしめる。すると彼も協力してTシャツをするりと脱ぎ、床に投げ捨てた。アンティークの白っぽいリネンが肌の色をいっそう際立たせ、シナモン色に見せる。胸はうっすらと毛で覆われていて、ニックのつるんとした肌とはまるで違っていた。わたしは彼の首に抱きついてキスを求めながら、乳房をくすぐるあたたかい胸毛の感触にはっと息をつまらせた。

ハーディはわたしの体を隅々まで探索するように、あらゆる部分を愛撫していく。手足を持ちあげたり引っくりかえしたりしながら、思いがけないところにまでキスをした。彼はとてもたくましく、薄明かりのなか、その体はつややかに輝いて見えた。わたしはその胸板に鼻や頬をすり寄せ、やわらかい巻き毛の肌ざわりを楽しんだ。サテンのようになめらかな皮膚に覆われた、割れた腹筋を指先でなぞる。手をさらに下へ這わせていって、ジーンズの縁を越え……先ほどびくっとさせられた部分にまでたどり着いた。

わたしの顔を見つめながらハーディはゆっくりと仰向けに横たわり、されるがままになっている。ジーンズの上からでもはっきりとわかるふくらみにおそるおそる手をあてがった瞬間、彼の呼吸が荒くなった。自分を抑えつづけるのはかなり大変なようだ。もっと下のほうへと指を動かしていくと、彼がやわらかくうなるのが聞こえた。ハーディが快感を覚えているのがわかると、興奮が矢のようにわたしを貫いた。わたしはもう一度、張りつめたデニムの生地をてのひらでそっと押さえてみた。

笑いを含んだ熱いうめきが彼の口からもれる。「そうやってじらして、おれを苦しめようとしてるのかい？」

わたしは首を振った。「あなたのこと、学ぼうとしてるだけよ」

ハーディはわたしを胸もとへと引き寄せ、飽くことを知らないキスをしてきた。ふたりの呼吸がひとつになり、大海原で波に揺られるように同じリズムを刻みはじめるまで。

わたしはためらいがちに手を下へ滑らせていき、ふたたびこわごわと彼の股間にふれた。ここまでくれば、ハーディのものが普通よりかなり大きそうなことはわたしにもわかる。トッドなら、すばらしいイチモツね、と言うだろう。でも、そのことをハレルヤと褒めたたえて歓迎する代わりに、わたしは顔をしかめた。「こんなに大きいんじゃ、わたしには無理そうな気がするわ。もっと小さいのから始めて、徐々に大きいものととりかえていけたらいいのに」

「すまないね、ハニー」ハーディが息を切らしながら言う。「これぱっかりは、ミドルサイズのものを用意してやることはできないんだ」彼はわたしをうつ伏せに寝かせ、背筋に沿ってキスをしはじめた。そのとたん、わたしは凍りついた。ニックに背後から無理やりされていたときの記憶がよみがえってきたせいだ。彼の大好きな体位だった。高まりつつあった興奮が一気に冷め、いやな汗が噴きだした。

ハーディが背中から口を離し、わたしの体の向きをくるりと変えて自分のほうを向かせる。

「怖くなったのかい？」てのひらでわたしの腕を撫でおろしながら訊いてくる。

敗北感と焦燥感に襲われながら、わたしはうなずいた。「ああいう体勢は好きじゃないの、後ろからされるの。いやなことを思いだして――」わたしははっと口をつぐんだ。いったいいつになったら、ニックのことが頭から消えてくれるのだろう？ 彼に受けた仕打ちを忘れられる日なんて、はたして来るのだろうか？ いやな記憶が細い繊維となって、体じゅうの神経の網に織りこまれてしまった気がする。ニックのせいで、わたしの一生は台なしだ。

ハーディは相変わらずわたしの腕を撫でつづけている。頭のなかで考えをひねくりまわしているかのように、どこか遠い目をして。どんなふうにわたしを扱えばいいか、どうすればわたしのガードをおろさせることができるか、策を練っているのだろう。そのことに気づいて、なんだか申し訳ない気持ちになった。

彼の手が腕から胸へと移り、ニックからはよく小さすぎると文句を言われていた乳房に、指先でくるくると円を描きはじめる。

それでも、先ほどまで感じていた心地よさは戻ってきてくれなかった。元夫や自分の肉体的欠陥のことが、どうしても頭から離れない。「いくらそうやってやさしくしてくれても、だめみたい」わたしは声をつまらせた。「やっぱりもう――」

「目を閉じて」ハーディがささやく。「じっと横たわっててくれればいいから」

言われたとおりに横になって、両脇でこぶしを握りしめた。閉じたまぶた越しに、ランプの鈍いオレンジの明かりをぼんやりと感じる。彼は胸もとから胃のほうへと唇を少しずつ這わせていった。舌がおへその穴に差しこまれた瞬間、くすぐったくて身をよじった。やがて彼の片手が膝に置かれる。「楽にして」彼はもう一度ささやき、ゆっくりと頭をさげていった。そこでわたしはぱっと目を開け、彼の頭を押しかえした。

「待って」あえぎながら訴える。「もう充分よ、これ以上は……」わたしは真っ赤になって、身を震わせた。

ハーディが顔をあげる。やわらかい光がつややかな髪を照らしていた。「どこか痛かったかい？」

「いいえ」

あたたかい彼の手がおなかをやさしく撫でさする。「じゃあ、怖がらせてしまったのかな、ハニー」

「ううん、そうじゃないけど……こういうの、初めてだから」これは言わずもがなだけれど、ニックは自分が快感を得ることばかりに夢中で、わたしを歓ばせるためになにかしてくれたことなど一度もなかった。

ハーディは真っ赤に染まったわたしの顔をしげしげと眺め、瞳をきらりと輝かせた。

そしてやさしく尋ねてくる。「試してみたくはないのかい?」

「そうね、いつかまた今度なら。でも、できればこういうことは段階を踏んで、順番どおりにやりたいのよ。最初からいきなり上級編に進むんじゃなくて、普通のことから——」彼がふたたび覆いかぶさってくると、わたしは小さな悲鳴をあげた。「ちょ、ちょっと、なにをするつもり?」

彼がくぐもった声で答える。「どういう段階を踏むのがいいか、きみはきみでプランを練っておいてくれ。考えがまとまったら教えてくれればいいから。それまでのあいだ……」

両脚を大きく開かされて、わたしは激しく身をくねらせた。

必死にもがくわたしを見て、ハーディが低い忍び笑いをもらす。間違いないわ——やっぱりこの人はベッドのなかでは悪魔だ。「おれに五分だけくれ」彼が持ちかけてきた。

「そんな交渉に応じる気はないわよ」

「どうして?」

「だって……」身をよじり、あえぎながら言う。「恥ずかしくて死にそうなんだもの。わたし……やめてったら、ハーディ、本気で言ってるのよ、こんなこと……」秘めやかな感じやすい場所に彼の舌がふれた瞬間、頭のなかが真っ白になった。わたしは彼の頭を弱々しく押した。それでも彼はびくともしない。「ハーディ……」もう一度たしなめたが、閉じた花びらをそっと開くように湿った舌が繊細に動くと、強烈な歓びが押し寄せてきてなにも考えられなくなった。官能の源へと吸い寄せられるように、彼は舌先を巧みに動かしつづけた。一瞬、顔を離して息を吸いこみ、濡れた肌に乱れた熱い息を吐きかける。わたしの心臓は早鐘を打ち、耳もとの血管がどくどくと脈打って、彼のささやく声すらも聞こえないほどだった。

「これでもまだやめてほしいかい、ヘイヴン？」

目に涙がこみあげてきた。歓喜の波にさらわれて身を震わせながらも、もっともっと欲しくなる。「いいえ。やめないで」その声が低くかすれていたことに、われながらショックを受けた。次の瞬間、自分の口から思わず熱い叫びがもれてしまったことにも。湿った巻き毛に縁どられたやわらかいひだの奥に口を押しつけたまま、ハーディが指を一本、そしてもう一本滑りこませてくる。めくるめく歓びに突きあげられて、わたしは腰を浮かせ、またがくっと落とした。けれども、クライマックスの快感はつかまえようとするとひょいと逃げてしまって、どうしても手が届かない。

「だめみたい」わたしはうめいた。「やっぱりできないわ」

「そんなことはない。無理に頑張るのをやめて身を任せればいいんだ」

「それがやめられないんだもの」

意地悪な指がゆっくりと出たり入ったりしはじめ、さざ波のように快感が舞い戻ってくると、わたしはすすり泣いた。彼の指がさらに奥へと差しこまれ、舌が休むことなく動きつづけるうちに……いつしかわたしは心臓の刻むビートに乗って、ひと息ごとに力強いうねりにのみこまれ、荒々しい絶頂へと導かれていった。至高の歓びに達しかけた瞬間、わたしは身をのけぞらせ、震える手でしっかりと彼の頭を押さえつけていた。

ハーディはいちばん奥深くまで指をぐっと突き入れ、最後の瞬間をその舌で受けとめてくれた。そうしてやっと彼の手や口が離れると、わたしはすすり泣きながら彼を上のほうへ引っぱりあげて抱きついた。彼は体を入れ替えてわたしのすぐそばに横たわり、目の隅からこぼれる涙をキスでぬぐってくれた。

それからしばらく、わたしたちはじっと抱きあっていた。素足を彼の脚のあいだに滑りこませたまま、彼のあたたかい手はわたしのヒップに置かれたままで。そうした静けさのなかでわたしは、まだ解き放たれていない彼の熱い思いを感じた。狭い囲いのなかで飛びだす瞬間を今か今かとうかがっている、暴れ牛のような。

わたしは彼のジーンズのボタンにこっそりと手をのばした。「これも脱いで」とささやく。

まだ荒い息をつきながら、ハーディが首を振った。「今夜のところはこのくらいにしておこう。もう少しと思うところでやめておくのがいいんだ」

「やめるの?」わたしも息を弾ませながら、驚きの声をあげる。「だめよ、ここでやめるなんて」彼の胸にキスして、唇にふれる男らしい肌とあたたかい巻き毛の感触に酔いしれた。「わたしと愛を交わしてくれないなら、一生あなたを許さないわよ、ハーディ・ケイツ」

「もう充分に愛しあったじゃないか」

「でも、最後までは行ってないでしょ」わたしは食いさがった。

「最後まで行くのはまだ早すぎる」

彼のジーンズの前を開き、硬くそそり立ったなめらかなものに指を絡みつかせて上下に動かした。「ここまできてだめだなんて言わないで。プライドが傷つくわ」

先端に親指でゆっくりと円を描くと、彼の口から静かなうなりがもれる。ハーディは頭にキスをしてから、腕をのばしてきて、わたしの手を引きはがした。てっきり、やめてくれと言うのかと思ったら、くぐもった声でこうつぶやく。「財布をキッチンに置いてきてしまったんだ。とりに行かせてくれ」

それですぐにぴんと来た。「コンドームならいらないわよ。ピルをのんでるから」

彼が頭を持ちあげて、わたしを見つめる。

わたしはぎこちなく肩をすくめた。「ニックはピルなんかのむなって言ってたから、それが原因でもめることもあったんだけど。でもわたしは、のんでるほうが自分をコントロールできて……安心できるのよ。お医者さまも体に害はないっておっしゃってたし。だからそれ以来、一日も欠かさずのんでるの。信じて、大丈夫だから。ほかの避妊は必要ないわ」

ハーディは片肘を突いて体を起こし、わたしを見おろした。「おれは、コンドームなしでやったことは一度もないんだ」

「一度も？」わたしは驚いて訊きかえした。

彼がうなずく。「相手を妊娠させてしまうリスクを冒したくないからな。責任を抱えこみたくないんだ。もしも子供ができたら、ちゃんと面倒見てやらなきゃいけないだろ？　親父みたいにだけは絶対になりたくないから」

「これまで一度も、ピルを服用してるガールフレンドとつきあったことはなかったの？」

「そういう場合でもコンドームは必ずつけるようにしていた。女性を信用して任せるっていうのは、あまり好きじゃないんだ」

女性のなかには今の発言に反発を覚える人もいるだろう。でも、信用問題で苦労してきたわたしには、彼の言い分がよくわかる。「いいわ」顔をあげて彼の頰にキスをした。「あなたのやり方でやりましょう」

けれども、ハーディは動かなかった。鮮やかな瞳でじっとわたしを見つめている。そのとき、ふたりのあいだに親密な感情が芽生え、少し不安になるくらいの絆が結ばれた気がした。ふたりの体の刻むリズムが、目に見えないメトロノームに合わせてひとつになっていく。

「きみがここまで信用してくれたんだから、おれも同じようにできなきゃ男がすたるよな」

わたしの呼吸が速くなると、彼の息づかいも速くなった。

ハーディは服を脱ぎ、わたしの上に覆いかぶさってきた。やさしく……あくまでもやさしく……それなのに、彼の力と重みを感じたとたん、わたしは緊張した。やがてふたりの体がぴったりと重なり、やわらかさが硬さに負けて道を譲る。わたしは今、彼を迎え入れようとしている。みずから体を開いて。彼の青い瞳は歓びで物憂げに曇り、まつげが頰に影を落としていた。彼は決して先を急がず、ゆっくりと少しずつ体を沈めてきた。わたしは彼の腕のなかで顔の向きを変え、たくましい筋肉に頰をすり寄せた。

そうしてやっと奥まで受け入れたとき、ハーディがわたしの膝を抱えて大きく開かせ、さらに深く腰を沈めてきた。やわらかいひだの奥から熱い蜜があふれだす。心配そうにわたしの表情をうかがっていた彼の顔には、いつしか熱い欲望が宿っていた。生きたまますみを食べてしまいたいというような目だ。こんな目で見つめられるのは大好きだった。

余すところなく満たされた感覚に耐えきれなくなって身をよじると、ハーディが身を震わせ、息も絶え絶えにつぶやいた。「ああ、だめだよベイビー、動かないでくれ……」

「気持ちいい？」わたしはささやいた。

ハーディがあえぎながら首を振る。その顔は高熱でもあるかのように赤く染まっていた。

「よくないの？」

「三〇分前まではとても気持ちよかった」テキーラを一〇杯立てつづけに飲み干したあとみたいに、よくまわらない舌で言う。「それから一五分ほど経ったころには、人生最高のセックスっていう感じだった。でも今は……心臓麻痺を起こしかけてる気がする」

わたしは微笑みながら彼の頭を抱き寄せ、小声で訊いた。「心臓麻痺を起こしたあとはどうなるの？」

「さあ、どうだろうな」彼は歯を食いしばったまま息を吐き、わたしの横の枕にどさっと顔を突っ伏した。そして半ばやけっぱちに言う。「ちくしょう、これ以上我慢できるかどうか自信がない」

彼の脇腹や背中に手を這わせてみると、筋肉に力がこもって盛りあがっていた。「我慢しないでいいのよ」

ハーディはふたりがひとつにつながっている部分から歓びを掘り起こそうと、ためらいがちに腰を動かしはじめた。奥深いところにある敏感なスポットを刺激されると同時に、前の部分にちょうどいい角度で腰をぐっと押しつけられた瞬間、快感があふれだして全身に広がっていった。そのことに驚いてわたしはびくっと腰を引き、ハーディのヒップに指を食いこませた。

彼が顔をあげ、大きく見開かれたわたしの目をのぞきこむ。「スイートスポットにあたったかい？」そうささやいて、もう一度、そしてもう一度とくりかえした。恥ずかしいことにわたしは喉の奥からこみあげてくるうめきをこらえきれなくなり、熱いよがり声をあげながら、絶頂へとのぼりつめた。

今回のクライマックスは先ほどよりも穏やかだったけれど、その分長く続いて、ハーディと一緒に最後の瞬間を迎えることができた。彼は歓びの声をわたしの口にのみこませ、何度も何度もキスをした。ふたりとも酸欠状態になって呼吸が苦しくなるまで。

そのあとわたしは心地よいけだるさに包まれ、彼にぴったりと寄り添ったまま、うとうととまどろんだ。そして、すばらしいセックスのあとの眠りはセックスそのものと同じくらい気持ちがいいと、初めて知った。しばらくして目を覚ましたとき、ハーディはまだわたしのなかにいた。腰を突き動かしたりはせず、ただ静かに奥まで満たし、両手でわたしの体のあちこちを撫でたりつまんだりしている。わたしは横になって、片脚を彼の腰にかけた。それでもハーディは動こうとしない。わたしは彼の腕や肩をつかんで、自分の体の上に引きあげようとした。しかし彼はそうされるのを拒み、身をくねらせるわたしをじっと抱くばかりだった。

「ハーディ」額の生え際にうっすら汗をにじませつつささやいた。「お願い……」

「お願い、なんだい?」彼が上唇に吸いついてきて、次いで下唇もなめる。

わたしはそっと腰を揺らし、キスの合間にあえぎながら言った。「わかってるくせに」

ハーディが首筋に口をやさしく押しつけてくる。そこで彼が微笑むのがわかった。そう、もちろん彼はわかっている。なのに相変わらず、腕のなかでしっかりと抱きしめてくれるだけ。体の芯に彼の熱い脈動が伝わってくるたびに、わたしは身をよじらせた。そしてついに、ハーディがわずかに腰を動かした。規則的なリズムを刻むのではなく、ほんの少しくいっと動いたかどうかという程度だ。でも、それで充分だった。たったそれだけでわたしの体にはまた火がつき、内側の筋肉が収縮して快感があふれだし、すぐに荒々しい震えが襲ってきていってしまった。ハーディは力強く一回だけ腰を突きあげ、すばらしく熱いものでわたしを満たした。

終わったあとも、顎や頬や喉に指先でふれながら甘いキスを続けてくれた。しばらくしてから彼はようやくわたしをベッドから起こし、シャワーへ連れていった。わたしは夢見心地で彼に寄りかかり、体を洗ってもらった。石鹸《せっけん》まみれの手がやさしく全身を撫でまわしたあと、お湯できれいに流してくれる。湯気のベールに包まれて、わたしは彼の硬い胸板に頬を寄せた。やがてハーディが下のほうへ手をのばし、指を二本差し入れてきた。そこはもう充血してひりひりと痛むほどになっていたのだけれど、やさしい指の感触がなんとも気持ちよくて、腰を前に突きだささずにはいられなかった。彼は喉の奥で低くうなるような音を鳴らし、親指でそっとクリトリスのまわりをなぞった。そして、熱いシャワーを浴びながらむさぼるようなキスをしつつ、またしても無限のテクニックを駆使して、わたしをクライマックスへと導いてくれた。

どうやって体を拭いてベッドに戻ったのか、よく覚えていない。覚えているのは、彼のたしかな存在をすぐ横に感じながらすぐに眠りに落ちたことだけ。

それからいくらか時が過ぎたころ、わたしは悪夢にうなされて目を覚ました。隣に男性が眠っていることを体で感じ、ニックかと思ってがばっと起きてしまった。結局は彼のもとから逃げだせなかったのかと思って。男らしい体がすぐ横で身じろぎすると、わたしははっとして息をのんだ。

「ヘイヴン……」ぼそっとつぶやく声がする。そのおかげで落ち着くことができた。「悪い夢でも見たのかい？」寝起きの声はくぐもっていてやわらかく、くしゃくしゃのベルベットみたいな感じだった。

「ええ、まあ」

どきどきしている心臓の鼓動を静めるように、彼がてのひらで胸を丸く撫でてくれた。

わたしはため息をつき、ハーディの腕のなかにもぐりこんだ。すると彼が胸もとに唇を近づけてきて、少し硬くなった感じやすい乳首にキスをした。わたしは彼の頭を抱きしめ、手首の内側にふれるやわらかい髪の感触を楽しんだ。ハーディはゆっくりと頭をさげていった。

両のてのひらが生きた足かせのようにあたたかく足首を包みこみ、わたしの膝を曲げさせる。暗がりのなかでも、彼の大きな肩と頭が影となって、腿のあいだに滑りこんでいくのが見えた。ハーディはゆったりとわたしの腰を抱き、その口で歓びを注ぎこんで、長くうねる恍惚《こうこつ》の波に溺れさせてくれた。

そしてふたたび眠りに落ちたわたしは、もう悪夢を見ることもなかった。

16

翌朝、出勤したときのわたしは、なんともひどいありさまだった。目のまわりにくまができ、喉のあたりには無精ひげでこすられたあともある。でも、気にしなかった。こんなに穏やかな気持ちになれたのは、ここ数カ月で初めてのことだった。いや、ここ数年で。もしかすると、生まれて初めてかもしれない。

ハーディがこの体に残した熱い焼き印をまだあちこちに感じる。ゆうべの出来事を思いださせる軽い筋肉痛さえ、心地よかった。心配すべきことはいろいろあるけれど、今はただ、しっかりと愛された人間らしい満ち足りた幸福感に浸っていたかった。

「具合が悪いと言って休めよ」朝、ハーディがささやきかけてきた。「今日は一日、おれとベッドで過ごそう」

「だめよ」わたしは言いかえした。「わたしが行かないと、みんなが困るんだから」

「おれだってきみを必要としてるのに」

そう言われて、思わずにんまりする。「あら、一日分としては充分なくらいつきあったでしょう？」

ハーディはわたしを胸に抱き寄せ、むさぼるようにキスをした。「まだまだ序の口じゃないか。きみに慣れてもらうまではと思って、こっちはかなり自重してたんだから」

結局わたしたちは、それぞれ職場に向かうことにした。今日は金曜日なので、どうしても今日のうちに片づけておかなければいけない仕事があるからだ。でもその代わり、五時半にはまた落ちあって、週末を一緒に過ごそうと決めた。

ハーディが出かける前に、卵を五つも使ったチーズとホウレンソウとかりかりのベーコン入りのオムレツをつくり、トーストも三枚添えてあげた。彼はそれを残さずたいらげた。あなたのおかげで冷蔵庫が空になっちゃったわと言うと、ハーディは、きみを満足させるのには大変な労力を要するから、たくさん食べて力をつけておかないとな、と返してきた。

わたしは思いだし笑いをしながらブースに入っていき、ノートパソコンを開いた。こんなに気分がいいのだから、今日はなにがあっても大丈夫だと思っていた。

ところが、そこへヴァネッサが現れた。「最新のメンテナンス契約に関してメールを送っておいたんだけど」なんの前置きもなく、そう切りだしてくる。

「おはようございます、ヴァネッサ」

「添付書類をプリントして、コピーをとって。一時間後には全部そろえて、わたしのデスクまで持ってきてちょうだい」

「わかりました」すぐさま立ち去ろうとする彼女を、わたしは呼びとめた。「待ってください、ヴァネッサ。少しお話があるんです」

きっぱりした物言いと〝どうか《プリーズ》〟という言葉が欠けていたことに驚いたらしく、ヴァネッサがぱっと振り向き、わたしを見かえした。「なにかしら？」危険なまでにやわらかい口調で訊く。

「わたしの個人情報を気安く他人に教えるのはやめてください。わたしの住所や電話番号を尋ねてくる人がいても、わたしの確認をとるまでは絶対に教えないでほしいんです。ほかのみんなを守るためにも、このことは今後、オフィスの基本方針としていただけませんか？」

ヴァネッサが大げさに目を見開く。「わたしはあなたのためを思ってそうしてあげたのよ、ヘイヴン。別れただんなさまが、あなたに返したいものがあると言ってらしたから。ひどく慌てて家を出てきたから、荷物をまとめる暇もなかったんですって？」その声はいっそうやさしくなり、小さな子供に説明するような口調になった。「それを言うならむしろ、そういう個人的な問題にわたしを巻きこまないでほしいわね。ここは職場なんですから」

わたしはニックのもとを出てきたわけではない、さんざん殴られて家から放りだされたのだ。そう言いかえしてやりたかったけれど、ぐっと我慢した。相手がヴァネッサでは、これ以上ないほどやさしい声でねちねちと問いつめられ、言うつもりもなかったことを言わされるのが落ちだからだ。その手はもう二度と食わない。わたしの私生活には、どうしても守りたいプライバシーがある。

「わたしのためとおっしゃいますけど」わたしは冷静に言った。「ニックはわたしの欲しいものなど返してはくれませんでしたよ。それにあなたは、なにかに巻きこまれているわけでもありません、ヴァネッサ」

　ヴァネッサは首を振り、冷ややかな目に哀れみの色を浮かべてわたしを見た。「話は少し彼から聞いたわ。彼がどんな仕打ちを受けていたかってこともね。彼、とてもチャーミングな人じゃないの。ちょっと悲しげな感じではあったけど」

　こみあげてきた苦笑を、わたしは無理やり抑えこんだ。彼がどんな仕打ちを受けていたか、ですって？　いかにもナルシシストのやりそうなことだ。自分がしてきたことをまったく裏返して語り、さもわたしがやったように責め立てる。話は事実に基づいているから妙に説得力があって、いつのまにか自分でも本当にそうだったような気がしてしまう。ニックが人々に、ぼくはさんざんひどい仕打ちを受けて、あげくのはてに捨てられた、とふれまわっているのは明らかだった。だとしても、彼の口に戸は立てられないし、他人が彼の大嘘を信じることもとめられない。

「チャーミングな部分もあるかもしれませんね」わたしは譲歩した。「気味の悪い蜘蛛《くも》だって、美しい巣をつくる方法は知っていますから」

「どんな話にも、表と裏のふたつの見方があるものでしょ、ヘイヴン」彼女のひとことひとことに、いやなにおいのする蜂蜜のような恩着せがましさがべっとりとまつわりついていた。

「もちろんです。だからと言って、どちらも正しいとは限りませんけど」本当はそこで口をつぐむべきだった。でも、言いだしたらとまらなかった。「それに、世の中にはどこまで行っても悪い人というのが存在するんです、ヴァネッサ。ニックみたいな男にはどんな女性も近づかないでほしいと願ってしまうくらい」あなたでさえも、と心のなかでつけ加える。

「あなたがそんなにおばかさんだったなんて、ちっとも気づいてなかったわ」ヴァネッサが言った。「もうちょっと賢くなって、世の中はもっと複雑なものだと理解できる日が来るといいわね」

「そうなるように努力します」わたしは小声で答え、椅子をくるりと回転させて上司に背を向けた。


ニックが真っ昼間に電話をかけてきても、さほど驚きはしなかった。職場の内線電話番号もヴァネッサからとっくに聞きだしているはずだと覚悟していたからだ。でもあらためてその声を聞くと、胃が引っくりかえるような嫌悪感に見舞われた。

「ゆうべのデートはどうだった?」ニックが尋ねた。「ぼくが帰ったあとは、おしゃべりしてる時間なんてあんまりなかっただろうけど」

「職場にはかけてこないで」わたしはそっけなく言った。「というか、家にも」

「ジムで鍛えあげてるような筋肉ばかに女が望むことなんて、どうせひとつに決まってるからな」ニックが続ける。「それはおしゃべりとは関係ない」

元夫がこんなにもハーディの存在に心をおびやかされているかと思うと、自然と笑みがこぼれた。「彼はジムで鍛えている筋肉ばかじゃないわ。とても知的な人だし、すごく聞き上手なの――誰かさんと違って」

最後の言葉はうまく伝わらなかったようだ。「ゆうべは一歩も外に出なかったみたいだな。ひと晩じゅう部屋のなかで、あいつと組んずほぐれつしてたのか？」

まさかニックはわたしの部屋をずっと監視していたのだろうか？　そう考えると、そら恐ろしくなる。「あなたには関係ないことでしょ」

「結婚してたとき、今の半分でもきみがセックス好きだったらな。結婚指輪をはめてやったとたんに、不感症になりやがって」

昔なら、その言葉にひどく傷ついたに違いない。もしかしたら、やっぱりわたしは不感症なんだと信じてしまったかもしれない。でも今は違う。ニックの本性がどんなものかも、今でははっきり認識できるようになっていた。自分のことしか考えられないナルシスト。わたしにはそんな彼を変えることなどできないし、欠点に気づかせてやることも不可能だ。ニックはとにかく自分の欲しいものを要求するだけ……彼自身、どうしてそれが欲しいのかは理解できていないはずだ。獲物を殺して食べたいという本能的欲求を、鮫《さめ》が理解していないのと同じように。

「そんなひどい妻と別れられてよかったじゃないの」と、わたしは言った。「お互いのために、もう二度と電話はかけてこないでね、ニック」

「きみの私物はどうする？　おばさんからもらったブレスレットは——」

「返してもらうのにあなたとまた会わなきゃいけないなら、別にいいわ。そこまでする価値はないから」

「そんなこと言うと、ごみ箱に捨ててやるぞ」ニックが脅しをかけてきた。「細かく引きちぎって――」

「じゃあ、仕事があるからこれで」勝利感と嫌悪感を同時に味わいながら、わたしは電話を切った。ニックから電話がかかってきた件については、ハーディにも誰にも打ち明けないでおこう。もしもハーディにこのことが知れたら、すぐにでも元夫の居場所を突きとめて地球上から抹殺しかねない。ニックが永遠にこの世から消えてくれるのはうれしくないこともないけれど、鉄格子の向こうにいるハーディに面会しに行くなんて、あまり楽しそうな気はしなかった。


それから二週間のあいだに、わたしはいろいろとハーディのことを学んだ。わたしたちはできる限り、時間をともに過ごすようになった。とくにそうしようと相談して決めたわけでもないのに。いつのまにか彼は、ほかの誰より一緒にいたいと思える存在になっていた。不思議なことに、彼のほうもなぜか同じように感じてくれているようだった。

「なんだか楽すぎて」ある晩、家でハーディの帰りを待ちながら、わたしはトッドに電話をかけた。「駆け引きみたいなものがまったくないの。電話をかけると言った時間にかけてくるし、帰ると言った時間にちゃんと帰ってくるし。それにね、彼ってすごく聞き上手なのよ。なんて言うか……とにかく完璧なの。それはそれで、かえって心配になるくらい」

「完璧な人なんていないのよ。あなたはきっとなにか見逃してるに違いないわ。そうねえ、たとえば……あれがミニソーセージみたいにちっちゃいとか？」

「ううん。どっちかって言うと、まさにその反対よ」

やけに長い沈黙。

「トッド？　聞こえてる？」

「ええ。これからもあなたとの友情を保っていったほうがいい理由を考えてたのよ」

わたしはにんまりした。「やきもちを焼くなんてかわいくないわよ、トッド」

「ひとつだけ彼の欠点を教えてくれたら、わたしの気持ちもおさまるかも。ひとつでいいから。息がくさいとか、変ないぼがあるとか、抗菌スプレーが必要なくらい不潔な場所があるとか、なにかないの？」

「胸毛が生えてるっていうのは、欠点になる？」

「ああ、それそれ」トッドがほっとしたような声をあげる。「わたし、もしゃもしゃの胸毛は大嫌いなの。せっかくの筋肉が見えなくなるでしょ」

その言い分には賛成しかねたけれど、言いかえすのはやめておいた。やわらかい巻き毛に覆われた広い胸に抱かれると、心が安らいでセクシーな気持ちになれるのに。

「ヘイヴン」トッドが今度はもっと真剣な口調で言った。「前にわたしが言ったこと、覚えてる？」

「彼は見かけほど単純な男じゃない、ねじくれた心を隠し持ってるって話？」

「ええ、そうよ。どうしてもそんな気がしてならないの。だから気をつけて、スイートハート。楽しむのはいいけど、心の目だけはちゃんと開いておくのよ」

心の目を開いておくってどういうことだろうと、あとになってよく考えてみた。わたしはハーディを理想化しているわけではないと思うけれど……とにかく彼のことが好きでたまらないだけだ。わたしに話しかけてくるときの感じや、こちらの話をしっかり聞いてくれる様子、そしてなにより、なにも言わなくてもこちらの気持ちを感じとってくれるのが好きだった。ふとした拍子に肩をもんでくれたり、膝に抱いてくれたり、さりげなく髪にふれたり、手をつないだりしてくれることも。うちはスキンシップの豊富な家庭ではなかったから、とても新鮮だった――トラヴィス家ではそういう親しさよりも、個人の空間にやたらと踏みこまないことにより重きが置かれていた。しかもわたしはニックにああいう仕打ちを受けてきたあとだったので、こんなふうに気軽にふれられることさえ、もうきっと耐えられないだろうと思いこんでいた。

ハーディはわたしの知っている誰よりも魅力的な男性だ。約束はきちんと守り、遊び心もあるけれど……つねに一流の男らしさを失わない。ドアはいつでも開けてくれ、荷物は必ず持ってくれて、ディナーの支払いもすべて彼のおごりだ。女性がそういうことを率先してしようとする姿勢をちらりと見せるだけで、ひどく気分を害するほどに。自分の傷つきやすいエゴだけを大切にする夫と暮らしてきたわたしには、ハーディのこういう自信に満ちた態度がありがたかった。彼は、自分の過ちは素直に謝ってくれるし、なにか理解できないことがあったら素直にそう認め、それをいい機会として質問してくるだけだ。

おまけに、あれほど無尽蔵のエネルギーと食欲を持っている男の人なんて、ほかにはめったにいないだろう。ハーディの欲に限りはないと言った父にはやはり、人を見抜く目があったようだ……ただしそれはお金だけにとどまらない。かつては世の中から無きに等しい存在と見くだされていたハーディは、名誉も、権力も、成功も、すべて手中におさめたがっているはずだ。世間の評価に負けることなく、誇りと憤りを燃料にして、苦労してここまでのしあがってきたのだから。

そういう意味で彼は、同じく無一文から一代で成りあがった父と似ている。そう考えると少し怖くなった。もしかするとわたしは、いずれはチャーチル・トラヴィスのように野心的でどうしようもない頑固者になってしまう男性と深くかかわろうとしているのかもしれない。そんな人とうまくつきあっていくにはどうすればいい？　そういうことが起こらないようにするには、どうすればいいの？

ハーディはわたしのことを温室育ちのお嬢さんと思っているはずだ。彼と比べれば、たしかにそう言えるだろう。わたしが海外を旅行したときは、大学の友人たちと一緒にすてきなホテルにとまり、支払いは全部父のクレジットカードですませた。一方、ハーディが外国へ行ったのはいずれも、メキシコ、サウジアラビア、ナイジェリアなどの海底油田で働くためだった。二週間働いて、二週間休む。外国の文化や風習も一から学んで、素早く慣れていかなければならない。それはまさに、ヒューストンの上流社会になじもうとする彼がやっていることだった。風習を学び、慣れる。自分を受け入れてもらうために。

わたしたちは夜更けまで語りあい、育ってきた環境や、過去に出会ってきた人々の話、自分を変えたエピソードなどを教えあった。ハーディはたいていのことを気さくに打ち明けてくれたが、なかにはいくつか口にしたがらないこともあった。たとえば、父親がどうして刑務所に行くはめになったか、という話。また、ハーディは昔つきあっていた恋人についても多くを語りたがらず、そのせいでわたしは余計に興味をかきたてられた。

「どうしてあなたがリバティと一度も寝なかったのか、わからないわ」ある晩、わたしは彼にそう言った。「そうしたい気持ちはあったんでしょう？　そうに決まってるわよね」

ハーディはわたしを胸のほうへ引き寄せた。わたしたちは彼の部屋で、普通のキングサイズより奥行きが長いカリフォルニア・キングサイズのベッドに横たわり、スカンジナビア産ダウンの枕に囲まれていた。シーツは超極細の糸で織られた高級品で、ベッドスプレッドは生成りのシルク製だ。

「ハニー、一二歳以上の男であれば、リバティと寝たいと思わないやつはいない」

「だったらなぜ、あなたはそうしなかったの？」

ハーディはわたしの背筋に沿って、浅いくぼみを撫でていた。「きみに出会うのを待ってたからかな」

「ご冗談を。ヒューストンの女の子たちとつきあうのにかなり忙しかったって、風の噂《うわさ》に聞いてるわよ」

「さあ、ひとりも覚えてないな」悪びれもせずに言う。

「ビービ・ホイットニーは？　その名前に聞き覚えはない？」

ハーディは用心深い目でわたしを見た。「どこからその名前を？」

「あなたと寝たって、彼女自身がトッドに自慢したのよ。彼女の〝ディヴォース・ムーン〟の晩に出会ったんですって？」

しばらくのあいだ彼は黙りこみ、わたしの髪をもてあそんでいた。「妬《や》いてるのか？」

ええ、そうよ、やきもちよ。実際、タンニングスプレーで小麦色の肌を演出しているビービが彼とベッドをともにしている場面を想像するだけで、これほど毒々しい感情がわきだしてくるなんて、自分でも驚きだった。

わたしは彼の胸の上でうなずいた。

ハーディが体を入れ替えてわたしを仰向けに寝かせ、上から見おろす。ほの暗いランプの明かりが力強い顔の造作を照らしだし、口もとのかすかな笑みを輝かせた。「きみより前に出会った女性たちに謝ってまわることもできなくはない。でも、そうする気はないよ」

「そんなこと、頼んでないでしょ」わたしは少しすねてみせた。

彼の手がシーツのなかへもぐりこんできて、わたしの体をそっとまさぐりはじめる。「これまでにつきあってきた女性たちからは、少しずついろんなことを学ばせてもらった。きみにふさわしい男になるためには、それくらい多くのことを学ぶ必要があったんだよ」

わたしは眉を寄せた。「どうして？　わたしがそれだけ面倒くさい女だから？　扱いが難しいってこと？」胸をてのひらでやさしく包みこまれて、呼吸が乱れそうになった。

ハーディが首を振る。「きみのためにしてやりたいことが、それだけたくさんあるからだよ。あらゆる方法できみを歓ばせてやりたいからな」顔を近づけてキスしてから、いたずらっぽく鼻と鼻の先をちょんと合わせた。「彼女たちはきみと会うまでの練習台だったってわけだ」

「いいせりふね」わたしはうらみがましい調子で言った。

心臓のあたりに、彼のあたたかいてのひらが軽く押しつけられた。「物心ついてからのおれはずっと、どこかへ行きたい、別の誰かになりたいと願ってきた。高級な車に、でかい家、美しい女——そういうものをなんでも持ってるいけすかない連中を見ては、ちくしょう、今に見てろよ、いつかおれだって全部手に入れて、幸せになってやるからな、と自分に言い聞かせていた」彼の口もとがゆがむ。「でも、ここ二年ほどで、ずっと欲しかったものをほとんど手に入れたというのに、なぜかそれでは物足りなかった。心はみじめなままだったんだ。だけどきみと一緒にいるときだけは……」

「だけは？」わたしは先を促した。

「きみといると、自分に必要だったものがやっと得られたって気がするんだよ。心からリラックスできて、幸せな気分になれる」ハーディはわたしの胸に、意味のない模様を指で描いた。「きみはおれをスローダウンさせてくれるんだ」

「いい意味で？」

「いい意味でだ」

「わたしはそんなふうに誰かをスローダウンさせたことなんかないけど。一緒にいて安らげるタイプじゃないと思うもの」

けだるい笑みが彼の口もとを彩る。「どういうわけか、おれにはそういう効果があるみたいだ」

ハーディはわたしの上に覆いかぶさり、喉にキスしながらささやいた。きれいだよ、きみが欲しい。やわらかい毛皮のような胸毛に乳房をくすぐられて、わたしは身を震わせた。

「ハーディ？」

「ああ？」

彼の首に腕を巻きつける。「ときどき思うんだけど、あなたってまだ我慢してるんじゃない？　ベッドのなかで」

ハーディは顔をあげ、愛撫するようにわたしを見つめながら白状した。「きみとはゆっくり進んでいきたいからね」

「そんなに遠慮しないで」わたしは心から言った。「あなたを信頼してるから。どんなことをしてほしいか教えてくれたら、わたし、なんでもやってみるから。ビービと試してみたようなことでも……」

愉快そうにほころんだ彼の口もとがちょっぴり悲しげに引きつる。「やめてくれよ。彼女のことは忘れてくれ、ハニー。たったひと晩つきあっただけなんだから」

「それはさておき、よ」わたしは対抗心を燃やした。「そんなに気をつかってくれなくていいから。わたしなら平気よ」

彼の顔に明るい笑みが広がった。「わかった」

わたしは彼の頭を引き寄せ、情熱的なキスをした。ハーディはためらうことなく大胆に応え、舌を奥まで差し入れてきた。ふたりの息が切れるまで、そのキスは続いた。

やがてハーディが両腕を抱えるようにしてわたしを抱き起こし、膝立ちにさせた。瞳は熱く輝いていたけれど、声はやさしかった。「ちょっと新しいことを試してみたいかい、ヘイヴン？」

わたしははっと息をのんでからうなずき、腰をわずかに前へ突きだした。彼が大きくなっているのを目にしたとたん、欲望でくらくらしそうになった。ハーディがわたしの手首をつかんで上に持ちあげ、背の高いヘッドボードの縁をつかませる。そうすると胸も持ちあがって、乳首がきゅっと縮こまった。

ハーディがまっすぐに目を見つめてくると、深みのある青さにわたしは溺れた。「しっかりつかまってるんだぞ」彼はそうささやき、ヘッドボードをつかむわたしの指を上から押さえつけた。

そして、やけどしそうに熱いひとときが訪れ……巧みな責めが欲望に火をつけた。甘くとろける欲望の炎。ハーディはわたしの体じゅうにふれ、なかにも入ってくる。どうやってその甘い責めを乗りきれたのか、自分でもよくわからない。ハーディがようやく最後の瞬間を迎えたときには、ヘッドボードをつかんでいた指は深い爪あとを残し、わたしは自分の名前さえも思いだせなくなっていた。クライマックスの甘い余韻に手も脚も震わせながら、わたしはゆっくりと彼の腕のなかへ倒れこんだ。

「きみだけだよ」ハーディがやっとひと息ついてからささやく。「おれが欲しいのはきみだけだ」

ダウンの枕に横たえられたとき、雲のあいだを真っ逆さまに落ちていく気がした。猛スピードで。わたしはそれを、どうすることもできなかった。

17

「ねえちょっと、どういうこと？」わたしはジャックの部屋の戸口でまくしたてた。「二週間前にわたしの命を救ってくれたハーディを、まだ認めてくれないわけ？　いったい彼がどこまでやってみせれば、ジャックはもっと礼儀正しく接してくれるようになるの？　癌の特効薬を開発するとか？　小惑星の衝突から地球を守ってみせるとか？」

兄は憤慨しているように見えた。「礼儀正しく接しないとは言ってないだろ。それくらいはできるよ、ぼくだって」

「なによ、偉そうに」

その晩ハーディとわたしは、〝油田を珊瑚礁に《リグス・トゥー・リーフス》〟という複数の大手石油会社が共催するレセプション・パーティーに出かける予定になっていた。

〝リグス・トゥー・リーフス〟とは、古くなった海底油田のプラットフォーム上部を切断し、海中に残された部分を利用して人工珊瑚礁《さんごしょう》をつくろうというプログラムだ。メキシコ湾の底はほとんどが泥で覆われているため、そういう人工の構造物《ストラクチャー》は魚にとって格好のすみかとなる。

ナチュラリストたちは異論を唱えているものの、魚たちはそういう廃油田のプラットフォームが大好きらしい。そして、石油会社もプラットフォームの解体費用を大幅に削減できて大助かりというわけだ。そんなわけで彼らは、ヒューストン水族館に寄付をして〝リグス・トゥ・リーフス〟プログラムがいかにメキシコ湾の環境改善に有効かを知らしめる展示を行おうとしていた。

うちの家族もそのオープニング・セレモニーに出席する。だからわたしはトラヴィス家のみんなに、あらかじめこう頼んでおいた。わたしはハーディ・ケイツと一緒に行くから、せめてみんなも少しは話のわかる人間らしく振る舞ってよ、と。でも明らかに、それは期待しすぎだったようだ。ジョーに電話をかけたときは、心配していたとおり、おまえはやつに利用されているだけだ、と言われた。そして今ジャックも、頑としてわたしの願いを聞き入れようとしない。父もどうせ似たようなものだろう。血液型と同じく、父の意見は絶対に変えられないのだから。

となると、残るはひとりだけれど……ゲイジだけはハーディにきちんと接してくれそうな気がした。わたしのために。エレベーター事件のあとで話したとき、彼はそういう雰囲気を匂わせていた。

「ぼくはただ、男なら当然すべきことをしたくらいで、トラヴィス家におけるケイツの株はあがらないと言ってるだけだ」ジャックが続ける。「前にも言っただろ、あのときおまえがぼくかゲイジに連絡してきてたら、ぼくらだってちゃんとおまえをエレベーターから救いだしてやれたはずだ」

「ああ。そういうこと」

ジャックの目がいぶかるように細くなる。「そういうことって?」

「自分がいかにマッチョかを世間に自慢できる機会を奪われたのが気にくわないのね。自分以外の人がヒーローになるのがおもしろくないんでしょ。おれは誰よりもたくましい男なんだ、おれさまの持ってる棍棒《こんぼう》がいちばんでかいんだ、ってことね」

「いいかげんにしろ、ヘイヴン、子供みたいにけんかを吹っかけてくるなよ。棍棒のサイズなんかとはまったく関係ないことなんだから」彼はちらりと廊下を見渡した。「ちょっとなかに入らないか?」

「いいえ、支度する時間がなくなってしまうもの。わたし、もう部屋に帰らないと。ひとことお願いしに立ち寄っただけなんだから、愛想よくしてあげてね、わたしの――」そこではっと口をつぐんだ。

「おまえの、なんだ?」ジャックが問いただす。

わたしはうろたえ、首を振った。ハーディのことをなんと呼べばいいのだろう。〝ボーイフレンド〟では高校生みたいで子供っぽすぎる。だいいち不適切だ。ハーディは、ボーイにはほど遠いのだから。〝恋人〟……それもちょっと古くさいし、メロドラマっぽい。〝重要な他者?〟〝利益を共有する友人?〟違う、どれも違う。

「わたしの、デート相手に」わたしがそう答えると、兄の眉間に険しいしわが寄った。「わたしは本気なんですからね、ジャック。今夜あなたが彼にひどい態度をとったら、バッファローみたいにまるごと生皮をはいでやるから、そのつもりでいて」

「ぼくになにを期待してるんだ？　ぼくの許可が欲しいのなら、それは無理だ。やつのことはまだよく知らないし……今ある限りの情報では、おまえたちの交際を認める根拠にはならないからな」

　わたしの恋愛がジャックの意見ひとつに左右されるかのような物言いに、思わずかちんときた。「あなたの許可なんか欲しくないわ」わたしはきっぱり言いかえした。「ただ、基本的に礼儀正しく接してくれたらそれでいいの。たったの二時間、嫌みをこらえておとなしくしてることくらい、できるでしょう？」

「くそっ」ジャックは舌打ちした。「おまえがそんなに偉そうな口を利くとはな。やつがだんだん気の毒になってきたよ」


　水族館の三階にある大宴会場のガラス窓からは、ヒューストンの広い街並みが遠くまで見渡せるようになっていた。レセプションには少なくとも六〇〇人ほどの招待客が参加していて、円筒形の大きな水槽を備えたロビーへ流れていったり、〈鮫の航海《シャーク・ヴォヤージュ》〉と名づけられた小さな列車に乗って鮫の水槽を見学したり、〈難破船〉〈海底神殿〉〈湿地帯〉〈熱帯雨林〉などのテーマ別に構成された展示を見てまわったりしている。

　ハーディと一緒にレセプションに出たりして大丈夫だろうかという懸念は、到着して五分でかき消えた。彼はリラックスした様子で堂々と人々との会話を楽しみ、わたしをあちこちへ連れまわした。共同で会社を経営しているパートナーたちご夫妻やほかの友人知人たちにも紹介されるうちに、ハーディはここに集っている人々のなかで格別浮いた存在ではないのだと気づかされた。わたしの家族のような社会的権威階層《エスタブリッシュメント》の仲間入りこそまだ果たしていないものの、もう少し規模が小さくて隆盛著しい会社の若い経営者グループには、新興勢力の一員として立派に受け入れられている。

客のなかにはハーディとわたしの共通の知人も何人かいて、この男をうまく手なずけられる女性にとっては結婚して損のない相手だと思いますよ、などと笑いながら勧められたりもした。うわべはのんびり構えているように見えるけれど、ハーディはわたしの知っている誰よりも抜け目なくまわりの人々を観察していた。招待客の名前と顔をほぼ全員記憶しているらしく、今話している相手に合わせて要領よく話題を振り、その人がここにいる誰よりも重要な人物であるかのように受け答えしている。

と同時に、ハーディはデート相手としてもよく気がまわり、バーから飲み物をとってきてくれたり、背中にさりげなく手を添えてくれたり、小声で冗談を言ってわたしを笑わせてくれたりした。人々の輪に加わってしゃべっていたとき、わたしが肩にかけていたイブニングバッグの金のチェーンのよじれをこっそり直してくれたりもした。

ハーディは人前でわたしのことをどう扱うのだろうと、ここへ来るまでは疑問に思っていた。つねに一歩引いて彼に従う、月のような存在でいてほしいのだろうか？　ニックはいつもわたしにそうすることを要求した。でも驚いたことに、ハーディはわたしが自分の意見を述べてもいっこうにかまわないようだった。たとえば、話題が油母頁岩《オイルシェール》のことになったとき、ハーディの会社のパートナーのひとりである地質学者のロイ・ニューカークは、従来の石油に代わる代替資源としてオイルシェールが見なおされて開発される可能性について、熱弁を振るいはじめた。そのときわたしは、でもそれは露天掘りと同じくらい環境に悪影響を及ぼすって、なにかで読んだ覚えがあるわ、と言った。さらにこうもつけ加えた。オイルシェールを乾留する過程で大量の二酸化炭素が発生するそうだけれど、わたしに言わせればそれは犯罪以外のなにものでもない。地球温暖化のスピードはそんなに大騒ぎするほど速くないと考えている人なら、別の意見もあるでしょうけれど、と。

するとロイは笑顔を引きつらせてこう言った。「なあ、ハーディ、本や雑誌をまじめに読むような女性とはつきあうなって、警告しておいたはずだよな」

ハーディはわたしが歯に衣着《きぬき》せぬ意見を口にすることをおもしろがっているようだ。「おかげで無駄な議論をしなくてすむ。向こうが勝つってわかっていれば、最初から議論なんかする気にならないからな」

「ねえ、気を悪くしなかった?」あとでわたしはハーディに尋ねた。「ロイと意見が合わなくてごめんなさい」

「自分の考えをちゃんと述べられる女性のほうがおれは好きだ」とハーディは答えた。「それに、さっきはきみの意見のほうが正しかった。オイルシェールの製油技術は、対費用効果の点でまだ実用レベルに達していない。だから現状では、それは環境にも悪いし、コスト的にも高すぎるんだよ」

わたしは探るように彼を見かえした。「技術が進歩してコストが抑えられるようになったら、いくら環境に悪くても、あなたならやるってこと？」

「いや――」ハーディの言葉は、あたりにとどろくほどの大きな笑い声にさえぎられた。わたしはいきなり肩をつかまれて、ぱっと振りかえった。

「まあ、T・Jおじさま！」思わず声をあげる。「ずいぶんお久しぶりね！」

T・J・ボルトは正確に言えばわたしのおじではないけれど、生まれたときからの知りあいだ。父の親友で、わたしが思うに、ずっと母に横恋慕していたようだ。とにかく女性が好きすぎるらしくて、これまでに五回も結婚している。石油業界では有名な、なにかと派手な人物だ。

イースト・テキサス出身の若きT・Jが最初に働きはじめたのは、掘削装置の供給会社だった。そののち、どうやって資金を集めたのかはわからないが、採掘権つきの土地を買って会社を興し、それで得た利益でさらに土地を買い増すという手法で、事業を発展させてきた。今ではかなりの広範囲にわたって、有効資源の眠る土地を所有している。そのおかげでいつも彼は、地下採掘権のリース契約を求めて大手開発会社が送りこんでくる土地交渉人《ランドマン》につきまとわれていた。

いつものごとくT・Jは、トレードマークの白いビーバーフェルトの帽子をかぶっていた。

つばの長さが一三センチで高さは一五センチもあるウエスタンハットは、普通の人がかぶれば大きすぎて滑稽に見えるだろうが、T・Jは山のように大柄だ。ハーディよりも背が高く、体重はおそらく一・五倍はあるだろう。肉づきのよいがっしりした手首には、イエローゴールドとダイヤモンドの重そうなロレックスが巻かれている。ソーセージほどもある人差し指には、テキサスをかたどった金の指輪がはまっていた。

子供のころからわたしは、女性なら年齢を問わず唇にキスしてまわるという、T・Jのいささか迷惑な癖の犠牲者となっていた。今夜ももちろん例外ではない。彼は、サドルの革と甘いコロンと葉巻の香りが入りまじったような匂いのするしわしわの唇で、わたしにぶちゅっとキスをした。「わたしの大のお気に入りのお嬢さんが、こんなならず者といったいなにをしているのかね？」

「こんばんは、サー」ハーディは笑みを絶やさず、片手を差しだした。

「おじさま、ミスター・ケイツのこと、ご存じなの？」わたしはT・Jに訊いた。

「グレッグ郡の土地の件で、ちょっと話したことがあってな」T・Jが認める。「条件が折りあわなくてご破算になったがね」そしてわたしにウインクした。「深いポケットを持ってる連中でなけりゃ、わたしとは交渉できないからな」

「深いポケットどころか」ハーディが悔しそうに言う。「パンツそのものを差しだせる人でないとね」

T・Jが豊かな声を響かせて笑う。太い腕をわたしの肩にまわしてきて、ぎゅっとつかんだ。そして、ハーディに意味深な視線を送る。「このお嬢さんは大切に扱ってもらわんと困るぞ。なにしろ、テキサス史上もっとも優雅だったすばらしいレディーに育てられた娘さんなんだからな」

「もちろんですとも、サー」

痛風を患っているT・Jがよろよろした足どりで遠ざかっていくと、わたしはハーディのほうを向いた。「条件が折りあわなかったって、どういうこと?」

ハーディはゆがんだ笑みを浮かべ、かすかに肩をすくめた。「ボーナスの面で話が行きづまってしまってね」わたしが理解できずにいるのを察して、詳しく説明してくれる。「地主がリース契約にサインするときはたいてい、バイヤーからボーナスをもらえるんだ。その土地が将来有望で、近くに産出量の多い油井がある場合なんかは、けっこうまとまった額がもらえる。でも、見こみが少ない土地であれば、当然ボーナスもかなり少なくなる」

「つまり、T・Jおじさまは巨額のボーナスを要求してきたわけ?」わたしは推測した。

「まともなやつなら、とてもそんな額は払えないっていうくらいね。おれは、計算できるリスクなら背負ってもいいと信じているけど、そこまで途方もない要求には応じられない」

「おじさまがそんなにむちゃなことを言う人だったなんて、なんだかがっかりだわ」

ハーディは肩をすくめて微笑んだ。「まあ、今は耐えるしかないさ。いずれきっと道は開ける。どのみち、今のおれはほかのことで手がいっぱいだしな」彼は申し分のない礼儀正しさで、わたしをじっと見つめた。「そろそろ家に帰りたいかい?」

「いいえ、どうしてそんな――」彼の青い瞳がきらめくのを見て、はっと言葉を切った。彼が家に戻りたい理由は、手にとるようにわかる。

わたしはあえて慎み深く言った。「でもまだ、展示を全部見終わっていないじゃない」

「スイートハート、これ以上はもう見なくていいよ。〝リグス・トゥ・リーフス〟に関することなら、おれがなんでも答えてやるから」

思わずにやにや笑ってしまった。「あなたって、この件の専門家だったの？」さまざまな事実や数字を詳細に記憶している彼のことだから、本当にそうであっても驚かないけれど。

「なんでも訊いてみてくれ」ハーディが自信ありげに即答する。

わたしは彼のシャツのボタンをつまんでいじくった。「リグは本当に魚の数を増やすことに役立つの？」

「海洋科学研究所の生物学者によれば、イエスだ。人工珊瑚礁のまわりには魚がたくさん生息しているが、この広い海のなかでそれだけの数の魚が特定のリグを目指して集まってくるはずはない。ということは、魚はそこで繁殖して数が増えていると考えるしかないんだ」彼はいったん言葉を切り、希望に満ちた口調で言った。「これくらいで充分か？」

わたしは首を振り、なめらかな茶色い肌に覆われた喉をじっと見つめた。彼の声が好き。とろりとした蜂蜜みたいに濃いアクセントも。「上の部分を切断しても、リグはまだ石油会社の所有物なの？」わたしは訊いた。

「いや、州に寄付されて所有権も移る。そして石油会社は、本当ならリグの解体回収にかかるはずの費用の半額を〝人工珊瑚礁プログラム〟に寄付することになっているんだ」

「魚たちが実際に棲《す》み着くようになるまでにはどれくらいかかるの？　海中のそういう……ストラクチャーに？」

「全体を支えている脚の部分のことはリグ・ジャケットって言うんだ」ハーディはわたしのドレスの袖についたひらひらのフリルを指先でもてあそんだ。「リグ・ジャケットが海中に沈められて半年ほど経つと、そこにはまずさまざまな種類の海草や無脊椎《むせきつい》動物などが付着する——太陽の光が届く水面付近には硬質珊瑚の仲間がたくさん棲み着いて、徐々に礁を形成していく。するとそこへ魚が集まってくるんだ」彼が少し身をかがめ、眉のあたりに軽く唇をふれてくる。「食物連鎖の話も聞きたいかい？」

わたしは彼の香りを吸いこんだ。「ええ、お願い」

ハーディはわたしの肘をてのひらでやさしく撫ではじめた。「最初は小魚がいっぱい集まって、それを狙ってもっと大きな魚が寄ってくる……」

「ヘイヴン！」高くて明るい声がしたかと思うと、かわいらしい細い腕がわたしのウエストに巻きついてきた。リバティの妹のキャリントンだ。淡いブロンドの髪を今日は二本のきれいな三つ編みにして、おさげにしている。

わたしは少女を抱きしめ、頭のてっぺんにちゅっとキスをした。「キャリントン、今日の格好もばっちりキマってるわね」ミニスカートと木製のサンダルを眺めながら言う。

キャリントンがうれしそうに頬を赤らめる。「ねえねえ、今度はいつ、あたしのおうちにお泊まりに来てくれるの？」

「さあ、いつになるかしらね、スイーティー。もしかしたら――」

「わあ、今日はハーディと一緒に来たのね！」わたしのデート相手に目をとめて、キャリントンがさえぎった。そしてすぐさま彼にも抱きつき、しばらくのあいだ楽しそうにおしゃべりしていた。「ねえ、へイヴン、あたしが生まれた夜、ハーディがママを病院まで送ってくれたって、知ってた？　その日は嵐で、あっちこっちで洪水が起きてたんだけど、ハーディがおんぼろの青いトラックでみんなを運んでくれたのよ」

　わたしは笑みを浮かべてハーディを見やった。「人命救助ならお手のものですものね」

　彼のまなざしがふと険しくなる。そこへさらにふたりの人物が近づいてきたからだ――ゲイジとリバティ。

「ハーディ」リバティが声をかけ、片手をとって親しげに握手した。

　ハーディがにこっと笑いかえす。「やあ、リバティ。赤ん坊は元気か？」

「ええ、とっても。マシューは今夜、おじいちゃんとお留守番なの。チャーチルがよく面倒見てくれるおかげで助かってるわ」茶色の瞳がきらきらと輝いた。「あんなに安いベビーシッター、ほかにいないもの」

「リバティ」キャリントンが姉の手を引っぱって言う。「ねえ、早くピラニアを見に行こうよ。あっちの大きな水槽にたくさんいるんだって」

「わかったわ」リバティは笑いながら答えた。「じゃあみんな、ちょっと失礼するわね。すぐに戻ってくるから」

リバティたちが行ってしまったあと、ゲイジはしばらくハーディを凝視していた。緊張が高まってあたりの空気が張りつめたころ、兄はようやく片手を差しだし、ハーディに握手を求めた。「ありがとう。エレベーターから妹を救いだしてくれたこと、あらためて感謝するよ。なにかお礼をしたいんだが──」

「いや」ハーディが即座に断る。彼は一瞬、ゲイジの真摯な態度に不意を突かれた様子だった。こんなふうに若干困ったようなそぶりを見せるのは、これが初めてだ。「礼なんてとんでもない……こっちだって、例のバイオ燃料の件ではさんざん迷惑をかけたんだしな」

「その分は、この二週間でとっくに返してもらったよ」ゲイジが言う。「ヘイヴンの身の安全……そして幸福は……ぼくにとってなにより大事なことなんだ。きみが妹によくしてやってくれているなら、ぼくとしてはなんの文句もない」

「そう言ってもらえると」

自分がその場にいないかのように自分のことについて話をされるのは、あまり好きではない。「ねえ、兄さん、ジャックにはもう会った?」と、わたしは訊いた。「彼も今夜は顔を出すって言ってたはずなんだけど」

「ああ、来てるぞ。昔のガールフレンドとバーで再会してたよ。どうやら焼けぼっくいに火がつきそうだ」

わたしは目をくるりと動かした。「ジャックの昔のガールフレンドを並べたら、ここからエルパソまで長ーい列ができるわ」

ちょうどそのとき電話の着信音が鳴って、ハーディがジャケットの内ポケットから携帯をとりだした。外側に表示された発信者番号を見て、ぱちぱちと二度ほどまばたきする。「ちょっと失礼」彼はゲイジとわたしに向かって言った。「この電話、出ないとまずそうなんだ。申し訳ないが――」

「どうぞどうぞ」わたしはすぐに答えた。

「ありがとう」ハーディは携帯を開くと、人波をかき分けて、建物をぐるりと囲んでいるバルコニーへ出ていった。

ゲイジとふたりきりになって、わたしはぎこちなく微笑んだ。お説教されるのを覚悟していた。

「今夜のおまえはとてもきれいだな」兄は値踏みするような目でわたしの全身を眺めまわした。「幸せそうに見えるよ」

人からそんな言葉をかけてもらったのは、ずいぶん久しぶりだった。「幸せだもの」わたしは少し恥ずかしくなりながら認めた。「ねえ、兄さん、わたしのせいでいやな思いをさせてるとしたら、ごめんなさい。リバティの過去を知ってる人と妹のわたしがつきあうなんて、兄としては複雑な心境だと思うけど……」

「いやな思いなんかしてないよ」ゲイジがやさしく言った。そして驚いたことに、こうつけ加えた。「人というのは、いつも必ず自分が心惹かれる人を選べるわけじゃない。初めてリバティに会ったとき、ぼくは彼女のことを、父さんがつまみ食いした若い愛人だと思いこんでいたんだ――だから、最初はものすごくひどい態度をとってしまった」そう言ってゆがんだ笑みを浮かべる。「でもそのときでさえ、彼女を見かけるたびになにか心に引っかかるものを感じていた」両手をポケットに突っこみ、眉間にうっすらしわを寄せる。「なあ、ヘイヴン、ケイツが身を挺《てい》しておまえをバッファロー・タワーから助けだしてくれたことを考えたら、いいかげん、やつのことは認めてやるべきだとは思うんだ。だがもし彼がおまえを傷つけたら……」

「もしも彼がわたしを傷つけることがあったら、そのときはぼこぼこに叩きのめして血へどを吐かせてくれてかまわないわよ」わたしがそう言うと、兄はにやりと笑った。言葉を聞きもらしてほしくなかったので、わたしは少しだけ距離をつめた。「だけどね、ゲイジ、たとえふたりの仲がうまくいかなかったとしても……わたしは大丈夫だから。数カ月前のわたしに比べればずいぶん強くなったんだもの。ニックと別れたあとも引きずっていた問題だって、ハーディのおかげでいくつか解決できたし。だから、これから先なにがあっても、彼には感謝しつづけると思う」

そこへハーディが戻ってきた。その顔をひと目見ただけで、とてつもなく悪い知らせだったらしいと察しがついた。顔にはまったく表情がなく、日焼けした肌も青白く見えるほどで、同時にいくつものことを頭のなかでめまぐるしく考えているかのように落ち着かず、ぴりぴりした緊張感を漂わせている。

「ヘイヴン」声も普段とは違って抑揚がなく、紙やすりのようにざらついていた。「今のは母からの電話だった。どうしても今すぐ対処しなければいけない家族の問題が起こってね」

「まあ、そんな……」できるものならこの場で彼を抱きしめ、慰めてあげたかった。少しでも気を楽にしてあげたかった。「お母さん、大丈夫なの？」

「ああ、母は心配ない」

「だったら、もう帰りましょ——」

「いや」ハーディがきっぱりと言う。声の厳しさに自分でも驚いたらしく、リラックスしようと努力しながら続けた。「こういうことにはきみを巻きこみたくないんだ、ハニー。おれひとりでなんとかするよ」

　ゲイジが会話に割って入る。「ぼくになにかできることは？」

　ハーディはうなずいた。「ヘイヴンを頼む。無事に家まで送り届けてやってくれ」それから、うつろな目でわたしを見おろす。「すまないね。こんな形できみを放りだしていきたくはないんだが」

「あとで電話してくれる？」わたしは訊いた。

「もちろんだよ。おれは……」言葉が頭からふっと消えてしまったかのように、彼は口をつぐんだ。そしてもう一度ゲイジを見た。

「ヘイヴンのことは任せてくれ」ゲイジが即座に請けあう。「なんの心配もいらないから」

「わかった。ありがとう」

　ハーディは顔を伏せ、行く手をふさぐ障害物を突っ切ってでも進もうというように、しっかりした足どりで去っていった。

「弟か妹の誰かが病気にでもなったか、ひょっとすると事故にでも巻きこまれたのかもしれないわね……」わたしはつぶやいた。

　ゲイジが首を振る。「どうだろうな。ただ……」

「ただ……なに？」

「本当にそういうことであれば、彼はちゃんと説明していったと思う」

　わたしは急にハーディのことが心配でたまらなくなった。「一緒に連れていってくれたらよかったのに」と、ぶつぶつ言う。「こんなふうにのけ者にされるの、好きじゃないわ。だいたい、彼がどこかでなにか重大な問題に対処していると知っていながら、わたしがここでのほほんと楽しめるわけないのに。やっぱり彼のそばについててあげなきゃ……」

　兄がため息をつくのが聞こえた。「さあ、リバティとキャリントンを捜しに行こう。ハーディ・ケイツはどんなトラブルに巻きこまれたのかとあれこれ想像してるより、人食い鮫でも眺めてるほうがよっぽどましだ」

18

ハーディが戻ってきたらわたしの部屋に連絡をくれるよう、コンシェルジェに頼んでおいた。「何時になってもかまわないから」と。どうしてハーディから直接連絡をもらわないのだろうと、デイヴィッドは不思議に思ったかもしれないが、そんなことはおくびにも出さなかった。

留守電のメッセージを確認したが、ぶつっと切れるだけの無言電話が二回、ダラスからかかっていただけだった。おそらくニックだ。ダラスで知りあったほかの人たちには、誰にも連絡先を教えていない。ダーリントン・ホテルの同僚にも、わたしをマリーだと思っていたニック側の友人や知人たちにも。ニックはわたしにひどく腹を立てているはずだ。あんなふうに彼を追いかえしたことに。グレッチェンのブレスレットを返すと言っても、わたしがそれほど興味を示さなかったことに。そして、わたしが自分の人生を歩みはじめてしまったことに。そうやって無視していればそのうちあきらめてくれるだろうと、わたしは願っていた。でも、しつこく追いまわしてくるようなら、なんらかの手を打たなければならない。接近禁止命令を出してもらうとか？

そのとき、ハーディの冷ややかなコメントを思いだした。〝接近禁止命令なんて、相手が警察につかまってるときくらいしか役に立たないんだよ〟

ハーディは今どこで、どんな問題に対処しているのだろう？　携帯に電話をかけてみようかという誘惑に駆られたけれど、彼が難しい状況に直面しているさなかに携帯を鳴らすようなまねだけは避けるべきだと思いなおした。仕方なくわたしは長いお風呂に入ってから、スウェットパンツとだぶだぶのTシャツに着替え、テレビをつけた。ケーブルテレビのチャンネルをいくら切り替えても、おもしろそうな番組はひとつもやっていなかった。

やがてわたしは、かすかな物音でも目覚めるくらいの浅い眠りについた。しばらくうとうとしたころに電話のベルが鳴って、わたしは跳ね起き、通話ボタンを押した。「はい？」

「ミス・トラヴィス、たった今、ミスター・ケイツが戻ってこられましたよ。今はエレベーターのなかです」

「よかった。ありがとう」時計を見ると、午前一時半になっていた。「あの、彼の様子はどうだった？　なにか言ってはいなかった？」

「いいえ、ミス・トラヴィス、なにもおっしゃいませんでした。少し……お疲れのご様子ではありましたがね」

「わかったわ。本当にありがとう」

「お安いご用です」

わたしは電話を切り、受話器を握りしめたまま座っていた。今にもベルが鳴りだすのを期待して。けれど、それは静かなままだった。ハーディもう部屋にたどり着いたはずだと確信できるくらいまで待ってから、部屋のほうの電話にかけてみた。でも、留守番電話が応答するだけ。

わたしはいらいらしながらソファーにどさっともたれかかり、かすむ目で天井を見あげた。どうしても我慢できなくなって、今度はハーディの携帯にかけてみた。

やっぱり自動のメッセージが流れるだけ。

いったいどうなってるの？ 彼は無事なの？

「そっとしといてあげなきゃ」わたしは声に出して言った。「もう寝なさい。彼のことも寝かせてあげないと。明日になって話したい気分になれば、向こうからかけてくるから」

でも、自分の言うことさえ耳に入らなかった。それくらいハーディが心配だった。

部屋のなかをさらに一五分ほど行ったり来たりしてから、もう一度彼に電話をかけてみる。応答はない。

「もう！」わたしは舌打ちして、こぶしでぐりぐりと目をこすった。疲れているのに、気が張りつめすぎて、落ち着かない。ハーディの無事をちゃんと確かめるまでは、とうてい眠れそうになかった。

ちょっと戸口で顔を見るだけでいい。もしかしたら、抱きしめるくらい。あるいは、ベッドで抱きあうぐらい。話を聞かせてなんて頼まなければいい。余計なプレッシャーはかけず、あなたが必要としているのならわたしはここにいるわ、と伝えたいだけなんだから。

底の硬いスリッパを履くと、わたしは部屋を出てエレベーターに乗りこみ、一八階へ向かった。優雅だけれど無機質な雰囲気の漂う廊下は、ひんやりとして寒々しい。震えながら彼の部屋の前まで行って、ドアのベルを鳴らした。

しーん。あたりは静まりかえっている。でもそのとき、ドアの向こうからかすかな物音が聞こえた。わたしは待って、待って、待ちつづけたあげく、ハーディには答える気がないのだとようやく気づいた。信じられない。顔がこわばり、しかめっ面になっていく。おあいにくさま。そっちがその気なら、こっちはひと晩じゅうだってドアの前に立ってベルを鳴らしつづけるわよ。

もう一度、ボタンを押してみた。

その瞬間、もしかしたらハーディはひとりではないのかも、という恐ろしい考えが頭に浮かんだ。彼がわたしに会うのを拒む理由なんて、それ以外に考えられる？　だけどそんなの信じられな――。

ドアが開いた。

かつて見たことのないハーディがそこに立っていた。部屋のなかは暗く、リビングルームの横に長い窓から人工的な街の明かりがぼんやりと差しこんでいるだけだった。ハーディは白いTシャツにジーンズ姿で、足もとは裸足だ。いつもより大きく、どこか陰があって、うらぶれた感じに見える。そして、安いテキーラ独特の酸味と甘みを含んだ強烈な匂いがした。味は二の次で、とにかく早く酔っぱらいたいときに飲むような酒だ。

ハーディがお酒を飲むのを見たことはあったけれど、いつも決して飲みすぎない。酔ってコントロールが利かなくなる感覚が嫌いなんだと、いつだったか言っていた。彼はそうは言わなかったけれど、たぶん、肉体的にも精神的にも弱くなって無防備になることに耐えられないからだろう。

わたしは彼の手に握られている空のグラスに視線を落とした。ぞわぞわっと虫が這うような感覚が肩に走る。「あの……」あえぐような声しか出なかった。「とくに用はないの。あなたが平気かどうか確かめたかっただけで」

「平気さ」ハーディはやけによそよそしい目でわたしを見た。「今は話せないんだ」

彼がドアを閉めようとしたので、わたしは素早く片足だけ敷居をまたいだ。この人をひとりにしておきたくない——うつろで薄気味悪い目の暗さが気になった。「なにか軽く食べられるものをつくってあげる。卵とトーストなら——」

「ヘイヴン」しゃべるだけでかなりの集中力が必要なようだ。「食べ物なんかいらない。ひとりにしておいてほしいんだ」

「なにがあったか、ちょっとだけでも教えてくれない？」とっさに手をのばして彼の腕を撫でようとすると、ハーディがさっとよけた。ふれられるのをいやがるように。わたしはショックを受けた。まるでしっぺ返しを食らったみたいな気分だ。これまでは反射的に身を引くのはいつもわたしのほうだったのに。まわりの人々に自分がどんな思いをさせてきたのか、今初めてわかった。

「ハーディ」わたしは静かに声をかけた。「すぐに帰るわ。約束する。でもその前に、なにがあったかだけ教えて。少しでも事情がわかれば納得するから」

彼の体から怒りが発散されているのを肌で感じた。瞳の色までは暗すぎてわからなかったけれど、そこに邪悪な光が宿っているのだけは見えた。まるで本物のハーディが消えてしまって、双子の悪魔が代わりに現れたかのようだ。「話したってきみにわかるもんか」彼がくぐもった声で言った。「おれにだってわからないのに」

「ハーディ、お願い、なかに入れて」わたしは言った。

しかし彼は戸口をふさいだまま動こうとしない。「やめておいたほうが身のためだ」

「そうなの？」わたしは半分疑るような顔で微笑んだ。「誰か怖い人でもいるわけ？」

「おれだ」

それを聞いて、不安がさざ波のように全身を駆け抜けた。それでもわたしは引かなかった。

「今夜、どこでなにをしてきたの？　お母さんはなぜあなたを呼んだの？」

ハーディはうなだれてたたずむばかり。その髪は何度もかきむしったかのようにくしゃくしゃだった。つやのあるダークブラウンの髪をそっと撫でつけ、凝った首筋をこの手でもみほぐしてあげたい。彼をなだめ、落ち着かせてあげたい。でもわたしには、ただじっと待つことしかできなかった。辛抱強く。性には合わないけれど。

「母は、保釈金を払って親父を拘置所から出してきてほしいと言ってきたんだ」ハーディがやっと重い口を開いた。「今夜、飲酒運転でしょっぴかれたらしくて。さすがの親父も、母に身柄を引きとりに来てほしいとは頼めなかったみたいで。過去二年間、おれは親父に金を渡しつづけてたんだ。母と弟たちに近づかないでいてくれるように」

「お父さんは今も刑務所にいるとばかり思ってたわ。でももう……出所していたのね」

ハーディはうなずいたが、相変わらず目を合わせようとしなかった。空いているほうの手でドアのフレームをがしっとつかむ。その手つきがいかに荒っぽく力強いかを見て、胃にかすかなむかつきを覚えた。

「お父さんはいったいどんな罪で刑務所に入れられていたの？」わたしは穏やかに訊いた。

彼が答えてくれるかどうか自信はなかった。でも彼は口を開いてくれた。うまいタイミングで正しい質問を投げかければ、ずっと世間にひた隠しにされてきた秘密でさえも、ときには明かしてもらえるものだ。

ハーディは犯罪者が自白するときのように、すべてをあきらめたような淡々とした小さな声で話しはじめた。「加重強姦《ごうかん》の罪で、一五年の刑を食らったんだ。連続犯で……口にするのもはばかられるような悪行を女性に対してくりかえしていたから……仮釈放は認められなかった。こんなやつが更生するわけがないと思われてたんだろうな。でも、刑期が終わった以上は釈放せざるをえない。やつはきっとまた同じことをやるだろう。おれにはとめられない。ずっと見張っておくわけにはいかないものな。家族に近づかせないようにすることさえできないんだから――」

「そうじゃないでしょ」わたしは声を喉につまらせながら言った。「お父さんに目を光らせておくことはあなたの仕事じゃないもの」

「――近ごろは弟たちまで父に似てきてしまって。血は争えないよな。先月はケヴィンを保釈しに行って、被害者の女の子の家族に金を払い、なんとか示談にしてもらった――」

「あなたのせいじゃないわ」わたしがいくらそう訴えても、彼は聞く耳を持たなかった。

「呪われた一家なんだ、おれたちは。どうしようもない白人《ホワイト・トラッシュ》のくずなんだよ」

「そんなことないわ」

ハーディが呼吸するたびにぜいぜいと喉が鳴る。「今夜、親父をモーテルまで連れていったあと、帰り際に……」彼は言いよどみ、全身わなわなと震えだした。足もともひどくぐらついている。

ああ、こんなに酔っていたなんて。

「お父さんがどうしたの？」わたしはささやいた。「なにか言われたの、ハーディ？」

ハーディが後ずさりしながら首を振る。「ヘイヴン……」その声は低く、しわがれていた。「帰ってくれ。これ以上ここにいられたら……おれは責任が持てない。きっときみに乱暴してしまう。そして傷つけてしまう。わかるだろ？　だからさっさと出ていってくれ」

ハーディがわたしを、あるいはほかの女性を傷つけるなんて、とても考えられない。でも正直、絶対の確信があるわけではなかった。今の彼は手負いの猛獣のように、近寄る者はみな八つ裂きにしかねない。ニックとの離婚後まもない身で、万が一そんな手荒なことをされたら、わたしはきっと立ちなおれないだろう。用心しなければ。今のわたしはまだ、自分の怒りと恐怖を克服しようとしている最中なのだから。

とはいえ人生には、一度しりごみしてしまったら、二度とチャンスの訪れないこともある。もしもハーディが本当にわたしを傷つけるような人なのであれば、いっそのこと今ここでそれがわかったほうがいい。

全身のあらゆる血管がアドレナリンで焼けつくような気がした。その激しさにめまいがしてくる。〝こうなったら勝負よ〟わたしは、持ち前の頑固さと憤激とやけどするほど熱い絶対的な愛に突き動かされて、覚悟を決めた。〝あなたがどれほどの男なのか、見極めてやろうじゃないの〟

暗がりのなかに足を踏み入れ、ドアを閉めた。

オートロックがかちゃりとかかったとたん、ハーディが襲いかかってきた。グラスが落ちて粉々に割れる音がする。と同時にわたしは腕をつかまれて彼のほうを向かされ、体重九〇キロはあろうかという男性の体でドアに背中を押しつけられた。ハーディは震えていて、わたしの腕を強くつかんだまま、肺を激しく上下させている。そしていきなり唇を奪い、荒々しくみだらなキスを何分も続けた。手足の震えがおさまって、股間が熱く猛《たけ》り立つまで。怒り、悲しみ、自己嫌悪、願望など、あらゆる感情が入りまじり、一〇〇パーセント純粋な欲望となって一気に噴きだす。

彼はわたしのTシャツをはぎとり、脇に投げ捨てた。それから自分のシャツも引きちぎるようにして脱ぐ。暗がりのなか、わたしはリビングルームへ行った。彼から離れたいわけではなく、玄関の床よりはもう少し居心地のよい場所を探すために。すると背後で逃がすものかというようにうなる声が聞こえ、いきなり背中から抱きすくめられた。

ハーディはわたしをソファーの背もたれに押しつけ、前かがみにさせた。スウェットパンツの腰ゴムに手をかけ、ぐっと下まで引きおろす。その瞬間、全身に鳥肌が立ち、わたしはパニックに見舞われた。胃のなかに氷のかたまりを落とされたかのような、ずしりと重い感覚だ。ニックにされたことを思いだし、もう少しでひどいフラッシュバックにわれを忘れそうになった。それでもなんとか歯を食いしばり、両足を踏ん張って体じゅうの筋肉をこわばらせつつ、わたしは耐えた。

熱く燃えるようなハーディの肌と硬くそそり立った欲望のしるしを、背中に感じる。彼は興奮に押し流されてわけがわからなくなり、わたしがこの体勢をいやがっていたことを忘れてしまったのだろうか？　わたしがこういう格好でレイプされたことを？　もしかするとわざとやっているのかもしれない。わたしを懲らしめるために。そして彼を憎ませるために。だが、凍りついた背筋を撫でられたとき、彼の息づかいが変わるのがわかった。

「いいから続けて、かまわないから」わたしは言った。声が割れていた。「思いきってやってちょうだい」

けれどもハーディは背中を撫でつづけるだけで、動こうとしなかった。てのひらが何度も上下に滑り、やがてウエストに巻きついてくる。熱いうめきをもらしながら彼の口が肩や背中に吸いついてくると同時に、指は下のほうへと這っていった。わたしはあえぎながら体の力を抜き、彼の指を迎え入れようとした。その指に刻まれたいくつもの星形の傷をまぶたの裏に描き……この前ベッドで愛を交わしたとき、その傷のひとつひとつに唇を寄せてキスしたことを思いだす。すると、今ではしっくりなじむようになってきたハーディの手の感触や香りやぬくもりに自然と体が反応して、熱くしっとりと潤ってきた。

「思いきってやって」息を切らしながら、ふたたびささやく。

ハーディにはその声が聞こえないらしく、やわらかいひだを指でまさぐりつづけている。彼の脚が腿の裏に押しつけられると、わたしは脚を開いた。

最後まで残っていた恐怖のかけらがすうっと溶けて消えていく。わたしは腰を突きだし、彼の熱い高まりにヒップを押しつけた。それでもハーディはまだ与えてくれず、狂おしいほどのやさしさで愛撫をつづけるばかりだった。わたしがベルベットのソファーに爪を立てて、物悲しい声をあげるまで。

ひんやりと包みこむような暗闇に囲まれて、ようやくハーディがなかに入ってくる。わたしはすすり泣くような声をもらし、彼が腰を押しつけてくる部分に意識を集中させた。甘い期待に体がうずく。

ハーディがぐっと奥まで突き入れてきた瞬間、濃厚な歓びがわたしを貫いた。彼は腰を深く沈めたまま、なおも指で刺激を加えてくる。やがて彼はわたしを抱きかかえたまま床に寝そべり、胸の上へと引き寄せた。頭をのけぞらせて彼の肩に載せたとき、わたしは下から激しく突きあげられて、思わず熱い声をもらした。なめらかにこすれあう肉と肉のリズムに乗って体を動かしていると、突然歓喜の波が弾けてあふれだし、新たな熱を帯びて体じゅうに広がっていった。

そのまましばらくハーディはしっかりと抱きしめていてくれた。やっとわたしの呼吸がおさまってきたころ、ベッドルームへと運んでくれる。彼の手には力がこもっていた。支配的な気分なのだろう。そういう原始的な男らしさが少し怖くもあったけれど、同時にとても興奮をかきたてられて、そのことにわれながら驚いたほどだった。どうしてそうなるのか理由を明らかにして……ちゃんと理解しなければ……でも、こうして彼にふれられていたらなにも考えられない。ハーディはベッドに膝を突き、わたしのヒップの下に両手をもぐりこませて、腰をマットレスから浮かせた。

そして、腿の付け根部分を覆う湿った巻き毛を片手でまさぐりつつ、ゆっくりとなかへ押し入ってきた。わたしの体をしっかりと支え、腰を激しく突き動かして高みへと舞いあがらせては、ふっと動きをゆるめ、さらにまた未知の官能の境地へと導いていく。ついに歓びが頂点に達した瞬間、ハーディはわたしをベッドに大の字に押し倒し、最後に渾身《こんしん》の力を振りしぼって腰を振った。わたしは彼の体に腕を巻きつけた。わたしの上でがくがくと痙攣《けいれん》する体の感触が好きだった。

はあはあとあえぎながら、ハーディが横にごろりと転がった。苦しげな呼吸の合間にわたしの名前を呼ぶのが聞こえる。それから長いあいだ、彼はわたしをかたわらに抱いていた。両手でゆっくり撫でては、もっとぴったり自分のほうへと引き寄せて。

　彼の腕の付け根に頭を載せて、わたしはしばらくまどろんだ。目を覚ましたとき、あたりはまだ暗かった。ハーディも目を覚ましたらしく、体にぴくりと緊張が走る。すぐにまた彼が硬くなったのを感じて、わたしの体もかっと熱くなった。ハーディはわたしの首や肩に唇を寄せ、やわらかい肌を味わうようにキスをしはじめた。

　そっと彼の肩を押しかえすと、ハーディは仰向けになってわたしを馬乗りにさせた。わたしは男性の象徴を握りしめて自分のほうへ導き、静かに腰を沈めていった。彼の歯の隙間から吐息がひゅっともれるのが聞こえる。ハーディが両手をヒップに添えて支え、好きなようにリズムを刻ませてくれた。この人はわたしにすべてをゆだねてくれている……男らしい降伏を感じとった瞬間、それを実感した。わたしが腰を動かして歓びを与えるたびに、彼のほうもうめきながら腰を突きあげる。彼の手はやがて腿の中心へと滑りおりていき、親指で愛撫を加えはじめた。それはわたしがいくまで続き、その瞬間ハーディも同時にいった。貫くような歓びとともに、わたしの下で体をぐっとこわばらせた。彼はわたしを下へと引き寄せ、うなじに手を添えてキスをした。絶望感に彩られた力強いキス。「大丈夫よ」静まりかえった部屋のなかで、わたしはささやいた。彼を慰めてあげたい気持ちでいっぱいだった。「大丈夫だから」

　目を覚ましたのは昼近くになってからだった。体はちゃんとカバーで覆われ、脱ぎ捨てたはずの服もすべて拾われて、椅子の背にきれいにかけてあった。またハーディにベッドに戻ってきてほしくて、眠たげな声で呼んでみる。けれど、沈黙が返ってくるだけ。どうやらすでに部屋を出ていってしまったらしい。

体のあちこちに感じる軽い筋肉痛に少し顔をしかめながら、わたしはごろりとうつ伏せになった。ゆうべのことを思いだすと、照れくさい笑みがこみあげてくる。まるで長いエロティックな夢を見ていたかのようだ。でも、この体の心地よい痛みが、紛れもなく現実にあったことだと教えてくれていた。

体がふわふわと軽く浮く感じがする。幸せすぎて、熱に浮かされているみたいだ。ゆうべはすべてが、これまで体験してきたことと違っていた。セックスは新たなレベルに進化して……これまでよりもっと深く、もっと濃密になり、心も体も解き放たれたような気がした。ハーディも同じように感じていたはずだ。だからこそ、あれだけ遠慮なく大胆に愛してくれたのだろう。

ニックはいつもセックスを単なる体の結合としかとらえていなかったのだと、そのとき気づいた。彼にとってわたしはひとりの個人ではなく、気持ちや欲求を思いやるべき存在でもなかった。要するに、ニックにしてみればわたしとのセックスは、形を変えたマスターベーションにすぎなかったわけだ。

でもハーディの場合は、どんなに心が乱れていようとも、わたしの心と体を大切に思いやり、わたし自身を愛してくれた。しぶしぶではあったけれど、最後にはガードをおろしてわたしを受け入れてくれた。

魂の伴侶《ソウル・メイト》だのひと目惚れだのは、さすがにもう信じていないけれど、人は幸運に恵まれさえすれば、本当に自分にふさわしいかけがえのない相手と出会えることもあるのだと、心から思えるようになってきた。お互いが完璧だからではなく、欠けた部分のある者同士だからこそ、ふたりが出会ったときぴったりと結びつくことができるわけだ。

ハーディは決して、恋人として関係を築いていくのが容易な相手ではない。複雑で、頑固で、荒っぽい一面もある。けれど、彼のそういうところがわたしは気に入っている。そういうありのままの彼を受け入れたいと心から願っている。彼もまた同じように、わたしをありのまま愛そうとしてくれている。それがとてもうれしかった。

あくびをしながらバスルームへ行き、ハーディのローブを見つけて、それを羽織った。キッチンへ行ってみるとコーヒーメーカーがセットされていて、マグときれいなスプーンが並べて置いてあった。ボタンを押すと、すぐにぼこぼことにぎやかな音を立ててお湯がわき、コーヒーのいい香りが漂いはじめた。

受話器をつかんで、ハーディの携帯にかけてみる。

応答はない。

わたしは電話を切った。「臆病者なんだから」と、笑いながらつぶやく。「そうやって逃げたところで、いつまでも隠れてるわけにはいかないんですからね」

だが、それから一日じゅう彼とは連絡がとれなかった。話をしたくてたまらなかったけれど、しつこく追いまわすのはプライドが許さなかった。それではまるで、恋に夢中なトカゲのようだ。テキサスのトカゲの雌は、興味のある雄のまわりをぐるぐると這いまわって求愛することで知られている。ハーディをそんなふうに追いつめてはいけない。だからわたしは留守番電話に気軽なメッセージを吹きこみ、向こうから連絡があるまで待つことにした。

そんなさなか、わたしのもとにニックからのメールが届いた。

19

「すべてがもうめちゃくちゃでしょ」スーザンがニックのメールを読み終えたところで、わたしは言った。今日は土曜のセラピーの日で、彼女にも目を通してもらおうと思ってプリントアウトしておいたニックからのメールを持参していた。「彼の言ってること、全部逆さまなのよ。すべてがあべこべで。これじゃまるで、不思議の国のアリスだわ」

それは、一〇ページにもわたって延々と嘘と非難がつづられた長いメールだった。読むだけで自分が汚されたような気がして、吐き気と激しい怒りがこみあげてくる代物だ。ニックはわたしたちの結婚生活を完全にとり違えていた。彼が被害者で、わたしが加害者というように。ニックに言わせれば、わたしは常軌を逸していて、演技の得意な不誠実な妻で、彼はそんなわたしをなだめたりおだてたりするのにいつも苦労させられていた。最後の最後に彼が怒りを爆発させてしまったのも、わたしが彼を極限まで追いつめ、関係修復を図ろうとする彼の真摯な努力を拒絶したせいだという。

「なにがいちばん気にくわないかって言うと」わたしは憎々しげに続けた。「ここに細かく書かれている内容がいちいちもっともらしくて説得力があるってこと……まるで、ニック自身がこの大嘘を心から信じこんでいるみたいに。でも、そんなはずないでしょう？　だいたい、どうして彼はこんなものをわたしに送りつけてくるの？　これを読んでわたしが信じるとでも思ってるのかしら？」

スーザンは眉根を寄せた。「こういう病的な虚言癖というのはナルシシストにとっての常套《じょうとう》手段でね……彼らは真実には興味がないのよ、自分の欲しいものが手に入りさえすればそれでいいの。つまり、注目を引きたいってこと。だからニックも基本的には、あなたの反応が欲しいだけなのよ。それがどんな反応であっても」

「じゃあ、わたしが彼を愛するのではなく憎んだとしても、それで彼は満足ってこと？」

「そのとおりよ。気にかかっているという点で変わりはないから。ニックが唯一我慢できないのは、完全に無視されること。それがいわゆる〝ナルシシストの心の傷〟となって表れるの……残念ながらこのメールは、彼がそちらの方向へ着々と進んでいるという強いシグナルを発しているようね」

よくはわからないが、なんとなく恐ろしげな響きだ。「ニックが〝ナルシシストの心の傷〟を受けたら、いったいなにが起こるの？」

「あなたを怯えさせようとしてくるかもしれないわ。それもまた、ある種の反応だから。それでもあなたがなんの反応も示さなければ、おそらく彼のやり方はどんどんエスカレートしていくはずよ」

「すてき。もっとじゃんじゃん電話がかかってきたり、突然ニックが戸口に現れたりすることが増えるわけね」

「そうならないように願いたいけれど、たぶんそうなるでしょうね。それでもしも彼の怒りが大きくなりすぎたら、あなたを懲らしめてやろうとしてくるかもしれない」

スーザンの狭いオフィスに沈黙が広がる。わたしは今聞かされた情報を頭のなかで消化しようとしていた。なんて不公平なんだろう。ニックと離婚すればそれで終わりだと思っていたのに。どうして彼はこんなふうにわたしを悩ませつづけるの？　どうして彼が主役の人生という映画で、いつまでもわたしに脇役を演じさせたがるの？

「どうすれば彼を追い払えるのかしら？」わたしは尋ねた。

「簡単な解決策はないわね。でも、わたしがあなたなら、彼から送られてきたメールや電話の記録をすべて保存しておくわ。そして、向こうがなにをしてきても、絶対にこちらからは連絡をとらない。プレゼントは受けとらず、メールや手紙にも返事を出さず、彼の代理であなたに近づいてこようとする人がいてもいっさい話をしない」スーザンはふたたびメールを見おろして、眉をひそめた。「ナルシシストがなにかに、または誰かに劣等感を抱くと、それはずっとその人の心をむしばみつづけるものなの。自分のほうが勝者だと思いこめるようになる日まで」

「だけどわたしたち、もう離婚してるのよ」わたしは反論した。「勝ち負けなんて、つけようがないじゃない！」

「いいえ、そんなことないわ。ニックは彼のなかにある自分自身のイメージを保ちつづけたいのよ。自分は誰よりも優れているのだから、他者を支配し、操るのはあたりまえだというイメージが崩れてしまったら、ニックは何者でもなくなってしまうんだもの」

スーザンとのセッションを終えたあとも、わたしの気分はあまり改善されなかった。不安と怒りにさいなまれ、癒しを求めていた。ハーディの携帯をいくら鳴らしても、相変わらず電話に出てはもらえなかった。やがて彼は、わたしの〝気に入らない人リスト〟の上位にランクインした。

日曜日になってついにわたしの携帯が鳴ったとき、すぐに発信者番号を確認した。一気にふくらんだ希望はすぐにしぼんでいった。父からだ。わたしはため息をつき、むっつりした声で電話に出た。「もしもし？」

「ヘイヴン」わたしの嫌いなつっけんどんな口調だ。「ちょっと話があるんだ。こちらへ来てくれないか？」

「いいわよ。いつ？」

「今すぐにだ」

今はとてもそんな気分ではないと突っぱねたかったけれど、もっともらしい言い訳が思いつかなかった。それにどうせやることがなくて退屈していたし、ここにいても落ちこむばかりなので、たまには父の顔を見るのもいいかと思いなおした。

「わかったわ、パパ。すぐにそっちへ向かうから」

リバーオークスまで車を運転していき、父の待つベッドルームへ入っていった。この部屋ひとつで小さなマンションくらいはある広さだ。父はマッサージチェアに座ってくつろぎ、コントロールパネルのボタンを押そうとしていたところだった。

「おまえもやってみるか?」父が椅子のアームをぽんぽんと叩きながら言う。「一五種類のマッサージができるんだ。背中の筋肉の張り具合をセンサーが読みとって、どのコースがいいか勧めてくれる。腿やふくらはぎもぎゅっとつかんで、ストレッチしてくれるぞ」

「遠慮しとくわ。家具に足をつかまれるなんてごめんだもの」わたしはにっこり笑いかえし、普通の椅子に腰をおろした。「元気にしてた、パパ? で、話ってなんなの?」

すぐにはそれに答えようとせず、父は好きなマッサージのコースを選んでボタンを押した。するとたちまちウィーーーンと低い音がして、椅子の背が自動的にリクライニングしはじめる。

「ハーディ・ケイツのことなんだが」やがて父が口を開いた。

わたしは首を振った。「その話ならお断りよ。彼のことをパパと話しあう気はないわ。なにか知りたいことがあるなら、わたしじゃなくて――」

「おまえから情報を得ようなどとは思っていない、ヘイヴン。彼について、ちょっと小耳に挟んだことがあるんだ。それをおまえにも教えてやろうと思ってな」

今すぐ帰ったほうがいいと、あらゆる本能が叫んでいた。父にとっては、少しでも気にかかる人物の動きを監視するのは当然だし、ハーディの過去をほじくりかえすことにも良心の呵責《かしゃく》などいっさい覚えないはずだ。わたしは、ハーディ自身がまだ打ち明ける気になっていない秘密を知りたくはなかった。けれど、父の言いそうなことならだいたい想像がつく。ハーディの父親のこと。彼が刑務所に入っていたこと、そしてまた飲酒運転でつかまったこと。大方、そんなところだろう。だからわたしはあえて残って、父の話を聞いてみることにした。反論できることはするつもりで。

部屋のなかは静かで、ギアやローラーの駆動音がウィーーーンと響いているだけだった。わたしは澄ました笑顔を見せた。「それじゃ、聞かせて」

「やつについては前に忠告しておいたはずだが」父が話しはじめる。「やっぱりわたしは正しかった。やつはおまえを売ったんだぞ。あんなやつのことはできるだけ早く忘れて、別の男を探したほうがいい。おまえを大切にしてくれる誰かをな」

「わたしを売った?」わたしは目を丸くして父を見かえした。「いったいなんの話?」

「T・J・ボルトが連絡をくれたんだよ。金曜日の夜、おまえとケイツが一緒にいるのを見かけたと言ってな。娘があんなならず者とつきあっていることをどう思っているのかと訊かれたから、わたしも思うところを答えた」

「まったく暇な人たちね」いらだちを隠さずに言う。「ふたりとも、それだけの時間とお金があったら、ほかにもっとやることがあるでしょうに。わたしの恋愛についていらぬお節介を焼くことなんかより」

「T・Jはケイツの本性を暴くために、とある計画を思いついたんだ……おまえのつきあっている男が本当はどんなやつかを明らかにするためにな。そして、そのことでわたしに相談してきた。わたしが同意すると、T・Jはさっそく昨日ケイツに電話をかけて――」

「嘘でしょ」わたしはささやいた。

「――取引を持ちかけた。ケイツが前々から申しこんできていたリース契約にサインしてやってもいい、しかもボーナスはいっさいなしで、とな。ただし、ケイツがおまえと別れることを条件に。デートはむろん、個人的に連絡をとりあったりすることも含めてだ」

「ハーディは当然、それなら契約なんか結んでくれなくていいと断ったんでしょ？」わたしは訊いた。

父が哀れむような目を向けてくる。「いや。ケイツは取引に応じた」そしてまたマッサージチェアに深く身を預ける父のかたわらで、わたしは必死に頭のなかを整理しようとしていた。

肌に虫が這うようなおぞましい感覚が広がっていく。今の話を、心はどうしても受けつけようとしなかった――ハーディがそんな取引に応じるはずはない。あんなに熱い夜をふたりで過ごしたあとで。彼はわたしに思いを寄せてくれているはずだ。わたしを必要としているはずだ。ハーディがそのすべてをなげうってしまうなんて、筋が通らない。根気よく交渉すればいずれは結べたはずの契約をとるだけのために。

ハーディはいったい全体なにを考えているのだろう？　それを確かめなければ。でもその前に……。

「陰でこそこそ、そんなろくでもないことをたくらんでたなんて」わたしは言った。「どうしてわたしの私生活をめちゃくちゃにしようとするの？」

「おまえを愛しているからじゃないか」

「愛するというのは、その人の権利を尊重して境界線を守ることでしょ！　わたしはもう子供じゃないんですからね。わたしは……というか、パパは最初からわたしのことを子供とすら思ってなかったのよ、首紐《リード》をつけてどこへでも連れまわせるペットの犬みたいに――」

「おまえを犬だとは思っとらんぞ」父がしかめっ面をしてさえぎる。「いいから、ちょっと落ち着きなさい――」

「落ち着くつもりなんかないわよ！　わたしには怒る権利があるもの！　ねえ、教えて、もしもこれがゲイジかジャックかジョーのことだったら、パパはここまでやった？」

「あいつらは息子だ。男だからな。だがおまえは娘で、しかも一度結婚に失敗してる。同じ過ちをくりかえさせるわけにはいかないんだよ」

「パパがわたしを一人前の人間扱いしてくれるようになるまで、二度と会うつもりはないわ。もう充分よ」わたしは憤然と立ちあがり、肩にバッグをかけた。

「おまえのためを思ってしたことだ」父が怒ったように言う。「ハーディ・ケイツはおまえにふさわしい男ではないと、たった今証明してみせただろう。誰もが知っていることなんだぞ。彼自身もな。おまえだってそんなに頭が固くなければ、とっくに認めているはずだ」

「ハーディが本当にT・Jとの取引に応じたのなら、たしかに彼はわたしにふさわしくないでしょうね」わたしは言った。「だけど、パパだってわたしの父親にはふさわしくないわ、こんな卑怯《ひきょう》なまねをするなんて」

「自分にとって不都合な話を持ってきたメッセンジャーを撃つ気なのかね？」

「そうよ、パパ、そのメッセンジャーがわたしの私生活に余計な口を挟まないことを覚えてくれないなら、しょうがないわ」わたしはドアのほうへ近づいた。

「そうか」父がもごもごとつぶやくのが聞こえる。「だが少なくとも、ハーディ・ケイツとはこれで終わりだな」

わたしは肩越しに振りかえり、父をにらみつけた。「終わってなんかいないわ。理由を確かめることもせずに彼と別れる気はないから。真の理由をね。パパとT・Jが適当にでっちあげた偽の取引なんかじゃなくて」


話のできる人がひとりもいなかった。トッドを始め、みんなから忠告されていたとおりになってしまったからだ。ハーディ・ケイツなんかとつきあったらひどい目に遭う、と。リバティに相談することもできなかった。彼女自身、ある日突然ハーディと連絡がとれなくなるという似たような経験をしているので、彼の性格からしてあなたを捨てるなんてありえない、などとは言ってくれるはずもない。自分がどうしようもないばかに思えて仕方がなかった。こうなってもまだ彼を愛しているなんて。

わたしの一部は、膝を抱えて小さくなって泣きたいと願っていた。でも別の一部は、猛烈に腹を立てていた。そしてまた別の一部は、状況を的確に分析して最善策を割りだすのに忙しかった。とにかくハーディと直接話ができるまでは、騒いだって意味がない。少し冷静になろう。明日仕事が終わったら彼に電話をかけてみて、ゆっくり話をしよう。もしも彼がふたりの関係を白紙に戻したいと言うなら、それを受け入れる覚悟はできている。でもせめて、彼自身の口からはっきりと聞きたかった。こんなふうに、偏屈な老人ふたりの余計なお節介によって終わらされるのではなく。

月曜の朝八時に出勤すると、オフィスのなかは珍しいくらい静まりかえっていた。従業員はみな忙しそうに、黙々と仕事にとりかかっている。いつものように、この週末はどんなふうに過ごしたかをこと細かに語って聞かせている人などひとりもいない。給湯室での噂話や、ちょっとしたおしゃべりすらなかった。

ランチタイムが近づいたころ、わたしはサマンサのブースに顔を出し、一緒にサンドイッチでも買いに行かないかと誘うことにした。

いつも陽気なサマンサは、デスクの向こうでやけに気落ちしてしょんぼりしているように見えた。二週間前にお父さんが亡くなったばかりなので、すぐには立ちなおれないのだろう。

「ねえ、お昼を一緒に食べない？」わたしはやさしく尋ねた。「今日はおごるから」

サマンサはやつれた笑顔を見せ、肩をすくめた。「おなかはすいてないの。でも、誘ってくれてありがとう」

「だったらせめて、ヨーグルトかなにか買ってきてあげ――」彼女の目もとに涙が光るのを見て、はっと口をつぐむ。「ああ、サマンサ……」わたしは彼女のそばへ行って、肩を抱いた。「ごめんなさい。そういう気分じゃないのね。お父さまのこと、思いだしてたの？」

サマンサはうなずき、デスクの引き出しを探ってティッシュをとりだした。「それもあるけど」大きな音を立てて鼻をかむ。「それよりこれが……」デスクの奥に置いてあった紙を細い手でつかみ、わたしのほうへ差しだした。

「なんなの、これ？　請求書？」わたしは眉をひそめた。「これになにか問題でも？」

「わたしのお給料は毎週金曜日に銀行に振りこまれることになってるんだけど、先週口座をチェックしてみたら、思っていたより残高がかなり少なかったのよ。今朝ここへ来て、コンピューターで内訳を見てみたら、その理由がわかったの」サマンサはまた目に涙をためて、笑顔をゆがませた。「父のお葬式のとき、会社から大きな生花が届いてたの、知ってるでしょう？　みんなの名前入りのカードがついて」

「ええ」なんだかいやな予感がした。これ以上話を聞きたくない気がする。

「あれね、二〇〇ドルもしたんですって。その分をヴァネッサがわたしのお給料から天引きしたのよ」

「ええっ？」

「どうしてそんなことをしたのかわからないけど」サマンサは続けた。「でもきっと、わたしがなにか彼女を怒らせるようなことをしたんでしょうね。父が亡くなったあとしばらくお休みしたのが気にさわったのかも……あれ以来、ずっとわたしに冷たいんだもの」

「お父さまのお葬式に出るために休んだだけでしょ。普通の人なら、そんなことであなたを責めたりしないわ」

「それはわかってるけど」震えるため息をつく。「ヴァネッサはなんだかものすごくプレッシャーを受けてたみたいで。こんな最悪の時期に会社を休むなんて、って怒られたわ。それでわたしのこと、見放したみたい」

わたしは火山が噴火するほどの激しい怒りに駆られた。ゴジラのようにオフィスをずんずん歩いていって、ヴァネッサのデスクを踏みつぶしてやりたい。ヴァネッサがいくらそういう嫌がらせをしてこようと、あるいは蔑んだ目を向けてこようと、わたしなら受けて立つ自信はある。でも、愛する親を失ったばかりのかわいそうなサマンサにそんな仕打ちをするなんて……ひどすぎる。

「わたしが愚痴をこぼしたなんて、彼女には言わないでよ」サマンサがささやく。「今はこれ以上、トラブルに巻きこまれたくないの」

「トラブルになんかなるはずないわよ。だって、その二〇〇ドルが天引きされたのはなにかの間違いに決まってるんだから。今すぐ口座に振りこんでもらうべきよ」

サマンサが疑るようにわたしを見かえす。

「間違いだったのよ」わたしはくりかえした。新しいティッシュを一枚引き抜いて、彼女の涙をそっとぬぐう。「お花代は会社が持つべきだもの、あなたじゃなくて。今からわたしが行って、交渉してくるわ。いい？」

「ええ」サマンサはぎこちなく微笑んだ。「ありがとう、ヘイヴン」

わたしのデスクのインターコムが鳴った。このオフィスのブースはすべてオープンになっているので、ヴァネッサの言葉はほかのみんなにも丸聞こえだった。

「ヘイヴン、ちょっとこっちへ来てちょうだい」

「わかりました」わたしはサマンサのブースを離れ、フロアの角にあるヴァネッサの部屋へ向かった。わざとゆっくり時間をかけて、上司と対決する覚悟を決める。今から言おうとしていることを面と向かって言ってやったら、おそらく首になるだろう。そのあと、わたしの人間性をおとしめるようなネガティブ・キャンペーンを張られるのも、目に見えている。だとしてもかまわなかった。仕事ならまたほかに見つければいい。ヴァネッサにいくら名誉を傷つけられようと、ここで黙って引きさがるわけにはいかなかった。

ヴァネッサのオフィスの前まで来たとき、ふたたびインターコムのボタンが押され、声が響き渡った。「ヘイヴン、こっちへ来てって――」

「ここにいます」わたしはそう言うと、まっすぐデスクまで歩いていった。椅子には座らず、デスクの前に立って、上司を見おろす。

ヴァネッサは、壁を這う蟻《あり》を見るような目でわたしを見かえした。「許可があるまではドアの外で待つように、前にも言ったはずよ」冷淡な口調で言う。「何度同じ話をくりかえせばわかってもらえるのかしら、ヘイヴン？」

「そういう規則に従っている場合ではありませんから。大事なお話があるんです。お給料の計算の件で。間違いがあったようですから、直していただきたいんですけど」

　ヴァネッサはいきなりそんな話を持ちだされることに慣れていないようだった。「そんな話をしてる暇はないのよ、ヘイヴン。あなたを呼んだのは、給与計算について話しあうためじゃないんだから」

「どういう間違いがあったか、知りたくもないんですか？」わたしは待った。彼女に答える気がないとわかると、ゆっくりと首を振った。「そうですよね、今さら聞かなくてもご存じなんですね。あれはただの間違いではなくて、あなたがわざとやったことなんでしょう？」

　冷ややかな笑みがヴァネッサの口もとに広がる。「わかったわ、ヘイヴン。話とやらを聞かせてもらいましょう。どういうことなの？」

「サマンサのお父さまのお葬式のときに会社が送ったお花代が、彼女のお給料から天引きされていたんです」なにがしかの反応があるだろうと期待していた。目をわずかに見開くとか、一瞬恥じ入るような表情が浮かぶとか、眉をひそめるとか。なんでもいい。だがヴァネッサは、デパートにいるマネキンのように無表情なままだった。「これって、訂正していただけますよね？」

　まるで拷問のような沈黙が続く。沈黙はヴァネッサの得意技のひとつだ。ただじーっと見つめかえし、いつかこちらが張りつめた無言の間に耐えきれなくなって口を開くのを待っている。不安定な積み木の塔ががらがらと崩れるときを。でも、わたしは黙って彼女のまなざしを受けとめていた。沈黙があまりにも長くなりすぎて、おかしな気分になってくる。それでもわたしは耐えつづけた。

「出しゃばりすぎよ」ついにヴァネッサが言った。「ここの従業員をわたしがどのように管理しようと、あなたが口出しすべきことではないでしょ、ヘイヴン」

「サマンサのお給料からお花代を天引きするのも、従業員管理のテクニックのひとつなんですか？」

「ただちにここから出ていきなさい。今日はもう帰ってけっこうよ。そういう生意気な態度をとるあなたとは口も利きたくないわ」

「あなたがサマンサの口座にお金を振りこんでくれないのなら、ジャックに直接頼みに行きますよ」

その言葉に、ヴァネッサが反応した。顔が暗く陰り、目が光る。「わがままなお嬢さんはこれだから」切れそうなくらい鋭い声だ。「ニックから話は全部聞いてるんですからね……あなたがどんなふうに他人を利用するか、どんなに利己的な人間か。自分の思いどおりにするためなら、どんな嘘だってつくってこともね。怠け者で、ずるくて、泣きごとばかり言う、寄生虫みたいな女のくせに——」

「それはわたしがニックに対して言いたいことです」ヴァネッサは本当にニックと会ったりしているのだろうか？　ナルシシストふたりがデートなんかしたら、いったいどうなってしまうの？　「だけど今はそのことが問題なのではありません。お金をサマンサに返してくれるのか、それともわたしはジャックに直接かけあったほうがいいのか、どっちなんです？」

「彼にひとことでも余計なことをしゃべったら、こっちだって黙っていないわよ。あなたが本当はどんな人間かをわたしが説明し終えるころには、彼だってあなたに嫌気が差すに決まってるんですからね。きっとすぐに――」

「ヴァネッサ」わたしは静かに言った。「ジャックはわたしの兄なんですよ。その兄にわたしを見捨てさせるようなまねができると、本気で思っているんですか？　わたしを差しおいて、自分の味方にできるとでも？　ジャックは家族思いの義理堅い人よ。あなたがいくらわたしのことを悪く言おうと、兄にまでそれを信じさせることなんかできないわ」

ヴァネッサの顔がまだらになってきた。怒りで肌が紅潮し、水に油を落としたように化粧が浮いて見える。それでもなぜかまだ口調だけは、かろうじて抑制が利いていた。「今すぐここから出ていって、ヘイヴン。二度と戻ってこないでちょうだい。あなたは首よ」

わたしは荷物をとりにデスクへ戻った。すると、わたしのブースを囲んでサマンサとロブとキミーが、みな同じように啞然《あぜん》とした顔で立っていた。こんなに気が立っているときでなければ、思わずぷっと噴きだしていたかもしれない。三人が三人とも同じ表情をしているなんて。「みんな、どうしたの？」わたしはそう尋ねながら、ブースに入っていった。デスクの横にジャックが座っているのを見て、はっと足をとめる。彼はインターコムを見つめ、顔を真っ赤にして口をへの字に曲げていた。

「まあ、ジャック」わたしはびっくりして訊いた。「こんなところでなにしてるの？」

ジャックがおもむろに口を開く。「おまえをランチに誘おうと思って来たんだ」

キミーが近づいてきて、そっと腕をつつく。「あのインターコム、ずっとオンになったままだったのよ」小声でそう説明してくれた。

わたしがいきなり部屋に入っていったので、ヴァネッサがオフにし忘れたのだろう。おかげで、あちらでの会話はすべてジャックとほかの人たちにも筒抜けになっていたわけだ。ジャックがわたしのバッグをつかんで、目の前に差しだした。「行こうか」低くうなるような声で言う。

兄はわたしを引き連れて、そのままヴァネッサのオフィスへ向かった。ドアをノックせずにがちゃりと開けて、戸口に立ったまま彼女に厳しいまなざしを向ける。一瞬、ヴァネッサの顔からすべての表情が消えた。「あら、ジャック」驚きの声をあげる。そしてすぐに愛想のいい笑みを浮かべ、いかにも落ち着いた雰囲気を身にまとった。あまりに素早いその変わりように、わたしは度肝を抜かれた。「お目にかかれてうれしいわ。さあ、どうぞお入りになって」

兄は暗く冷たい目を向けたまま首を振った。そして、交渉の余地なしのきっぱりした声でこう告げた。「きみの私物をまとめてくれ」

その日の午後はジャックとともに過ごし、これまでヴァネッサがどんなふうにわたしをこき使い、いじめの対象としてきたかを話した。そして今はサマンサにも同じ仕打ちをしているようだということも。わたしがすべてを話し終えるころ、ジャックは首を振ったりののしりの言葉を吐いたりするのにも疲れはて、ひどく気分が悪そうになっていた。

「まったくかわいそうに、ヘイヴン……どうして今まで教えてくれなかったんだ？」

「自分勝手なプリマドンナにはなりたくなかったから。会社のためには黙っておくのがいちばんいいと思ってたのよ。ヴァネッサはあれで仕事においては有能な人だし」

「会社なんかどうだっていいんだよ」ジャックが言った。「大事なのはビジネスよりも人のほうだ。見えないところでテロリストのような振る舞いをするマネージャーなんか、いくら有能でも必要ないね」

「最初のうちはわたし、ヴァネッサだって時が経てば態度をやわらげてくれるだろうと思っていたの。あるいは、ふたりが衝突せずにうまくやっていける方法が見つけられるだろうって。だけど、こういう問題って、決してよくなることはないのよね。うまい解決策なんてないのよ。彼女はニックとそっくりなの。悪意に満ちたナルシシスト。まわりの人間をいくら傷つけようと、彼女はちっとも心が痛まないのよ。わたしたちが蟻を踏んづけるよりもね」

ジャックはいかにも不快そうに口をゆがめた。「そういう連中なら、ビジネスの世界にはごまんといる。こんなこと認めるのは気が進まないが……ときにはそうした性質が……野心的で、無慈悲で、自己中心的な性格が……出世につながることもあるだろう。けど、ぼくの会社では断じて許さない」

「本当に彼女を追いだすつもり？」

彼は即座にうなずいた。「もちろんだ。代わりの人材を探さないとな」そして、意味ありげに間を置く。「誰かいい人、知らないか？」

「わたしはどう？」わたしはすぐに立候補した。「完璧に務まるとは言えないけど。ときには間違いも犯すでしょうし。でも、責任のとり方はわきまえているつもりよ」

兄の顔に笑みが広がっていく。「仕事を始めたころとは大違いだな」

わたしはちょっぴりすねたように笑った。「わたしの学習曲線は最近、右肩あがりのカーブを描いてるんだから」

そのあともしばらくオフィス内の状況についてあれこれと話しあい、やがて話題は個人的なことに移った。父に呼びだされてけんか別れしたことは、ジャックには打ち明けざるをえなかった。T・Jと、ハーディと、リース契約のことも。

うれしいことにジャックはその話に憤慨してくれて、そろいもそろってどうかしてるな、と言った。さらに、ハーディの行動は不可解すぎるから原因をきっちり突きとめなければいけない、というわたしの意見にも同意してくれた。「T・Jの所有している土地はたしかに一等地だ」とジャックが言う。「けどこの街には、ほかにもそういう土地を持っている人はいる。おまえの愛するハーディは、誰と交渉したってかまわないわけだ。つまり、今回のリース契約は彼にとって、欲しいものではあったろうけど、どうしても必要なものだったわけではない。ってことは、これはケイツ流の別れ方なんじゃないか？　おまえのほうから〝もういい〟と言いだすように、わざと仕向けているのかもしれない」

「受動攻撃型の厄介な性格ってことね」わたしは言った。「わたしと別れたいのなら、面と向かってそう言ってもらわないと」

ジャックがにんまりする。「やつも大変だな、同情するよ。さてと……ケイツの問題はおまえに任せるとして、ぼくは父さんにちょっともの申してくるとするか」

「やめて」とっさに言葉が口をついて出た。「パパにはなにも言わないで。わたしとパパの関係を修復するなんて、いくらジャックでも無理よ」

「でもせめて、おまえたちの仲を邪魔しないように忠告するくらいはできるぜ」

「ありがとう、ジャック。でも、そんなふうに守ってもらわなくても平気だから。これ以上余計なお節介は焼かないで」

ジャックは少しむっとしたようだ。「だったらどうしてこんな話をしたんだ？　ぼくになにかしてほしかったからじゃないのか？」

「わたしの問題を代わりに解決してほしいわけじゃないの。ただ、話を聞いてほしかっただけで」

「あのな、ヘイヴン、誰かの聞く耳が欲しいだけなら女友達にでも話せよ。女性から悩みを打ち明けられたあげく、なにもさせてもらえないってのは、男がいちばん嫌うことなんだぞ。すごくいやな気分になるんだ。その憂さを晴らすには、電話帳をびりびり引き裂くか、なにかを叩き壊すしかない。だから、ここではっきりさせておこう——ぼくは聞き上手じゃない。男なんだ」

「そうよね」わたしは立ちあがり、微笑んだ。「さて、仕事帰りにちょっと引っかけに行くバーで一杯おごってくれる?」

「おまえの頼みはそういうことだけか」兄がそう言い、わたしたちはオフィスをあとにした。

部屋に帰り着いたのは、まだ宵の口と言ってもいい時間だった。おおらかなジャックと軽く飲みながら二時間ほど愉快に過ごしたおかげで、気分はだいぶよくなった。意外だったのは、彼がハーディに関して非難がましい言葉をいっさい口にしなかったことだ。以前の態度を思えば大きな変化だ。

「やつに関しては賛成も反対もしない」ジャックは首の長いビールのボトルを傾けながらそう言った。「やつとT・Jの取引について、ぼくの考えを教えようか。ハーディは間違った理由で間違ったことをしたか……」そこでまたひと口、ぐびり。「あるいは、正しい理由で間違ったことをしたかの、どちらかだと思うんだ」

「彼のしたことに正しい理由があるとしたら、どういうことだと思う?」

「さあな、ぼくにはわからない。彼自身の口から説明するチャンスを与えてやれ、としか言えないよ」

「トッドは、ハーディにはなにかをたくらんでるようなねじくれた部分がある気がするって言うんだけど」わたしは沈んだ口調で言った。

するとなぜかジャックが大笑いしはじめた。「まあ、おまえならそういう人間には慣れてるだろ、トラヴィス家に生まれ育ったんだから。うちの男どもはひとりの例外もなく——ゲイジも含めて──見かけ以上にひねくれてるぜ。その意味じゃ、トッドだって同じだ」

「まあ、恐ろしい」わたしは怯えてみせたが、こみあげてくる笑いをこらえられなかった。

部屋に戻ったときもまだ笑みを浮かべていた。ただ、ハーディと会うことを考えると、少し神経がぴりぴりしてしまう。留守番電話のランプが点滅しているのを見たとたん、心臓がどきっとした。ボタンを押して、メッセージを再生してみる。

ハーディの声。「会いたいんだ。戻ってきたら、今夜じゅうに電話をくれないか」

「いいわよ」わたしはささやき、一瞬目を閉じた。だがすぐにまぶたをぱっと開けた。視界の隅に、なにか気になるものがあったような気がしたからだ。あたりを見まわすと、電話の横でなにかがきらめいた。なんだろうと思って手をふれた瞬間……死ぬほど驚いた。チャームつきのブレスレット。グレッチェンおばさまのブレスレットだ。どうしてこれがここに？ニックが持っていたはずなのに。ニック──。

声をあげる間もなく、わたしは何者かに背後から襲われ、首を腕で絞めあげられた。こめかみに拳銃《けんじゅう》の冷たい銃口が押しつけられる。ほくそ笑むようなその声を聞く前から、敵の正体はわかっていた。

「ほーら、つかまえたぞ、マリー」

20

人が突然危険な状況に追いこまれると、脳はふたつの部分に分かれ、うちひとつは現実の状況に対処しようとし、もうひとつは一歩引いて今なにが起こっているのかを理解しようとする。ただし、そのふたつは必ずしも連動して情報を交換しあうわけではない。だからわたしも、ニックの言っていることを理解できるまでには多少時間がかかった。

「……を無視しようったって、そうは行かないぞ。おれさまが会いたいと思えばいつだって会えるんだからな」

自分には絶大な力があると知らしめたいのだろう。おまえなんかとうていおれには勝てないと証明したいのだ。

わたしは口のなかがからからになって言葉につまり、顔からは汗が噴きだした。「そのようね」と苦しげな声で言う。「この部屋に入る方法を見つけたのなら。どうやってここへ入ったの？　暗証番号を解読したわけじゃないんでしょ？」

「解除キーを使ったのさ」

このビルのすべての部屋には、暗証番号の設定を解除して手動で開けられるようにするキーが二本ずつ用意されている。緊急事態が起こったとき、あるいは入居者が暗証番号を忘れてしまったときのために。それらの解除キーを一本ずつ全室分ひとまとめにしたものが、コンシェルジェ・デスクの後ろの部屋と、管理事務所、すなわち、わたしたちの勤務しているオフィス内に保管されている。

「ヴァネッサがあなたにキーを渡したのね」信じられなかった。それは違法行為だ。わたしは彼女を訴えることだってできる。彼女はそこまでわたしを憎んでいたのだろうか？　首になった腹いせに、刑務所に放りこまれる危険を覚悟で仕返ししてやろうと思うくらい？

どうやら、そのようだ。

「きみに渡したいものがあるって言ったら、すぐに貸してくれたぜ」

「あのブレスレットを返してくれたのはうれしいわ」わたしは力なく言った。「だけど拳銃まで持ちこむなんて、いくらなんでもやりすぎよ、ニック」

「おまえがおれを無視するからだろ――」

「ごめんなさい」

「――おれなんかいてもいなくても同じみたいに」こめかみにあざができるくらい強く銃口を押しつけられる。わたしは涙を浮かべつつ、じっとしていることしかできなかった。「けど、この状況ならさすがに無視はできないだろう？」

「ええ」わたしはささやいた。もしかするとニックは、最初は軽く脅すだけのつもりでここへ来たのかもしれない。でも、これまでと同じようにどんどん気が立っていって、ついに限界を超えてしまったらしい。怒りがいったん決壊を起こすと、それはまるで雪崩のごとく一気に崩れ落ちる。もう誰にもとめられない。

「勝手に離婚なんかしやがって。おれひとりダラスに置き去りにして。おかげでこっちはみんなからさんざん問いつめられたんだぞ、なにがあった、奥さんはどこへ行ったんだ、ってな。そのせいでおれがどんな思いをしたかわかるか、マリー？　おれがどんな目に遭おうと、知ったこっちゃなかったわけか？」

スーザンが言っていたことを思いだした。ナルシシストは自分が勝者になったと思わなければ決して引きさがらない。「もちろん気にしてたわ」わたしは息も絶え絶えに言った。「だけどみんなが、あなたはきっとわたしがいないほうがうまくやっていけるはずだ、わたしはあなたにふさわしい妻じゃなかった、って言うものだから」

「そのとおりさ。おまえだって、おれと暮らしてたころ以上にいい思いなんかできないはずだ」ニックに突き飛ばされて壁に激突したせいで、息がうっとつまった。すぐさま頭に銃が突きつけられる。安全装置をがちゃっと外す音が聞こえた。「おまえの努力が足りなかったんだよ」彼は吐き捨てるように言って、背後から腰をぐいぐい押しつけてきた。ふくらんだ股間がヒップにあたるのを感じるだけで、悪寒が波のように体を駆け抜ける。「なんでもかんでも手を抜きやがって。結婚生活を成り立たせるにはふたりの人間が必要だってのに、おまえはいつも、自分は関係ないみたいな顔をしてた。もっと努力できたはずだろ」

「ご……めんな……さい」かろうじて息を吸う合間に声をしぼりだす。

「おまえが勝手に出ていったんじゃないか。クソいまいましいホワイト・トラッシュみたいに、わざと裸足で歩いてな。そのほうが哀れっぽく見えるからだろ。おれを悪者に仕立てるために。それで兄貴に泣きついて、いきなり離婚を突きつけてきた。あんなはした金をよこしただけで、おれが目の前から消えてくれるとでも思ったか？　法的な書類だのなんだのは、おれさまにとっちゃなんの意味もねえんだよ、マリー。おまえのことなんて、どうとでもできるんだからな」

「ニック。座ってゆっくり話をしましょう、その銃を置いてくれたら――」その瞬間、猛烈な痛みを感じて、声が出なくなった。耳もとで大爆発が起こったかのような衝撃があり、キーンと耳鳴りがする。熱い液体が耳の後ろから首筋へと垂れ落ちていくのがわかった。拳銃の台尻で殴られたようだ。

「おまえ、何人の男と寝たんだ？」ニックが詰問する。

これに対するいい答えなど存在しない。どう答えてもハーディの話題につながってしまうし、そうなったらニックの屈辱感に火がつき、怒りが激しくなるばかりだ。なんとかして怒りを静めなければ。彼の傷ついたエゴをなだめなければ。

「大切なのはあなただけよ」わたしはささやいた。

「もちろんだとも」ニックが空いているほうの手でわたしの髪をつかむ。「なのにおまえはこんなあばずれみたいな服を着て、あばずれみたいな髪型にして。昔のおまえはレディーのように見えた。いかにも人妻らしく見えたのに。おまえには務まらなかったけどな。まったく、なんだ、そのざまは」

「ニック――」

「黙れ！　おまえの言うことなんか全部でたらめだ。内緒でピルをのんでたことだってそうさ。おれは赤ん坊を産ませてやろうとしてたのに。家族をつくろうと頑張ってたのに、おまえときたら、逃げだすことばかり考えてやがって。この大嘘つきめ！」

ニックはつかんだ髪を乱暴に引っぱり、わたしを床に引きずりおろした。怒りはすでに沸点を超えたらしく、汚い言葉をわめき散らしながら頭に銃を強く押しつけてくる。わたしの心と感情は現実から遊離し、この身に迫りくる暴力を他人事のように眺めていた。前のときと同じだ、ただし今は頭に銃を突きつけられているけれど。彼は引き金を引くのだろうかと、ぼんやり考える。ニックは全体重をかけてわたしを押さえこむように、上からのしかかってきた。そして、酒くさい息を吐きながら耳もとでささやく。「叫んだりしたら、殺すぞ」

全身の筋肉が硬直して身じろぎすらできない。でもどうにかして生きのびたかった。口のなかに塩と金属の味が広がっていく。ニックのおぞましい手がスカートの裾をたくしあげたとき、わたしは麻痺したようになった。

ふたりとも生きるか死ぬかの残酷な争いに気をとられていたせいで――ひとりは上にまたがって相手に危害を加えようとし、ひとりは全身全霊で抵抗していたせいで――ドアが開いた音は聞こえなかった。

人間のものとは思えないような大絶叫で空気が震え、あたりに怒号が響き渡り、部屋のなかは一瞬で大混乱となった。痛む首を必死にまわして後ろを振りかえってみると、けだもののごとき形相の人物がこちらに躍りかかってきて、冷たい銃口が頭から離れたと思った次の瞬間、ニックが銃を構えて発砲した。

静寂。

わたしの耳は一時的に聞こえなくなり、恐怖で拍車のかかった心臓の鼓動が全身にこだました。重みで窒息させられそうだったニックの体がどいたとたん、わたしはごろりと脇へ転がり、目を開けた。ふたりの男がとっ組みあい、汗や血を撒き散らしながら、殴ったり蹴ったり首を絞めたりの大乱闘を演じている。

やがてハーディがニックに馬乗りになって、こぶしで連打しはじめた。ニックにダメージが蓄積していき、骨が折れ、皮膚が裂けても、ハーディの手はとまらなかった。あたり一面が血の海になっている――ハーディの脇腹から鮮血が噴きだし、真っ赤に染まっていた。

「ハーディ！」わたしは叫び、跳ね起きた。「ハーディ、やめて！」

その声も彼には届かないようだ。目の前の相手を破壊することに意識が集中していて、完全にわれを忘れている。このままではニックを殺してしまいかねない。脇腹からの激しい出血の度合いからして、ハーディ自身の命も危うかった。

拳銃がニックの手からはたき落とされ、床を滑っていく。わたしは素早くそちらへ這っていって、銃をつかんだ。「ハーディ、やめてったら！　もう充分よ！　終わりにして。ハーディ――」

なにを言っても、なにをしても、まったく気づいてもらえない。アドレナリンが噴出して極度の興奮状態にあるようだ。

こんなに大量の血を見るのは初めてだった。ハーディがまだ気を失わずにいるのが信じられない。

「ねえったら、ハーディ、わたしにはあなたが必要なんだから!」わたしは叫んだ。ハーディが動きをとめ、息を弾ませながらわたしのほうを見る。なかなか焦点が合わないようだった。「あなたが必要なの」わたしはそうくりかえし、ふらつきながら立ちあがった。彼のそばに駆け寄って腕をまわす。「こっちへ来て。ソファーのほうへ」

彼はためらい、ニックを見おろした。ニックは完全に意識を失い、さんざんぶちのめされた顔はひどく腫れあがっている。

「もう大丈夫よ」わたしはそう言って、ハーディを引っぱった。「彼はとっくにのびてるから。終わったの。さあ、こっちへ来て。わたしと一緒に」同じせりふを何度も口にし、ハーディをなだめたりすかしたりしつつ、なんとかソファーのほうへ連れていく。血の気が失せてげっそりした彼の顔から殺意が消えて、苦痛にゆがむ表情がとって代わった。彼はソファーに座ろうとしたものの、こぶしで宙をつかむようにして倒れこんでしまった。脇腹を撃たれているのは間違いないが、出血がひどすぎて、どの箇所にどの程度の怪我を負っているのかわからない。

わたしは拳銃を握ったままキッチンへ駆けこみ、きれいなタオルを何枚かつかんで戻った。

そして銃をコーヒーテーブルに置き、ハーディのシャツをびりびりと破きはじめる。

「ヘイヴン」弱々しい息を吐きながら彼が言った。「怪我はしてないか？　やつに――」

「いいえ、わたしは平気よ」血を拭いてみると、傷口は思ったより小さく、きれいな穴になっていた。だが、弾丸が貫通した出口はどこにも見あたらない。となると、弾はまだ体内に埋もれている可能性が高い。内臓のどこか、脾臓《ひぞう》か肝臓か腎臓《じんぞう》を傷つけて……。わたしは泣きだしたい気持ちを懸命にこらえ、タオルで傷口を覆った。「しっかりして。止血するためにちょっと力を入れて押さえるけど、我慢してね」

体重をかけてぐっと傷口を押さえると、ハーディがうめいた。唇の色が灰色に変わっていく。「きみの耳……」

「なんでもないわ。ニックに銃で殴られただけ――」

「あの野郎、殺してやる――」彼はソファーから立ちあがろうとした。

わたしはハーディを押しかえした。「ばか、じっとしてなさい！　あなたは撃たれたのよ。動かないで」彼の手をつかんでタオルを押さえさせ、そのあいだにダッシュで電話をとってくる。

そしてなおも傷口をぎゅっと押さえながら、九一一、デイヴィッド、ジャックの順番に電話をかけた。

最初に飛んできたのはジャックだった。「なんてこった」部屋の惨状、床にのびているニック、ソファーに倒れているハーディと寄り添うわたしを見て、ジャックは言った。「ヘイヴン、おまえは――」

「わたしはなんともないから。ニックがこれ以上なにもしないよう、見張ってて」

ジャックはわたしの元夫の横に仁王立ちになり、かつて見せたこともないような顔つきでにらみつけた。どすの利いた声で静かにつぶやく。「きさまが目を覚ましたら、すぐにぶちのめして八つ裂きにしてやるから、覚悟しとけよ」

救急隊が到着し、ほどなく警察もやってきた。ビルの警備係たちは、騒ぎを聞きつけて集まってきた住人たちをなかに入れないよう、部屋の外で押しとどめてくれている。ニックがいつごろ警察に連れていかれたのか、よく覚えていない。ハーディのことで頭がいっぱいだった。意識が遠のいては戻り、肌は冷たく汗ばんで、呼吸は弱く浅くなっていた。頭が混乱しているようで、少なくとも三回は同じことを尋ねた。なにがあったんだ？　きみは大丈夫なのか？

「どこもなんともないから」わたしは低い声で答え、くしゃくしゃに乱れた彼の髪を撫でつけた。救急隊員が点滴の太い針を刺すあいだも、空いているほうの手をしっかりと握っていた。「しゃべらないで」

「ヘイヴン……きみに話が……」

「あとで聞くわ」

「間違いだった……」

「わかってるわ。大丈夫よ。いいから黙って、じっとしてて」

彼はまだなにか言いたそうだったが、別の救急隊員にすかさず酸素マスクをはめられてしまった。胸には心電図モニターのパッドを装着され、搬送用の担架に載せられて固定される。彼らはとても手際よく、一刻も無駄にしなかった。おかげで、救命救急の専門家たちが〝ゴールデン・アワー〟と呼ぶ受傷後一時間以内に、外傷センターへ向かうことができた。重症を負った怪我人が治療を受けはじめるまでに六〇分以上を要すると、死亡率がぐんと高くなると言われている。

わたしはハーディと一緒に救急車に乗りこみ、ジャックは自分の車で病院までついてきた。ハーディのために外見は冷静なふりを装っていたけれど、わたしの内心は耐えがたいほどの苦痛にさいなまれていた。

救急病棟の入口に到着するやいなや、隊員たちはハーディを担架に載せたまま抱えあげ、救急車のフロアよりもほんの少し高い病棟の床へと手早く運んでいく。

リバティとゲイジは先まわりして外傷センターに駆けつけていて、ジャックを驚かせた。残りの家族もすぐに来てくれるだろう。自分がどんな格好をしているかなんてそれまで気にもしていなかったけれど、みんながこぞって心配そうな表情を浮かべているのは、紛れもなくわたしのひどいありさまのせいだった。全身血まみれになっているのだから。リバティが肩にジャケットをかけてくれ、バッグからとりだした赤ん坊用のウェットティッシュで顔をきれいに拭いてくれた。耳の後ろにこぶができているのをリバティが発見すると、ゲイジは、おまえもちゃんと診てもらわないと、と主張した。わたしは激しく抵抗した。

「どこへも行かないわよ、ハーディの容体がわかるまでそばについててあげなきゃ――」

「ヘイヴン」ゲイジが前に立ちはだかって、射るような目でわたしを見据える。「どうせ少しは時間がかかるんだ。今から彼の血液型を調べたり、CTスキャンにかけたり、レントゲンを撮ったりするんだから……ここで待ってたって、しばらくはなにも教えてはもらえないぞ。だったらそのあいだに頭を診察してもらえ。頼むから」

わたしは傷の手あてを受け、包帯を巻かれて、外傷センターの待合室に戻った。ゲイジの言ったとおり、まだなにも情報は入っていなかった。ハーディは手術室へ運ばれていったが、今どんな処置を施されているのか、どれくらい時間がかかるのか、誰も説明しに来てはくれない。わたしはぼんやりと部屋の隅のテレビを見ながら、ハーディのお母さんにも連絡すべきだろうかと考えていた。でも、もう少し彼の容体がはっきりしてから――できれば少しは安心できる材料が得られてから――でも遅くはないと思いなおした。いきなり電話して、息子さんが大怪我をしたと伝えるよりは。

待っているあいだ、罪悪感が流砂のごとくわたしをのみこんだ。わたしの過去の過ちのせいでハーディがこんな目に遭うなんて、想像もしていなかった。そもそもわたしがニックとかかわりを持たなかったから……ハーディとつきあったりしなければ……。

「そんなふうに考えちゃだめよ」リバティのやさしい声が横から聞こえた。

「そんなふうって？」わたしは暗い声で答え、プラスチック製の椅子の上に脚を折りたたんで座った。

「考えてることが全部顔に出てるわよ」リバティが肩に腕をまわしてくる。「こうなったのはあなたのせいじゃないんだから、自分を責めちゃだめ。ハーディにとって、あなたと出会えたのは人生最良の出来事だったんだから」

「そうかしら」わたしはつぶやき、手術室のドアをちらりと見やった。

彼女がきゅっと肩を抱きすくめる。「リグス・トゥ・リーフスのパーティーであなたたちを見かけたとき、ハーディの変わりようが信じられないくらいだった。あんなにリラックスしてて幸せそうな彼を見たの、初めてだったんだもの。すっかりくつろいで。彼をあんなふうにできる人がいるなんて思ってもいなかった」

「でもね、リバティ……ここ二日でいろんなことがあって。パパとT・Jおじさまが――」

「知ってるわ。チャーチルが話してくれたから。それに、今日あったこともね。その話を聞いたらあなたもきっと驚くわよ」

「どういうこと？」

「それはチャーチルから直接聞いたほうがいいんじゃない？」リバティはそう言うと、ちょうど父とジョーが姿を現した面会者用の入口のほうを指し示した。そしてすっと立ちあがってふたりを手招きし、父をわたしの横の椅子へ座らせる。父に対しては裏切られた思いと怒りでいっぱいだったはずなのに、なぜかわたしはその肩にそっと頭を寄せて、革の匂いが入りまじった父独特の香りを吸いこんだ。

「なにがあったんだね、パンプキン？」父が訊いてくる。

わたしは父の肩に頭を載せたまま話しはじめた。父はときおりわたしの腕をやさしく撫でさすりながら話を聞いてくれ、ニックがそんな大それたことをしでかしたと知って、驚きを隠さなかった。そして、いったいなにが彼をそこまで追いつめたのかを知りたがった。わたしは、ニックは前からそうだった、彼の暴力のせいでわたしたちの結婚は破綻《はたん》したのだ、と説明すべきかどうか迷った。けれども、そういう話はもっとあとで、もっと別の場所で打ち明けようと心に決め、軽く肩をすくめて首を振るだけにとどめた。わたしにもよくわからないけれど、とだけ言って。

するとと父は驚くべきことを口にした。「ハーディが今夜おまえの部屋を訪ねることは、わたしも知っていたんだ」

わたしはぱっと頭を起こし、父を見かえした。「そうなの？　どうして？」

「五時ごろ、彼から電話をもらってな。あのリース契約を結んだのはやはり間違いだったと気づいた、だからすでにT・Jとの契約は解消した、と報告してきたんだよ。土曜日は頭がまともに働いていなくてうっかり話に乗ってしまったが、どちらにとってもそれは間違いだった、と——あんな条件を出したこちらのほうも、それをのんだ彼のほうもな」

「ハーディは間違ってなんかいなかったわ」わたしは短く言った。

「そういうわけで、あの契約はご破算になった」父が言う。

「だめよ、そんなの！」わたしは父をにらみつけた。「パパも最後までちゃんと責任をとってくれなきゃ。ハーディが最初にオファーした公平な価格で契約を結べるようにしてあげて、

T・Jにはボーナスは忘れろと言って。そうしてくれたらわたしも、また普通の父と娘の関係に戻れるように、パパにチャンスをあげてもいいわ」

わたしはどうしても、ハーディ・ケイツに人生で一度ぐらい、総どりの勝ちをおさめさせてあげたかった。

「そうしたら、おまえはまたわたしと会ってくれるようになるのかね?」

「ええ」

父はかすかに微笑んだ。「それもいいかもしれんな、彼の言っていたことを考えれば」

「なに? 彼はなんて言ったの?」

父が首を振る。「その話は内緒にしておいてくれと頼まれたんだ。わたしももう、余計なお節介はやめることにした。ただし……」

わたしはぎこちない笑い声をあげた。「ただし、なんなの? もったいぶらないで教えてよ、パパ。やっとわたしの聞きたい話がありそうなときに限って、お節介はやめると言いだすなんて」

「わたしの口から言えるのはここまでだ。今日わたしは、おまえのことを思うふたりの男から連絡をもらった。ひとりはニックだ。彼の言ったことは、わたしにはひとことも信じられなかった。ニックの話にはまるで整合性がない。だがハーディ・ケイツの話は……たとえ彼が田舎育ちの無学ならず者であっても……今日は信じられた。彼は決して真実をねじまげようとはしなかった。事実をありのままに語ってくれたんだ。その点は尊敬に値する。だからわたしも、この先おまえが彼に関してどういう選択をしようと、おまえの意思を尊重したいと思っているんだよ」

二時間が過ぎた。わたしはうろうろ歩きまわったり、座ったり、テレビを眺めたり、焦げた味しかしないコーヒーにパウダーのクリームと砂糖をたっぷり入れてがぶがぶ飲んだりしながら、ひたすら待った。なにも知らされないせいで緊張が極限に達して爆発しそうになったとき、やっと手術室のドアが開いた。白衣を着た外科医らしき人物が、部屋をぐるりと見渡して言う。「ハーディ・ケイツのご家族の方は？」

わたしは彼に駆け寄った。「わたし、彼のフィアンセです」そういうことにしておけば少しでも多くの情報を聞けると思って。「ヘイヴン・トラヴィスと申しますが」

「ドクター・ホイットフィールドです」

わたしたちは握手した。

「ミスター・ケイツは今回で、あらゆる幸運を使いはたしたかもしれませんよ」外科医が言った。「弾丸は脾臓に突き刺さっていましたが、ほかの臓器にはいっさいダメージがありませんでした。まるで奇跡のようです。弾が跳ねかえるなどしてもっとなかで暴れているのではないかと恐れていたんですが、ありがたいことにそうはなっていなかった。おかげで弾を摘出したあとは、比較的単純な縫合をするだけですみました。脾臓の機能も失われてはいません。ミスター・ケイツの年齢とすばらしい健康状態を鑑《かんが》みれば、ほぼなんの後遺症もなく全快してくれるでしょう。一週間ほどは入院していただくことになりますが、早ければ四週間から六週間程度ですっかりよくなると思いますよ」

目と鼻から涙があふれる。わたしは袖口で顔をぬぐった。「じゃあ、将来的にはなんの心配もいらないんですね？　脾臓が変形してしまうようなことも？」

「いえ、その心配はありません。おそらく完全に元どおりになると思います」

「ああ、よかった」わたしは震えるため息をついた。これまで生きてきて、こんなにうれしかったことはない。まさに至福の瞬間だった。あまりの感動で体が感電したみたいになって、息もできないほどだった。「本当にほっとしました。ほっとしすぎて、なんだか吐き気がしてくるほどです。そんなことってあるのかしら」

「ほっとしたせいか」ドクター・ホイットフィールドがにこやかに答えた。「あるいは、待合室のコーヒーのせいでしょう。たぶんコーヒーのほうだとは思いますが」

病院の規則で、集中治療室《ICU》に入っている患者には二四時間いつでも面会が認められていた。ただし、看護スタッフからの特別な許可がない限り、面会時間は一時間につき一五分まで。わたしはゲイジに、どういうコネを使ってもいいから、わたしがいつでも自由に出入りできるようにしてほしいと頼みこんだ。それを聞いて兄は少し笑い、金と権力にものを言わせて特別に治療を受けることを拒んだのは誰だったっけ、と茶化した。そこでわたしは、恋をしているときは道徳よりも偽善が勝ってしまうものなのよ、と言いかえした。するとゲイジは、そういうことならぼくにもよくわかると言って、病院から特別許可をとりつけてきてくれた。おかげでわたしは好きなだけハーディのそばにいられるようになった。

夜になると、ハーディの病室内に置かれたリクライニングチェアでうとうとした。問題は、病院というのは世界じゅうのどこよりも安眠しにくい場所だということだ。一時間ごとに看護師が入ってきて、点滴の減り具合を確かめ、モニターを確認し、ハーディの体温や血圧を測っていく。でもわたしは、そうやってしょっちゅう邪魔が入ることを歓迎した。そのたびに、ハーディは順調に快復していると教えてもらえるからだ。

夜明けごろにゲイジがまた病院に現れ、部屋まで車で送ってやるからシャワーを浴びて着替えてきたらどうだと言ってくれた。ハーディのもとを離れたくはなかったけれど、自分が車に轢かれた猫のように見えるのはわかっていたので、いったん帰ってきれいにしてきたほうがいいだろうと思った。

そして七時に病院に戻ったとき、ハーディはすでに目を覚ましていた。だが、病院のベッドに寝かされ、さまざまなモニターをとりつけられて身動きできない状態にあるのが、大いに不服そうだった。病室の前まで行くと、早くこの点滴を抜いてくれ、鎮痛剤なんか必要ない、と看護師相手に文句を言う声が聞こえてきた。変な管をつながれて妙な薬を打たれるのはごめんだ、こんなのたいした怪我じゃない、包帯とアイスパックがあれば充分なんだから、とわめいている。

看護師は青い目をした大きな男の子をあやすように、そんなだだをこねてるともっと痛い目に遭わせますよ、などと笑いながら言いかえしていた。わたしは彼女を責める気になれなかった。困りはてたハーディは、どこか不安そうで、とてもセクシーに見える。

そして、この人はわたしのものなのだ。

「ハーディ・ケイツ」わたしはそう声をかけながら病室に入っていった。「おとなしく看護師さんの言うことを聞かないと、わたしが管を踏みつけちゃうわよ」

患者への同情が感じられないそのコメントに、看護師は少し驚いたようだ。

だが、ハーディ自身はわたしと目が合ったとたん、心底ほっとしたような顔になった。うわべだけの同情の言葉よりも、熱く見交わす視線のほうが、はるかに彼の心を癒す効果があるようだ。「酸素の管じゃなければ、いくら踏まれたって平気さ」と彼は言った。

わたしはベッドに歩み寄り、テーブルに置かれたトレイから痛みどめのヴァイコディンとグラスの水をとって、ハーディに差しだした。「ほら、これをのんで。文句はなしよ」彼はしぶしぶ従い、眉をあげて様子を見守っている看護師をちらりと見て訴えた。「彼女はこんなにちっちゃいくせに、利かん気が強くてね」

看護師はあきれたように首を振りながら出ていった。大方、こんなにたくましくて男前の男性ならもっと気立てのいいガールフレンドくらいいくらでも見つけられるだろうに、とでも思っているのだろう。ドアが閉まるやいなや、わたしはかいがいしくベッドカバーや枕を整えはじめた。そのあいだもハーディはじっとわたしの顔を眺めつづけている。

「ヘイヴン、頼むからここから出してくれ。入院するなんて初めてなんだ。こんな管にずっとつながれてなきゃいけないなんて、我慢できそうにない。傷口に包帯さえ――」

「観念しなさい」わたしは言い渡した。「おとなしくしていれば、それだけ早く治るから」そして彼のおでこにキスをする。「わたしが一緒に寝てあげたら、もっといい子にできるかしら？」

ハーディはすかさず脇に寄ろうとして、痛さにうっと顔をゆがめた。わたしはサンダルを脱ぎ、慎重にベッドにあがって、彼のかたわらに寄り添った。ハーディが腕をまわしてきて、満足げに深いため息をつく。

わたしはあたたかい首筋に鼻をこすりつけ、彼の香りを嗅いだ。消毒と薬の匂いがする。オー・デ・コロンならぬ、オー・デ・ホスピタルを全身に振りまかれたみたいに。でもその、きれいに殺菌された匂いの下から、嗅ぎ慣れた彼の香りが立ちのぼってきた。

「ねえ、ハーディ」彼の手首をそっと撫でながら言う。「どうしてあなたは、父とＴ・Ｊが持ちかけてきたあのばかげた取引に応じたの？　しかもそれを断ったのはなぜ？」

ハーディがわたしの手をつかんで長い指を絡ませてくる。「金曜日の晩に親父と会ったあと、おれはちょっとおかしくなってたんだ」

「本当？　気づかなかった」

「親父を保釈して、モーテルまで送って、少しだけ金を渡した。そして、二度と顔を見せるなと言ってやった。ここから先はまだきみに話していなかったが……もっと早く話しておくべきだったよ……ともあれ、おれたちは少し言い争いになったんだ。そのとき親父が――」

ハーディはそこでぐっと声をつまらせ、手を強く握りしめてきた。

彼の息が整うまで、わたしはじっと待っていた。

「今度また母さんに迷惑をかけるようなことをしたらただじゃおかないぞ、とおれが言うと、親父はひどくいきりたってわめきはじめたんだ」吐き捨てるように言う。「そんなせりふをおまえの口から聞かされるとはおかしなもんじゃないか……そもそもおれたちが結婚したのはおまえのせいだったってのに、って。おふくろは親父と一時期つきあって別れていたんだが、妊娠しているのがわかって、親父のもとへ戻ったんだそうだ。おふくろがあんなろくでなしと結婚するはめになったのは、おれのせいだったんだよ。おふくろの人生はおれのせいで台なしになった。それであんなに苦労して――」

「違うでしょ、ハーディ……」わたしは上半身を起こし、深くて青い瞳を見おろした。彼の心の痛みが伝わってきて胸がじんじん痛む。「自分でもそうじゃないってわかってるくせに。そうなったのはあなたのせいなんかじゃないって」

「だが、おれさえおなかにいなかったら、おふくろは親父と結婚なんかしていなかった。それは紛れもない事実だ。あんなクソ親父と一緒になったせいで、おふくろの人生はめちゃくちゃになった」

その論法に同意するわけではないけれど、ハーディの気持ちはよくわかる。彼の抱えている苦悩と筋の通らない罪悪感は、陳腐な慰めの言葉などではとうてい解決できないものだ。真実と折りあいをつけて受け入れるには、時間と愛情が必要なのだろう。わたしならその両方を彼に与えてやれる。

ハーディがわたしの頭にキスをした。声は低く、ざらついている。「あの親父の息子であることが恨めしくて仕方がない。おれの半分は親父でできてるんだ。どうしようもなく卑しいクソったれの親父の血を引いてるんだよ。だから、チャーチルとT・Jが取引を持ちかけてきたとき、どうなったってかまうもんかという気になってしまった。どうせきみとは別れなきゃいけない。これほどまでに愛しているきみを、おれみたいな男の人生に巻きこむわけにはいかないんだから、と思って」

力がこもってこわばっている顎の線を、わたしは手でそっとなぞった。「なにがあなたの気を変えさせたの？」ささやくように訊いてみる。

「少し冷静になって考えてみたら、自分がどれだけきみを愛しているかに気づいたんだ……きみにふさわしい男になりたい、そのための努力ならいとわないと、心から思えるほどに。きみのためならなんだってする、どんな男にだってなってみせるよ。ゆうべ、部屋へ行ったのは、もう一度チャンスを与えてほしいときみに頼むためだったんだ。ブーツを履いた足ががくがく震えてたけどな。金曜日の夜のこと、許してもらえないかと思って」

暗い部屋のベッドで長く濃密な時間を過ごしたときの記憶が、脳裏にぱっとよみがえってきた。「もちろんよ……というか、そもそも許すことなんてないもの」ほとんど聞こえないくらいの声でささやく。「わたしはあなたと最後まで行きたいと願っていたのよ」

ハーディの体が熱くなるのがわかった。彼もわたしと同じように赤面しているのかしら。

「きみにはつらすぎたかもしれないと心配してたんだ。激しくしすぎたから。しかもきみはニックからあんなひどい目に遭わされてたわけだからね……もしかしたらもう一生会ってくれないんじゃないかと恐れていたよ。だからあのとき、心から謝るつもりで部屋へ行ったんだ。これからはもっともっときみを大切にすると言いたかった。これまでどおりにつきあっていくのが無理でも……せめてそばにいさせてほしいと。万が一、きみがおれを必要としてくれるときのために」

彼がここまで本心を包み隠さず語ってくれたのは初めてだ。こんなことまで話してもらえるなんて、思ってもいなかった。わたしはハーディの顔に手を添えて、鼻と鼻がふれあうくらいまで引き寄せた。「いろんな意味でわたしにはあなたが必要なのよ、ハーディ。これからの長い人生、きっとさまざまなことが起こるに違いないもの」

ハーディが驚くほどの力強さでキスをしてくる。彼の口はあたたかく、飽くことを知らなかった。

「愛してるわ」わたしはささやいた。あれだけ大量に失血し、薬を大量に投与され、おまけにロマンティックさのかけらもない病室にいるというのに、ハーディは明らかな反応を示した。

「だめよ」彼が自由なほうの手でわたしの体をまさぐりはじめると、わたしは笑いながらたしなめた。「心電図に異常な変化が出てしまうわ。そうしたらきっとわたし、病室から追いだされちゃうもの。あなたの快復に障害を来すといって」

だがもちろんハーディは聞く耳を持たず、したいようにするばかりだ。

「あのね……」わたしは頭を少しのけぞらせて、首筋にキスを受けながら言った。「わたし、ここの病院の人たちに、あなたのフィアンセだって言ったのよ。そう言えばここにいさせてもらえると思って」

「きみを嘘つきにはしたくないな」ハーディが髪をやさしく撫でてくれる。「でも、ゆうべの今日じゃ、きみは感謝の気持ちからそう言ってくれてるだけかもしれないだろ。だから明日、感謝の気持ちも少し薄れたころに……たぶんおれはきみに結婚を申しこむよ」

「わたしはたぶん、イエスって答えると思うわ」

ハーディが顔を近づけておでことおでこをふれあわせると、わたしはその深みのある鮮やかな青の瞳に溺れた。

「式を挙げるのはいつごろがいい？」彼が唇を寄せてささやきかけてくる。

「あなたがいいなら、できるだけ早いほうがいいわ」


あとになって振りかえってみれば、再婚を決めるには、過去の苦い経験を踏まえてもっとあれこれ悩むほうが普通だったかもしれない。でも、ハーディとの場合はすべてが違っていた。彼の愛にはなんの条件もついていない。そういう無条件の愛こそ、人が人に与えられる最高の贈り物ではないだろうか。

「ねえ、知ってた？」結婚式の夜にわたしは言った。「あなたといるときのわたしって、あなたといないときと同じくらい、ありのままのわたしでいられるの」

わたしの言いたかったことはすぐに伝わったらしく、ハーディはわたしを腕のなかに引き入れ、胸にぎゅっと抱きしめてくれた。

エピローグ

「ミスター・ケイツはただ今、電話に出ておられます」ハーディの秘書が言う。「でも、奥さまがいらしたらすぐにお通しするように言われておりますので」

わたしは今、ファニン通りに面した高層ビル内にあるハーディのオフィスに来ている。アルミニウムとガラスでできていて、ふたつの巨大なパズルのピースが合わさったようなデザインのビルだ。「ありがとう」秘書に礼を言い、夫の部屋のドアを勝手に開けてなかへ入っていく。

ハーディはデスクの向こうの椅子に座っている。スーツのジャケットは無造作に椅子の背にかけ、ネクタイはゆるめ、シャツの袖はまくりあげて、筋肉質の腕があらわになっている。ビジネス用の窮屈な服をできるだけ着心地よくしようと工夫した結果が、これらしい。ほんとに荒くれ者なんだから、と微笑ましく思う。少しばかり、独占欲を刺激されて。

結婚してほぼ一年になるけれど、彼はわたしのものだという事実がいまだにしっくりとこない。ふたりの結婚生活は、ニックとの結婚生活とは形も中身もまったく違うものだ。ニックは現在、加重暴行の罪を二度も犯したせいでテクサーカナ刑務所に収監されているため、これ以上わたしを、いや、ほかの誰をもおびやかすことはない。そしてヴァネッサ・フリントは、結局ヒューストンを出ていった。風の便りに聞いた話によれば、今はテキサス州西部の田舎町マーファにある化学肥料会社で、アシスタント・マネージャーの仕事をしているらしい。

今のわたしはもう、昔の出来事をあれこれ思いかえすことをあまりしなくなっている。人間に与えられたすばらしい能力のひとつは、過去の痛みを、当時と同じように感じることなく思いだせることなのではないだろうか。ハーディやわたしが負った肉体的な怪我は、もうとっくに治っている。心に負った傷や精神的ダメージのほうも、かなり癒えてきたと言えるだろう。そういう傷あとにはなるべくふれないよう、お互い気をつけてもいる。それより、ふたりが新しい絆を結び、日々それが深まっていくことに、結婚生活の喜びを見いだすようにしている。

「……その割れ目に彼らがどういう種類の液体を圧入しようとしてるのか、正確に突きとめてくれ」ハーディが電話口で言う。

わたしは笑いを噛み殺しながら思う。石油業界に飛び交うみだらな専門用語には、もうそろそろ耳が慣れてもいいはずなのに。

「……圧入の速度より、連中がなにを付加しようとしてるのかってほうが大事なんだよ」ハーディが言葉を切り、相手の話にしばし耳を傾ける。「ああ、そうだ、刺激技術の機密なんかどうだっていい。もしも地下水に汚染物質がまじるようなことがあったら、環境保護庁に呼びだされるのはおれのほうなんだから――」

わたしに目をとめたとたん、ハーディの顔にまばゆい笑みが広がっていく。こんな笑顔を見せられたら、いつだって心が浮き立ってしまう。「この件はあとでまた話そう」彼が電話の相手に向かって言う。「ちょっと急用ができた。それじゃな」

電話を切って脇に置き、デスクをまわりこんでわたしのほうへ歩いてくる。そしてデスクの縁に半分腰をかけ、わたしを引き寄せて腿のあいだに立たせる。「ブラウンの瞳のお嬢さん」そうささやいて、キスをしてくる。

「刺激技術って?」わたしは彼の首に腕を巻きつけながら尋ねる。

「浸透性の低い貯留層から石油を吸いあげるための技術のことさ」ハーディが説明してくれる。「坑口から圧力をかけて液体を注入し、地中の裂け目を広げるんだよ。そうすると石油が流れだしやすくなるから」彼の手はわたしの脇腹やヒップを撫でている。「今は、新しい水圧破壊法ってやつを試してるところでね」

「最後まで話を終わらせてくれてかまわなかったのに」わたしは言う。

「きみを退屈させたくないからな」

「退屈なんてちっとも。あなたが仕事の話をしてるのを聞くの、大好きなんだもの。どことなく淫靡《いんび》な響きが感じられて」

「そんな難しい言葉の正確な意味はわからないが」ハーディが手を下のほうへおろしながら言いかえす。「おそらくおれ自身も何度かやったことがある気がするな」

わたしは彼にぴったりと体を寄り添わせて、説明する。「みだらでいかがわしい雰囲気があるってことよ。大人になってからのあなたは、そういうことを何度もやってきたんじゃないの？」

彼の青い瞳がきらめく。「でも、今はきみとだけだ」その言葉を実践してみせるかのように、ゆっくりとキスをしてくる。「ヘイヴン、スイートハート……それで、お医者さんはなんて言ってた？」

わたしたちは最近、子供をつくることについてよく話しあっている。ハーディは子供が欲しくないわけではないものの、どこか慎重に構えているところがあるのに対し、わたしのほうは生物学的必然性を感じている。わたしは彼の子供が欲しい。わたしたちで家族をつくりたい。これから先の人生にどんなことが待ち受けていようと、ふたり一緒なら乗り越えていけると信じている。

「お医者さまが言うには、わたしは完璧な健康体だからなんの問題もないでしょうって。だから、あとはあなたの気持ち次第よ」

ハーディが笑って、わたしをさらに抱き寄せる。「そうか。じゃあ、いつから子づくりを始めようか？」

「今夜？」わたしは物憂げに頭を少しのけぞらせて、首筋にキスを受ける。

「昼休みのあいだにさっそく、ってのはどうだい？」

「いやよ、そんなの。ムードのある音楽でもかけて、前戯もじっくり楽しみたいもの」

肌に押しつけられた彼の唇が微笑むのがわかる。けれども、顔をあげてわたしの目をのぞきこんできたとき、笑みがすうっと消えていく。「ヘイヴン……おれはいい父親になれるかどうかわからないよ。万が一うまくいかなかったらどうする？」

ハーディの気づかいと、つねにわたしにふさわしい男性であろうとする願望に、わたしは胸を打たれる。彼の意見は違うかもしれないけれど、わたしくらい大切にされて敬われている女性はいないと、わたしは思っている。それにふたりとも、お互いがかけがえのない存在であることを自覚しているから、決して相手をないがしろにしたりはしない。

人は悲しみを知らなければ本当の意味で幸せにはなれないのかもしれないと、近ごろ思うようになった。これまでの人生でハーディとわたしの身に起こったいくつもの悲惨な出来事のおかげで、わたしたちの心のなかには幸せが宿るスペースができたのかもしれない。もちろん、愛の宿るスペースも。あふれるほどの愛で心がいっぱいになっているから、苦しみが宿る余地はもはや残されていない気がする。

「そんなふうに不安を抱いてる事実こそが、あなたはきっといい父親になれると約束しているようなものだと思うわ」

ハーディは微笑み、わたしにくるりと後ろを向かせて自分の胸に引き寄せ、背中からすっぽりとあたたかく包んでくれる。こうやって抱きしめられると、とても安心できる。これこそがわたしに必要だったものだ。「それじゃ決まりだな」彼がわたしの髪に口を埋めながら言う。「やっぱり昼休みにしよう、ハニー。バッグを持って。今からなら前戯をじっくり楽しむ時間はある。ムードたっぷりの音楽に酔いしれるほどの暇はないけどな。家に戻るまでのあいだに、きみがカーラジオでどこかいい局を探してくれたら、話は別だが」

そういうことなら異論はない。わたしは前を向いて、ハーディの唇にキスをする。微笑みながら同時にキスをするのはかなり難しいけれど。「ムードたっぷりの音楽なんて、どうやら必要なさそうね」わたしは言う。

そして数分後、ふたりそろって家路を急ぐ。

訳者あとがき

ヒストリカル・ロマンスの大人気作家として、押しも押されもしない地位を確立しているリサ・クレイパス。そんな彼女が二〇〇七年に初めて発表したコンテンポラリー作品の『夢を見ること』（邦訳は二〇〇八年二月刊）は、本国でも日本でも大変に好評を博し、以前からの熱烈なリサ・ファンはもとより、これまで彼女の作品になじみのなかった新たな読者もたくさん獲得しました。

本作はその『夢を見ること』に続くスピンオフで、前作同様、これまでのヒストリカルとは違ってヒロインの一人称でつづられた語り口が味わい深く、テキサスの今を描いた、とてもすばらしい作品に仕上がっています。また、本作のなかでは前作のヒーローとヒロインの後日談も語られていますので、できればそちらから先にお読みいただくと、本書をより楽しんでいただけるのではないかと思います。

前作『夢を見ること』は、主人公リバティの少女時代からつづられたある種の成長物語だったのに対し、本作はもう少し現実的なテーマが織りこまれた、著者渾身の野心的な作品で、さまざまな書評などでも、いよいよリサ・クレイパスの本領発揮と大絶賛されています。ヒロインは、前作では実際の出番はなかったトラヴィス家の末娘、ヘイヴン。そしてヒーローは、リバティの幼なじみとして登場し、読者に鮮烈な印象を残したハーディ・ケイツです。前作刊行直後からハーディはヒーローのゲイジと人気を二分するほどの評判となり、早くハーディの物語が読みたいという声も数多く聞かれました。本書はそうした熱い要望に応える、とても読み応えのある作品になっていると思います。本書を手にとってくださった読者のみなさまは、ゲイジとハーディ、はたしてどちらがお好みでしょうか。

さて、本書のなかでヒロインのヘイヴンが髪を寄付する〝愛のひと房《ロックス・オブ・ラブ》〟という慈善団体について、ここで少々ご紹介しておきましょう。これは、病気や事故などで髪を失ったアメリカやカナダに在住の一八歳未満の子供たちに、人毛でかつらをつくってプレゼントすることを目的とした実在の非営利団体で、日本からでも髪の毛の寄付や運営費用の寄付を受けつけているようです。ご興味のある方はぜひ、次のホームページをご覧になってください。

http://www.locksoflove.org/

将来的には日本でもこのような運動が盛りあがって、病気や怪我で苦しむ子供たちに少しでも希望を与えられるようになれば、すばらしいことだと思います。

最後になりましたが、リサ・クレイパスが二〇〇九年三月に発表予定の次回コンテンポラリー作品は、どうやらトラヴィス家の次男ジャックの物語になりそうです。ユーモアがあって、家族思いで、女性たちにも大人気の魅力的なジャックがどんな騒動を巻き起こしてくれるのか、今から楽しみでなりません。

二〇〇九年一月

ライムブックス

幸《しあわ》せの宿《やど》る場《ば》所《しょ》

著　者　リサ・クレイパス
訳　者　斉藤《さいとう》かずみ

2009年2月20日　初版第一刷発行

発行人　成瀬雅人
発行所　株式会社原書房
〒160-0022東京都新宿区新宿1-25-13
電話・代表03-3354-0685　http://www.harashobo.co.jp
振替・00150-6-151594
ブックデザイン　川島進（スタジオ・ギブ）
印刷所　中央精版印刷株式会社

落丁・乱丁本はお取り替えいたします。
定価は、カバーに表示してあります。
 ISBN978-4-562-04355-2　Printed in Japan